JULIE GARWOOD

DIE BRAUT DES NORMANNEN

JULIE GARWOOD

DIE BRAUT DES NORMANNEN

Aus dem Englischen von
Ursula Walther

Bechtermünz Verlag

Titel der amerikanischen Originalausgabe:
The Prize

Lizenzausgabe mit Genehmigung der Bastei Verlag
Gustav H. Lübbe GmbH und Co., Bergisch Gladbach
für Weltbild Verlag GmbH, Augsburg 1999

Copyright © 1991 by Julie Garwood
Copyright © 1993 für die deutsche Übersetzung
by Gustav Lübbe Verlag GmbH, Bergisch Gladbach

Umschlaggestaltung: Catherine Avak, München
Umschlagmotive: Image Bank, Zürich (Frau),
Pictor, München (Warwick Castle)

Gesamtherstellung: Presse-Druck Augsburg

Printed in Germany

ISBN 3-8289-0225-1

1

England, 1066

Er wußte nicht, was ihn getroffen hatte.

Eben hatte er sich noch mit seinem Lederärmel den Schweiß von der Stirn gewischt, einen Augenblick später lag er schon flach auf dem Rücken.

Sie hatte ihn im wahrsten Sinne des Wortes umgehauen. Natürlich mußte sie warten, bis er seinen Helm abnahm, dann schwang sie den schmalen Lederriemen hoch über ihren Kopf. Der kleine Stein, den sie in die behelfsmäßig geknüpfte Schlinge gelegt hatte, wirbelte immer schneller herum, bis er mit dem bloßen Auge nicht mehr zu erkennen war. Der Lederriemen zischte und schnaubte wie ein wildes Tier, als er durch die Luft sauste, aber ihr Opfer stand zu weit weg, um den Laut zu hören. Sie hatte sich in dem frostigen morgendlichen Schatten auf dem Wehrgang postiert, und ihr Gegner weit unter ihr vor der hölzernen Zugbrücke.

Der riesige Normanne war kaum zu verfehlen, und die Tatsache, daß er der Anführer der Barbaren war, die die Festung ihrer Familie stürmten, steigerte ihre Entschlossenheit nur noch. In ihrer Phantasie war der Hüne zum Goliath geworden.

Und sie war David.

Aber ganz anders als der fromme Held aus der uralten Geschichte hatte sie nicht vor, ihren Gegner zu töten, sonst hätte sie auf seine Schläfe gezielt. Nein, sie wollte ihn nur für eine Weile außer Gefecht setzen, und aus diesem Grund schleuderte sie den Stein auf seine Stirn. Mit Gottes Hilfe würde ihm für den Rest seiner Tage eine Narbe bleiben, eine Erinnerung an die Greueltaten, die er an diesem finsteren Tag seines Sieges befohlen hatte.

Die Normannen würden diese Schlacht gewinnen, daran bestand kein Zweifel. Es konnte nur noch ein oder zwei Stunden dauern, bis sie die Burg erobert hatten.

Eine Niederlage war unausweichlich, das wußte sie. Ihre angelsächsischen Soldaten waren zahlenmäßig hoffnungslos unterlegen, und ein Rückzug war unvermeidbar. Es war bitter, aber ihnen blieb nichts anders übrig.

Dieser normannische Riese war schon der vierte Angreifer, den der Bastard William, der Beherrscher der Normandie, in den letzten drei Wochen geschickt hatte, um ihre Festung einzunehmen.

Die ersten drei hatten gekämpft wie kleine Buben, und sie und ihre Brüder hatten die Eindringlinge ohne Schwierigkeiten in die Flucht geschlagen. Aber dieser Mann war anders. Er ließ sich nicht verjagen, und es stellte sich schnell heraus, daß er weit kampferfahrener und viel gerissener war als seine Vorgänger. Die Soldaten, die seinem Befehl unterstanden, waren genauso ungeschickt wie die anderen zuvor, aber dieser neue Anführer achtete streng auf Disziplin und darauf, daß seine Männer ihr Ziel nie aus den Augen verloren.

Am Ende dieses schrecklichen Tages würden die Normannen den Sieg davontragen.

Aber ihrem Befehlshaber sollte dieser Erfolg ein Schwindelgefühl verursachen, dafür würde sie schon sorgen.

Sie lächelte, als sie den Stein schleuderte.

Baron Royce war von seinem Streitroß gestiegen, um einen seiner Soldaten aus dem Graben zu ziehen, der die Burg umgab. Der tolpatschige Kerl war ausgerutscht und kopfüber ins tiefe Wasser gefallen. Wegen der schweren Rüstung und der Waffen sank er wie ein Stein. Royce streckte eine Hand ins Wasser, bekam einen Stiefel zu fassen und zerrte den jungen Soldaten aus den schlammigen Tiefen. Mit einer raschen Bewegung warf er seinen Gefolgsmann auf das grasbewachsene Ufer. Der Bursche hustete und prustete, und das verriet Royce, daß er keine weitere Hilfe brauchte – der Junge atmete noch. Royce nahm seinen Helm ab und wischte sich gerade den Schweiß von der Stirn, als der Stein durch die Luft zischte und sein Ziel traf.

Royce wurde nach hinten geworfen und fiel nicht weit von seinem Hengst entfernt zu Boden. Er war nicht lange bewußtlos, aber als er die Augen öffnete, umgab ihn noch immer ein feiner Nebel. Ein paar seiner Soldaten waren ihm sofort zu Hilfe geeilt.

Er wies sie schroff zurück, setzte sich allein auf und schüttelte den Kopf, um den Schmerz und die verwirrende Benommenheit loszuwerden. Für ein paar Minuten konnte er sich nicht einmal daran erinnern, wo er sich überhaupt befand. Blut sickerte aus der Wunde über seinem rechten Auge. Er tastete die Stelle ab und merkte, daß er eine tiefe Fleischwunde davongetragen hatte.

Er hatte immer noch keine Ahnung, was ihn getroffen hatte. Das Ausmaß der Verletzung schloß aus, daß es ein Pfeil gewesen war – aber, verdammt, sein Schädel brannte wie Feuer.

Royce verdrängte den Schmerz und konzentrierte sich darauf, auf die Füße zu kommen. Die Wut verlieh ihm neue Kraft. Bei Gott, er würde den Bastard, der ihm das angetan hatte, ausfindig machen und es ihm mit gleicher Münze heimzahlen.

Dieser Gedanke hob seine Stimmung beträchtlich.

Sein Knappe hielt die Zügel des Streitrosses. Royce schwang sich in den Sattel und widmete seine Aufmerksamkeit dem Wehrgang auf der Burgmauer. Hatte sein Feind ihn von dort aus ins Visier genommen? Die Entfernung war zu groß, als daß er auch nur den Schatten einer Bedrohung hätte ausmachen können.

Er setzte seinen Helm auf und sah sich um. In den zehn oder fünfzehn Minuten, die seit seinem Sturz vergangen waren, schienen seine Soldaten alles vergessen zu haben, was er ihnen beigebracht hatte.

Ingelram, nach ihm der ranghöchste Mann der Truppe, hatte alle Männer auf der Südseite der Festung zusammengezogen und ließ sie in einer geschlossenen Truppe kämpfen. Feindliche Pfeile regneten auf sie von der Burgmauer herab und machten jeglichen Bodengewinn unmöglich.

Royce war entsetzt über diese Stümperei. Die Soldaten hielten sich die Schilde über die Köpfe, um die Pfeile abzuwehren, und wurden wieder einmal in die Defensive gedrängt wie schon am frühen Morgen, als er zu ihnen gestoßen war mit dem lästigen Auftrag, diesen unfähigen Burschen zum Sieg zu verhelfen.

Royce seufzte tief und übernahm das Kommando. Er änderte sofort die Taktik, damit sie den Boden, den sie gewonnen hatten, nicht wieder verloren. Mit zehn seiner zuverlässigsten Männer ritt er auf die kleine Anhöhe über der Festung. Noch bevor seine Soldaten Zeit hatten, auf die Feinde anzulegen, tötete Royce einen der angelsächsischen Soldaten, die auf der Burgmauer standen, mit seinem Pfeil. Dann gab er den Befehl, die Angelsachsen unter ständigem Beschuß zu halten. In kürzester Zeit schalteten sie die Verteidiger aus, und der Wehrgang war schließlich unbesetzt.

Fünf von Royces Männern kletterten auf die Mauer und durchschnitten die Seile der Zugbrücke, so daß sie sich senkte. Gott helfe ihm, aber er mußte doch tatsächlich einen der eifrigen Eroberer daran erinnern, sein Schwert mitzunehmen, um die Burg erfolgreich stürmen zu können.

Royce ritt als erster über die Holzplanken der Zugbrücke – mit gezogenem Schwert, obwohl offensichtlich dazu keinerlei Notwendigkeit bestand, da sowohl der untere als auch der obere Burghof menschenleer waren.

Die Eroberer durchsuchten die Hütten und Außengebäude, entdeckten aber nicht einen einzigen angelsächsischen Soldaten, und Royce wurde klar, daß die Feinde die Festung durch einen Geheimgang verlassen haben mußten. Er gab der Hälfte seiner Männer den Befehl, die Mauern nach versteckten Öffnungen abzusuchen, die er sofort wirksam verschließen wollte.

Die Normannen besetzten die Festung und hißten Williams Banner am Fahnenmast auf der Burgmauer. Jetzt gehörte diese Festung den Normannen.

Aber Royce hatte erst die Hälfte seiner Pflichten erfüllt, er mußte noch die Kriegsbeute aufspüren und nach London bringen. Ja, es wurde Zeit, Lady Nichola gefangenzunehmen.

Bei einem Streifzug durch die Wohnräume spürten Royces Männer nur eine Handvoll Bedienstete auf, die sogleich rüde auf den Hof gezerrt und umzingelt wurden.

Ingelram, der ebenso hochgewachsen war wie Royce, aber weder so kräftig noch von so vielen Schlachten gezeichnet war, hielt einen der angelsächsischen Diener am Schlafittchen fest. Der Bedienstete war ein älterer Mann mit schütterem grauen Haar und runzliger Haut.

Royce hatte nicht einmal Zeit abzusitzen, ehe Ingelram loslegte: »Das ist der Haushofmeister, Baron. Sein Name lautet Hacon, und er ist der Mann, der Gregory alles über die Familie erzählt hat.«

»Ich habe nie mit irgendeinem Normannen gesprochen«, protestierte Hacon. »Und ich kenne keinen Menschen, der Gregory heißt. Der Blitz soll mich treffen, wenn das nicht die Wahrheit ist«, fügte er trotzig hinzu.

Der »ergebene« Diener log, und er war sogar stolz, daß er unter diesen schrecklichen Umständen so mutig auftrat. Der alte Mann hatte noch keinen Blick auf den Anführer der Normannen geworfen, aber er behielt den eilfertigen blonden Ritter, der unaufhörlich an seiner Jacke zerrte, im Auge.

»Oh, du hast mit Gregory gesprochen«, erwiderte Ingelram entschieden. »Er war der erste Ritter, der diese Festung einnehmen und die Beute einfordern sollte. Du wirst es noch bereuen, wenn du uns anlügst, alter Mann.«

»Der Mann, den man mit einem Pfeil im Hinterteil von hier wegbrachte, hieß also Gregory?« erkundigte sich Hacon.

Ingelram funkelte den Diener zornig an, weil er es gewagt hatte, Gregorys Schande zu erwähnen, dann zwang er ihn, sich umzudrehen. Hacon stockte der Atem, als er den normannischen Anführer ansah. Er mußte den Kopf in den Nacken legen, um den Riesen, der Lederkleidung und ein Kettenhemd trug, ganz ins Auge fassen zu können. Hacon blinzelte, weil ihn die Sonnenstrahlen, die sich in den Waffen des Mannes spiegelten, blendeten. Weder der Krieger noch sein edles schwarzes Streitroß rührten sich von der Stelle, und einen flüchtigen Augenblick hatte Hacon den Eindruck, er würde eine in Stein gehauene Statue betrachten. Hacon gelang es, die Fassung zu wahren, bis der Normanne seinen Helm abnahm.

Ihm wurde sterbenselend – dieser Barbar jagte ihm höllische Angst ein. Hacon hätte am liebsten laut geschrien und um Gnade gefleht. Der Blick des Normannen war eiskalt und wirkte so entschlossen, daß Hacon keinen Zweifel hegte, sein Leben verwirkt zu haben. Ja, er wird mich töten, dachte Hacon und betete ein Vater Unser. Aber das würde ein ehrenvoller Tod sein, denn schließlich war Hacon wild entschlossen, seiner geliebten Herrin bis zu seinem letzten Atemzug beizustehen. Gott würde sicherlich für ihn ein Plätzchen im Himmel haben, weil er eine unschuldige, wehrlose Person beschützt hatte.

Royce starrte den zitternden Diener lange an, dann warf er dem Knappen seinen Helm zu, schwang sich aus dem Sattel und drückte einem Soldaten die Zügel in die Hand. Der Hengst bäumte sich auf, aber ein strenger Befehl seines Herrn brachte ihn augenblicklich zur Vernunft.

Hacons Knie wurden weich wie Butter, und er sank zu Boden. Ingelram riß ihn wieder auf die Füße. »Eine der Zwillingsschwestern ist in der Burg, Baron«, verkündete Ingelram. »Sie betet in der Kapelle.«

Hacon holte tief Luft, ehe er sich zu Wort meldete. »Die Kirche wurde bei der letzten Belagerung bis auf die Grundmauern abgebrannt.« Seine Stimme klang nur noch wie ein ersticktes Krächzen. »Gleich, als Schwester Danielle aus dem Kloster zu uns kam, ordnete sie an, den Altar in einem der Turmzimmer aufzustellen.«

»Danielle ist die Nonne«, erklärte Ingelram. »Es ist alles so, wie man es uns berichtet hat. Sie sind Zwillinge – eine ist eine Heilige und entschlossen, dem Wohl der Menschheit zu dienen, die andere ist eine Sünderin, die nichts anderes im Sinn hat, als uns Schwierigkeiten zu machen.«

Royce hatte noch immer kein Wort von sich gegeben und ließ den Diener nicht aus den Augen. Hacon konnte diesem finsteren Blick nicht lange standhalten und starrte zu Boden. Seine Hände verkrampften sich, als er flüsterte: »Schwester Danielle hat nichts mit diesem Krieg zwischen den Angelsachsen und den Normannen zu tun, und sie wünscht sich nichts sehnlicher, als in ihr Kloster zurückzukehren.«

»Ich suche die andere.« Die Stimme des Barons war leise und schneidend. Hacon drehte sich der Magen um.

»Er möchte die andere Zwillingsschwester haben«, brüllte Ingelram. Er wollte noch mehr sagen, aber der strenge Blick des Barons brachte ihn zum Schweigen.

»Die andere Schwester heißt Nichola«, sagte Hacon und schnappte nach Luft, ehe er fortfuhr: »Sie ist weg, Baron.«

Royce zeigte keinerlei Reaktion auf diese Neuigkeit, aber Ingelram konnte seine Enttäuschung nicht verbergen. »Wie konnte sie die Festung verlassen?« erkundigte er sich lautstark, während er den alten Mann auf die Knie zwang.

»Es gibt viele Geheimgänge in den dicken Burgmauern«, gestand Hacon und richtete sich wieder auf. »Habt Ihr nicht bemerkt, daß kein einziger angelsächsischer Soldat da war, als Ihr die Zugbrücke überquert habt? Lady Nichola ist vor knapp einer Stunde mit den Soldaten ihrer Brüder aus der Festung geflohen.«

Ingelram schrie auf vor Zorn und drückte den alten Mann erneut auf die Knie.

Royce trat einen Schritt vor und warf seinem Gefolgsmann einen bösen Blick zu. »Ihr beweist mir nicht Eure Stärke, wenn Ihr einen wehrlosen alten Mann mißhandelt, Ingelram. Im Gegenteil – Ihr zeigt nur, daß Ihr unfähig seid, Euch in Zaum zu halten, wenn Ihr meine Befragung auf diese Weise stört.«

Der Ritter war schwer getroffen nach dieser Rüge und beugte den Kopf vor dem Baron. Dann half er dem Alten auf die Füße.

Royce wartete, bis der junge Soldat sich ein paar Schritte von dem Diener entfernt hatte, bevor er Hacon wieder eingehend musterte. »Wie lange dienst du schon in dieser Familie?«

»Beinah zwanzig Jahre«, antwortete Hacon und fügte mit einem gewissen Stolz hinzu: »Und ich bin immer sehr gut und gerecht behandelt worden, Baron. Sie gaben mir das Gefühl, genauso wichtig zu sein wie einer der ihren.«

»Und nach zwanzig Jahren guter und gerechter Behandlung verrätst du jetzt deine Herrin?« Er schüttelte mißbilligend den Kopf. »Mit deiner Loyalität ist es offenbar nicht weit her, Hacon, und ich denke, daß man sich auf dein Wort kaum verlassen kann.«

Royce verschwendete keine Minute mehr an den Diener und schritt entschlossen auf die Burg zu. Er stieß seine eilfertigen Männer beiseite, um die Tür zu öffnen.

Man bedeutete Hacon, sich den anderen Bediensteten, die in einer Gruppe zusammenstanden, anzuschließen, und überließ es ihm, sich über sein künftiges Schicksal Gedanken zu machen, während Ingelram seinem Herrn und Meister nacheilte.

Royce suchte alles systematisch ab. Im Erdgeschoß herrschte ein heilloses Durcheinander – überall lagen Schutt und Steine herum. Der lange Tisch war umgestoßen, und die meisten Stühle waren demoliert.

Die Stiege, die in die oberen Räume führte, war zwar noch so weit intakt, daß man sie benutzen konnte, aber die Stufen waren schlüpfrig von dem Wasser, das von den Mauern tropfte. Es erschien Royce ziemlich gefährlich, da hinaufzuklettern, weil das Geländer teilweise zerbrochen war und sich stark zur Seite neigte. Wenn man hier den Halt verlor, konnte man einen Sturz nicht mehr abfangen.

Der Anblick des ersten Stockwerkes war ebenso erbärmlich wie der des Erdgeschosses. Der Wind fegte durch ein mannshohes Loch in der hinteren Mauer, und es war bitterkalt in dem langen, dunklen Korridor, auf den die Treppe mündete.

Sobald Royce die Stufen hinter sich gebracht hatte, stürmte Ingelram an ihm vorbei und zückte kampflustig sein Schwert. Offenbar wollte er seinen Herrn unter allen Umständen vor Überraschungsangriffen beschützen. Die Bodenbretter waren ebenso glatt wie die Stufen. Ingelram rutschte aus und verlor mit dem Gleichgewicht auch sein Schwert und schlitterte auf das klaffende Loch in der Außenmauer zu.

Royce packte ihn am Genick und riß ihn in die andere Richtung. Ingelram prallte dumpf gegen die Wand und schüttelte sich wie ein nasser Hund, um sein Zittern unter Kontrolle zu bekommen. Dann hob er sein Schwert auf und hetzte seinem Herrn erneut hinterher.

Royce runzelte die Stirn. Er war verärgert über seinen ungeschickten Gefolgsmann und die kümmerlichen Versuche, ihm Deckung zu bieten. Er selbst hielt es nicht für nötig, sein Schwert zu ziehen, als er durch den Flur ging. Die erste Tür, die gegen ungebetene Eindringlinge verriegelt war, brach er ohne große Mühe auf und betrat den Raum.

Es war ein Schlafzimmer, in dem sechs Kerzen brannten. Niemand außer einer Dienerin, die in einer Ecke kauerte, befand sich in dem Raum.

»Wer bewohnt dieses Zimmer?« wollte Royce wissen.

»Lady Nichola«, lautete die geflüsterte Antwort.

Royce nahm sich Zeit, alles genauestens zu inspizieren. Er war ziemlich überrascht, daß die Einrichtung so karg und alles so ordentlich war, da er sich nicht vorstellen konnte, daß eine Frau in der Lage war, ohne eine Unmenge von Krimskrams auszukommen. Seine Erfahrungen mit Frauen beschränkten sich auf seine drei Schwestern, aber das erschien ihm genug, um solche Schlußfolgerungen zu ziehen. Trotzdem standen in Mistress Nicholas Zimmer keine unnötigen Dinge herum. Die burgunderroten Vorhänge, die das große Bett umgaben, waren zurückgezogen. An der gegenüberliegenden Wand befand sich der Kamin, und eine altmodische Truhe aus edlem rötlichen Holz stand in einer Ecke.

Kein einziges Kleidungsstück hing an den Haken. Royce, der keinerlei Aufschlüsse in diesem Raum erhielt, wandte sich zum Gehen. Aber die Tür wurde von seinem Gefolgsmann blockiert. Ein grimmiger Blick ließ ihn jedoch zur Seite weichen.

Die zweite Tür war ebenfalls von innen verriegelt, und noch während sich Royce bereitmachte, auch diese aufzubrechen, wurde sie von einer jungen Dienerin geöffnet. Ihr sommersprossiges Gesicht war von Angst gezeichnet. Sie versuchte, in einen Knicks zu versinken, hielt aber mitten in der Bewegung inne, als sie das Gesicht des Eindringlings sah. Sie stieß einen schrillen Schrei aus und floh quer durch den großen Raum in einen düsteren Winkel.

Das Zimmer war von Kerzenlicht erhellt. In der Nähe des Kamins stand ein mit einem weißen Tuch bedeckter Altar, vor dem ledergepolsterte Kniebänkchen aufgestellt waren.

Royces Blick fiel sofort auf die Nonne, die dort kniete.

Sie hatte den Kopf im Gebet gesenkt und die Hände über dem Kreuz, das sie an einem dünnen Lederriemen um den Hals trug, gefaltet.

Sie war ganz in Weiß gekleidet – von der Haube, die ihr Haar bedeckt, bis zu den Schuhen. Royce blieb auf der Schwelle stehen und wartete, bis sie sein Erscheinen zur Kenntnis nahm. Da kein Abendmahlskelch auf dem Altar stand, beugte Royce nicht die Knie.

Die Dienerin berührte verängstigt die schmale Schulter der Nonne, bückte sich und flüsterte ihr ins Ohr: »Schwester Danielle, der normannische Anführer ist gekommen. Müssen wir uns jetzt ergeben?«

Die Frage wirkte in dieser Situation so lächerlich, daß Royce beinah das Gesicht verzog. Er gab Ingelram ein Zeichen, sein Schwert in die Scheide zu stecken, und ging in die Mitte des Raumes. Zwei Mägde drängten sich vor dem mit Fellen verhängten Fenster aneinander. Eine von ihnen hielt ein Baby in ihren Armen, das emsig an seinem kleinen Fäustchen lutschte.

Royce wandte seine Aufmerksamkeit wieder der Nonne zu. Von seinem Standort aus konnte er nur ihr Profil sehen. Endlich schlug sie ein Kreuz zum Zeichen, daß ihr Gebet beendet war, und stand anmutig auf. Sobald das Baby sie sah, krähte es lautstark und streckte die Ärmchen nach ihr aus.

Die Nonne nahm das Kind in die Arme und hauchte einen Kuß auf seinen Kopf, ehe sie auf Royce zuging.

Noch immer konnte er ihr Gesicht nicht sehen, weil sie den Kopf gesenkt hielt, aber er war zutiefst beeindruckt von ihrer Sanftmut und dem leisen Flüstern, mit dem sie das Kind beruhigte. Ein weißblonder Flaum, der nach allen Richtungen abstand, bedeckte das kleine Köpfchen – dadurch sah das Kind aus wie ein kleiner Kobold. Das Baby kuschelte sich zufrieden an die Brust der Nonne, saugte schmatzend an seinen Fäusten und gähnte hin und wieder.

Danielle blieb vor Royce stehen. Sie war mehr als einen Kopf kleiner als er und erschien ihm sehr zart und zerbrechlich.

Als sie den Blick hob und ihm in die Augen sah, stockte ihm der Atem.

Sie war wunderschön – weiß Gott, sie hatte das Gesicht eines Engels. Ihre Haut war makellos, und die tiefblauen Augen raubten ihm beinah den Verstand. Royce war fast sicher, daß er vor einer Göttin stand, die nur auf die Erde gekommen war, um ihn zu peinigen. Ihre feinen hellbraunen Augenbrauen wölbten sich in perfekten Bögen über diese seelenvollen Augen, ihre Nase war gerade und hatte genau die richtige Länge, und ihr feingeschwungener Mund schimmerte rosig und verlockend.

Royces Körper reagierte sofort auf diese außergewöhnliche Frau, und er verabscheute sich selbst dafür. Er hörte, wie Ingelram scharf die Luft einsog, und das verriet ihm, daß sein Gefolgsmann von dieser zauberhaften Frau ebenso beeindruckt war wie er selbst. Royce bedachte ihn mit einem finsteren Blick, ehe er sich der Nonne erneut zuwandte.

Danielle hatte ihr Leben der Kirche geweiht und war eine Braut Jesu und keine gewöhnliche Kriegsbeute, die ein Soldat seinem Willen unterwerfen konnte. Wie sein oberster Dienstherr, William der Eroberer, respektierte Royce die Kirche und bot dem Klerus, wann immer es möglich war, Schutz.

Er seufzte.»Zu wem gehört dieses Kind?« fragte er und bemühte sich gleichzeitig, seine unfrommen Wünsche, die diese Frau geweckt hatte, zu verdrängen.

»Es ist Clarises Baby«, erwiderte sie mit einer heiseren Stimme, die ihn noch mehr verwirrte. Danielle deutete auf die dunkelhaarige Dienerin, die sich in den Schatten zurückgezogen hatte. Sofort trat die junge Frau einen Schritt vor. »Clarise war uns jahrelang eine treuergebene Dienerin. Ihr Sohn trägt den Namen Ulric.«

Sie betrachtete das Kind und sah, daß es an ihrem Kreuz knabberte. Sie nahm es ihm behutsam weg, bevor sie ihren Blick wieder auf Royce richtete.

Sie starrten sich lange schweigend an, während Danielle dem kleinen Ulric besänftigend über den Rücken strich.

Ihre Miene verriet keinerlei Furcht, und sie schenkte der langen sichelförmigen Narbe, die seine Wange zierte, kaum Beachtung. Das brachte Royce ein wenig aus dem Gleichgewicht – er war es gewöhnt, daß Frauen auf die unterschiedlichsten Arten reagierten, wenn sie sein Gesicht zum erstenmal sahen. Aber die Entstellung schien die Nonne in keinster Weise zu stören, und das gefiel ihm außerordentlich.

»Ulrics Augen haben dieselbe Farbe wie die Euren«, bemerkte Royce.

Das entsprach nicht ganz der Wahrheit, das wußte er selbst. Die Augen des Kindes waren hellblau und hübsch, aber die von Danielle waren betörend und tiefblau wie Bergseen.

»Viele Angelsachsen haben blaue Augen«, entgegnete sie. »Ulric wird in ein paar Tagen sechs Monate alt. Wird er noch so lange am Leben bleiben, Normanne?«

Da sie diese Frage so leise und sanftmütig stellte, nahm Royce keinen Anstoß an ihrer Direktheit. »Wir Normannen töten keine unschuldigen Kinder«, erwiderte er ruhig.

Sie nickte und belohnte ihn mit einem Lächeln, das seinen Herzschlag beträchtlich beschleunigte. Die Grübchen in ihren Wangen waren bezaubernd, und, guter Gott, diese strahlenden Augen verhexten ihn. Sie waren gar nicht blau, sondern so violett wie die zarten Blümchen, die er einmal auf einer Wiese gesehen hatte.

Ich darf meine Gedanken wirklich nicht in diese Richtung schweifen lassen, rief er sich selbst zur Ordnung. Er benahm sich ja wie ein törichter Knappe, der bis über beide Ohren verliebt war – und er kam sich auch ebenso linkisch vor.

Royce war zu alt für solche Schwärmereien. »Wie kommt es, daß Ihr unsere Sprache so gut beherrscht?« fragte er mit belegter Stimme.

Sie schien seine Verwirrung gar nicht zu bemerken. »Einer meiner Brüder ist vor sechs Jahren unserem König Harold ins Normannenreich gefolgt«, erklärte sie. »Als er zurückkam, bestand er darauf, daß wir alle eure Sprache lernen.«

Ingelram stellte sich dem Baron zur Seite. »Sieht Euch Eure Zwillingsschwester ähnlich?« platzte er heraus.

Die Nonne betrachtete den jungen Ritter abschätzend und mit unbewegtem Blick. Royce bemerkte, daß Ingelram knallrot anlief und sich verlegen abwandte.

»Nichola und ich, wir gleichen uns äußerlich aufs Haar«, erwiderte sie schließlich. »Die meisten Leute können uns nicht auseinanderhalten, aber im Wesen sind wir sehr unterschiedlich. Während ich von Natur aus eher geduldig bin und mich in mein Schicksal füge, hat sich meine Schwester geschworen, lieber zu sterben, als sich den Invasoren Englands zu ergeben. Nichola glaubt, daß es nur eine Frage der Zeit ist, bis ihr Normannen aufgeben und abziehen müßt. Die Wahrheit ist, daß ich um die Sicherheit meiner Schwester fürchte.«

»Wißt Ihr, wohin sich Lady Nichola gewandt haben könnte?« fragte Ingelram. »Der Baron muß erfahren, wo sie sich aufhält.«

»Ja«, sagte sie und heftete den Blick auf den Ritter. »Wenn mir der Baron sein Ehrenwort gibt, daß meiner Schwester kein Leid geschieht, nenne ich Euch ihren Zufluchtsort.«

Ingelram schnaubte. »Wir Normannen töten keine Frauen, wir zähmen sie nur.«

Royce hätte seinen Gefolgsmann am liebsten niedergeschlagen, als er diese arrogante Prahlerei hörte. Aber er registrierte, daß die Nonne die Bemerkung so gut wie gar nicht beachtete. Ihre Miene drückte vielleicht für einen flüchtigen

Augenblick Widerwillen aus, aber der Zorn war rasch verflogen und wich einer heiteren Gelassenheit.

Plötzlich wurde Royce wachsam, und auch wenn es keinen Grund für Argwohn gab, ahnte er, daß etwas nicht stimmte.

»Eurer Schwester wird kein Haar gekrümmt«, erklärte Royce.

Sie wirkte erleichtert, und er mußtmaßte, daß ihr Zorn nur der Angst um ihre Schwester entsprungen war.

»Ja«, mischte sich Ingelram enthusiastisch ein. »Nichola ist die Kriegsbeute des Königs.«

»Die Kriegsbeute des Königs?« Jetzt bereitete es ihr große Mühe, ihre Wut zu verbergen, und ihr Gesicht rötete sich, dennoch fuhr sie in ruhigem Tonfall fort: »Ich verstehe nicht, was Ihr damit meint. König Harold ist tot.«

»Euer Sachsenkönig ist tot«, stimmte Ingelram zu. »Aber William, der König der Normandie, ist in eben diesem Augenblick auf dem Weg nach London und wird bald zum König von England gekrönt. Wir haben den Befehl, Nichola so rasch wie möglich nach London zu bringen.«

»Aber weshalb?«

»Eure Schwester ist eine Art Belohnung. William gedenkt, sie einem edlen Ritter zuzuführen.« Ingelrams Stimme klang sehr stolz, als er hinzufügte: »Das ist eine Ehre.«

Danielle schüttelte den Kopf. »Ihr habt mir immer noch nicht erklärt, weshalb euer König meine Schwester als Kriegsbeute fordert«, flüsterte sie. »Wieso weiß William überhaupt etwas von ihr?«

Royce wollte auf keinen Fall, daß Ingelram die Nonne in alles einweihte – die Wahrheit würde dieses vornehme Geschöpf nur noch mehr aufregen –, und deshalb schob er seinen Gefolgsmann auf den Flur. »Ihr habt mein Wort, daß Eurer Schwester kein Leid geschieht«, beteuerte er. »Bitte nennt mir jetzt ihren Aufenthaltsort. Ihr wißt ja gar nicht, welche Gefahren außerhalb dieser Festung lauern. Es wird nicht lange dauern, bis sie gefangengenommen wird, und unglücklicherweise gibt es ein paar Normannen, die sicher nicht gerade sanft mit ihr umgehen würden.«

Er hatte die Wirklichkeit etwas beschönigt, um diese unschuldige Frau nicht allzu sehr zu erschrecken. Er sah keine Notwendigkeit, all die Abscheulichkeiten, die ihrer Schwester bevorstünden, wenn sie den rüpelhaften Normannen in die Hände fiele, bis ins kleinste zu schildern. Irgend etwas trieb ihn dazu, die Nonne vor den Grausamkeiten des wahren Lebens zu bewahren und ihre Unschuld nicht durch die Erwähnung weltlicher Sünde zu besudeln, aber wenn sie sich weigerte, die Information preiszugeben, die er brauchte, mußte er sie ein wenig härter anfassen.

»Gebt Ihr mir Euer Wort, daß Ihr selbst euch um Nichola kümmern werdet? Ihr werdet doch diese Aufgabe niemand anderem überlassen, oder?«

»Ist es so wichtig für Euch, daß ich sie persönlich hole?«

Sie nickte.

»Dann gebe ich Euch mein Wort«, sagte er. »Obwohl mir nicht klar ist, weshalb es für Euch eine so große Rolle spielt, daß ich und kein anderer ...«

»Ich glaube, daß Ihr Euch meiner Schwester gegenüber ehrenhaft verhalten werdet« unterbrach sie ihn. »Ihr habt mir schließlich versprochen, daß Nichola nichts geschehen wird.« Sie lächelte. »Ihr würdet keine so bedeutende Stelle einnehmen, wenn es Eure Gewohnheit wäre, Eure Versprechen zu brechen. Außerdem seid Ihr beträchtlich älter als Eure Gefolgsmänner, zumindest hat mir das einer der Bediensteten verraten. Ich denke, Ihr habt gelernt, geduldig zu sein und beherrscht zu handeln. Beides wird Euch von Nutzen sein, wenn Ihr Nichola unter Eure Obhut nehmen wollt, sie kann nämlich sehr schwierig werden, wenn sie aufgebracht ist. Und sie ist außergewöhnlich klug und einfallsreich.«

Noch ehe Royce etwas darauf erwidern konnte, drehte sich Danielle um und ging zu den beiden Frauen ans Fenster. Sie übergab Clarise das Baby und flüsterte der Dienerin einige Instruktionen zu.

Kurze Zeit später wandte sie sich wieder an Royce. »Ich werde Euch den Aufenthaltsort meiner Schwester nennen, sobald ich mich um Eure Verletzung gekümmert habe«, verkündete sie. »Ihr habt eine üble Wunde an der Stirn, Baron. Ich möchte sie reinigen und verbinden. Setzt Euch, es wird Euch nur ein oder zwei Minuten Zeit kosten.«

Royce war so überrascht über ihre Fürsorge und Freundlichkeit, daß er nicht wußte, wie er sich verhalten sollte. Er schüttelte den Kopf, besann sich dann aber anders und nahm Platz. Ingelram stand auf der Türschwelle und beobachtete die Szene. Die Dienerin stellte eine Schüssel mit Wasser auf die Truhe, und Danielle holte Tücher und Stoffstreifen.

Für den Baron war der Stuhl viel zu niedrig. Er streckte seine langen Beine aus, so daß Danielle gezwungen war, sich zwischen seine Schenkel zu stellen, um ihn verarzten zu können.

Er bemerkte, daß ihre Hand zitterte, als sie das Tuch ins Wasser tauchte. Während sie sich um Royce kümmerte, sprach sie kein einziges Wort, aber nachdem die Wunde ausreichend gesäubert und mit einem Heilbalsam bestrichen war, fragte sie, wobei er sich verletzt habe.

»Wahrscheinlich war es ein Stein«, antwortete er achselzuckend. »Es ist nichts Bedeutendes.«

Sie lächelte freundlich. »Ich vermute, daß es bedeutsam war, als es passierte. Ihr habt bestimmt bei dem Schlag das Bewußtsein verloren.«

Er achtete kaum auf das, was sie sagte. Verdammt, sie roch so gut. Er schien sich auf nichts anderes mehr konzentrieren zu können als auf die wundervolle Frau, die so dicht bei ihm stand. Der feine Rosenduft, den sie ausströmte, war betörend, und das Kreuz zwischen ihren Brüsten nahm seine

Aufmerksamkeit gefangen. Er starrte das heilige Symbol an, bis er sich wieder in der Gewalt hatte, und in dem Moment, in dem sie zurücktrat, sprang er rasch auf die Füße.

»Meine Schwester ist auf dem Weg zu Baron Alfreds Festung«, eröffnete sie ihm. »Seine Burg liegt nördlich von hier, drei Stunden entfernt. Alfred hat gelobt, den Normannen Widerstand zu leisten, und Nichola plant, mit den Soldaten unserer Brüder zu ihm zu stoßen und ihm im Kampf beizustehen.«

Ein Schrei unterbrach die Unterhaltung. Einer von Royces Gefolgsmännern forderte ihn auf, mit ihm zu kommen.

»Bleibt bei ihr«, befahl Royce Ingelram.

Der Befehlshaber war bereits auf dem Korridor, als er die Antwort seines Untergebenen vernahm. »Ich beschütze sie mit meinem Leben, Baron, Gott sei mein Zeuge. Niemand wird es wagen, sie anzurühren.«

Royce seufzte laut. Gott bewahre mich in Zukunft vor diesen eifrigen Rittern, dachte er. Wenn er nicht von Natur aus mit einer solchen Langmut gesegnet gewesen wäre, hätte er spätestens jetzt Ingelrams hohlen Schädel gegen die Wand geschleudert. In der vergangenen Stunde war er des öfteren versucht gewesen, genau das zu tun.

Ein anderer jugendlicher Ritter erwartete Royce am Treppenabsatz. »Im Süden der Festung tobt eine Schlacht, Baron. Wir haben vom Wehrgang aus gesehen, daß die angelsächsischen Hunde unsere normannischen Soldaten umzingelt haben. Die Angegriffenen tragen das Banner von Baron Hugh. Sollen wir zu ihnen reiten, um ihnen Beistand zu leisten?«

Royce verließ den Turm und kletterte auf den Wehrgang, um sich selbst ein Bild von der Lage zu machen. Der Soldat, der ihm Meldung gemacht hatte, blieb ihm dicht auf den Fersen. Unglücklicherweise war er mindestens ebenso unerfahren und ebenso diensteifrig wie Ingelram – diese Kombination war äußerst gefährlich.

»Seht Ihr, wie die Angelsachsen unsere Männer bedrohen, Baron?«

Royce schüttelte den Kopf. »Ihr habt zwar die Szene beobachtet, aber nichts gesehen«, murmelte er. »Hughs Männer wenden die gleiche Strategie an wie damals in der Schlacht bei Hastings. Unsere Soldaten treiben die Sachsen in eine Falle.«

»Aber die Angelsachsen sind in der Überzahl, es sind mindestens dreimal so viele ...«

»Es ist vollkommen bedeutungslos, wie viele es sind«, versetzte Royce stöhnend, aber er erinnerte sich rechtzeitig daran, daß er im Grunde seines Herzens ein geduldiger Mensch war, und musterte den dunkelhaarigen jungen Mann an seiner Seite eingehend. »Wie lange seid Ihr schon bei meiner Truppe?«

»Seit knapp acht Wochen.«

Royces Verärgerung verflog augenblicklich. Dieser Junge hatte gar keine Zeit gehabt, ordentlich zu lernen, und war sicherlich nicht ausreichend auf den Einmarsch in England vorbereitet. »Dieser Umstand entschuldigt Eure Unwissenheit«, meinte Royce, bevor er zu der Treppe ging. »Wir werden Hughs Männer unterstützen, aber nur weil wir gern kämpfen, und nicht, weil sie Verstärkung brauchen. Normannische Krieger sind ihren Feinden bei jedem Kampf haushoch überlegen, und Hughs Männer verlassen das Schlachtfeld ganz sicher als Sieger, ob wir ihnen nun helfen oder nicht.«

Der junge Soldat nickte, dann bat er um die Erlaubnis, an der Seite des Barons ins Schlachtgetümmel reiten zu dürfen. Royce gewährte ihm die Bitte. Er ließ zwanzig Männer auf der Festung zurück und ritt mit dem Rest seiner Truppe in den Kampf. Da sich nur Frauen, Diener und Kinder in der Burg befanden, würde Ingelram nicht viel Schaden anrichten können, wenn er das Kommando übernahm, bis er selbst zurückkam.

Der Kampf tobte erbittert, aber nach Royces Ansicht war er viel zu rasch zu Ende. Da er ein zynischer Mann war, kam es ihm reichlich sonderbar vor, daß die Angelsachsen, sobald er und seine Männer ins Geschehen eingriffen, wie Wölfe in die Hügel sprengten, obwohl sie den Normannen weit überlegen waren. War diese Schlacht nur inszeniert worden, um ihn aus der Festung zu locken? In seiner Erschöpfung, die der Schlafmangel der letzten Tage verursacht hatte, kam er zu der Ansicht, daß er die Gefahr, die von den Angelsachsen ausgehen könnte, bei weitem überschätzte. Er und seine Männer nahmen die Verfolgung der Flüchtigen auf, aber nach ungefähr einer Stunde brach er die wenig sinnvolle Jagd ab.

Royce war erstaunt, daß Hugh, ein Freund, der unter Williams Oberbefehl denselben Rang einnahm wie er selbst, diese Truppe anführte. Royce hatte eigentlich angenommen, daß Hugh an der Seite ihres obersten Dienstherrn in London einreiten würde. Hugh beantwortete seine Frage mit der Erklärung, daß er nach Norden geschickt worden war, um die letzten Aufständischen zu unterwerfen. Als die Angelsachsen ihn angegriffen hatten, war er bereits auf dem Rückweg nach London gewesen.

Hugh war gute zehn Jahre älter als Royce, und neben dem grauhaarigen Mann mit dem verwitterten Gesicht sah Royce beinah gut aus.

»Mir hat man für diesen Marsch fast nur unausgebildete Männer zugeteilt«, gestand Hugh grimmig. »Die kampferprobten sind vorausgeschickt worden, um sich William anzuschließen. Ich sage dir, Royce, ich habe nicht mehr die Geduld, diesen jungen Burschen etwas beizubringen. Wenn wir nicht vorher benachrichtigt worden wären, hätten wahrscheinlich die meisten meiner Soldaten in dieser Schlacht ihr Leben gelassen. Die Warnung vor dem Hinterhalt, die uns ein angelsächsischer Abtrünniger zukommen ließ, erreichte uns gerade noch rechtzeitig, so daß wir das Schlimmste verhindern konnten. Aber meine Soldaten haben überhaupt keine Disziplin.« Hugh beugte sich vor und flüsterte in vertraulichem Ton: »Zwei meiner Männer haben doch tatsächlich ihre Schwerter verlegt, kannst du dir ein solches Vergehen vorstellen? Ich sollte diese Idioten töten lassen, um sicherzugehen, daß so etwas nie wieder vorkommt.« Er seufzte verzweifelt. »Mit deiner Erlaubnis werde ich William bitten, ein paar von den jungen Burschen zu deiner Truppe zu versetzen, damit du sie mal ordentlich rannehmen kannst.«

Die beiden Barone zogen sich an der Spitze ihrer Soldaten zur Festung zurück.

»Wer ist dieser Abtrünnige, den du vorhin erwähnt hast?« wollte Royce wissen. »Und wieso vertraust du einem Angelsachsen?«

»Der Name des Mannes lautet James, und ich habe nie behauptet, daß ich ihm vertraue«, erwiderte Hugh. »Bis jetzt hat er sich als zuverlässiger Informant erwiesen, das ist alles. Er erzählte mir, daß er sich bei den Angelsachsen unbeliebt gemacht hat, weil er früher Steuereintreiber war. James ist mit allen Familien in dieser Gegend bekannt – er ist hier aufgewachsen –, und er kennt so gut wie jeden Schlupfwinkel ... Der Wind hat ziemlich aufgefrischt in der letzten Stunde, findest du nicht auch, Royce?« fragte Hugh in dem Bestreben, das Thema zu wechseln, und zog den schweren Mantel fester um seine Schultern. »Ich fühle den Winter in meinen Knochen.«

Royce spürte die Kälte kaum. Ein leichtes Schneegestöber umwirbelte sie, aber es reichte nicht aus, um den Boden mit einer weißen Schicht zu bedecken. »Deine Knochen sind alt, Hugh, deshalb spürst du die Kälte.« Er verzog die Lippen zu einem Grinsen, um die Beleidigung ein wenig abzuschwächen.

Hugh erwiderte das Lächeln. »Alt, sagst du? Du wirst deine Meinung ändern, wenn du von meinen triumphalen Siegen über die Angelsachsen gehört hast.«

Der stolze Krieger begann mit ausschweifenden Berichten über die Eroberungen, die er in Williams Namen auf angelsächsischem Gebiet gemacht hatte, und hörte nicht auf, sich mit seinen Heldentaten zu brüsten, bis sie den Burghof erreicht hatten.

Ingelram stand nicht bereit, um seinen Herrn und Meister willkommen zu heißen, und Royce vermutete, daß sich sein tölpelhafter Gefolgsmann noch immer im Turm befand und die Nonne mit offenem Mund anstarrte.

Die Erinnerung an die so unschuldige Angelsächsin bereitete ihm Unbehagen – irgend etwas an ihr brachte Royce durcheinander, aber er hätte nicht sagen können, was dieses ungute Gefühl ausgelöst hatte.

Vielleicht, überlegte er, lag das nur daran, daß sie so anziehend wirkte. Es war eine Schande – das war seine Meinung –, daß so eine wunderschöne Frau der Kirche gehörte, sie sollte einen Mann glücklich machen. Er schrieb diese sündigen Gedanken seiner Müdigkeit zu und betrat an Hughs Seite die Burg. Die beiden Freunde hatten schon auf dem Weg hierher abgemacht, daß Hugh und seine Männer die Nacht in der Festung verbringen sollten, da bereits die Abenddämmerung einsetzte.

Hugh wirkte abgekämpft und durchgefroren. Royce ordnete an, daß ein Feuer im Kamin angefacht werden sollte, damit sich sein Freund aufwärmen konnte, und verlangte, den angelsächsischen Abtrünnigen, der Hugh so nützliche Informationen zugeführt hatte, zu sehen. »Ich möchte ihm einige Fragen bezüglich dieses Hauses stellen«, erklärte er.

Einer der Soldaten lief los, um den Spion zu holen. Gleich darauf hastete Ingelram geschäftig in die Halle und kam schlitternd vor seinem Herrn zum Stehen. Er beugte zur Begrüßung seinen blonden Kopf und machte sich bereit, Bericht zu erstatten.

Doch Royce schnitt ihm sogleich das Wort ab und befahl:

»Bringt die Nonne zu mir, ich habe vor, sie eingehend zu verhören.«

Ingelram sah den Baron erschrocken an und wurde blaß. Gerade als Royce seinen Gefolgsmann davonscheuchen und zwingen wollte, seinen Befehl auszuführen, betrat ein Soldat mit dem Spion die Halle. Der angelsächsische Judas war ärmlich gekleidet – ein Zeichen dafür, daß er bei seinen eigenen Leuten in Ungnade gefallen war. Der braune Mantel schleifte auf den Boden und war mit Schlamm und Dreck verschmiert. Der Mann erinnerte Royce an eine Eule mit seinen hängenden Schultern und den dicken, faltigen Tränensäcken. Schön, er mochte vielleicht wie eine Eule aussehen, aber er hatte das Herz eines Geiers, der seine eigenen Landsleute verriet, dachte Royce angewidert.

»Tretet vor, James« forderte Royce ihn auf.

Der Angelsachse tat, wie ihm geheißen, und als er vor den normannischen Baronen ankam, verbeugte er sich tief. »Euer ergebenster Diener, Mylords.«

Royce hatte die Hände auf dem Rücken verschränkt. Neben ihm stand Hugh vor dem Kamin und zog den Mantel enger um sich, in dem Bestreben, die Kälte aus seinem erschöpften Körper zu vertreiben. Royce bemerkte die Blässe im Gesicht seines Freundes und den fiebrigen Glanz in seinen braunen Augen und gab den Befehl, einen Sessel vor den Kamin zu stellen.

»Bringt eurem Baron einen Krug Bier«, rief er einem von Hughs Soldaten zu, der am Eingang Posten bezogen hatte. »Ein Angelsachse soll den ersten Schluck aus dem Krug nehmen. Wenn er am Leben bleibt, können wir sicher sein, daß das Bier nicht vergiftet ist.«

Hugh murrte. »Ich bin genauso gut in Form wie du«, protestierte er, »und kann ganz gut für mich allein sorgen.«

»Ja, du bist gut in Form«, stimmte Royce zu. »Du hast jedoch in den letzten Wochen doppelt so viele Schlachten wie ich geschlagen.« Das entsprach nicht ganz der Wahrheit, aber Royce wollte den Stolz seines Freundes nicht verletzen. »Ich wäre todmüde, wenn ich nur die Hälfte deiner Siege errungen hätte.«

Hugh murmelte zustimmend. »Das ist wahr, du wärst sicher todmüde.«

Royce lächelte, dann widmete er seine Aufmerksamkeit wieder dem Informanten und fragte ihn in angelsächsischer Sprache: »Erzähl mir, was Ihr über die Familie, die in dieser Burg wohnt, wißt. Fangen wir bei den Eltern an. Stimmt es, daß beide Elternteile tot sind?«

Der Angelsachse machte den Soldaten, die einen Lehnstuhl herbeischleppten, Platz und wartete mit seiner Antwort, bis sich Hugh niedergelassen hatte. »Ganz recht, Mylord. Beide sind tot. Sie liegen in der Familiengruft auf dem Hügel im Norden.«

James' Nacken tat höllisch weh, weil er den Kopf so weit nach hinten legen mußte, um dem riesigen Normannen ins Gesicht zu sehen. Als der Schmerz übermächtig wurde, senkte er den Blick und schaute zu Boden. Das war wesentlich besser, und auch die Beklommenheit in seiner Brust löste sich ein wenig, da ihm der angsteinflößende Anblick so erspart blieb. Die Augen des Ritters waren ebenso erschreckend wie die entstellende Narbe, die sich über seine rechte Wange zog, aber dieser Blick war das Allerschlimmste ...

»Erzähl mir von den anderen Familienmitgliedern«, forderte Royce.

James erwiderte dienstbeflissen: »Es gibt zwei Brüder. Thurston ist der ältere. Man erzählt sich, daß er bei einer Schlacht im Norden gefallen ist, aber das hat bis jetzt noch niemand bestätigt.«

»Und der andere Bruder?«

»Sein Name ist Justin. Er ist der jüngste in der Familie und wurde in derselben Schlacht verwundet. Er wurde ins Kloster gebracht, und die Nonnen pflegen ihn. Seine Verletzungen sind ziemlich ernst, und es ist fraglich, ob er durchkommt.«

Ingelram hatte sich immer noch nicht von der Seite seines Herrn gerührt, und Royce blaffte ihn plötzlich an: »Habe ich Euch nicht den Befehl gegeben, die Nonne zu mir zu bringen?«

»Ich wußte nicht, daß Ihr sie verhören wollt, Baron«, stammelte Ingelram verdattert.

»Es gehört auch nicht zu Euren Pflichten zu wissen, was ich vorhabe. Ihr habt zu gehorchen, ohne Fragen zu stellen.«

Ingelram holte tief Luft. »Sie ist nicht hier«, platzte er heraus.

Royce widerstand nur mit Mühe dem Drang, seinen Gefolgsmann zu auf der Stelle erdrosseln. »Ich verlange sofort eine Erklärung«, donnerte er.

Ingelram nahm all seinen Mut zusammen und hielt dem bitterbösen Blick seines Herrn stand. »Schwester Danielle bat um eine Eskorte, die sie zum Kloster begleitet. Sie hat der Äbtissin ihr Wort gegeben, vor Einbruch der Nacht zurück zu sein, außerdem war sie sehr besorgt um ihren Bruder. Sie fühlt sich für ihn verantwortlich, weil er das Nesthäkchen der Familie ist.«

Während Ingelrams stockend hervorgebrachter Erklärung hatte Royce keine Miene verzogen, und der junge Ritter hatte keine Ahnung, was seinem Herrn durch den Kopf ging. Er war so verunsichert, daß seine Stimme immer schriller wurde, während er fortfuhr: »Die Verletzungen ihres Bruders sind lebensbedrohlich, Baron, und sie möchte während der Nacht an seiner Seite sitzen. Sie hat mir versprochen, am Morgen wieder herzukommen. Sicherlich ist sie dann bereit, all Eure Fragen zu beantworten.«

Royce atmete tief durch, um sich zu beruhigen, ehe er das Wort ergriff. »Und wenn sie morgen nicht zurückkommt?« fragte er leise und gelassen.

Ingelram, der offensichtlich an eine solche Möglichkeit

überhaupt nicht gedacht hatte, starrte ihn mit offenem Mund an. »Sie hat mir ihr Ehrenwort gegeben, Baron – sie würde mich doch nicht hintergehen. Das könnte sie gar nicht. Sie hat ihr Leben der Kirche geweiht und würde eine Todsünde begehen, wenn sie jemanden betrügt. Falls sie aus irgendeinem Grund nicht kommen kann, würde ich mich glücklich schätzen, ins Kloster zu gehen und sie zu holen.«

Royce hatte jahrelange Übung darin, seine Beherrschung nicht zu verlieren, und das kam ihm jetzt zugute, obwohl er den Tölpel am liebsten angebrüllt hätte. Der Umstand, daß sich der angelsächsische Spion in der Halle aufhielt, zügelte sein Temperament ein wenig. Royce würde nie einen seiner Männer in Gegenwart eines Fremden abkanzeln, das wäre eine zu große Demütigung. Er behandelte seine Männer immer so, wie er selbst behandelt werden wollte – Respekt mußte man sich verdienen, man konnte ihn nicht fordern, aber würdevolles Benehmen konnte man jungen Leuten beibringen, indem man ein gutes Beispiel abgab.

Hugh räusperte sich, um Royces Aufmerksamkeit auf sich zu ziehen. Der alte Krieger bedachte seinen Freund mit einem mitfühlenden Blick und drehte sich dann Ingelram zu. »Mein Junge, Ihr könnt nicht in die geheiligten Mauern eines Klosters eindringen. Gott würde uns alle dafür bestrafen, wenn wir es wagen würden, das heiligste seiner Gesetze zu brechen.«»Das heilige Gesetz?« stammelte Ingelram verständnislos.

Hugh verdrehte die Augen zum Himmel. »Sie steht unter dem Schutz der Kirche. Mein Junge, Ihr habt es ihr möglich gemacht, dort Zuflucht zu suchen.«

Allmählich dämmerte es Ingelram, welche Folgen seine Tat haben konnte, und er war über sich selbst und über seine Unfähigkeit, Verantwortung zu übernehmen, entsetzt. In seiner Verzweiflung suchte er fieberhaft nach einer Möglichkeit, seine unbedachte Entscheidung wiedergutzumachen und sich seinem Herrn als zuverlässigen

Stellvertreter zu präsentieren. »Aber sie hat mir doch versprochen ...«

»Schweigt!«

Royce hatte nicht einmal die Stimme erhoben, aber der angelsächsische Spion wich erschrocken ein paar Schritte zurück, als er einen kurzen Blick in die zornfunkelnden grauen Augen des normannischen Kriegers riskierte. Auf keinen Fall wollte er in Reichweite dieses Riesen bleiben, wenn er die Beherrschung verlor.

Royce grinste über den feigen Rückzug des Verräters. Der kleine Mann zitterte wie Espenlaub. »Ihr habt die beiden Brüder erwähnt, James«, nahm Royce die Unterhaltung mit ihm wieder auf. »Jetzt möchte ich mehr über die Zwillingsschwestern erfahren. Man hat uns schon berichtet, daß die eine Nonne ist und die andere ...«

Er verstummte, als der Angelsachse den Kopf schüttelte. »In dieser Familie gibt es keine Nonne«, brachte James mühsam hervor. »Da ist Lady Nichola«, fügte er eilig hinzu, als er sah, wie sehr diese Eröffnung den Normannen aufregte. Die gezackte Narbe im Gesicht des Ritters war schneeweiß geworden. »Lady Nichola ist ...«

»Wir wissen einiges über Lady Nichola«, fiel Royce ihm ins Wort. »Sie ist diejenige, die diese Burg gegen unsere Angriffe verteidigt hat, stimmt das?«

»Ja, Mylord«, erwiderte James. »Das stimmt.«

»Ich möchte sofort alles, was Ihr über die andere Zwillingsschwester wißt, hören. Wenn sie keine Nonne ist, dann muß ...«

Der Angelsachse brachte so viel Mut auf, erneut vehement den Kopf zu schütteln, und machte jetzt einen eher verwirrten als ängstlichen Eindruck. »Aber Mylord«, flüsterte er niedergeschlagen. »Es gibt nur eine Tochter. Lady Nichola hat gar keine Zwillingsschwester.«

2

»Royces Reaktion auf diese Sensation kam rasch und völlig unerwartet. Er warf den Kopf in den Nacken und lachte schallend, bis ihm die Tränen in die Augen traten. Lady Nicholas schlaue List, durch die ihr die Flucht gelungen war, versetzte ihn in Erstaunen. Diese Frau hatte sich als äußerst erfinderisch erwiesen, und das war ein Charakterzug, den er schon immer sehr geschätzt hatte.

Nichola war keine Nonne – diese Neuigkeit verschaffte ihm außerdem eine merkwürdige Erleichterung, die er selbst nicht ganz verstand, und deshalb verdrängte er die verwirrende Empfindung, so rasch er konnte. Er brach erneut in donnerndes Gelächter aus. Guter Gott, es war gar keine Nonne gewesen, die seine Begierden geweckt hatte!

Ingelram war konsterniert über das sonderbare Verhalten seines Herrn. In der kurzen Zeit, die er dem Kommando des Barons unterstand, hatte er ihn nicht ein einziges Mal lächeln gesehen, und plötzlich wurde dem jungen Mann bewußt, daß er auch nie erlebt hatte, daß sein Befehlshaber einen Rückschlag ohne Gegenwehr hingenommen hätte.

»Versteht Ihr nicht, was das bedeutet, Baron?« sprudelte er hervor. »Ihr seid erniedrigt worden, und das nur meinetwegen. Ich habe ihre Lüge für bare Münze genommen und ihr sogar eine Eskorte zur Verfügung gestellt, damit sie unbeschadet das Kloster erreicht.«

Ingelram trat tapfer vor, bis er seinem Lord von Angesicht zu Angesicht gegenüberstand und flüsterte gequält: »Ich allein trage die Schuld.«

Royce hob eine Augenbraue, als er diese dramatische Selbstanklage vernahm. »Darüber sprechen wir später«, versetzte Royce mit einem bedeutungsvollen Blick auf den Angelsachsen.

Ingelram machte einen tiefen Bückling, und Royce wandte sich wieder an den ehemaligen Steuereintreiber: »Was wißt Ihr sonst noch über Nichola?« erkundigte er sich.

James hob hilflos die Schultern. »Ich wurde vor zweieinhalb Jahren aus dieser Gegend verjagt, Mylord, und ein anderer hat das Amt des Steuereintreibers übernommen. Ich weiß nur, daß Nichola einen Hünen von einem Mann, der den Namen Rudolf trägt und große Ländereien im Süden besitzt, heiraten sollte. Sei war ihm seit ihrer Kindheit versprochen, und wenn die Hochzeit wie geplant stattgefunden hat, dann war sie zwei Jahre mit ihm verheiratet, ehe er in der Schlacht bei Hastings ums Leben kam. Sonst weiß ich gar nichts über Nichola, Mylord.«

Royce gab keinen Kommentar zu diesem Bericht ab und entließ James. Er wartete, bis der Angelsachse gegangen war, dann drehte er sich zu Ingelram um. »In Zukunft werdet Ihr Euch in Gegenwart Fremder nicht mehr auf diese Weise mit Euren Vergehen brüsten. Habt Ihr verstanden?«

Ingelram nickte betreten.

Royce seufzte. »Wenn Ihr als mein Stellvertreter Entscheidungen fällt, sind Eure Fehler auch die meinen. Vielleicht stellt sich ja auch heraus, daß die Unannehmlichkeiten, die Ihr mir bereitet, auch ein Gutes haben.«

Ingelram war erstaunt und wußte nicht, was er auf diese Bemerkung antworten sollte.

»Lady Nichola hat bewiesen, daß sie sehr gerissen ist, meinst du nicht, Royce?« mischte sich Hugh ein. »Sie ist dir entwischt ... fürs erste zumindest«, fügte er mit einer Kopfbewegung in Ingelrams Richtung hinzu.

»Ja«, bestätigte Royce höhnisch. »Fürs erste.«

»Die Wahrheit ist, daß ich ein Opfer ihrer Lügen geworden bin«, stammelte Ingelram.

»Nein«, widersprach Royce. »Ihr habt Euch von ihrer Schönheit betören lassen. Macht Euch die Ursache Eures Fehlers klar, dann werdet Ihr ihn auch nicht wiederholen.«

Der junge Ritter nickte nachdenklich. Er holte tief Luft,

als er sein Schwert aus der Scheide zog. Seine Hand zitterte, während er Royce die juwelenbesetzte Waffe, die er von seinem Vater geschenkt bekommen hatte, darbot. »Ich habe versagt, Baron, und Schande über Euch gebracht.«

Ingelram schloß in Erwartung eines Schlages die Augen. Eine lange quälende Minute verstrich, bevor er sie wieder öffnete. Weshalb zögerte sein Herr und Meister? »Wünscht Ihr nicht, Genugtuung von mir zu fordern, Baron?« fragte er, ohne seine Verwirrung zu verbergen.

Royce funkelte seinen Gefolgsmann böse an, ehe er sich zu Hugh umdrehte. Sein Freund lächelte, und beinah hätte Royce dieses Lächeln erwidert. »Was ich wünsche und was ich tatsächlich tun werde, sind zwei völlig verschiedene Dinge, Ingelram«, sagte er. »Das werdet Ihr später vielleicht verstehen. Warum bietet Ihr mir Euer Schwert an?«

Diese Frage traf Ingelram gänzlich unerwartet – der Baron hatte in einem so milden Tonfall gesprochen, daß er sich ernsthaft fragte, ob er wegen seines sträflichen Vergehens möglicherweise doch nicht in Ungnade gefallen war. »Ich biete Euch mein Schwert an, damit Ihr es nach Belieben gegen mich verwenden könnt, Baron. Ich begreife nicht, warum Ihr ... Ich habe Euch Schande bereitet, oder nicht?«

Royce ignorierte die Frage und stellte seinerseits eine. »Wessen Befehl habt Ihr unterstanden, bevor Ihr zu mir geschickt wurdet?« »Ich war zwei Jahre Baron Guys Knappe«, erwiderte Ingelram.

»Und habt Ihr in dieser Zeit je erlebt, daß Guy das Schwert gegen einen seiner Männer geführt hat?«

Eigentlich erwartete Royce eine rasche Verneinung. Er kannte Guy zwar und wußte, daß er seine jungen, noch unerfahrenen Männer manchmal einschüchterte – eine Taktik, die Royce nicht unbedingt guthieß. Man tuschelte sogar, daß Guy brutal sein konnte, aber Royce gab nicht viel auf dieses Gerede – er war sicher, daß diese Gerüchte von unzufriedenen Männern, denen Guys Ausbildungsmethoden zu hart und strapaziös waren, in die Welt gesetzt worden waren.

Er konnte seine Überraschung kaum verbergen, als Ingelram seine Frage mit einem Nicken beantwortete. »Ich selbst war Zeuge von solchen Maßnahmen. Baron Guy hat zwar nie einen seiner Gefolgsmänner getötet, aber einige unglückliche Soldaten starben später an den Folgen der Bestrafungen, die er über sie verhängt hatte. Ihre Wunden wurden brandig.«

»Das erklärt Euer absonderliches Verhalten, Ingelram«, schaltete sich Hugh ein. »Der Junge sagt die Wahrheit, Royce. Guy bestraft seine Männer tatsächlich durch körperliche Züchtigung, um sie zum Gehorsam und zur Loyalität zu zwingen. Sagt, Ingelram«, fuhr Hugh mit einem Blick auf den jungen Ritter fort. »Sind diese beiden Hurensöhne, Henry und Morgan, noch immer Guys Vertraute?«

Ingelram nickte wieder. »Sie sind seine engsten Berater. Wenn Baron Guy mit anderen, wichtigeren Angelegenheiten beschäftigt ist, übernehmen Henry und Morgan die Ausbildung der Männer.«

»Und auch die Bestrafung der Ungehorsamen?« hakte Hugh nach.

»Ja, auch die Bestrafung.«

»Morgan ist schlimmer als Henry«, erklärte Hugh. »Ich habe ihn im Kampf gesehen und gehofft, daß er während der Eroberung Englands getötet wird, aber die Angelsachsen haben mir diesen Gefallen nicht getan. Ich vermute, daß er mit dem Teufel im Bunde steht, weil er bis jetzt überlebt hat.«

Ingelram kam mutig einen Schritt näher. »Darf ich ganz offen sprechen, Baron?«

»Habt Ihr denn das bis jetzt noch nicht getan?«

Ingelram wurde knallrot. Plötzlich fühlte sich Royce uralt – der Altersunterschied zwischen ihm und seinem Gefolgsmann betrug zwölf Jahre, aber ihre Handlungsweise war so unterschiedlich, daß es genausogut zwanzig Jahre hätten sein können. »Was wollt Ihr uns denn noch mitteilen, Ingelram?«

»Die meisten Soldaten leisten Guy Gehorsam, aber sie sind ihm, wie Baron Hugh vermutet, nicht ergeben. Sie fürchten ihn und führen nur deshalb seine Befehle aus. In seiner Truppe gibt es keine Loyalität – nur unserem Herrscher William gegenüber.«

Royces Gesichtsausdruck blieb bei diesem Geständnis undurchdringlich. Er lehnte sich an das Kaminsims und verschränkte die Arme vor der Brust. Er machte einen sehr entspannten Eindruck, aber innerlich kochte er vor Wut. Ein Mann, der wie Guy eine hohe Stellung einnahm, sollte seine Leute beschützen und innere Stärke beweisen, das war seine Überzeugung. Aber so, wie es aussah, führte sich Guy eher wie ein Wüstling auf.

»Habt Ihr darum gebeten, in Royces Einheit versetzt zu werden, Ingelram?« erkundigte sich Hugh mit schwacher Stimme. Er hustete heftig, ließ sich matt auf seinem Sessel zurücksinken und rieb sich die stoppligen Wangen, während er auf eine Antwort wartete.

»Ich habe um die Versetzung ersucht«, entgegnete Ingelram. »Um die Wahrheit zu sagen, ich hatte wenig Hoffnung, daß meinem Antrag stattgegeben wird. Die Liste der Soldaten, die in Baron Royces Heer eintreten wollen, ist endlos lang. Aber mein Vater brachte es fertig, William auf mich aufmerksam zu machen, und mein Name wurde ganz oben auf diese Liste gesetzt. Ich hatte großes Glück.«

Hugh schüttelte den Kopf. »Ich begreife trotzdem nicht, wie Ihr das geschafft habt – mit oder ohne Williams Unterstützung. Zuerst mußtet Ihr doch von Guy Erlaubnis einholen, um überhaupt den Antrag auf Versetzung stellen zu können. Und Guy ist dafür bekannt, daß er nicht gerade begeistert über solche Anfragen ist, besonders dann nicht, wenn dadurch Royce in ein gutes Licht gerückt wird. Guy wetteifert mit Royce, seit der Zeit, als sie beide Knappen waren.« Hugh kicherte. »Mir tut Guy beinah leid. Er ist immer nur der Zweitbeste. Ich glaube, das macht ihn verrückt.«

Royce ließ Ingelram, dessen Gesicht noch immer gerötet war, nicht aus den Augen. Sobald Ingelram den Blick seines Herrn bemerkte, sprudelten die Worte aus ihm heraus. »Baron Guy ist nicht Euer Freund. Er ist voller Neid, weil Ihr ihn in allem übertrefft.«

»Aber weshalb hat er dann Eure Versetzung befürwortet?« bohrt Hugh weiter, in dem Bestreben, dem Rätsel auf den Grund zu kommen.

Ingelram senkte den Kopf und starrte verlegen auf seine Stiefelspitzen. »Er hat meine Versetzung nicht als Vorteil für Baron Royce angesehen – ganz im Gegenteil. Henry und Morgan haben sich beinah totgelacht über die kluge Entscheidung ihres Herrn. Sie sind alle überzeugt, daß ich niemals ein tauglicher Ritter werde.«

»Wieso hält Euch Guy für unfähig?« wollte Royce wissen.

Ingelram lief noch röter an, und Royce befürchtete schon, er würde im nächsten Augenblick in Flammen aufgehen.

»Ich bin ein Hasenfuß«, gestand Ingelram. »Baron Guy meint, daß ich nicht willensstark und tapfer genug für seine Einheit bin. Jetzt kennt Ihr die Wahrheit, und Baron Guy hat recht behalten. Durch meine Schwäche habt Ihr eine Niederlage erlitten.«

Royce hätte am liebsten losgepoltert, aber er behielt die Fassung und erwiderte scharf: »Wir haben keine Niederlage erlitten. Um Himmels willen, steckt Euer Schwert weg. Ihr habt noch nicht einmal richtig mit der Ausbildung begonnen, und genau aus diesem Grund gebe ich Euch nicht die Schuld an unserer Lage. Wenn Ihr allerdings nach sechs Monaten unter meinem Kommando einen ähnlichen Fehler begeht, drücke ich Euch eigenhändig die Kehle zu und versuche, Euch ein wenig Verstand einzubläuen. Verstanden?«

Ingelram nickte eifrig. »Wenn ich erneut versage, werde ich Euch freiwillig meine Kehle hinhalten«, beteuerte er leidenschaftlich. »Keine weitere Niederlage ...«

»Du liebe Güte, wollt Ihr wohl endlich aufhören, diese geringfügige Unannehmlichkeit als Niederlage zu bezeichnen?« versetzte Royce. »Lady Nicholas Flucht bedeutet nur eine kleine Verzögerung für mich – sie ist mir nicht für immer entkommen. Sobald wir abmarschbereit sind und nach London aufbrechen können, gehe ich zu diesem Kloster. Ich werde es nicht einmal betreten müssen – sie wird zu mir herauskommen.« Er trat einen bedrohlichen Schritt auf seinen Gefolgsmann zu. »Oder zweifelt Ihr etwa an mir?«

»Nein, Mylord.«

Royce nickte. Er gab keine Erklärung ab, wie er diese Heldentat vollbringen wollte, und Ingelram hätte sich lieber die Zunge abgebissen, als ihn nach seinen Plänen zu fragen. Dieses Thema stand nicht mehr zur Diskussion.

Trotzdem wurde Royce bald gezwungen, sich zuerst um andere Dinge als um Nicholas Gefangennahme zu kümmern. Hugh war weit kränker, als er geahnt hatte, und am nächsten Morgen glühte der alte Krieger vor Fieber.

Royce wachte drei Tage und drei Nächte am Bett seines Freundes. Er hatte nicht vor, einen seiner eigenen, noch unerfahrenen Leute oder die angelsächsischen Diener in die Nähe des Kranken kommen zu lassen. Sie würden ihn bei der erstbesten Gelegenheit vergiften, das zumindest nahm Royce an. Die Pflicht, seinen Freund zu pflegen, fiel ihm allein zu, aber unglückseligerweise war er für solche Dienste nicht gerade geeignet.

Royce ließ den ehemaligen Steuereintreiber noch einmal zu sich kommen und fragte ihn erneut nach Nicholas Familie aus. Im Geist hatte er schon einen Plan geschmiedet, wie er die junge Frau aus ihrem Zufluchtsort locken konnte, aber er wollte sichergehen, daß er alles bedacht hatte.

Hughs Zustand verschlechterte sich zusehends, und am

Ende der Woche wurde Royce bewußt, daß sein Freund sterben würde, wenn er keine fachkundige Hilfe erhielt und richtig behandelt würde. In seiner Verzweiflung brachte Royce den Kranken zum Kloster. Ingelram und Hughs Knappe Charles eskortierten die Kutsche, in der Hugh lag.

Den vier Männern wurde der Zutritt in das Kloster verwehrt, solange sie ihre Waffen bei sich trugen. Royce wehrte sich nicht gegen die Forderung, und als sie ihre Schwerter abgelegt hatten, öffnete sich das eiserne Tor.

Die Äbtissin empfing sie in dem mit Steinen gepflasterten Innenhof. Nach Royces Schätzung mußte sie eine Frau um die Vierzig sein; ihre Haltung war gebückt, aber ihr Gesicht war noch erstaunlich klar und faltenlos. Sie trug ein schwarzes Gewand, eine schwarze Haube und schwarze Schuhe. Obwohl sie ihm kaum bis zur Schulter reichte, zeigte sie sich von seiner Größe gänzlich unbeeindruckt und sah ihm furchtlos in die Augen.

Die Äbtissin erinnerte ihn an Schwester Danielle ... oder eher an Lady Nichola, berichtigte er sich selbst.

»Aus welchem Grund habt Ihr Eure Soldaten an den Mauern dieses Klosters postiert?« fragte die Nonne nach der Begrüßung.

»Meine Männer sind hier, um sicherzustellen, daß Lady Nichola ihren Zufluchtsort nicht verläßt«, erwiderte Royce.

»Seid Ihr gekommen, um sie zu überreden, mit Euch zu gehen?«

Royce schüttelte den Kopf und bat die Äbtissin, ihm zur Kutsche zu folgen, in der Hugh noch immer lag. Nachdem die Äbtissin erkannt hatte, in welch schlechtem Zustand Hugh war, gab sie sofort den Befehl, ihn ins Haus zu bringen.

Hugh war zu schwach, um sich auf den Beinen zu halten, und deshalb legte sich Royce den alten Krieger über die Schultern. Er taumelte etwas unter dem Gewicht, es gelang ihm jedoch, sich aufzurichten und hinter der Äbtissin in das

Gebäude zu stolpern. Gleich links von dem Rundbogenportal führte eine Steintreppe nach oben. Royce und die beiden Gefolgsmänner ließen die Nonne vorangehen und folgten ihr durch einen langen, hellen Korridor.

Getuschel begleitete sie. Das Poltern von Männerstiefeln, die über den Holzboden stapften, hallte von den Wänden wider, aber Royce konnte trotzdem den sanften Singsang der Nonnen hören. Je näher sie der Tür am anderen Ende des Flurs kamen, desto deutlicher wurden die melodiösen, süßen Stimmen. Er erkannte das Vater Unser und wußte, daß sich die Schwestern zur Andacht versammelt hatten.

»Uns steht leider nur ein großer Raum für die Kranken zur Verfügung, die zu uns gebracht werden«, erklärte die Äbtissin. »Noch vor einer Woche war unser Krankenzimmer voll belegt, aber zur Zeit haben wir nur einen angelsächsischen Soldaten in unserer Obhut. Ihr stimmt mir doch sicherlich zu, Baron, daß innerhalb dieser Mauern alle Männer gleich sind, egal ob Normannen oder Angelsachsen?«

»In diesem Fall stimme ich Euch zu«, erwiderte Royce. »Ist der angelsächsische Soldat Lady Nicholas Bruder?«

Die Äbtissin drehte sich zu ihm um. »Ja«, bestätigte sie. »Justin liegt hier.«

»Wird er sterben, wie man mir erzählt?«

»Nur Gott allein weiß die Antwort auf diese Frage. Justin weigert sich, das Kreuz, das ihm auferlegt wurde, zu tragen, und er wehrt sich gegen unsere Bemühungen, ihn zu behandeln und gesund zu pflegen. Er fleht Gott an, ihn zu sich zu nehmen, während wir fleißig um seine Genesung beten. Ich kann nur hoffen, daß Gott sich durch unsere widersprüchlichen Gebete nicht verwirren läßt.«

Royce war nicht sicher, ob die Mutter Oberin, die ihn stirnrunzelnd betrachtete, scherzte oder nicht, deshalb nickte er nur, während er Hughs Gewicht auf seinen Schultern verlagerte. »Ich würde meinen Freund gerne möglichst rasch irgendwo hinlegen. Vielleicht können wir uns später, wenn Hugh untergebracht und einigermaßen versorgt ist, über Eure Kümmernisse unterhalten.«

»Im Augenblick beschäftigt mich nur eine Frage«, gab die Äbtissin zurück. »Ihr solltet lieber erfahren, daß ich vorhabe, Eurem Freund das Bett neben dem von Justin zuzuweisen. Ich erkenne an Eurem finsteren Blick, daß Ihr für diese Entscheidung nicht viel übrighabt, aber ich habe einen vernünftigen Grund dafür. Schwester Felicity ist eine erfahrene Krankenpflegerin und wird sich um beide Männer kümmern, sie ist jedoch schon ziemlich betagt, und ich kann ihr nicht zumuten, ständig von einem Ende des Saals zum anderen zu rennen. Sie wird sich zwischen die beiden Betten setzen und bei den Kranken wachen. Könnt Ihr diese Bedingung akzeptieren?«

Als Royce nickte, atmete die Nonne erleichtert auf, dann öffnete sie die Tür. Der Saal, den sie nun betraten, war riesig. Royce blinzelte, weil ihn das helle Sonnenlicht blendete, das durch die großen Fenster an der gegenüberliegenden Wand flutete. Unter jedem dieser Fenster befand sich eine Holzbank, und die Wände waren grellweiß – offenbar waren sie erst kürzlich frisch gekalkt worden. Etwa zwanzig Betten standen in einer Reihe an der Wand und neben jedem ein kleiner Nachttisch mit einer weißen Kerze. Um dem Kranken ein wenig Abgeschiedenheit zu ermöglichen, konnte man jedes Bett mit einem Vorhang, der von der Decke bis zum Boden reichte, abschirmen, aber alle Vorhänge bis auf einen waren zurückgezogen. Royce vermutete, daß Justin in diesem abgetrennten Abteil lag, und er legte Hugh auf das Bett daneben. Es dauerte nicht lange, bis er seinem Freund die Kleider ausgezogen und ihn mit einem Berg dicker, weicher Decken zugedeckt hatte.

»Die Wunden an seinem Arm und seiner Schulter sind eitrig«, bemerkte die Äbtissin mit besorgtem Blick. »Schwester Felicity wird wissen, was zu tun ist.« Sie beugte sich über das Bett und strich Hugh mit einer mütterlichen

Geste über die Stirn. »So Gott will, wird dieser Mann wieder gesund.«

Royce senkte höflich den Kopf, als die Nonne ihm und seinen beiden Begleitern vorschlug, das Kloster zu verlassen, widersetzte sich aber der Bitte. »Nein, ein normannischer Soldat wird ständig bei Hugh Wache halten, bis er seine Krankheit überwunden hat. Außerdem darf Hugh nichts essen oder trinken, was nicht von einer Eurer Schwestern vorgekostet wurde«, fügte er entschlossen hinzu.

Die erstaunte Miene der Äbtissin machte deutlich, daß sie nicht an Widersprüche oder Forderungen gewöhnt war. »Ihr seid ein sehr mißtrauischer Mann, Baron«, sagte sie. »Dies ist ein geweihter Ort, und Euer Freund hat nichts von uns zu befürchten.«

Da Royce nur mit einem Achselzucken reagierte, setzte sie hinzu: »Was wollt Ihr tun, wenn ich nicht mit Euren Anordnungen einverstanden bin?«

»Ihr würdet Hugh nie wegschicken«, behauptete er, »das ließen Eure Gelübde nicht zu.«

Ihr Lächeln verblüffte ihn. »Ich sehe, daß Ihr ebenso halsstarrig seid wie ich selbst. Wir werden beide einige Zeit im Fegefeuer schmoren müssen wegen dieser Charakterschwäche ... Also schön, ich beuge mich Euren Wünschen.«

Hugh stöhnte im Schlaf, und die Mutter Oberin steckte behutsam die Decke um ihn fest und flüsterte dabei beruhigend auf ihn ein. Dann zog sie den Vorhang zu und machte sich auf die Suche nach Schwester Felicity. Als sie gegangen war, gab Royce Ingelram und Hughs Gefolgsmann ein Zeichen, und die beiden Männer bezogen sofort auf beiden Seiten vor der Tür Posten. Kein Mensch außer den Nonnen würde Zugang zu diesem Saal haben, bis Hugh wieder bei Kräften war.

Während er auf die Rückkehr der Äbtissin wartete, konnte Royce seine Neugier nicht länger bezähmen. Er mußte sich den angelsächsischen Soldaten ansehen und sich mit eigenen Augen davon überzeugen, daß er zu krank war, um für Hugh eine Bedrohung darzustellen. Royce war nicht der Mann, der etwas, was ein Angelsachse behauptete, glaubte, solange er das nicht persönlich überprüft hatte.

Royce umrundete Hughs Bett und streckte gerade die Hand nach dem Vorhang aus, als ihn jemand von der anderen Seite energisch aufriß.

Er fand sich Lady Nichola gegenüber. Sie sog scharf die Luft ein, was ihm verriet, daß sie ebenso überrascht über diese Begegnung war wie er selbst. Vermutlich hatte sie angenommen, daß er zusammen mit der Äbtissin den Saal verlassen hätte. Royce war sich im klaren, daß sie jedes Wort ihrer Unterhaltung mitangehört hatte.

Jetzt standen sie sich, nur ein paar Zentimeter voneinander entfernt, gegenüber, und der leichte Rosenduft betörte seine Sinne.

Gütiger Himmel, sie war so schön – und sie war, so hoffte er zumindest, zum Tode erschrocken. Ihre Augen waren weitaufgerissen, und er glaubte, Angst in ihrem unsteten Blick zu erkennen.

Ja, dachte er, sie fürchtet sich vor mir – eine durchaus vernünftige Reaktion, wie er fand. Diese Frau hatte verdammt gute Gründe, Angst vor ihm zu haben. Immerhin forderte jede Maßnahme eine Gegenmaßnahme heraus – oder Vergeltung. Lady Nichola hatte ihn belogen, um sich seinem Zugriff zu entziehen, aber bald schon würde sie für diese Lüge büßen müssen.

Einige Minuten sagte keiner von ihnen ein Wort. Royce baute sich drohend vor ihr auf und wartete darauf, daß sie zurückwich. Sie war jedoch nur damit beschäftigt, ihren Zorn zu unterdrücken, aber je länger sie ihn anstarrte, desto wütender wurde sie. Wie konnte es dieser Normanne wagen, in das Krankenzimmer ihres Bruders einzudringen?

Sie reckte trotzig das Kinn.

Sein Lächeln erstarb.

Sie hatte gar keine Angst vor ihm. Diese Erkenntnis traf ihn wie ein Keulenschlag, und gleich darauf zuckten ihm sündige Gedanken durch den Kopf. Die Frau war ihm so nahe, daß er nur zuzugreifen brauchte. Großer Gott, wie einfach wäre es gewesen, sie sich über die Schulter zu werfen, und das Kloster mit ihr zu verlassen – eine schändliche Idee, da sie sich im Moment im Schutz der Kirche befand. Aber noch viel verwerflicher als diese Idee war die gewaltige Woge der Begierde, die ihn unvorbereitet überrollte.

Wenn ein Mann eine Vorliebe für blauäugige Nymphen hatte, dann wäre Nichola sicherlich seine erste Wahl, aber, so redete sich Royce ein, er bevorzugte ja etwas ganz anderes. Schon im nächsten Moment wußte er, daß er sich selbst belog, und gab sich geschlagen. Zur Hölle, er konnte sich nicht damit begnügen, sie für den Rest seiner Tage anzustarren und auf mehr zu warten.

Ihr Mund war zu verführerisch, um Royces Seelenfrieden nicht zu gefährden, und er konnte an nichts anderes denken als daran, wie er wohl auf seinen Lippen schmecken würde. Nur seine eiserne Selbstbeherrschung bewahrte ihn davor, Nichola an sich zu reißen und an Ort und Stelle die Antwort auf diese Frage zu finden. Er atmete tief durch, um sich zu beruhigen, und zwang sich, die Frau mit einem finsteren Blick einzuschüchtern. Trotz war unter gewissen Umständen schön und gut, aber jetzt war er fehl am Platz. Nur Angst bewirkt Vorsicht, und Nichola hatte schon genug angerichtet – es wurde Zeit, daß sie die Waffen streckte. Er war fest entschlossen, ihr klarzumachen, wen sie vor sich hatte. Schließlich war er der Eroberer und sie die Beute, und je früher sie diese Tatsache begriff, desto leichter würde sie ihr zukünftiges Leben ertragen können.

Royce war dafür prädestiniert, jemandem Angst einzujagen, und üblicherweise half ihm die entstellende Narbe in seinem Gesicht dabei.

Seltsamerweise schien jedoch bei dieser Frau alles zu versagen. Ganz egal, wie drohend er sie anfunkelte, sie wich kein Stück zurück. Ihre Haltung beeindruckte ihn, auch wenn er das nicht gerne zugab. Er trat noch einen Schritt vor, bis seine Stiefelspitzen ihre Schuhe berührten – noch immer rührte sie sich nicht vom Fleck. Sie hatte den Kopf weit zurückgeneigt, um seinem Blick unverwandt standhalten zu können, und wenn er es nicht besser gewußt hätte, dann hätte er geschworen, daß ihre Augen blitzten.

Wagte sie es etwa, sich über ihn lustig zu machen?

Nichola hatte Schwierigkeiten, sich auf das Atmen zu besinnen. Im Grunde war sie wütender auf sich selbst als auf den Krieger, der sie so zornig anstarrte. Dieser Normanne weckte unerklärliche Empfindungen in ihr, und sie konnte nicht aufhören, ihn anzusehen. Er hatte wundervolle graue Augen, aber daß sie sich überhaupt die Zeit nahm, das zu bemerken, ging weit über ihren Verstand.

Er wollte ihr Angst einjagen, doch das würde sie auf keinen Fall dulden. Der Ritter sah wirklich gut aus – der Teufel sollte ihn holen und sie auch, weil es ihr aufgefallen war. Was war nur los mit ihr? Er war doch ihr Feind, und sie sollte ihn hassen, oder etwa nicht?

Offensichtlich bereitete es ihm keinerlei Mühe, sie zu hassen – seine finstere Miene drückte reine Abscheu aus. Sie straffte ihren Rücken.

»Ich hätte Euch töten sollen, als ich die Gelegenheit dazu hatte«, fauchte sie.

Er zog eine Augenbraue hoch. »Wann soll das gewesen sein?« erkundigte er sich spöttisch.

»Als ich mit der Steinschleuder auf Euch zielte und Ihr das Bewußtsein verloren habt.«

Er schüttelte ungläubig den Kopf.

Sie nickte. »Ich habe genau gezielt«, brüstete sie sich. »Ich wollte Euch brandmarken, nicht umbringen. Jetzt bereue ich diese Entscheidung, aber möglicherweise bekomme ich eine zweite Chance, ehe Ihr aus dem Land und in die Normandie zurückgejagt werdet.«

Er war keineswegs überzeugt, verschränkte die Arme vor der Brust und lächelte breit. »Und weshalb habt Ihr mich nicht getötet?«

Sie zuckte mit den Achseln. »Mir war nicht danach«, versetzte sie. »Jetzt allerdings hätte ich nicht übel Lust dazu.«

Er lachte, und ihr wurde bewußt, daß er ihr immer noch kein Wort glaubte. Das konnte sie ihm nicht einmal verdenken, denn wenn man es genau nahm, hatte sie ihm bis zu dieser Minute nichts als Lügen aufgetischt ... Sie fragte sich, ob er inzwischen herausgefunden hatte, daß sie gar keine Ordensschwester war. Natürlich, dachte sie, der ehemalige Steuereintreiber hatte es ihm bestimmt verraten.

Nichola spürte mit einem Mal, wie sie die Fassung verlor und ihre Knie weich wurden, und beschloß, den normannischen Baron kühl zu verabschieden. Sie streckte die Hand nach dem Vorhang aus, um ihn zuzuziehen, aber Royce war schneller als sie, faßte nach ihrer Hand und hielt sie fest, noch ehe sie den Stoff erwischen konnte.

Die Berührung brannte wie ein Hornissenstich, und sein Griff war so fest, daß Nichola den Versuch aufgab, sich loszureißen. Der Kampf war aussichtslos, und sie zeigte ihm nur ihre Schwäche, wenn sie sich gegen ihn wehrte.

»Habt Ihr Eure Besitztümer hier im Kloster, Nichola?«

Diese so beiläufig gestellte Frage überraschte sie. Sie nickte, bevor sie sich eines Besseren besinnen konnte. »Warum wollt Ihr das wissen?«

»Ich bin ein praktisch veranlagter Mann«, entgegnete er. »Das erspart uns Zeit, und wir können direkt von hier aus nach London aufbrechen. Haltet Eure Sachen bereit, oder ich werde sie hierlassen. Sobald mein Freund wieder auf den Beinen ist, machen wir uns auf den Weg.«

Seine Überheblichkeit machte sie noch wütender. »Ich werde nirgendwo hingehen.«

»O doch, das werdet Ihr.«

Sie schüttelte den Kopf so heftig, daß der Schleier, der ihr Haar bedeckte, zur Seite rutschte. Noch bevor sie ihn wieder zurechtrücken konnte, riß Royce ihn ihr ganz vom Kopf.

Nicholas schimmernde blonde Haarflut löste sich und fiel ihr fast bis zur Taille – dieser umwerfende Anblick raubte Royce den Atem.

»Nur Nonnen tragen Schleier, Nichola, und Ihr seid keine Nonne, nicht wahr?«

»Es war eine Notlüge, Gott wird das verstehen. Er ist auf meiner Seite, nicht auf Eurer.«

Diese absurde Behauptung brachte ihn zum Lachen. »Und wie, bitte, kommt Ihr zu diesem Schluß?« fragte er amüsiert.

Lachte er sie etwa aus? Nein, das konnte nicht sein – normannische Ritter waren keiner menschlichen Regung fähig. Sie lebten nur, um zu töten und Land zu erobern. das zumindest hatten ihr ihre Brüder erzählt. Und der Grund für diese Haltung war ganz einfach: Die feindlichen Soldaten folgten einem Herrscher, der eher einem Ungeheuer als einem menschlichen Wesen glich.

»Wieso seid Ihr überzeugt, daß Gott auf Eurer Seite ist?« hakte er nach, als sie beharrlich schwieg.

»Ich bin Euch entkommen, oder nicht? Das, Baron ist Beweis genug, daß er zu mir hält. Ich bin hier in Sicherheit.«

Gegen diese seltsame Argumentation konnte er nichts vorbringen. »Ihr seid in Sicherheit – für den Augenblick«, stimmte er ihr zu.

Sie belohnte ihn mit einem Lächeln, bei dem die reizenden Grübchen in ihren Wangen zum Vorschein kamen. »Ich bleibe hier, solange ich will«, prahlte sie. »Ihr könnt mir glauben, daß ich diesen geweihten Ort nicht verlasse, bis sich Eure Invasion als Fehlschlag erwiesen hat und Ihr Euch nach Hause, wohin Ihr gehört, zurückgezogen habt.«

»Diese Invasion ist kein Fehlschlag, Nichola. Wir haben

England eingenommen, mit dieser Tatsache müßt Ihr Euch abfinden, dann wird alles viel leichter für Euch. Ihr seid bereits erobert worden.«

»Ich werde niemals erobert.« Die hochmütige Behauptung wurde von dem schrillen Unterton in ihrer Stimme Lügen gestraft, und das blieb von Royce nicht unbemerkt. Dieser ungehobelte Kerl hatte die Stirn zu lächeln. Nichola straffte die Schultern, um ihm ihre Entschlossenheit zu zeigen.

Royce drückte kurz ihre Hand und ließ sie endlich los. Nichola wandte sich ab, aber er umfaßte mit einer raschen Bewegung ihr Kinn, zwang sie, ihm in die Augen zu sehen, und beugte sich dicht über sie. »Macht mir nie wieder Unannehmlichkeiten, Nichola«, flüsterte er so bedrohlich, daß sie zutiefst erschrak. Sie stieß seine Hand weg und wich zur Seite, so daß Royce einen ungehinderten Blick auf ihren Bruder hatte.

»Meint Ihr wirklich, daß es mich kümmert, ob Ihr meinetwegen Unannehmlichkeiten habt?« fragte sie. »Mein Bruder ist dem Tode nahe, und das nur wegen Eures gierigen, machthungrigen Herrschers. Wenn Euer William England in Ruhe gelassen hätte, wäre Justin nicht verstümmelt worden.«

Royce wandte seine Aufmerksamkeit dem Krankenbett zu. Er erkannte auf den ersten Blick, daß der angelsächsische Soldat tatsächlich mehr tot als lebendig war. Sein Gesicht war weiß wie die Bettlaken, und Schweißperlen standen auf seiner fiebrigen Stirn. Sein Haar war ebenso blond wie das von Nichola, aber das war auch schon die einzige Ähnlichkeit zwischen Bruder und Schwester.

Royce konnte Justins Verletzung nicht sehen, da der große junge Mann vom Hals bis zu den Füßen zugedeckt war.

Er musterte das junge Gesicht eingehend und fühlte sich plötzlich müde. Die Angelsachsen schickten also schon Kinder in den Kampf, dachte er kopfschüttelnd. Der Schlaf des

Jungen war unruhig – offensichtlich beherrschten Dämonen seinen Alptraum, und Royce blieb nicht unberührt von der schrecklichen Qual, die Nicholas Bruder durchlitt.

Nichola erkannte Mitgefühl in Royces Augen, obwohl er seine Empfindungen zu verbergen suchte, und sie war verblüfft und verwirrt zugleich. Hätte ihn der Anblick eines verwundeten Feindes nicht in Hochstimmung versetzen müssen?

»Wenn er wach ist, betet er dafür, sterben zu dürfen«, flüsterte sie.

»Warum?« fragte er aufs höchste erstaunt.

Erst jetzt bemerkte Nichola, daß er das ganze Elend, das ihren Bruder heimgesucht hatte, nicht erfassen konnte. »Mein Bruder hat seine linke Hand in der Schlacht verloren.«

Royce zeigte keine Reaktion. »Aber er könnte am Leben bleiben«, sagte er nach einem langen Schweigen. »Die Wunde wird sicher heilen.«

Seine Zuversicht behagte ihr überhaupt nicht, ihr wäre es lieber gewesen, er hätte Schuldgefühle gezeigt. Sie trat einen Schritt näher an das Bett, als müßte sie ihren Bruder vor noch mehr Unheil bewahren. »Vielleicht wart Ihr der Mann der meinem Bruder dieses Leid zugefügt hat.«

»Ja.«

Daß er sich so unumwunden zu so einer schändlichen Tat bekannte, nahm ihr beinah den Atem. »Habt Ihr denn gar kein schlechtes Gewissen?«

Er sah sie an, als hätte sie endgültig den Verstand verloren. »Ein schlechtes Gewissen ist für einen Krieger reine Zeitverschwendung.«

Ihr Gesichtsausdruck zeigte ihm, daß sie nichts verstand, und deshalb erklärte er geduldig.: »Der Krieg ist wie eine Schachpartie, Nichola. Jede Schlacht wird genau im voraus geplant und durchdacht, und wenn der tatsächliche Kampf beginnt, haben Gefühle keinen Platz mehr.«

»Wenn Ihr wirklich meinen Bruder verletzt habt ...«

»Das ist mehr als unwahrscheinlich«, fiel er ihr abrupt ins Wort.

»Weshalb?«

»Es ist nicht meine Art, so zu kämpfen.«

Diese Eröffnung ergab für Nichola kein bißchen Sinn. »Oh? Was tut Ihr dann in einer Schlacht, wenn Ihr Eure Feinde nicht verwundet?«

Er seufzte. »Ich töte sie.«

Sie gab sich Mühe, ihm nicht zu zeigen, wie entsetzt sie war. Er wirkte so teilnahmslos, als würden sie über den Übungsplan seiner Truppe sprechen, und seine Gefühllosigkeit brachte sie in Rage.

»Euer Bruder wurde, soweit ich informiert bin, in der Schlacht bei Hastings und nicht im Norden verwundet«, sagte er und riß sie damit aus ihren Gedanken.

»Nein, Justin hat nicht an der Schlacht bei Hastings teilgenommen«, erwiderte sie. »Er ist bei Stamford Bridge geschlagen worden.«

Royce konnte seinen Zorn kaum bezähmen – diese verrückte Person war nicht einmal in der Lage, ihre Feinde auseinanderzuhalten. »Ich bin ein Normanne, Nichola, oder habt Ihr das schon vergessen?«

»Selbstverständlich nicht.«

»Der Angriff bei Stamford Bridge wurde vom König der Norweger und seinen Soldaten geführt, wir Normannen waren nicht einmal in der Nähe.« Er ging auf sie zu. »Und deshalb kann ich Euren Bruder gar nicht verwundet haben, ob Euch das nun gefällt oder nicht.«

»Ich bin froh darüber«, sprudelte sie heraus.

Darauf hatte Royce keine passende Erwiderung parat. Eigentlich war er immer überzeugt gewesen, daß er die Reaktionen seiner Gegner exakt vorhersehen konnte, jetzt jedoch zweifelte er an dieser Fähigkeit. Gott war sein Zeuge, sie sah so aus, als ob ihr ein Stein vom Herzen gefallen wäre, aber das ergab doch gar keinen Sinn! Was kümmerte es sie, ob er es gewesen war, der ihren Bruder geschlagen hatte, oder ein anderer?

»Ihr scheint erleichtert zu sein.«

Sie nickte. »Ich bin ... froh zu wissen, daß Ihr es nicht gewesen seid«, gab sie zu und senkte den Blick auf den Boden. »Und ich bitte Euch um Verzeihung, weil ich Euch zu Unrecht beschuldigt habe.«

Er traute seinen Ohren nicht. »Ihr tut was?«

»Ich bitte um Verzeihung«, murmelte sie.

Er schüttelte verständnislos den Kopf.

»Wenn Ihr es getan hättet«, fuhr Nichola fort, »hätte ich Rache an Euch nehmen müssen, meint Ihr nicht? Ich bin alles, was Justin geblieben ist, und ich habe die Pflicht, ihn zu beschützen.«

»Ihr seid eine Frau.«

»Ich bin seine Schwester.«

Nichola rieb sich die Arme, weil ihr plötzlich kalt wurde. Lieber Himmel, wie müde sie war! Sie fror erbärmlich und war so erschöpft, daß sei kaum noch einen klaren Gedanken fassen konnte.

»Ich mag diesen Krieg nicht«, brachte sie hervor. »Aber Männer denken wohl anders darüber. Sie lieben den Kampf.«

»Einige lieben den Kampf«, erwiderte er in schroffem Ton. Plötzlich verspürte er den Drang, Nichola in die Arme zu nehmen. Sie sah so zerbrechlich aus, und er konnte sich nicht vorstellen, wie sie die Belagerung bis jetzt überstanden hatte. Es war bewundernswert, daß sie versuchte, ihren Bruder vor weiterem Schaden zu bewahren, und sich so für ihn einsetzte, auch wenn sie dieser Aufgabe wahrscheinlich gar nicht gewachsen war.

Doch nach all den Gerüchten, die er über sie gehört hatte, hatte er im Grunde nichts anderes von ihr erwartet. »Nichola, wißt Ihr eigentlich, daß Ihr bei den normannischen Soldaten schon zur Legende geworden seid?«

Diese Bemerkung riß sie aus der Erstarrung und weckte ihre Neugier. »Nur Verstorbene werden zu Legenden«, sagte sie. »Nicht die Lebenden.«

»Falls das wahr ist, dann seid Ihr eine Ausnahme«, meinte Royce. »Ihr habt den Befehl geführt, als Eure Soldaten die ersten drei Angreifer, die William zu Euch gesandt hat, in die Flucht geschlagen haben.«

Sie zuckte mit den Schultern. »Euer Anführer hat Kindern befohlen, mein Heim einzunehmen, und ich habe diese Kinder nur wieder nach Hause geschickt.«

»Selbst wenn das so war«, beharrte er. »Dann ...«

Sie unterbrach ihn. »Die Soldaten meines Bruders standen erst unter meinem Kommando, nachdem ihr eigentlicher Befehlshaber gezwungen war, abzuziehen.«

»Wer ist dieser Befehlshaber, und wo befindet er sich jetzt?«

»Sein Name ist John«, antwortete sie, »und er ist in den Norden geritten.« Sie verschränkte die Arme und sah auf ihren Bruder nieder. »Ihr werdet ihn nie erwischen, er ist viel zu klug, als daß es Männer wie Ihr mit ihm aufnehmen könnten.«

»»Mir kommt er eher wie ein Feigling vor, wenn er Euch ohne Schutz allein läßt.«»Ich habe ihm befohlen, sich auf den Weg zu machen. John ist nicht feige, und außerdem kann ich sehr gut selbst auf mich achtgeben, Baron. Es gelingt mir sogar, langweiligen Normannen zu entkommen, wenn ich möchte.«

Royce ignorierte die Spitze. »Ein Normanne hätte niemals eine Frau sich selbst überlassen.«

Sie schüttelte den Kopf. Es war zwecklos, John jetzt zu verteidigen – sie wußte ja, daß der treue Gefolgsmann ihres Bruders einer der tapfersten Männer war, denen sie je begegnet war. unter den widrigsten Umständen hatte er den kleinen Ulric zu ihr gebracht. Ihr Bruder Thurston hatte John aufgetragen, seinen kleinen Sohn zu Nichola zu bringen und in ihrer Obhut zu lassen, bis der Krieg zu Ende war. James, der angelsächsische Verräter, der die Feinde mit Informationen versorgte, sollte nie – ebenso wie der Normanne – etwas über die Existenz des Babys erfahren. Es war ein Jammer, daß Nichola im Moment nicht Johns Heldentaten rühmen konnte, aber Ulrics Sicherheit war das Allerwichtigste. Für die Normannen mußte Ulric der Sohn einer Dienerin bleiben.

Royce beobachtet ihr Mienenspiel und fragte sich, was ihr wohl durch den Kopf ging. Es war ihm gar nicht recht, daß sie den Soldaten, der sie nur mit einer kleinen Truppe von Beschützern allein gelassen hatte, so sehr verteidigte, aber er entschied, dieses Thema nicht weiter zu verfolgen.

»Ihr habt sehr viel Klugheit und Geschick bewiesen, als Ihr Euch für eine Nonne ausgegeben habt. Meine Soldaten haben sich von Euch täuschen lassen.«

Ihr fiel auf, daß er selbst sich nicht mit einschloß. Schämte er sich zuzugeben, daß sie auch ihn zum Narren gehalten hatte? »Eure Soldaten sind kleine Jungen«, erklärte sie. »Das ist einer der Gründe, weshalb Ihr doch noch geschlagen werdet, Baron.«

»Die meisten meiner Männer sind älter als Ihr.«

»Dann sind sie Dummköpfe.«

»Sie sind nicht ausgebildet, aber keine Dummköpfe«, korrigierte er sie. »Die erfahrenen Soldaten werden für wichtigere Aufgaben gebraucht.«

Royce war nur aufrichtig, aber ihr Gesicht drückte deutlich aus, daß sie die Wahrheit verletzt hatte. Sie drehte ihm den Rücken zu, um ihm zu verstehen zu geben, daß das Gespräch beendet war.

Aber er gab sich nicht so schnell geschlagen. »Ich möchte Euch warnen, Nichola. Es wird Euch in diesem Fall nicht viel nützen, wenn Ihr versucht, allzu schlau zu sein. Die Reise nach London wird beschwerlich genug, und die Zeit, die wir miteinander verbringen müssen, wird nur erträglich für Euch, wenn Ihr Euch gut benehmt.«

Sie hielt es nicht für nötig, sich ihm zuzuwenden, aber ihre Stimme bebte vor Zorn. »Mein Gott, Eure Überheblichkeit ist unerträglich. Ich habe hier Asyl gefunden, und selbst die heidnischen Normannen können das Gesetz nicht brechen. Ich werde nicht von hier weggehen.«
»O doch.«
Sie schnappte nach Luft. »Ihr werdet doch nicht das Recht auf Asyl an einem geweihten Ort mit Gewalt verletzten, oder?«
»Nein, Ihr werdet freiwillig dieses Gemäuer verlassen, wenn die Zeit gekommen ist.«
Ein Angstschauer lief ihr über den Rücken. Welche Waffe konnte er gegen sie einsetzen? Sie überdachte eine Möglichkeit nach der anderen, aber sie kam nur zu dem Schluß, daß er bluffte. Es gab nichts, womit er sie zwingen konnte, die Sicherheit des Klosters zu verlassen.
Ihre Augen füllten sich mit Tränen der Erleichterung.
Er lächelte.
Jetzt verlor sie die Beherrschung und vergaß völlig, daß sie sich in einem Krankenzimmer befand, sonst hätte sie diesen barbarischen Menschen niemals so laut angeschrien.
»Solange sich auch nur ein Normanne in England aufhält, werde ich nie von hier weggehen. Niemals!«

3

Niemals, diese Zeitspanne endete für Nichola genau acht Wochen später.
Baron Hugh hatte seine Krankheit vollständig überwunden und am Tag zuvor das Kloster verlassen. Die Äbtissin vertraute Nichola an, daß sie ein Gespräch der beiden Barone mitangehört hatte – Royce hatte seinen Freund gebeten,

in der Festung zu bleiben, bis er die Beute nach London gebracht hatte.

»Ich glaube, Nichola, daß du diese Beute bist«, ergänzte die Mutter Oberin mitfühlend.

»Er macht bestimmt nicht ernst«, murmelte Nichola.

Diese Worte wiederholte sie stumm den ganzen Tag über immer und immer wieder, und in der Nacht fand sie keinen Schlaf. Royce hatte noch am Abend einen Boten mit der Aufforderung, daß Nichola ihre Sachen zusammenpacken und sich zur Abreise am folgenden Tag bereithalten sollte, ins Kloster geschickt.

Die Äbtissin schätzte den normannischen Baron nicht als einen Mann ein, der nur drohte und nicht handelte, aber sie behielt ihre Meinung für sich. Sie packte Nicholas kleine Reisetasche und brachte sie zum Portal – nur als Vorsichtsmaßnahme, falls der Baron tatsächlich etwas geplant hatte.

»Vielleicht geschieht ja gar nichts, wenn du vorbereitet bist, Nichola«, meinte sie.

Nichola war schon bei Tagesanbruch fertig angezogen – sie trug ihre Lieblingskleider, die sie seinerzeit zusammen mit ihrer Mutter genäht hatte und die ihre Stimmung schon allein deshalb immer hoben. Das cremefarbene Gewand mit dem königsblauen Tuch war für das kalte Winterwetter viel zu dünn, aber sie würde ohnehin nicht ins Freie gehen, also spielte es gar keine Rolle, ob sie warm angezogen war.

Sie lehnte das Angebot, an der Morgenandacht der Ordensschwestern teilzunehmen, höflich ab, da sie nur allzu gut wußte, daß sie viel zu aufgeregt war, um zu beten, und die anderen nur stören würde.

Eine knappe Stunde später kam Alice, Nicholas vertrauenswürdige Dienerin, ins Kloster, um wie jede Woche Bericht zu erstatten. Die Frau war sanftmütig und ihrer Herrin treu ergeben, und glücklicherweise hatte sie ein sehr gutes Gedächtnis und konnte sich sogar die kleinsten Einzelheiten, die sich in der Burg zugetragen hatten, merken. Alice war zwar fünfzehn Jahre älter als Nichola, doch sie hatte immer noch die kindische Angewohnheit, unkontrolliert zu kichern, wenn sie nervös war.

Und sie kicherte auch jetzt, als sie ins Vestibül lief, in dem ihre Herrin sie erwartete. »Es ist genau, wie wir gedacht haben, Mylady«, sprudelte sie hervor, dann brachte sie hastig einen Knicks zustande, ehe sie fortfuhr: »Baron Hugh hat sich für einen hübschen, langen Aufenthalt in unserer Festung eingerichtet, und Baron Royce macht sich bereit, herzukommen und Euch zu holen.«

Nichola nahm Alices Hand und zog sie zum Fenster, dann bedeutete sie ihr, sich auf die Bank zu setzen, und nahm neben ihr Platz.

»Konntest du in Erfahrung bringen, was er vorhat? Wie will er mich überreden, meinen Zufluchtsort zu verlassen?« fragte Nichola.

Alice schüttelte so vehement den Kopf, daß sich ein paar graue Strähnen aus ihrem Knoten lösten. »Wir alle haben gerätselt und gerätselt, Mylady, aber niemandem ist etwas eingefallen. Baron Royce behält seine Absichten für sich. Clarise hat die beiden normannischen Ritter belauscht, aber keiner von beiden hat auch nur eine Silbe erwähnt, Mylady. Man könnte meinen, Baron Hugh wäre daran interessiert, wie Baron Royce Euch von hier weglocken will, aber ...«

»Clarise ist doch vorsichtig? Ich möchte nicht, daß sie meinetwegen in Schwierigkeiten gerät.«

Alice kicherte wieder. »Clarise ist Euch genauso ergeben wie der Rest der Bediensteten. Sie würde ihr Leben geben, um das Eure zu retten.«

Nichola wiegte den Kopf hin und her. »Ich will nicht, daß sie ihr Leben für mich aufs Spiel setzt, und du darfst auch nichts riskieren, Alice. Du kommst zu oft hierher, obwohl ich es immer kaum erwarten kann, Neuigkeiten aus meiner Burg zu hören.«

»Sie heißt jetzt Rosewood«, flüsterte Alice.

Sie nickte besänftigend, als Nichola sie mit einem erstaunten Blick bedachte und nachfragte: »Sie haben meiner Festung einen Namen gegeben?«

»Baron Hugh ist auf die Idee gekommen, und Baron Royce war es offenbar egal. Aber noch bevor wir's richtig begriffen haben, nannten wir alle die Festung Rosewood. Es klingt hübsch, meint Ihr nicht, Mylady?« Alice ließ ihrer Herrin gar keine Zeit für eine Antwort. »Wenn ich die ganze Wahrheit sagen soll, Mylady, dann tun die beiden Barone so, als ob jetzt alles ihnen gehören würde.«

»Was haben sie außerdem noch in meinem Heim verändert?« wollte Nichola wissen.

»Sie haben einen der nördlichen Geheimgänge gefunden und verschlossen. Bis jetzt ist das der einzige Durchschlupf, den sie entdeckt haben.«

Nichola ertappte sich dabei, wie sie die Hände ineinander verkrampfte, und zwang sich, Ruhe zu bewahren. »Und mein Zimmer, Alice?« fragte sie. »Welcher der Unholde wohnt in meinem Zimmer?«

»Keiner«, erwiderte Alice. »Baron Royce hat die Tür verriegelt, und niemand darf den Raum betreten. Nur als Hugh krank war, lag er in Eurem Zimmer, aber als er nach Rosewood zurückkam, hat er ein größeres Gemach bezogen. Clarise und Ruth wurden mit der gräßlichen Aufgabe betraut, für die Normannen alles sauber zu machen ... Wollt Ihr alles hören, Mylady?«

»Ja, natürlich«, bekräftigte Nichola. »Du brauchst mich nicht zu schonen.«

»Es fällt uns allen schwer, Baron Royce zu hassen«, gestand Alice mit einem weiteren unangemessenen Kichern.

»Haß ist eine Sünde, und schon allein aus diesem Grund dürfen wir die Normannen nicht hassen«, sagte Nichola. »Trotzdem ist es erlaubt, sie nicht zu mögen, Alice.«

Die Dienerin nickte. »Aber sogar das ist schwer«, jammerte sie. »Er hat uns alle zusammengerufen, und da wir Angst um Hacon hatten, haben wir uns alle vor ihn gestellt. Wir dachten, daß Royce sich sonst wieder an die Lüge erinnert, die Hacon ihm über Euch und Eure angebliche Zwillingsschwester erzählt hat. Wißt Ihr, was geschah, Mylady? Baron Royce hat Hacon vor uns allen gelobt, weil er seine Herrin so tapfer verteidigt hat, und bat ihn, sich vor ihn zu knien und auch ihm die Treue zu versprechen. Er hat Hacon nichts befohlen, er hat ihn wirklich *gebeten*!« Glucksen und Kichern folgten dieser Erklärung, dann preßte Alice plötzlich die Hand auf ihre Brust und holte tief Luft. »Der Baron hat Hacon sogar beim Aufstehen geholfen, nachdem der Alte den Treueeid abgelegt hatte. Auf jeden Fall waren wir alle ziemlich durcheinander wegen Royces Freundlichkeit. Wir waren uns sicher, daß er Hacons Kopf fordert und nicht seine Treue.«

»Wer weiß schon, was diesen Barbaren im Kopf herumspukt«, meinte Nichola.

»Der Baron erhebt niemals die Stimme gegen einen von uns. Clarise denkt, daß das daran liegt, daß er schon ein älterer Herr ist, wenn auch nicht so alt wie sein Freund, der Baron Hugh. Myrtle hat einmal aus Versehen einen ganzen Krug Ale über seinen vollen Teller geschüttet, und wenn Ihr meint, er hätte sie deswegen geschlagen, dann täuscht Ihr Euch. Er ist nur aufgestanden, hat sich an einen anderen Platz gesetzt und das Gespräch mit seinem Freund wiederaufgenommen, als ob gar nichts passiert wäre.«

Nichola wollte nichts mehr von Royce hören. »Und was macht Baron Hugh?« erkundigte sie sich.

»Er singt Loblieder auf Euch, Mylady«, antwortete Alice. »Er hat seinem Freund erzählt, daß Ihr in gepflegt, in den Nächten an seinem Bett gewacht und ihm feuchte Tücher auf die Stirn gelegt habt, wenn ihn das Fieber schwer plagte. Ihr habt ihm Trost zugesprochen, meint er ...«

»Ich habe ihm keinen Trost zugesprochen«, unterbrach

Nichola sie. »Ich wollte nur Schwester Felicity helfen. Sie ist, wie du weißt, schon sehr alt und schwach, und weil ich ohnehin nachts an Justins Bett saß, habe ich mich auch um Hugh gekümmert, das war alles.«

»Baron Hugh sagt, daß Ihr ein gütiges Herz habt ... Aber, Mylady, Ihr braucht kein so finsteres Gesicht zu machen, er sagt ja nur die Wahrheit. Und außerdem behauptet er, Ihr hättet ihn immer wieder ganz schnell im Schach geschlagen.«

Nichola lächelte.

»Hugh hat sich ziemlich gelangweilt, solange er ans Bett gefesselt war«, erklärte sie. »Er hat der Äbtissin ständig mit Fragen, wann er endlich aufstehen könnte, in den Ohren gelegen. Ich habe mit ihm Schach gespielt, um sie vor seinen schrecklichen Launen zu bewahren, nicht, um ihn zu unterhalten.«

»Baron Hugh lächelt immer, wenn er von Euch spricht, aber wenn die Sprache auf Justin kommt, wird er zornig. Er hat erzählt, daß Euer Bruder das Tablett mit dem Essen auf Euch geschleudert hat, und als Baron Royce davon hörte, wurde er fuchsteufelswild. Er ist schrecklich und jagt einem richtig Angst ein, wenn er einen anfunkelt, nicht war?«

»Ich habe nicht darauf geachtet«, entgegnete Nichola. »Keiner der Normannen kann auch nur annähernd verstehen, welche Höllenqualen Justin durchmacht«, flüsterte sie. »Bitte, erzähl mir von Ulric. Wie geht es meinem kleinen Neffen?«

Alice strahlte. »Er ist eine ganz schöner Quälgeist, seit er kriechen kann. Vorgestern hat er seinen ersten Zahn bekommen.«

»Ist das nicht zu früh?«, fragte Nichola.

»Nein, nein. Ulric ist genau richtig für sein Alter. Ihr habt nicht viel Erfahrungen mit Säuglingen, aber Ihr könnt mir ruhig glauben, daß ihm gar nichts fehlt.«

Nichola nickte. »Ich wünschte, ich hätte ihn mit hierhergebracht. Ich mache mir große Sorgen um ihn, Alice. Oh, natürlich weiß ich, daß ihr, Clarise und du, gut für ihn sorgt und alles für ihn tut, aber ich ...«

»Ihr habt Euch ganz richtig entschieden«, fiel Alice ihr ins Wort. »Ihr wußtet ja nicht einmal, ob Ihr das Kloster unbeschadet erreichen oder gefangengenommen würdet«, erinnerte sie ihre Herrin. »Und bei der Kälte hätte sich Ulric den Tod holen können – außerdem, wie hättet ihr der normannischen Eskorte erklärt, daß Ihr den Sohn einer Dienerin mit ins Kloster nehmt? Sie dachten ja, daß Ihr Schwester Danielle seid. Macht Euch keine Gedanken, Mylady, Ulric geht es auf Rosewood gut, und er ist in Sicherheit. Es ist genau, wie wir vermutet haben«, fügte sie mit einem Nicken hinzu. »Die Normannen beachten ein so kleines Kind überhaupt nicht. Sie glauben immer noch, daß Ulric der Sohn einer Dienerin ist. Clarise paßt auf, daß er immer im oberen Stockwerk bleibt, und ich glaube, Baron Royce hat ganz vergessen, daß er im Haus ist.«

»Ich bete zu Gott, daß sein Vater noch am Leben ist«, hauchte Nichola. »Je länger wir ohne Nachricht von ihm sind, desto mehr bin ich überzeugt, daß Thurston tot ist, Alice.«

»Ihr dürft solche düsteren Gedanken gar nicht zulassen«, erwiderte Alice und wischte sich mit dem Saum ihres Gewands über die Augen. »Gott kann nicht so grausam sein und dem kleinen Ulric Mutter *und* Vater nehmen. Euer Bruder lebt sicher noch, Ihr dürft nur die Hoffnung nicht aufgeben.«

»Das ist wahr, mir ist ja nur noch die Hoffnung geblieben.«

Alice tätschelte ihrer Herrin die Hand. »Baron Royce glaubt, daß Ihr verheiratet gewesen seid«, erzählte sie weiter. »Dieser Narr James ist der Meinung, daß die Hochzeit mit Ruolf zustande gekommen ist. Wir haben uns ins Fäustchen gelacht – dieser neunmalkluge Verräter weiß doch gar nichts. Ich hoffe, daß Baron Royce James am Schlafittchen packt und im hohen Bogen rausschmeißt, wenn er die Wahrheit erfährt.«

Bennett und Oscar, zwei Stallknechte, kamen, um Alice zur Festung zurückzubegleiten. Sobald die drei treuen Diener weg waren, eilte Nichola ins Krankenzimmer und setzte sich an Justins Bett.

Die Laune ihres Bruders war so stürmisch wie das Wetter. Als er endlich eingeschlafen war, beugte sich Nichola über ihn und zog die Decke über seine Schultern. Plötzlich traf seine rechte Hand ihre Wange – rein zufällig, weil er ja schlief, aber der Schlag war kräftig genug, um Nichola zu Boden zu werfen. Schon während sie fiel, spürte sie den Schmerz unter ihrem Auge und ahnte, daß sie noch vor dem Abend einen großen blauen Fleck haben würde.

Sie ließ Justin allein und wanderte ruhelos auf dem langen Flur auf und ab. Immer wieder blieb sie an einem der Fenster stehen und schaute hinaus. Am späten Nachmittag war sie überzeugt, daß Royces Plan, sie aus dem Kloster zu locken – wie auch immer dieser Plan ausgesehen haben mochte –, fehlgeschlagen war.

Sie wollte schon die Tierhäute vor die Fenster spannen, als das Donnern von Hufschlägen ihre Aufmerksamkeit weckte. Mindestens fünfzig Reiter sprengten auf das Kloster zu. Sie zügelten ihre Pferde am Fuß des steilen Pfades, der zum Portal führte, und die Wachen, die während der letzten Wochen rund um das Kloster postiert waren, stießen zu der Truppe – jetzt waren es über siebzig Männer.

Einer der Krieger löste sich aus der Gruppe und trieb seinen Hengst den Hügel hinauf. Nach der Größe des Pferdes und des Reiters zu schließen, war es Royce.

Er war also doch gekommen, um sie zu holen.

Nichola zog sich vom Fenster zurück, behielt den Ankömmling aber im Auge. Das Sonnenlicht blitzte auf dem Helm, dessen Visier geöffnet war, und auf den

Eisengliedern seines Kettenhemds. Es war tiefster Winter, und trotzdem hatte Royce bloße Arme. Nichola fröstelte – plötzlich erschien ihr dieser Mann unbesiegbar.

Sie schüttelte den Kopf. Er ist nur ein Mann, rief sie sich ins Gedächtnis – ein Mann, der sich in der Kälte bald den Tod holen würde, wie sie hoffte. Nichola sah das Schwert an seiner Seite, aber nirgendwo entdeckte sie einen Schild. Er war gerüstet für eine Schlacht – oder für eine Reise durch feindliches Land nach London.

Royce zügelte seinen Hengst, blieb eine Weile reglos sitzen und betrachtete das Kloster.

Worauf wartete er? Dachte er wirklich, sie würde freiwillig herauskommen? Sie wiegte den Kopf hin und her und lächelte. Der Normanne konnte für den Rest seiner Tage auf seinem Schlachtroß sitzen, ohne daß sie auch nur einen Gedanken an ihn verschwendete. So leicht konnte man sie beileibe nicht einschüchtern.

Royce schickte einen Boten zum Eisentor und wartete, bis er sicher sein konnte, daß Nichola von seiner Ankunft unterrichtet worden war.

Die Äbtissin fand Nichola noch immer neben dem Fenster stehend vor. »Baron Royce fordert dich auf, aus dem Fenster zu schauen, Nichola. Er sagt, daß er eine Nachricht für dich hat.«

Nichola rückte direkt vor die Fensteröffnung, so daß Royce sie sehen konnte. Sie verschränkte die Arme vor der Brust und bemühte sich, einen strengen und unversöhnlichen Eindruck zu machen, und obwohl sie nicht sicher war, daß er ihre Miene auf diese Entfernung sehen konnte, wollte sie nichts dem Zufall überlassen. Sie hatte Angst, ja, aber das konnte der Normanne nicht wissen. Außerdem, sagte sie sich selbst, hat er nichts in der Hand, womit er mich zu etwas zwingen kann.

Als Royce sie im Fenster entdeckte, schob er behutsam die schweren Decken beiseite, um ihr das Baby, das er in den Armen hielt, zu zeigen.

Ulric hatte bis jetzt friedlich geschlafen, aber als er die kalte Luft spürte, verzog er das kleine Gesicht. »In einer Minute hast du's wieder warm«, versprach Royce.

Er hob das Baby hoch und wartete auf eine Reaktion. Es dauerte keine Sekunde, bis Nichola vom Fenster verschwand und ein entrüsteter Schrei die Stille zerriß.

Ulric holte tief Luft, um in lautes Gebrüll auszubrechen, aber Royce wickelte ihn schnell wieder in die Decke. Die Wärme besänftigte das Baby, und es saugte zufrieden an seinem geballten Fäustchen.

Das schmatzende Geräusch brachte Royce zum Lächeln. Er zog die Decke so weit zurück, daß er das Gesicht des Kleinen sehen konnte, und wurde mit einem Strahlen belohnt. Vier blitzende weiße Zähnchen – zwei oben, zwei unten – wurden sichtbar, als Ulric die Faust aus dem Mund nahm, und das Kinn und die Wangen des Babys waren mit Speichel verschmiert. Royce wischte unbeholfen die Feuchtigkeit weg, ehe er den Kleinen wieder fürsorglich zudeckte.

Ulric paßte das gar nicht. Er spannte den Rücken an, brüllte unmutig und begann zu strampeln.

Royce hatte keine Ahnung, wie man mit so kleinen Kindern umging. Mit dem Nachwuchs seiner drei jüngeren Schwestern hatte er sich nie abgegeben, und er wußte nicht einmal genau, wie viele Nichten und Neffen er inzwischen hatte. Ihm war überhaupt nicht klar, warum sich Ulric so aufregte – er war warm eingewickelt, und ihm drohte keinerlei Gefahr, das müßte ihm doch genügen. Royce hatte mit dem Aufbruch sogar geduldig gewartet, bis die Dienerin Clarise das Kind zu Ende gefüttert hatte. Das Baby hatte eigentlich keinen Grund, sich zu beklagen.

Er zog die Decke wieder von dem Gesicht des Kleinen und befahl mit leiser, aber fester Stimme: »Schlaf jetzt.«

Ulric hörte nur so lange auf zu schreien, um Royce anzulächeln, dann heulte er weiter. Das Kind sah so komisch mit den nach allen Seiten abstehenden Haaren aus, daß

Royce nicht anders konnte, als zurückzulächeln, ehe er sich entschied, sich lange genug mit dem Kind beschäftigt zu haben, und die Decke erneut über das Babygesicht zog. »Jetzt wirst du aber schlafen.«

Ulric kreischte sofort wieder, während Royce beobachtete, wie Nichola mit fliegendem Haar durch das offene Eisentor stürmte. Sie schenkte der kalten Witterung offenbar keinerlei Beachtung, da sie sich nicht einmal die Zeit genommen hatte, einen Umhang um ihre Schultern zu werfen, so eilig hatte sie es, zu Ulric zu kommen.

Sein Plan funktionierte. Royce atmete auf – nicht so sehr, weil es ihm gelungen war, Nichola aus dem Kloster zu locken, sondern weil er das schreiende Kind endlich loswurde.

Nichola flog in halsbrecherischer Geschwindigkeit den Weg hinunter, und als sie Royce erreichte, war sie außer Atem und fuchsteufelswild. »Gebt mir das Baby!« forderte sie lautstark.

Sie war so wütend, daß sie sich nicht mehr beherrschen konnte und auf Royces Beine einschlug.

»Ist Ulric Euer Sohn, Nichola?«

Sie zögerte für den Bruchteil einer Sekunde, dann nickte sie. »Ja, er ist mein Sohn.«

Er wußte, daß sie log – wieder einmal. Royce seufzte laut, aber die Furcht, die er in Nicholas Blick erkannte, brachte ihn dazu, Ruhe zu bewahren. Er würde sie jetzt noch nicht zur Rede stellen. Sie hatte ihn aus Angst belogen, und es wäre für sie unmöglich, ihn zu verstehen. Sie versuchte nur, das Kind zu schützen, und Royce war ihr Feind. Er konnte sich sehr gut vorstellen, daß man ihr die finstersten Geschichten über die Normannen erzählt hatte.

»Ulric geht es gut, Nichola. Es wird ihm nichts geschehen.« Nach diesem Versprechen bot er ihr seine Hand dar.

Nichola schob sie weg. »Gebt ihn mir. Sofort.«

Nichts hätte er lieber getan, da Ulric inzwischen wie am

Spieß schrie und strampelte, aber Royce wollte Nichola auf keinen Fall die Oberhand gewinnen lassen. Sie war nicht diejenige, die Befehle geben konnte, und je früher sie das begriff, desto besser für sie. Die Reise würde auch ohne ihre Forderungen und Ansprüche schwierig und beschwerlich genug werden.

Ulric hatte sich augenscheinlich zur offenen Rebellion entschlossen, und Royce versuchte ihn zu beruhigen. Behutsam drehte er das Baby so, daß es sich an seine Brust schmiegen konnte. Dann zupfte er die Decke von seinem Gesichtchen und wischte die Tränen von den Wangen, ehe er sich Nichola wieder zuwandte.

Die unglaubliche Zärtlichkeit, mit der Royce den kleinen Ulric behandelte, hatte ihrem Zorn die Spitze genommen. Der Krieger hatte so große Hände, und trotzdem ging er kein bißchen ungeschickt mit dem Kind um. Das Baby hatte den Kopf zurückgelegt und grinste seinen Entführer freundlich an.

Ulric ist ein Säugling und weiß es nicht besser, dachte Nichola und heftete ihren Blick auf Royce. Eine ganze Weile starrten sie sich schweigend an, während der kleine Ulric zufrieden vor sich hin gluckste.

Nichola hielt Royces Blick nicht lange stand. Sie begann zu zittern und wußte selbst nicht, ob ihr die Kälte oder die eisige Miene des Kriegers Schauer über den Rücken jagte.

»Das Spiel ist vorbei, Nichola. Ich habe gewonnen. Wenn wir am Schachbrett säßen, würde ich sagen, Ihr seid matt«, sagte Royce. »Gesteht Eure Niederlage ein, und ich erweise Euch Gnade.«

Der belustigte Unterton in seiner Stimme machte sie weit wütender als seine hochnäsige Prahlerei. Sie sah wieder zu ihm auf und bemerkte, daß er sich nur mit Mühe das Lachen verbeißen konnte.

Dieser Mann freute sich diebisch über seinen Sieg, und das brachte sie so gegen ihn auf, daß sie wieder auf sein Bein einhieb. »Wenn dies ein Spiel wäre, dann würde mich Euer Zug nicht matt setzen, Baron , aber Ihr bedroht mit diesem teuflischen Schritt meinen König. Er steht im Schach, aber das Spiel ist noch nicht zu Ende.«

Er schüttelte den Kopf. »Ihr seid in einer ausweglosen Position, Nichola. Gebt diesen unsinnigen Kampf auf und akzeptiert das, was Ihr ohnehin nicht ändern könnt.«

Er hatte tatsächlich die Stirn, sie anzulächeln, und dafür verabscheute sie ihn noch mehr. Wie war sie nur auf die Idee gekommen, daß er auch nur im geringsten gutaussehend oder freundlich sein könnte? Nur ein Ungeheuer war dazu fähig, ein Baby als Mittel zum Zweck zu benutzen und das Leben eines Kindes mit voller Absicht zu gefährden, nur um sich selbst Vorteile zu verschaffen.

Nichola merkte wohl, daß das Kind ganz und gar nicht in Gefahr schwebte, und sie war aufrichtig genug, sich diese Wahrheit einzugestehen. Ulric war in Sicherheit. Ein ganzer Soldatentrupp befand sich in Rufweite und würde das Kind vor jedem Angriff beschützen, und es fühlte sich in den Armen des Normannen offensichtlich sehr geborgen.

Nein, Ulric war nicht in Gefahr, aber sie war es. Es war nur noch eine Frage von Minuten, bis der schneidende Wind sie in einen Eisblock verwandelt hatte.

Nichola rieb sich die Arme und trat von einem Fuß auf den anderen, um die Taubheit aus ihren Zehen zu vertreiben. »Gebt mir meinen Sohn«, forderte sie erneut, aber diesmal klang ihre Stimme nicht mehr so überzeugend.

»Ist er Euer Sohn?«

Noch ehe sie die Frage beantworten konnte, brabbelte Ulric ein einziges Wort: »Mama.« Daß das Kind dabei in ihre Richtung schaute, nutzte Nichola sofort zu ihrem Vorteil.

»Natürlich ist er das«, behauptete sie. »Ihr hört ja selbst, daß er mich Mama nennt.«

Es war nicht zu übersehen, daß Royce in Rage geriet.

»Madam, in der letzten halben Stunde nannte das Kind mich, mein Pferd und seine eigenen Fäuste ›Mama‹. Ihr strapaziert meine Geduld«, fügte er mit finsterem Blick hinzu. »Habt Ihr vor, hier stehenzubleiben, bis Ihr erfroren seid, oder wollt Ihr endlich zugeben, daß Ihr geschlagen seid?«

Sie nagte eine ganze Weile an ihrer Unterlippe, bevor sie erwiderte: »Ich gebe lediglich zu, daß Ihr mich mit einer abscheulichen Schurkerei übervorteilt habt, aber mehr Zugeständnisse könnt Ihr von mir nicht erwarten.«

Das stellte ihn schon zufrieden. Er nahm seinen Umhang, den er um die Hüften geschlungen hatte, und warf ihn ihr zu.

»Zieht das an.«

»Ich danke Euch.«

Sie hatte so leise gesprochen, daß er nicht sicher war, ob er sie richtig verstanden hatte. »Was sagtet Ihr?«

»Ich habe mich bei Euch bedankt.«

»Wofür?« fragte er verwirrt.

Sie zuckte mit den Schultern. »Für die freundliche Gabe«, entgegnete sie. »Es ist nie besonders sinnvoll, grob zu sein. Wir Angelsachsen wissen das, aber ich schließe aus Eurem Gesichtsausdruck, daß die Normannen nicht so klug sind. Das ist einer der Gründe, weshalb Ihr England in Ruhe lassen und dorthin zurückkehren solltet, wohin Ihr gehört. Die Kulturen unserer Völker sind zu verschieden, als daß man sie unter einen Hut bringen könnte.«

Guter Gott, diese Frau konnte einen wirklich auf die Palme bringe, dachte Royce und stöhnte. »Sind alle Angelsachsen so dämlich wie Ihr?«

Sie zog seinen schweren Umhang enger um die Schultern und funkelte ihn böse an. »Wir sind nicht dämlich, wir sind zivilisiert.«

Er lachte. »So zivilisiert, daß die angelsächsischen Männer und Frauen ihre Körper bemalen? Ihr braucht gar nicht den Kopf zu schütteln, ich habe die heidnischen Zeichen und Symbole auf den Armen und den Gesichtern der Soldaten mit eigenen Augen gesehen. Sogar Eure Kirchenfürsten halten diese Sitte für verwerflich und überkommen.«

Das war tatsächlich ein gewichtiger Beweis für mangelnde Kultiviertheit, aber Nichola war nicht bereit, das einzugestehen. Sie hielt diese Bemalungen ja auch für rückständig, aber wie auch immer, gerade jetzt über so etwas zu sprechen, war mehr als lächerlich.

»Weshalb könnt Ihr mich nicht einfach in Ruhe lassen?«

Der gepeinigte Tonfall ließ ihn aufhorchen. In der einen Minute stritt sie mit ihm über sein Benehmen, und in der nächsten flehte sie ihn an und sah aus, als würde sie gleich in Tränen ausbrechen.

»Das würde ich sehr gern tun, glaubt mir, aber es ist meine Pflicht, Euch nach London zu bringen, und Eure Pflicht ist es ...«

»Für irgendeinen Mann die Kriegsbeute oder eine Art Auszeichnung zu sein. Ist das nicht der wahre Grund, weshalb man mich nach London schleppt?«

Sie war wieder in Rage. Ihre Launen wechselten so rasch und übergangslos, daß er nur noch staunen konnte. Und er freute sich auch. Eine wütende Frau war ihm weitaus lieber als eine weinende.

»Ich habe nicht vor, Euch den ganzen Weg bis nach London zu schleppen, aber die Idee hat was für sich.«

Sie hätte am liebsten geschrien, als sie sein Hohn traf. »Ihr stellt meine Geduld auf eine harte Probe«, fauchte sie.

»Und Ihr die meine« gab er zurück, als sie seine ausgestreckte Hand zum zweitenmal beiseite stieß.

»Wenn ich schon nach London muß, dann werde ich zu Fuß gehen. Auf keinen Fall ...«

die Ankündigung wurde nie vollständig ausgesprochen, weil Royce die Angelegenheit in die Hand nahm – im wahrsten Sinne des Wortes. Ehe Nichola begriff, was er vorhatte, beugte er sich seitlich aus dem Sattel, umfaßte ihre Taille, und hob sie auf seinen Schoß. Alles geschah so schnell, daß sie nicht einmal Zeit hatte, Luft zu holen. Ihr Hinterteil landete auf seinen harten Schenkeln, und ihr Rücken prallte gegen seine Brust, als sich sein Arm fest um ihre Taille schloß.

Den kleinen Ulric hatte er unter den anderen Arm geklemmt, und das fröhliche Krähen verriet, daß es dem Kind großen Spaß machte, herumgeschleudert und durch die Luft gewirbelt zu werden.

Nichola widerte es an, ihrem Peiniger so nahe zu sein. Seine Größe erdrückte sie beinah, und durch die Hitze und die Kraft, die von seinem Körper ausging, fühlte sie sich schrecklich verletzbar.

Sie kämpfte gegen die erneut aufkeimende Angst an, aber ihr war klar, daß sie die Schlacht verloren hatte, als sie zu zittern begann. Es war unglaublich, aber ihrem Entführer gelang es tatsächlich, ihr Entsetzen zu besänftigen. Er überreichte ihr Ulric und nahm sich sehr viel Zeit, ihr seinen Umhang ordentlich um die Schultern zu legen – mit unendlicher Behutsamkeit, wie sie verwundert registrierte. Er breitete den schweren Stoff über ihre Beine aus und zog sie sogar an seine Brust, um ihren Rücken mit seinem Körper warmzuhalten. Er ging ausgesprochen sanft mit ihr um – ebenso sanft wie zuvor mit dem kleinen Ulric.

Er roch so gut. Nichola seufzte leise. Er war gar kein Ungeheuer. Dieses Eingeständnis nahm ihr den Wind vollkommen aus den Segeln, aber es besänftigte auch ihre Angst. Sie merkte, daß sie ihn nicht halb so sehr verabscheuen konnte, wie sie es sich wünschte. In diesem Augenblick lächelte sie zum erstenmal. Gott helfe ihr, aber sie war noch nie in der Lage gewesen, ihren Groll oder Widerwillen lange aufrechtzuerhalten, obwohl sie allen Grund dazu hatte, gerade diesen Mann zu hassen.

Diese Erkenntnis machte sie nachdenklich, und während sie in brütendes Schweigen verfiel, schoß ihr eine Idee durch den Kopf. Sie durfte ihn nicht hassen, das wäre eine Sünde gewesen, aber sie konnte ihm trotzdem während der kurzen Zeit, die sie zusammen verbringen mußten, das Leben zur Hölle machen. Seltsam, aber dieser Entschluß heiterte sie beträchtlich auf. Immerhin gab es endlose Möglichkeiten ...

Der barbarische Normanne hatte jede Schwierigkeit, die sie ihm bereiten konnte, verdient – schließlich bestand er ja darauf, sie nach London zu bringen, und jede Unannehmlichkeit, die sie verursachen würde, war nur ein gerechter Lohn für seine Überheblichkeit.

Nichola drückte das Kind an ihre Brust und hauchte einen Kuß auf das Köpfchen. Ulric jauchzte glücklich, und Nichola strich ihm geistesabwesend den blonden Schopf glatt, aber der widerspenstige Flaum stand sofort wieder wie zuvor nach allen Richtungen ab.

Royce beobachtete sie die ganze Zeit. »Wieso machen seine Haare das?« flüsterte er nah an ihrem Ohr.

Sie wandte den Blick nicht von dem Baby ab, als sie fragte: »Was machen sie denn?«

»Warum stehen sie so ab? Es sieht aus, als hätte ihn jemand so erschreckt, daß ihm die Haare zu Berge stehen.«

Nichola konnte sich ein Lächeln nicht verkneifen. Ulric sah komisch, aber auch entzückend aus. Sie verbarg ihre Belustigung vor dem Normannen. »Er ist vollkommen«, erklärte sie.

Royce stimmte weder zu, noch stritt er es ab.

»Ihr plant doch nicht, Ulric mit nach London zu nehmen, Baron? Die Reise wäre viel zu anstrengend für ihn.«

Er ignorierte ihre Frage, trieb schweigend seinen Hengst vorwärts und hielt erst vor dem Eisentor an. Dann schwang er sich mit einer geschmeidigen Bewegung aus dem Sattel. »Ihr wartet hier«, befahl er und preßte eine Hand auf ihren Schenkel. »Habt Ihr mich verstanden?«

Seine Berührung schmerzte, und Nichola legte ihre Hand auf die seine und schob sie weg. Sie war nicht bereit, irgendeinem Befehl, den er ihr gab, Folge zu leisten. Er hielt ihre Finger fest und drückte sie drohend.

»Ich habe verstanden, ich bleibe hier«, schwindelte sie und hoffte, daß diese Lüge nicht als Sünde galt – schließlich war der Normanne ihr Feind, und Gott stand noch immer auf ihrer Seite. Er wird mir helfen zu entkommen, überlegte sie. Sobald der Normanne das Kloster betrat, würden sie und der kleine Ulric zu der Straße, die nach Norden führte, fliehen.

Und was dann? Die Männer des Barons würden es sicherlich sofort merken, wenn sie den Versuch unternahm, sich aus dem Staub zu machen. Sie verwarf ihren kühnen Plan auf der Stelle, da Royce den kleinen Ulric in seine Arme nahm.

»Gebt ihn mir zurück«, verlangte sie.

Royce schüttelte den Kopf.

»Was habt Ihr vor?« wollte sie wissen.

»Ich habe Euch gesagt, daß Ihr hier bleiben sollt«, kommandierte er, als sie Anstalten machte, vom Pferd zu steigen.

Seine Stimme war kaum mehr als ein Flüstern, aber sein strenger Ton machte sie vorsichtiger. »Gebt mir meinen Sohn, und ich tue alles, was Ihr von mir verlangt.«

Er tat so, als hätte er sie nicht gehört, und trat mit dem Kind durch das Portal. Es dauerte zehn nervenaufreibende Minuten, bis er wieder herauskam.

Das Baby war nicht mehr bei ihm, dafür brachte er Nicholas Reisetasche mit und band sie am Sattel fest, ehe er sich hinter sie auf den Pferderücken schwang.

»Sorgt die Äbtissin dafür, daß Ulric wieder nach Hause gebracht wird?«

»Nein.«

Nichola wartete auf eine Erklärung, aber dieser unverschämte Kerl zog sie schweigend auf seinen Schoß und deckte sie erneut mit seinem Umhang zu.

»Wer kümmert sich um Ulric?«

Die Sorge, die in ihrer Stimme mitschwang, milderte seine strenge Haltung ein wenig. »Ulric wird im Kloster bleiben, bis man endgültig über Eure Zukunft entschieden hat.«

»Wie konntet Ihr die Äbtissin dazu bewegen, Ulric bei sich zu behalten?«

»Ich habe ihr einen Handel angeboten, den sie nicht ausschlagen konnte«, erwiderte Royce.

Sie hörte den amüsierten Unterton und versuchte, sich umzudrehen, um sein Gesicht zu sehen, aber das ließ er nicht zu.

»Was war das für ein Handel?«

Sie ritten schon an, als er antwortete: »Als Gegenleistung dafür, daß sie sich um Ulric kümmert, habe ich ihr versprochen, von jetzt an für Justins Wohlergehen zu sorgen.«

Das erstaunte Nichola. »Wie konntet Ihr so ein Angebot machen? Justin liegt im Sterben, habt Ihr das vergessen?«

Er ächzte. »Er wird nicht sterben«, behauptete er fest. »Ich bin sicher, daß Ihr das auch ganz genau wißt. Justin mag vielleicht nicht mehr leben wollen, aber er wird bestimmt nicht sterben, Nichola.«

Als sie zu einer Erwiderung ansetzte, preßte er seine Hand auf ihren Mund. »In den letzten zwei Monaten hat es in Eurem Land eine Menge Veränderungen gegeben. England gehört jetzt uns, und William ist ebenso Euer König wie der meine.«

Diese Neuigkeit nahm Nichola jeglichen Mut. Er sagte die Wahrheit, sie hatte selbst schon gehört, daß alles anders geworden war, und obwohl die Nonnen ein abgeschiedenes Leben führten, waren Gerüchte über die letzten Ereignisse bis ins Kloster gedrungen. Nichola war sich bewußt, daß die angelsächsische Verteidigung auf dem Schlachtfeld bei Hastings endgültig niedergeschlagen worden war.

»Trotzdem habt Ihr kein Recht, der Äbtissin solche absurden Versprechungen zu machen. Justin ist mein Bruder, und ich werde mich um ihn kümmern«, sagte sie.

Er schüttelte den Kopf.

Am liebsten hätte sie ihn geschlagen. »Wenn Ihr auch nur einen Funken Mitgefühl im Leibe hättet, würdet Ihr erlauben, daß ich in diesen schwierigen Zeiten an der Seite meines Bruders bleibe und ihm den Trost gewähre, den er so nötig braucht.«

»Das letzte, was Euer Bruder braucht, ist Trost.«

Er klang so selbstsicher – seltsam, aber gerade diese Haltung machte ihr Hoffnung. Es wäre möglich, daß Royce Justins Zukunft beeinflussen konnte. Nichola hatte schreckliche Angst um ihren Bruder. Was sollte aus ihm werden? Wie konnte er je lernen, sich allein in dieser feindseligen Welt zurecht zu finden?

»Und was, glaubt Ihr, braucht er?« erkundigte sie sich.

»Jemanden, der ihm beibringt, wie man überlebt. Mitleid erhält ihn nicht am Leben, aber geeignete Körperertüchtigung und Übungen werden ihm helfen.«

»Habt Ihr vergessen, daß Justin nur noch eine Hand hat?«

Royce lächelte. »Das ist mir bewußt.«

»Trotzdem glaubt Ihr, daß er solche Exerzitien durchstehen kann?«

»Ja.«

»Wie kommt Ihr nur auf solche Gedanken?«

»Ich habe das schon sehr oft getan, Nichola«, legte er ihr geduldig dar. »Ich bilde schon sehr lange Männer für den Kriegsdienst aus.«

Sie war erstaunt über das Zugeständnis, das er Justin mit diesem Angebot machte, aber gleichzeitig ängstigte sie sich um ihren Bruder. Konnte sie diesem Normannen wirklich vertrauen? »Wie wollt Ihr Euer Versprechen einhalten, wenn Ihr eines Tages in die Normandie zurückkehrt?«

»Wenn ich tatsächlich in die Normandie zurückkehre, wird Justin mit mir kommen.«

»Nein«, rief sie aus. »Ich lasse nicht zu, daß Ihr mir meinen Bruder wegnehmt.«

Er hörte deutlich, daß sie in Panik war, und drückte sie an

sich, um sie ein wenig zu besänftigen. Natürlich verstand er ihre Aufregung – sie hatte schon einen Bruder im Krieg verloren, wenn die Gerüchte der Wahrheit entsprachen, und Royce war sich im klaren, daß sie sich für Justins Wohlbefinden verantwortlich fühlte. Sie hatte eine schwere Bürde auf ihre zarten Schultern geladen – eine zu schwere Bürde für ein so junges Menschenkind, dachte er.

»Justin würde in diesem Fall nach England zurückkommen, sobald er seine Ausbildung beendet hat und allein zurechtkommt. Es besteht aber auch die Chance, daß ich in diesem Land bleibe, Nichola.«

Bei Gott, das hoffte sie – nur um Justins willen, schränkte sie in Gedanken ein. Nichola fühlte sich erleichtert. Der Baron würde sein Wort halten, daran hatte sie jetzt keinen Zweifel mehr.

»Ich verstehe immer noch nicht, wie Ihr die Verantwortung für einen angelsächsischen Soldaten übernehmen könnt, Baron, wenn Ihr ...«

Er bedeckte erneut ihren Mund mit seiner Hand. »Die Diskussion ist beendet« verkündete er. »Ich habe schon genug Langmut bewiesen, Nichola. Ich habe Euch gestattet, Euren Bedenken Ausdruck zu verleihen, und meine Position deutlich gemacht. Wir werden keine Zeit mehr mit diesem Thema verschwenden.«

Obwohl sich Nichola ganz und gar nicht mit diesem Diktat einverstanden zeigte, ergriff Royce Maßnahmen, seine Ankündigung wahr zu machen. Er trieb seinen Hengst zu einer schnelleren Gangart an, so daß eine weitere Unterhaltung unmöglich war.

Als sie am Fuß des Hügels ankamen und Royce seinen Schild in Empfang nehmen wollte, gab es einen Zwischenfall, der Nichola zum Lachen reizte. Der Knappe, der den Schild hielt, wollte offensichtlich Eindruck auf den Baron machen und warf ihn ihm lässig zu. Aber der Junge hatte das Gewicht nicht berechnet, und der rautenförmige Schild landete auf der Erde zwischen den Streitrössern.

Nichola wäre beinah in lautes Lachen ausgebrochen, doch dann sah sie das erschrockene Gesicht des jungen Soldaten. Sie konnte ihn nicht noch verlegener machen, indem sie ihn in aller Öffentlichkeit auslachte. Sie biß sich auf die Unterlippe, schlug die Augen nieder und wartete auf eine Reaktion von Royce.

Er sagte kein einziges Wort. Sie hörte sein Seufzen, und dabei hätte sie um ein Haar ihre mühsam aufrechterhaltene Beherrschung zu verlieren. Er schien zu ahnen, daß sie sich das Lachen verbeißen mußte, und verstärkte den Griff um ihre Taille – eine stumme Botschaft, Stillschweigen zu bewahren, vermutete sie. Der arme Knappe gewann schließlich seine Geistesgegenwart zurück und machte Anstalten, den Schild aufzuheben. Sein Gesicht war hochrot, als er sich bückte.

Und noch immer bestrafte Royce ihn nicht. Er nahm stumm den Schild entgegen und setzte sein Pferd an die Spitze des Trupps. Gleich, als sie außer Hörweite des gedemütigten Knappen waren, konnte Nichola nicht mehr an sich halten, und sie lachte laut los.

Sie dachte, er würde mit einfallen, immerhin war die Situation wirklich komisch gewesen, aber er lachte nicht, sondern zog seinen Umhang über ihren Kopf. Offenbar nahm er Anstoß an ihrem Ausbruch.

Ab diesem Zeitpunkt bis zum Abend gab es allerdings wenig zu lachen. Als es zu dunkel wurde, weiter zu reiten, schlugen sie ein Lager auf. Nichola kam allmählich zu der Einsicht, daß Royce ein einigermaßen verträglicher Mann war. Er vergewisserte sich, daß sie es warm genug hatte und ausreichend zu essen bekam, und er stellte ihr sogar ein Zelt in der Nähe des Feuers auf.

Aber dann zerstörte er das positive Bild, das sie sich von ihm gemacht hatte, indem er auf den Grund für ihre Reise nach London zu sprechen kam. Er redete von einer sofortigen Heirat und bezeichnete Nichola immer wieder als eine Art Auszeichnung, die der König jemandem zugedacht hatte.

Sie schmiedete insgeheim Fluchtpläne und gab vor, sich in alles zu fügen und vollkommen erschöpft zu sein. Sie mußte auf eine günstige Gelegenheit warten. Royce reichte ihr wieder seinen Umhang und noch dazu eine Decke für die Nacht, und Nichola dankte ihm für seine Fürsorge.

Er lachte.

Nichola machte sich auf den Weg in ihr Zelt, aber sie hielt noch einmal inne und drehte sich um. »Royce?«

Er war überrascht, weil sie ihn mit seinem Namen ansprach. »Was ist?«

»Ganz gleich, was auch immer aus mir wird, Ihr könnt Euer Versprechen, das Ihr der Äbtissin gegeben habt, nicht brechen. Ihr habt Euch verpflichtet, auf Justin aufzupassen und für ihn zu sorgen, nicht wahr?«

»Ja«, erwiderte er. »Ich habe mein Wort gegeben und werde es halten.«

Das genügte ihr. Ein paar Minuten später stellte sie sich schlafend. Sobald sich die Soldaten für die Nacht eingerichtet hatten, wollte sie sich davonstehlen. Die Gegend war ihr bekannt – sie befanden sich in einem Wald, der zu Baron Norlands Besitz gehörte und südlich ihrer eigenen Ländereien lag, und der Weg zum Kloster würde nicht allzu beschwerlich sein. Nichola rechnete damit, daß sie einen ganzen Tag brauchen würde, bis sie ihr Ziel erreichte, da sie sich im Schutz der Bäume halten und die offizielle Straße meiden mußte.

Sie gähnte. Die Wärme des Feuers entspannte sie, und ihre Müdigkeit überwältigte sie. Sie schlief ein.

Royce wartete, bis er sicher sein konnte, daß sie fest schlief, dann ließ er sich gegenüber von ihrem Zelt nieder, lehnte sich mit dem Rücken an einen Baumstamm und schloß die Augen. Er glaubte nicht, daß sie durchbrennen würde, bevor es ganz ruhig im Lager geworden sei. Das ließ ihm ein oder zwei Stunden Zeit, ein bißchen Ruhe zu gewinnen – und Frieden.

Nichola schreckte mitten in der Nacht auf und entdeckte Royce sofort. Sie beobachtete ihn lange, bis sie ganz sicher war, daß er schlief.

Er sah sehr friedlich und auch zufrieden aus. Sein Helm lag neben ihm, und sein linker Arm ruhte auf dem Zaumzeug – seine Hand war nur ein paar Zentimeter von seinem Schwert, das er noch umgeschnallt hatte, entfernt.

Er war unbestreitbar ein gutaussehender Mann. Sein dichtes, dunkelbraunes und leicht gewelltes Haar war viel länger als allgemein üblich – sogar länger als es die anderen normannischen Barbaren trugen.

Nichola lief ein Schauer des Widerwillens über den Rücken. Wie konnte sie nur daran denken, daß er ein beachtlicher Mann war, wenn er doch versuchte, ihr Leben zu ruinieren? Er betrachtete sie als einen Besitz, einen Preis, den man einem Ritter überreichen würde.

Diese Ungeheuerlichkeit trieb sie an. Sie fand ihre Schuhe unter der Decke und schlüpfte hinein. Ihre Zehen waren kalt, und sie spürte sie nicht. In dieser Nacht wehte ein eisiger Wind, und der lange Weg zurück ins Kloster erschien ihr mit einem Mal wie eine Tortur. Bei diesem Gedanken hätte sie beinah laut aufgestöhnt.

Nichola wickelte sich in Royces Umhang und schlich lautlos zu dem Wald hinter der Lichtung. Keiner der Soldaten schenkte ihr besondere Beachtung, obwohl einer der drei Männer, die am nächsten am Feuer standen, direkt in ihre Richtung sah. Da er nicht nach ihr rief, schien er wohl anzunehmen, daß Nichola ein paar Minuten für sich sein wollte.

Sobald sie dem Lager den Rücken gekehrt hatte, bedeutete Royce den Soldaten, daß sie sich nicht von der Stelle rühren sollten. Er wartete eine Weile, dann stand er auf, streckte sich und ging ihr nach.

Er hatte damit gerechnet, daß sie weglaufen wollte, und sie hatte ihn nicht enttäuscht. Diese Frau war beherzt genug, unter solch harten Bedingungen einen Fluchtversuch zu wagen. Töricht, dachte er, aber trotzdem sehr mutig.

Nichola lief schneller, sobald sie das Dickicht hinter sich gelassen hatte. Der fahle Halbmond spendete nur sehr wenig Licht, und Nichola war nicht in der Lage, jedes kleine Hindernis genau auszumachen. Der Weg barg ziemlich viele Tücken in sich, und sie war sehr vorsichtig, bis sie glaubte, jemanden hinter sich zu hören. Sie lief schneller und spähte dabei über die Schulter, um nachzusehen, ob sie einer der Soldaten verfolgte.

Sie stolperte über ein verrottetes Holzstück und stürzte kopfüber in einen tiefen Graben. Immerhin besaß sie noch so viel Geistesgegenwart, ihren Kopf mit den Armen zu schützen und sich auf die Seite zu werfen, ehe sie unsanft auf den Boden aufprallte.

Sie landete mit einem dumpfen Geräusch – und einem Fluch. Sie hatte einen Schuh und Royces Umhang verloren, und als sie sich schließlich aufrappelte und saß, bot sie einen erbärmlichen Anblick. In ihrem Haar hatte sich dürres Laub verfangen, und sie war über und über mit Schlamm und Schmutz bedeckt.

Royce hielt sich im Hintergrund und wartete. Dieses verrückte Frauenzimmer hätte sich den Hals brechen können. Aber die undamenhaften Flüche verrieten ihm, daß sie relativ unversehrt, aber wütend war. Ihre Verwünschungen waren laut genug, um die Nonnen im Kloster zu wecken.

Sie würde nie eine umsichtige Schachspielerin sein. Sie hatte keine Ahnung, daß man seine Schritte genau vorausberechnen mußte, und deshalb würde sie auch nie ein ernstzunehmender Gegner werden. Inzwischen hatte er schon aus ihrem Verhalten geschlossen, daß sie gar nicht in der Lage war, echten Haß zu empfinden – oder Rachegelüste zu hegen. Sie konnte ja nicht einmal lange böse sein. Royce lächelte, als er sich daran erinnerte, wie sie ihn gefragt hatte, ob er – gleichgültig, was aus ihr würde – sein Versprechen, für Justin zu sorgen, einhalten würde. In diesem Augenblick war ihm klar gewesen, daß sie fliehen wollte. Ihre Gedanken waren so leicht zu durchschauen, und ihr Gesichtsausdruck war so erfrischend offen und klar zu deuten.

Plötzlich zog sich sein Herz zusammen. Nichola war so zerbrechlich wie eine Blüte, so unglaublich zart und schön.

Seine zarte, kleine Blüte stieß die unflätigsten Flüche aus, die er je gehört hatte, und ihre Schimpftiraden ergaben überhaupt keinen Sinn.

Ihr Temperamentsausbruch dauerte nicht lange. Sie schämte sich, weil sie so wüste Worte benutzt hatte, und machte rasch das Kreuzzeichen, um ihren Schöpfer zu besänftigen, dann stand sie auf. Aber als sie den linken Fuß belastete, schoß ein heißer Schmerz durch ihre Wade.

Nichola schrie und sank wieder zu Boden. Sie blieb jammernd sitzen und überlegte eine lange Minute, was sie jetzt anfangen sollte.

Als Royce ihr leises Wimmern hörte, ging er auf sie zu. Nichola rief um Hilfe, und das bedeutete, daß sie ihre Niederlage eingestand. Er war schon an ihrer Seite, noch ehe sie ihre Bitte um Rettung ganz ausgesprochen hatte. Der Schmerz quälte sie so sehr, daß sie gar nicht registrierte, wie schnell er bei ihr war.

Er hatte ihren Schuh in der Hand und ließ ihn in ihren Schoß fallen, dann kniete er sich neben sie.

Nichola ahnte, wie aufgebracht er war. »Wenn Ihr jetzt ›Schach‹ sagt, schreie ich.«

»Ihr habt schon die ganze Zeit geschrien«, erwiderte er in unangenehm amüsiertem Ton. »Und außerdem seid Ihr schachmatt, Nichola. Das Spiel ist zu Ende.«

Sie war nicht in der Stimmung, mit ihm zu streiten, und

senkte den Blick auf ihren Schoß. »Ich bin gestolpert und in diesen Graben gefallen«, erklärte sie das Offensichtliche. »Ich glaube, mein Knöchel ist gebrochen.«

Ihre Stimme klang kläglich, und sie sah noch dazu erbärmlich aus. Ihr Haar hing wirr ins Gesicht, ihr Gewand war über der Schulter zerrissen, und überall war Schmutz und Laub.

Royce gab kein Wort von sich, als er sich vorbeugte und ihre Verletzung untersuchte. Sie schrie schon schmerzerfüllt, bevor er sie überhaupt berührte.

»Nichola, es ist üblich, daß man wartet, bis es weh tut, und sich dann erst beklagt«, wies er sie zurecht.

»Ich wollte nur auf alles gefaßt sein«, zischte sie.

Er verbiß sich das Lachen. Ihr Knöchel war nicht gebrochen, dessen war er ziemlich sicher. Royce sah keine Schwellung, und sie konnte die Zehen bewegen, ohne zu kreischen – das war ein deutliches Zeichen, daß der Fuß lediglich verstaucht war.

»Es ist nichts gebrochen.«

Sie glaubte ihm nicht, und als sie sich vorbeugte, um selbst nachzusehen, faßte sie instinktiv nach seinem Arm, damit sie das Gleichgewicht nicht verlor. Ihr Gesicht war nur ein paar Zentimeter von dem seinen entfernt, aber sie starrte nur auf ihren Fuß, während er sie eingehend betrachtete.

»Es sieht aus, als ob er gebrochen wäre«, flüsterte sie.

»Der Fuß ist nicht gebrochen.«

»Müßt Ihr Eure Belustigung so offen zeigen? ich hätte eigentlich ein wenig Mitleid wegen dieses unglücklichen und tragischen Mißgeschicks verdient«, sagte sie.

»Dieses tragische Mißgeschick wäre nicht passiert, wenn Ihr nicht versucht hättet …«

»Ich wollte ein paar Minuten für mich sein, um eine ganz private Angelegenheit zu verrichten«, fiel sie ihm ins Wort.

Bei dieser Notlüge schaute sie ihm direkt ins Gesicht. Das

war ein Fehler, denn erst in diesem Augenblick entdeckte sie, wie nah sie ihm war.

Sie sahen sich sehr lange an, und keiner von beiden sagte etwas. Nichola hatte sogar Schwierigkeiten zu atmen.

Royce ging es nicht anders, und er wußte nicht, wie er über dem Drang, sie zu berühren, Herr werden sollte. Er konnte sich nicht davon abhalten, ihr sanft das Haar aus dem Gesicht zu streichen, wobei seine Finger behutsam ihre Wange streiften.

»Woher habt Ihr diesen blauen Fleck?« fragte er rauh, beinah ärgerlich.

Sie zuckte mit den Achseln.

Er umfaßte entschlossen ihr Kinn. »Antwortet mir. Das kann nicht jetzt erst passiert sein, Nichola, dazu ist der Fleck zu dunkel.« Er runzelte besorgt die Stirn. »Aber am Nachmittag war die Verletzung noch nicht da, sonst hätte ich sie bemerkt.«

»Aber sie war heute nachmittag schon da«, widersprach sie. »Sie war nur nicht so auffällig. Weshalb seid Ihr so böse? Es ist mein blauer Fleck, nicht der Eure.«

Er ignorierte diese Bemerkung. »Wie ist das passiert?«

»Das geht Euch nichts an.«

Sie schob seine Hand von sich und wich ein Stück zurück, aber dieser halsstarrige Kerl ließ sich nicht abschütteln und berührte wieder ihr Kinn mit den Fingerspitzen.

»Ich habe Eure Widerspenstigkeit satt, Madam.«

»Genauso satt wie ich Euer ständiges Kommandieren!«

Sie hielt diese Antwort für sehr schlagfertig, und sie teilte damit ebenso viel aus, wie sie einstecken mußte. Der Normanne mußte endlich begreifen, daß er es nicht mit einer verschreckten, ängstlichen Gegnerin zu tun hatte. Er konnte sie nicht einschüchtern, und er sollte ihr besser nicht den Rücken zukehren, denn wenn sie einen Dolch hätte, würde sie nicht zögern, ihm die Klinge zwischen die Schulterblätter zu bohren.

Gott schützte sie, sie belog sich schon selbst. Sie könnte ihn niemals töten, und sie war sicher, daß er das auch ganz genau wußte. Sie stöhnte verzweifelt, und als sie sah, daß ihm eine Locke in die Stirn fiel, strich sie sie ihm, ohne weiter darüber nachzudenken, zurück.

Er benahm sich, als hätte sie ihn geschlagen – er zuckte zurück und starrte sie ungläubig an. Diese Reaktion machte sie derart verlegen, daß sie sich abwenden mußte.

Das gab ihm die Gelegenheit, sich von ihrer kühnen Handlungsweise zu erholen, trotzdem klang seine Stimme rauh, als er sagte: »Jede Wunde oder Schramme an Eurem Körper geht mich etwas an, Nichola. Ich bin für Euch verantwortlich. Und jetzt möchte ich wissen, wie Ihr zu dieser Verletzung gekommen seid.«

»Ihr werdet nur wieder grob, wenn ich es Euch sage.«

»Woher wollt Ihr das wissen?«

»Ich habe Euch genau beobachtet«, erwiderte sie. »Es ist wichtig, die Gedanken seines Gegners zu kennen, Baron. Ich habe Euch eingehend studiert und bin jetzt überzeugt, daß Ihr von Natur aus ein grober Mensch seid.«

Er lächelte über ihren strengen Ton. »Und was habt Ihr sonst noch herausgefunden?«

»Daß Ihr mich nicht mögt.« Sie wartete auf Protest, und als der nicht kam, fuhr sie fort: »Ihr haltet mich für einen Quälgeist.«

»Ja, das stimmt.«

Seine Aufrichtigkeit ärgerte sie. »Wenn es keine Todsünde wäre, jemand zu hassen, wäre es mir ein Leichtes, tiefen Haß für Euch zu empfinden.«

»Nein, das brächtet Ihr nicht fertig«, antwortete er milde lächelnd, und als sie ihm in die Augen blickte, tanzten plötzlich Schmetterlinge in ihrem Bauch. »Ich habe vielleicht eine unfreundliche Natur, Nichola, aber Ihr seid sehr sanftmütig. Ihr wißt gar nicht, was es heißt, wirklich Haß zu empfinden.«

Sie war viel zu matt, um ihm Beleidigungen an den Kopf

zu werfen. »Ich werde noch erfrieren, wenn ich nicht zurück ans Feuer komme«, verkündete sie. »Wartet Ihr darauf, daß ich Euch um Eure Hilfe bitte?«

Er schüttelte den Kopf. »Ich warte darauf, daß Ihr mir sagt, woher Ihr diesen blauen Fleck habt«, korrigierte er sie.

Guter Gott, wie stur dieser Mann war – schon sein Gesichtsausdruck sagte ihr, daß er nicht lockerlassen würde, bis er alles erreicht hatte, was er wollte. »Justin hat mich geschlagen.«

Sie sollte die Wahrheit ein bißchen beschönigen, dachte sie, als sie Royces wild funkelnden Blick sah. Auf keinen Fall wollte sie, daß er schlecht über Justin dachte. »Aber Ihr könnt meinen Bruder nicht verantwortlich dafür machen.«

»Zur Hölle, natürlich kann ich das.«

Er machte Anstalten aufzustehen, aber Nichola hielt seinen Arm fest. »Ich kann das erklären …«

»Nichola, Ihr könnt so etwas nicht rechtfertigen.«

Sie drückte ihre Hand auf seinen Mund. »Justin hat tief geschlafen, Royce. Ich beugte mich über ihn, um ihn richtig zuzudecken, und genau in diesem Augenblick drehte er sich um. Seine Faust traf mich unter dem Auge, als er sich auf die Seite rollte. Justin hat gar keine Ahnung, daß mich seine Faust getroffen hat.«

Diese Erklärung schien ihn nicht zu überzeugen.

»Das ist die Wahrheit«, versetzte sie. »Angelsächsische Geschwister verprügeln sich nicht gegenseitig. Fällt es Euch deswegen so schwer, mir zu glauben, weil in normannischen Familien Mord und Totschlag herrscht?«

Er hatte keine Lust, sich provozieren zu lassen. Er nahm seinen Umhang und wickelte ihn um Nichola, ehe er sie in seine Arme hob. Sie schlang die Arme um seinen Hals, als sie dem Lager zustrebten, und flüsterte leise einen Dank.

Was zur Hölle, soll ich nur mit ihr anfangen? fragte er sich selbst.

Sie schlich sich ohne Umwege in sein Herz, und er hatte

keine Waffe parat, mit der er sie hätte aufhalten können. Verdammt, sein Leben war wohlgeordnet, und er war zu alt, um irgend etwas zu ändern. Außerdem mochte er die Ordnung und die Disziplin seines Alltags. Er war zufrieden mit dem, was er hatte.

Oder nicht?

Royce versuchte, den Gedanken an diese widerspenstige Frau aus seinem Kopf zu verbannen, aber das war gar nicht so einfach, wenn sie so wundervoll weich und anschmiegsam in seinen Armen lag.

Sie war eine Nervensäge und machte ihm den Rückweg zum Lager höllisch schwer. Plötzlich war sie wieder streitlustig, und er hätte ihr am liebsten einen Knebel in den Mund gestopft, um ein wenig Frieden zu haben.

Als sie schließlich im Lager ankam, brachte er sie zu dem Baum, an dem er den ersten Teil der Nacht verbracht hatte. Er setzte sie behutsam auf seinen Schoß, drückte ihren Kopf an seine Schulter und schloß die Augen.

Sein Umhang bedeckte sie von Kopf bis Fuß, und er hielt sie fest in seinen Armen, so daß sie es bequem und warm genug hatte.

»Royce?«

»Was ist jetzt schon wieder?«

»Ich sollte nicht in Euren Armen schlafen«, flüsterte sie. »Ich bin immerhin eine verheiratete Frau, und ich ...«

»Euer Mann ist tot.«

Sein grober Ton setzte sie in Erstaunen.

»Ihr könnt unmöglich mit Gewißheit sagen, ob mein geliebter Mann tot oder noch am Leben ist.«

»Er ist tot.«

Machte er sich etwa über sie lustig? Sie war fast sicher, aber als sie ihm ins Gesicht sehen wollte, um jeden Zweifel auszuräumen, preßte er grob ihren Kopf wieder an seine Schulter. »Oh, also gut«, murmelte sie. »Er ist tot, und ich bin noch in Trauer.«

»Und Ihr tragt Blau, wenn Ihr um ihn trauert?«

Das hatte sie nicht in Betracht gezogen. Dieser Mann war ein schneller Denker, aber sie war auch nicht gerade dumm. »Ich trauere mit meinem Herzen«, erklärte sie.

»Wie lange ist er schon tot?«

Er strich sacht über ihre Schultern, und diese Berührung fühlte sich so gut an, daß sie keine Einwände dagegen erhob. Sie gähnte laut und wenig damenhaft, ehe sie antwortete: »Zwei Jahre.«

»Seid Ihr sicher?«

Er lachte sie tatsächlich aus, das war nicht zu überhören. »Ja, ich bin sicher«, fauchte sie. »Das ist auch der Grund, warum ich Blau und nicht mehr Schwarz trage. Es ist jetzt zwei Jahre her.«

So, das muß ihn mundtot machen, dachte sie und schloß die Augen, um sein höhnisches Lächeln nicht mehr sehen zu müssen.

Eine lange Minute verging, und sie war schon beinah eingedöst, als er ihren Namen flüsterte: »Nichola?«

»Ja?«

»Wie alt ist Ulric?«

»Beinah neun Monate.«

Royce vermutete, daß sie zu müde war, um zu bemerken, wie widersprüchlich ihre Lügen waren – ihr Körper spannte sich nicht einmal an. »Aber Euer Mann ist doch seit zwei Jahren tot.«

Er konnte es kaum erwarten zu erleben, wie sie sich da herauswinden wollte.

Ihre Lider flogen auf. »Mein Mann ist erst vor einem Jahr gestorben. Ja, es ist jetzt gerade ein Jahr her. Ich erinnere mich daran, daß ich Euch das bereits gesagt habe.«

Gut fünf Minuten verstrichen, ehe er wieder das Wort ergriff. »Ihr seid wirklich keine gute Lügnerin.«

»Ich lüge nie.«

Er drückte sie ein wenig fester, um sie wissen zu lassen,

daß sie ihn verärgert hatte. »Wollt Ihr jetzt endlich zugeben, daß Ihr mir unterlegen seid?« fragte er. »Ihr habt versucht wegzulaufen.«

»Könnt Ihr mich nicht schlafen lassen?« fragte sie zurück.

»Wenn Ihr eingesteht ...«

»Ja«, unterbrach sie ihn. »Ich wollte weglaufen. Seid Ihr jetzt zufrieden?«

»Ihr werdet nicht noch einmal einen Fluchtversuch unternehmen, verstanden?«

Er hätte nicht so streng zu sein brauchen, als er diesen Befehl aussprach. Nichola war plötzlich den Tränen nahe – sie mußte ihm entkommen. Das war die einzige Möglichkeit, die schreckliche Zukunft, die sein oberster Dienstherr William für sie geplant hatte, abzuwenden.

Sie legte geistesabwesend die Arme um seine Schultern, und dabei spielten ihre Finger wie zufällig mit dem Haar in seinem Nacken, während sie über die Ungerechtigkeit, die ihr widerfahren sollte, nachdachte.

Ihre Berührung stürzte ihn in tiefste Verwirrung.

»Euer William ist fest entschlossen, mich als Kriegsbeute zu betrachten und irgendeinem Mann als Auszeichnung zu übergeben, nicht wahr?« vergewisserte sie sich.

»Ja.«

Sie rückte ein wenig von ihm ab und musterte ihn eingehend. Ein dürres Blatt fiel aus ihrem Haar, und ihr Gesicht war voller Schrammen und schmutzverschmiert. Er konnte sich eines Lächelns nicht erwehren – Nichola sah aus, als hätte sie bei einem Tauzieh-Wettbewerb verloren.

»Ich bin kein Beutegut.«

Er stimmte ihr aus vollem Herzen zu. »Nein, das seid Ihr bestimmt nicht.«

4

Nach einer langen Woche in der Gesellschaft von Lady Nichola war Royce ganz sicher, daß er mehr als nur geduldig war. Aber als sie ihr Ziel erreichten, hätte er trotzdem gute Lust gehabt, sie auf der Stelle zu erwürgen.

Diese Göre hatte alles versucht, um die Reise so unerfreulich wie nur möglich zu machen, und außerdem war sie ihm noch dreimal entwischt, ohne jedoch besonders weit zu kommen.

Das Frauenzimmer weigerte sich rundweg, die Sinnlosigkeit ihrer Fluchtversuche einzusehen, dazu war sie zu dickköpfig. Aber das war er auch. Jedesmal, wenn er sie wieder eingefangen hatte, zwang er sie, ihre Unterlegenheit einzusehen, und immer wieder sprach er das eine Wort »schachmatt« aus, das sie so sehr in Wut versetzte. Aber in Wirklichkeit wollte er sie gar nicht erniedrigen – er handelte nur zu ihrem Besten. Wenn sie ein Dasein unter normannischer Herrschaft heil überstehen wollte, mußte sie wesentlich fügsamer werden, denn nicht jeder war so freundlich und nachgiebig wie er.

Royce wollte nicht, daß man Nichola weh tat – der bloße Gedanke daran, daß jemand sie schlecht behandeln könnte, versetzte ihn in Rage.

Immer wieder dachte er daran, daß sie seinen Schutz brauchte, deshalb bemühte er sich auch, ihr beizubringen, wie sie sich verhalten mußte, wenn sie London erreicht hatte. Nichola jedoch war nicht in der Stimmung, auf irgend etwas zu hören, was er sagte. Immer wenn er meinte, sie würde sich endlich fügen, lehnte sie sich erneut auf und setzte zu einem Gegenschlag an. Er ließ ihr das schlechte Benehmen durchgehen, weil er wußte, daß sie in der letzten grauenvollen Woche nur wenig Schlaf bekommen hatte, und glaubte, sie wäre zu benommen und verwirrt, um klar denken zu können.

Sie kamen am Nachmittag in London an, und es waren kaum Gäste in dem Palast zu sehen, als Royce hindurchmarschierte und Nichola hinter sich her zerrte. Er forderte zwei Wachmänner auf, William zu berichten, daß seine Kriegsbeute eingetroffen sei, während er persönlich dafür sorgte, daß Nichola in einem ordentlichen Zimmer untergebracht wurde.

Sie versuchte mit dem Fuß nach ihm zu treten und stolperte, und er mußte sie tatsächlich ein gutes Stück mit sich schleppen, bis er das Gefühl hatte, daß sie wieder zur Vernunft gekommen war.

Ich kann mich glücklich schätzen, wenn ich sie endlich loswerde, sagte Royce sich selbst immer wieder, bis er fast daran glaubte.

Aber eben nur fast.

Sein zweiter Offizier, der einige Jahre älter war als er selbst, gesellte sich in dem Augenblick zu ihnen, als Royce die Tür zu Nicholas Unterkunft öffnete. Der zweite Offizier hieß Lawrence und hatte braunes Haar und haselnußbraune Augen, war beinah so groß wie sein Lehnsherr, aber längst nicht so kräftig und muskulös. Lawrence hatte Royce in vielen Schlachten zur Seite gestanden, war kampferprobt, vertrauenswürdig und seinem Herrn in absoluter Treue ergeben. Außerdem war er ihm ein guter Freund.

»Es ist gut, Euch wiederzusehen, Mylord«, sagte Lawrence zur Begrüßung und schlug Royce in seiner Begeisterung auf die Schulter. Diese Geste wirbelte im wahrsten Sinne des Wortes Staub auf, und Lawrence lachte. »Ihr scheint ein Bad nötig zu haben, Baron.«

»Das stimmt«, erwiderte Royce. »Es ist schön, hier zu sein.« Er betrachtete Nichola mit einem ebenso finsteren Blick wie sie ihn und fügte hinzu: »Endlich.«

Nichola verstand die Anspielung sofort. Natürlich war sie schuld daran, daß die Reise so lange gedauert hatte, das war ihr klar, und sie reckte trotzig ihr Kinn. Lawrence war sehr neugierig auf die Frau, und als er sich ihr ganz zuwandte, setzte sein Herz einen Schlag aus. Großer Gott, sie war eine Schönheit, und ihre Augen nahmen ihn sofort gefangen. Ein so ungewöhnliches, strahlendes Blau hatte er noch nie gesehen.

Diese Frau war keineswegs eingeschüchtert oder scheu, ihr Blick war direkt und wirkte stet.

Royce amüsierte sich im stillen über die Reaktion seines Vasallen – sie war ebenso offensichtlich wie seinerzeit die des jungen Ingelram.

»Das ist Lady Nichola« stellte Royce sie vor.

Lawrence löste den erstaunten Blick von ihr und verbeugte sich tief. »Es ist mir ein großes Vergnügen, Euch kennenzulernen, Mylady.«

Sie erwiderte seine Höflichkeit mit einem Knicks.

»Ich bin schon sehr gespannt, etwas über Eure Abenteuer zu erfahren«, sagte Lawrence.

»Über welche Abenteuer?« erkundigte sie sich.

»Na ja, zunächst wäre ich neugierig, wie Ihr zu all den blauen Flecken und Schrammen gekommen seid. Ihr seht aus, als wäret Ihr eben noch auf dem Schlachtfeld gewesen«, ergänzte er mit einem freundlichen Lächeln. »Sicher verbirgt sich dahinter eine interessante Geschichte.«

»Sie hat eine ausgesprochene Neigung, Unfälle zu provozieren«, erklärte Royce gedehnt.

Nichola bedachte ihn mit einem zornigen Blick, ehe sie sich wieder Lawrence zuwandte. »Ich werde mich nicht lange genug in London aufhalten, um Euch irgendwelche Geschichten erzählen zu können.«

Als er plötzlich seinen Griff verstärkte, wurde ihr bewußt, daß Royce noch immer ihr Handgelenk festhielt. Lawrence bemerkte, daß der Baron sie anfunkelte, aber ihm war nicht klar, was das alles zu bedeuten hatte. »Werdet Ihr so bald schon wieder abreisen, Mylady?«

»Nein«, schaltete sich Royce ein.

»Ja«, behauptete sie beinah gleichzeitig.

Lawrence grinste. »Baron, das Gerücht, daß wir noch vor Ende der Woche in die Normandie zurückkehren, macht die Runde.«

»Darüber sprechen wir später«, entgegnete Royce mit einem bedeutungsvollen Blick auf Nichola.

Sein Gefolgsmann nickte. Ihm war die leidende Miene der schönen Frau nicht entgangen, und er schloß daraus, daß sie müde von der beschwerlichen Reise war.

»Der König wird Dienerinnen zu Euch schicken, die sich um Euer Wohlergehen kümmern, Lady Nichola«, kündigte er ihr an.

»Und Soldaten, die aufpassen, daß ich nicht die Flucht ergreife?« fragte sie.

Lawrence zuckte bei dieser giftigen Bemerkung zurück. »Ihr seid keine Gefangene«, erwiderte er und sah Royce verwirrt an. »Was meint Ihr, Baron?«

Royce nickte. »Sie ist eine Gefangene, bis sie sich in ihr Schicksal fügt«, erklärte er.

»William ist auch Euer König«, machte Lawrence Nichola wohlwollend klar.

»Nein, das ist er nicht.«

»Lawrence, es ist vollkommen zwecklos, mit ihr zu streiten.«

Royce ließ ihr Handgelenk los und schubste sie vorwärts. Sie betrat ihr Zimmer, und Royce und Lawrence folgten dicht hinter ihr.

»Ich werde fliehen«, brüstete sie sich und strebte dem Fenster zu.

Royce wußte genau, was ihr durch den Kopf ging. »Ihr werdet Euch den Hals brechen, wenn Ihr da hinaus springt, Nichola.«

Sie drehte sich mit einem bezaubernden Lächeln zu ihm um. »Und würde Euch das etwas ausmachen, Baron?«

Er wich einer eindeutigen Antwort aus. »Eurem Ulric

würde es etwas ausmachen, wenn er alt genug ist, alles zu verstehen. Denkt an ihn und an Justin, bevor Ihr eine Dummheit begeht. Ihr werdet Eurer Familie ebenso viel Kummer bereiten wie Euch selbst.« Er machte Anstalten, das Zimmer zu verlassen und die Tür hinter sich und Lawrence zu schließen.

»Wartet!« rief sie verzweifelt.

Royce hielt inne und sah sie an. »Ja?«

Sie ging einen Schritt auf ihn zu. »Ist das alles? Wollt Ihr mich so ohne weiteres verlassen?«

»Ihr habt Euch doch die ganze Zeit nichts sehnlicher gewünscht, oder nicht?«

»Doch.«

Er wandte sich wieder ab.

»Mehr habt Ihr mir nicht zu sagen?« erkundigte sie sich.

Royce seufzte abgrundtief. »Was wollt Ihr denn hören?«

Ihre Augen füllten sich mit Tränen, und sie rang verzweifelt die Hände.

Royce konnte sich beim besten Willen nicht erklären, was plötzlich über sie gekommen war. »Was, in Gottes Namen, ist los mit Euch?« fragte er verwirrt.

Sie schüttelte den Kopf. »Nichts. Gar nichts ist mit mir los. Ich bin froh, Euch nicht mehr sehen zu müssen. Ihr seid ein unerträglicher, grober Mensch.« Eine Träne lief ihr über die Wange, und sie wischte sie mit dem Handrücken fort.

Zur Hölle, sie tat beinah so, als würde er sie im Stich lassen, und, um Himmels willen, er kam sich auch schon wie ein Schuft vor. »Ich breche nicht in die Normandie auf«, eröffnete er ihr schließlich. »Wenn Ihr mich braucht, schickt mir einen der Soldaten mit einer Nachricht.«

Sie atmete sichtlich auf, und sie wirkte nicht mehr ganz so verängstigt, obwohl sie den Tränenstrom nicht mehr aufhalten konnte. Sie drehte ihm den Rücken zu, um ihren Ausbruch zu verbergen. »Ich werde niemanden schicken, um Euch holen zu lassen, Normanne. Geht nur. Es ist mir gleichgültig.«

Aber er brachte es nicht fertig, sie in diesem Zustand allein zu lassen. Sie machte einen so einsamen und elenden Eindruck ... und sie wirkte so verletzlich. Verdammt, aus einem unerfindlichen Grund wäre es ihm wesentlich lieber gewesen, wenn sie ihm so stark und voller Zorn begegnet wäre wie auf der Reise hierher.

»Baron?« sagte Lawrence, als sich sein Herr nicht von der Stelle rührte und kein Wort von sich gab.

Royce schüttelte den Kopf. »Nichola?« rief er aus, bevor er die Tür schloß.

»Ja?«

»Ich habe Euch nur eines zu sagen.«

»Und das wäre?« wollte sie wissen.

Er grinste. »Schachmatt.«

Er zog die Tür hinter sich zu, als sie wütend nach Luft schnappte. Royce lachte.

Etwas zerschellte an der Tür. »Was war das?« fragte Lawrence erschrocken.

»Der Wasserkrug, denke ich. Jetzt ist ihr bestimmt leichter ums Herz.«

Und Royce fühlte sich auch besser.

Nicholas Wut hielt beinah den ganzen Tag an. Am frühen Abend kamen zwei Frauen in ihr Zimmer, beide waren Angelsächsinnen, und dieser Umstand überraschte Nichola. Eine brachte saubere Kleidung mit, und die andere hatte Leinentücher dabei. Nichola stellte sich ans Fenster, während die Dienerinnen einen Holzzuber ins Zimmer stellten und mit heißem, dampfenden Wasser füllten.

Die Aussicht auf ein Bad verlockte Nichola zu sehr, und sie vergaß ihren Trotz für eine Weile. Sie ließ sich in das nach Rosen duftende Wasser sinken, wusch ihr Haar und schrubbte sich, bis sie sich richtig sauber fühlte.

Sie sprach mit keiner der beiden Frauen, ehe sich eine erbot, ihr das Haar zu bürsten. »Warum dient ihr beide dem normannischen König?« erkundigte sich Nichola.

»Er ist jetzt auch der König von England«, antwortete die Dienerin namens Mary. »Jedermann dient ihm«.

Dem konnte Nichola beileibe nicht zustimmen, aber sie hielt es für unfreundlich, der Magd zu widersprechen. Mary hatte ein Recht auf eine eigene Meinung, auch wenn sie falsch war.

Mary, die ungefähr im gleichen Alter wie Nichola war, hatte eine mollige Figur, hellrotes Haar, und ihr Gesicht war über und über mit Sommersprossen bedeckt. Die andere Dienerin, Heloise, war weit älter und ziemlich schroff und unfreundlich.

»Ich werde William niemals dienen«, verkündete Nichola, während sie sich auf den Stuhl, den Mary für sie bereit gestellt hatte, setzte und die Hände im Schoß faltete.

Mary nahm die Bürste zur Hand und begann ihre Arbeit. »Durch solche Reden könnt Ihr Euch in arge Schwierigkeiten bringen, Mylady«, flüsterte sie.

Heloise spannte frische Laken über das große Bett. »Mary sagt die Wahrheit«, bekräftigte sie mit einem mürrischen Nicken. »Diejenigen, die ihr Knie nicht vor König William beugen, sind des Todes. Schon ein Dutzend angelsächsische Soldaten warten auf ihre Hinrichtung.«

»Wo sind diese angelsächsischen Soldaten jetzt?« erkundigte sich Nichola.

»Sie sind hier, zwei Stockwerke unter uns«, raunte Mary.

»Gott sei ihren Seelen gnädig, wenn sie schon so halsstarrig sein müssen«, murmelte Heloise. »Jeder von ihnen hatte Gelegenheit, dem König Treue zu schwören, aber sie haben sich geweigert.«

Ein Holzscheit im Kamin knackte, und Mary und Nichola zuckten erschrocken zusammen. »Alles hat sich in der letzten Zeit geändert«, seufzte Nichola.

»Alles hat jetzt seine Ordnung«, warf Heloise ein. »Der

König hat nur zwei kurze Monate gebraucht, um die meisten Aufständischen niederzuschlagen. Dieser Mensch regiert mit eiserner Hand, und alle wissen jetzt, wie sie dran sind, und haben ihren Platz.«

»Alle, außer den Angelsachsen«, meinte Nichola.

»Nein, auch die Angelsachsen haben ihren Platz«, widersprach Mary. »Und aus diesem Grund sollt Ihr ja auch die Braut eines Normannen werden, Mylady. Je mehr Hochzeiten zwischen den beiden Völkern stattfinden, desto sicherer ist der Frieden in Zukunft.«

Nichola hörte sich schweigend an, was die beiden Frauen über all die Dinge zu sagen hatten, die anders geworden waren. Das Abendessen, das man ihr brachte, rührte sie nicht an, dafür ging sie früh zu Bett. Sie mußte unaufhörlich an die zwölf Soldaten denken, die auf ihre Hinrichtung warteten, und sie empfand grenzenloses Mitleid mit den Männern und den Familien, die sie hinterlassen würden. Ihr war klar, daß ihr Bruder Thurston sehr gut einer dieser zwölf hätte sein können, und bei diesem Gedanken erschreckte sie zutiefst. Sie betete, bis sie zu erschöpft dafür war, dann weinte sie sich in den Schlaf.

Sie träumte von Royce.

Und Royce hatte einen Alptraum, in dem sie die Hauptrolle spielte. Als er schweißgebadet erwachte, war er sicher, daß ihn die Reise doch mehr Kraft gekostet hatte, als er sich eingestand.

In seinem Traum war alles so lebendig und real gewesen – Nichola war ihm in einem Wald verlorengegangen, und er wußte, daß ihr eine schreckliche Gefahr drohte, aber er konnte nicht zu ihr gelangen.

Danach fand Royce keinen Schlaf mehr, und er stand auf, um im Garten hinter dem Palast spazierenzugehen. Es gab so vieles, worüber er nachdenken mußte. Wenn er zuließ, daß er sein Herz an diese Frau verlor, würde sich sein ganzes Leben auf den Kopf stellen.

Und er war zu alt, um sich auf so etwas einzulassen. Sein Leben war wie eine Landkarte – ja, das war es, eine Landkarte, in die alle Linien bereits eingezeichnet waren und nicht mehr verändert werden konnten. Genauso, wie er selbst sich nicht mehr ändern konnte. Es war einfach zu spät dafür.

Ihm wurde leichter ums Herz, als er zu diesem Schluß kam. Er hatte die richtige Entscheidung getroffen. Trotzdem ertappte er sich immer wieder dabei, wie er zum Fenster von Lady Nichola hinaufstarrte und sich besorgt fragte, ob es ihr gutging. Wenn das nicht lächerlich war ...

Am folgenden Abend wurden die normannischen Ritter und ihre Familien vor ihren König gerufen. Lawrence betrat an Royces Seite die riesige Halle. Er machte sich große Sorgen um seinen Lehnsherrn, der ungewöhnlich geistesabwesend wirkte. Lawrence ahnte, daß irgend etwas mit ihm nicht stimmte, aber er konnte sich nicht vorstellen, was das sein könnte. Gleichzeitig war ihm klar, daß es kaum Zweck hatte, danach zu fragen. Royce würde sicher von selbst darüber sprechen, wenn er dazu bereit war.

König William thronte auf dem hochlehnigen Stuhl auf dem Podest. Der Herrscher war ein großer Mann, der um die Taille schon etwas füllig geworden war. Sein braunes Haar war von grauen Strähnen durchzogen – ein Hinweis auf sein wahres Alter –, aber wenn er lächelte, sah er aus wie ein Jüngling.

Matilda, die Gemahlin des Königs, war das genaue Gegenteil. Sie war sehr klein, mit vollen Brüsten und ausladenden Hüften, und sie hatte blitzende braune Augen und gelocktes braunes Haar.

König William stand auf und bedeutete seiner Gemahlin mit einer Geste, zu ihm auf das Podest zu kommen. Als Matilda sich neben ihn stellte, wurde offensichtlich, wie winzig sie war – sie reichte ihm gerade bis zur Taille. Der Herrscher hob die Hand, um seine Zuhörerschaft zum

Schweigen zu bringen. Ein leises Zischen ertönte, als William die Hand seiner Frau ergriff und sie anlächelte.

»Die meisten von euch haben sicher die Geschichten, die man sich über Lady Nichola erzählt, gehört. Sei hat drei meiner edelsten Ritter, die ihre Festung angriffen, in die Flucht geschlagen.«

Ein lautes Murmeln erhob sich in der Menge. Royce lächelte. Er hatte seinem König berichtet, daß ein Angelsachse namens John Nichola bei der Verteidigung der Festung unterstützt hatte, aber William hatte beschlossen, diese Information nicht preiszugeben, und erklärt, daß er den Soldaten eine Belohnung zugedacht hatte, die auf keinen Fall durch derartige Einschränkungen geschmälert werden durfte. Die Auszeichnung, die er im Sinn hatte, sollte eine Hochzeit mit einer lebenden Legende sein.

»Clayton, der Herold, wird die Heldentaten dieser Frau in Kürze verkünden, so daß alle, die die Kunde über die angelsächsische Lady noch nicht erreicht hat, verstehen werden, weshalb wir so erfreut sind, sie in unserer Mitte zu haben«, fuhr William fort. »Aber zuerst sollt ihr alle meine Kriegsbeute kennenlernen. Ich habe Lady Nichola absichtlich vor euch versteckt gehalten, um eure Neugier zu wecken.«

William schwieg, um seiner Gemahlin augenzwinkernd die Hand zu küssen – es war offensichtlich, daß er sich königlich amüsierte. Dann gab er den beiden Soldaten, die rechts vor dem Podest standen, ein Zeichen. Sobald die Soldaten die Türen öffneten, wandte sich William wieder seinen Zuhörern zu.

»Jeder von euch kann selbst entscheiden, ob er an dem Turnier teilnehmen und die Hand dieser Lady für sich gewinnen möchte. Der Sieger wird Lady Nichola bereits morgen abend als Braut heimführen.«

Matilda flüsterte etwas in Williams Ohr. Er nickte und verkündete der Menge: »Ich wurde gerade daran erinnert, zu erwähnen, daß Lady Nichola ihren vollständigen Besitz mit in die Ehe bringen wird – Ländereien, so weit das Auge reicht. Diese großzügige Mitgift mache ich dem zukünftigen Gemahl dieser tapferen Frau zum Geschenk.«

Beifall brandete auf. William lächelte erfreut über die Begeisterung seiner Männer.

Der Lärm war ohrenbetäubend – bis zu dem Moment, in dem Lady Nichola die Halle betrat. Sofort senkte sich Grabesstille über den Saal. Die Hurra-Rufe der Männer verstummten ebenso wie das Kichern der Frauen, und alle starrten fasziniert die wunderschöne Frau an, die von den Soldaten hereingeführt wurde.

Nichola war ganz in Weiß gekleidet, und ein goldener Gürtel hielt ihr Gewand in der Taille zusammen. Ihr loses, gelocktes Haar fiel ihr über die Schultern und umwehte sie bei jedem Schritt.

Sie sah aus wie eine Märchenfee. Royce stand ganz hinten und lehnte an der Wand, aber er war groß genug, um Nichola ungehindert betrachten zu können.

»Gütiger Gott, sie ist wirklich eine Schönheit«, bemerkte Lawrence hingerissen.

Royce stimmte ihm zu, aber im Grunde beeindruckte ihn Nicholas königliche Haltung, die Stolz und Würde verriet, weit mehr als ihre Schönheit.

Er war sicher, daß sie sich zu Tode fürchtete, und trotzdem verbarg sie ihre Gefühle vor der Menge – ihr Gesicht wirkte entspannt und beinah heiter.

Trotz der Unschuldsmiene, das wußte Royce, war dieser Wildfang imstande, genau in diesem Augenblick einen Doppelmord an dem König und seiner Gemahlin zu planen. Als er hörte, wie sich die Leute zuflüsterten, daß sie wie ein Engel aussah, hätte er fast laut gelacht.

Lawrence sah gerade noch rechtzeitig zu Royce auf, um sein breites Lächeln zu bemerken. »Werdet Ihr um sie kämpfen, Baron?« fragte er.

Royce gab ihm keine Antwort.

Nichola folgte den Soldaten, und als sie vor dem Kamin haltmachten, blieb sie auch stehen. Ihre Begleiter zogen sich zurück, und plötzlich stand sie der Menschenmenge ganz allein gegenüber.

Sie fühlte sich, als ob man sie einer Meute hungriger Löwen zum Fraße vorgeworfen hätte, und hoffte, daß ihr Gesicht ihre Angst nicht verriet. Ihr Herz hämmerte so heftig, daß es schmerzte, und in ihrem Magen loderte ein Höllenfeuer. Zum Glück hatte sie das Mittagessen, das man ihr gebracht hatte, nicht zu sich genommen, sonst wäre ihr jetzt übel geworden. Alle starrten sie unverhohlen an, und sie spürte die unverschämten Blicke auf sich ruhen. Ihr war, als ob Käfer über ihre Arme huschten.

Drei kleine Mädchen spähten hinter den Röchen ihrer Mutter hervor, dann liefen sie auf Nichola zu und blieben mit weitaufgerissenen Augen vor ihr stehen.

»Bist du eine Prinzessin?« hauchte eins der Mädchen.

Nichola betrachtete das dunkelhaarige Kind, das nicht älter als fünf sein konnte. Seine Neugier wirkte so unschuldig, daß Nichola keinen Anstoß daran nehmen konnte. Sie schüttelte langsam den Kopf, bevor sie den Entschluß faßte, alle Anwesenden zu ignorieren, und ihren Blick auf die gegenüberliegende Wand heftete.

Baron Guy stand, umringt von seinen Vasallen, in der Mitte des Saals. Er hatte gerade eine amüsante Geschichte zum Besten gegeben, als Nichola hereingeführt worden war, aber er hatte bei ihrem Anblick den Faden verloren – und er fürchtete, auch sein Herz zu verlieren, und obwohl er nicht viel auf Schwärmereien dieser Art gab, war er sicher, daß er sich auf den ersten Blick verliebt hatte. Der riesige Besitz, den König William der angelsächsischen Frau als Aussteuer mitgab, machte sie für ihn nur noch reizvoller.

Guy beschloß, diese Schönheit unter allen Umständen für sich zu gewinnen.

Er trat einen Schritt vor und brach das Schweigen in der

Halle. »Ich fordere jeden heraus, mit mir um die Hand dieser Frau zu kämpfen, und ich werde alle besiegen«, prahlte er.

»Ihr werdet nur gewinnen, wenn Baron Royce auf die Teilnahme an dem Turnier verzichtet«, rief ein dreister Ritter.

Gelächter ertönte, aber Guy behielt die Fassung. Er wandte sich an seinen König und verbeugte sich formvollendet. Dann baute er sich mit gespreizten Beinen und in die Hüfte gestemmten Händen vor den anderen Rittern auf und wartete auf ihre Herausforderung.

Guy leistete seit fast zehn Jahren Kriegsdienst für William, und die Narben auf seinen Armen waren ein beredtes Zeugnis für die ausgefochtenen Schlachten. Aus purem Glück war sein Gesicht unverletzt geblieben, und die Ladies bei Hofe hielten ihn für einen sehr gutaussehenden Mann. Er hatte blondes Haar, hellbraune Augen und war beinah so groß wie sein König, aber nicht ganz so füllig und jünger.

Royce war das genaue Gegenteil von Guy. Er unterschied sich nicht nur durch seine dunklere Haut und die schwarzen Locken von Guy, sondern er überragte ihn auch. Ihm hätte ganz sicher niemand nachgesagt, daß er gut aussehend wäre. Seine rechte Gesichtshälfte war von einer gezackten Narbe entstellt, die er sich vor vielen Jahren, als er noch ein Knappe gewesen war, zugezogen hatte. Damals hatte er sich beherzt vor Matilda, die Frau seines Anführers, geworfen, um sie vor einem Angriff zu schützen. Natürlich wurde diese edelmütige Tat belohnt. Royce erhielt, sobald er seine Ausbildung unter Williams persönlicher Aufsicht beendet hatte, den Oberbefehl über eine eigene Truppe.

Royce hatte sehr bald seine Tauglichkeit unter Beweis gestellt und sich als Befehlshaber bewährt. Er erwies sich als so geschickt, was Kampftaktik und Strategie betraf, daß William bald junge, unerfahrene Männer zur Ausbildung zu ihm schickte. Royce blieb immer ruhig und ausgeglichen, auch wenn er viel von seinen Soldaten forderte, und es galt als Privileg, bei ihm das Kriegshandwerk zu erlernen. Seine

Männer waren Elitetruppen, der unbezwingbare Kern von Williams gewaltiger Armee.

Guy erachtete sich selbst als Royces wahrhaften Freund, aber er empfand insgeheim grenzenlosen Neid, weil Royce seiner Meinung nach nur unverschämtes Glück gehabt hatte. Zu Guy wurden diejenigen zur Ausbildung geschickt, die Royce nicht annehmen konnte. Seit der Zeit, in der sie beide Knappen gewesen waren, wetteiferte er mit Royce, und er war felsenfest davon überzeugt, daß er als bester Ritter die Gunst des Königs erworben hätte, wenn er damals Matildas Leben gerettet hätte.

Royce hatte natürlich den glühenden Neid, den Guy empfand, bemerkt, hielt ihn jedoch für einen Charakterfehler, den Guy sicherlich überwinden würde, und dachte nicht weiter darüber nach.

»Ich werde auch um die Hand dieser Lady kämpfen«, rief einer der anderen Ritter und stolzierte vor seinen König.

Immer mehr Männer traten vor und verkündeten, daß sie an dem Turnier teilnehmen würden.

Nie in ihrem ganzen bisherigen Leben hatte sich Nichola so gedemütigt gefühlt. Sie straffte ihre Schultern und bemühte sich, ihre Ohren gegen die Schlachtrufe der Ritter zu verschließen. Gleichzeitig steigerte sie sich in ihre Wut. Sie mußte diesen brennenden Zorn in ihrem Inneren fühlen, sonst wäre sie weinend zusammengebrochen. Aber die Kränkung und die Erniedrigung trafen sie so tief, daß sie kaum imstande war, an etwas anderes zu denken.

Die drei Mädchen – alle wie kleine Damen angezogen – spielten Fangen und rannten ständig im Kreis um Nichola herum.

Wo war Royce? Warum ließ er es zu, daß sie solche Qualen erleiden mußte?

Sie verbannte den Gedanken an ihn aus ihrem Kopf und beschwor statt dessen das Bild des kleinen Ulric vor ihrem geistigen Auge herauf. Royce hatte ihr geraten, immer an

Ulrics Zukunft zu denken, wenn sie versucht war, eine Dummheit zu begehen.

Sie dachte daran, den neuen König von England zu töten. War das eine Dummheit? William allein war für die Pein, die sie durchlitt, verantwortlich. Wenn er England in Ruhe gelassen hätte, wäre all das nie geschehen.

Es war ein törichtes Vorhaben. Sie konnte den König nicht töten – sie hatte ja nicht einmal eine Waffe. Außerdem war sie ziemlich weit weg von dem Podest, auf dem der König und seine Gemahlin saßen – ebenso weit weg wie von der ungehobelten Menge, die sie als begehrte Beute betrachtete.

Noch immer hatte sie Royces unverwechselbare Stimme nicht gehört. Befand er sich überhaupt im Saal, oder war er schon in die Normandie aufgebrochen? Gott war ihr Zeuge, sie hätte ihn in diesem Augenblick – genau wie den König – umbringen mögen.

Ein schriller Schrei riß Nichola aus ihren Gedanken. Es war der Schrei eines Kindes. Nichola wirbelte herum und sah, daß eins der spielenden Kinder vor Schreck aufheulte, weil sein Gewand Feuer gefangen hatte. Die Flammen züngelten bereits über die Beine des Mädchens.

Nichola riß das Kind an sich und schlug mit ihrem eigenen Kleid und ihren Händen die Flammen aus.

Das Feuer war gelöscht, noch ehe ihr jemand zu Hilfe eilen konnte. Nichola kniete nieder, entfernte rasch die versengten Stoffreste vom Körper der Kleinen und drückte das Kind sanft an sich, während sie ihm unablässig leise Worte des Trostes zuflüsterte.

Das kleine Mädchen hing am Hals seiner Lebensretterin und wimmerte leise.

Für einen Augenblick schien sich keiner der Anwesenden von der Stelle rühren zu können, erst dann stieß die Mutter des geretteten Kindes einen entsetzten Schrei aus und lief quer durch den Saal.

Nichola stand auf und legte die Kleine in die ausgestreckten Arme der Mutter. »Sie ist zu Tode erschrocken«, flüsterte Nichola, »aber ich glaube nicht, daß sie ernsthafte Verletzungen davon getragen hat.«

König William war aufgesprungen, sobald er den Schrei des Mädchens vernommen hatte. Seine Frau stand neben ihm und preßte erschrocken die Hände auf den Mund.

Sie beobachteten beide, wie die Mutter ihr Töchterchen in Empfang nahm und sich das Kind noch einmal zu Nichola umdrehte und ihr einen schmatzenden Kuß auf die Wange drückte. »Du bist ganz bestimmt eine Prinzessin«, murmelte das Kind. »Du hast mich gerettet.«

Die Mutter weinte vor Dankbarkeit. »Ja, sie hat dich gerettet«, stimmte sie zu. Sie umarmte ihre Tochter und wandte sich an Nichola. »Ich möchte Euch meinen innigsten Dank aussprechen«, sagte sie und verbeugte sich tief. Gleich darauf schrie sie erneut gellend auf. »Lieber Himmel, Eure Hände – Ihr habt überall Brandblasen.«

Nichola wollte ihre Hände nicht anschauen. Wenn sie die Brandblasen sah, würde sie den Schmerz viel stärker spüren, das wußte sie. Ihr rechter Arm pochte entsetzlich und tat mehr weh als der linke. Es war beinah so, als hätte sie ein brennendes Holzscheit in ihrer bloßen Hand.

Sie sah auf, und ihr tränenverschleierter Blick fiel auf Royce, der sich einen Weg durch die Menge bahnte.

Das wird auch höchste Zeit, dachte sie grimmig. Er tat verdammt gut daran, zu ihr zu kommen. Das alles war seine Schuld ... oder nicht?

Sie schien keinen klaren Gedanken mehr fassen zu können. Alles um sie herum verschwamm, und Nichola wich zurück, während sie ihre Hände hinter dem Rücken verbarg.

Sie wünschte sich verzweifelt, daß Royce ihr beistand, und deshalb war sie nicht in der Lage, ihn, wie sie es sonst getan hätte, zum Teufel zu schicken.

»Laßt mich Eure Hände sehen, Nichola«, forderte er.

Er stand so dicht bei ihr, daß sie sich nur ein paar Zentimeter hätte vorbeugen müssen, um ihn zu berühren. Er hätte seinen Arm um ihre Schulter legen und sie trösten können.

Sie schwor sich, ihn zu ohrfeigen, wenn er es wagte, sie anzufassen.

Lieber Gott, alles, was ihr durch den Kopf schoß, ergab überhaupt keinen Sinn. Sie weigerte sich, seiner Aufforderung nachzukommen, und trat noch einen Schritt zurück.

»Macht Platz! Macht Platz!«

Die strenge Frauenstimme forderte die Menge auf, zur Seite zu treten. Auch Royce machte einen Schritt nach links, und plötzlich stand Nichola vor der Frau des Königs und starrte auf sie nieder.

Guter Gott, wie klein diese Frau war! Sie reichte Nichola nicht einmal bis zur Schulter.

»Reicht mir Eure Hände. Sofort!« befahl die Gemahlin des Königs mit dem Tonfall eines Kriegsherrn.

Nichola erhob keine Einwände und zeigte der Frau ihre Verbrennungen. Sie war wild entschlossen, sich die Brandblasen nicht anzusehen und richtete den Blick starr geradeaus, während die Königin ihre Verletzungen untersuchte.

»Ihr müßt schreckliche Schmerzen haben, meine Liebe. Kommt, ich werde persönlich dafür sorgen, daß Ihr fachkundig verarztet werdet. William?« rief sie. »Kein Wort mehr über das Turnier und irgendwelche Herausforderungen, bis wir zurückkommen.«

Der König zeigte sich vollkommen einverstanden. Matilda wollte Nicholas Ellbogen umfassen, um sie wegzuführen, aber ehe sie sich's versah, floß Nichola zu Royce und drängte sich an ihn.

Diese Geste sagte alles. Matilda sah ihren treuen Gefolgsmann an, dann wanderte ihr Blick zu der angelsächsischen Frau und wieder zurück zu Royce. »Ihr könnt uns begleiten, Baron«, erklärte sie.

Erst jetzt ließ Nichola es zu, daß die Königin sie aus dem Saal brachte. Matilda unterdrückte ein Lächeln, als sie merkte, daß die hübsche junge Lady an ihrer Seite ständig über ihre Schulter sah und Royce auf ihrem Weg durch den Palast nicht aus den Augen ließ.

Er hielt sich direkt hinter ihr, und das beruhigte Nichola, obwohl sie sich nicht vorstellen konnte, weshalb. O ja, jetzt erinnerte sie sich – das war alles seine Schuld, und das mußte sie ihm unbedingt klarmachen.

Er hatte nur seine Pflicht erfüllt, als er sie nach London verschleppt hatte – dieser vernünftige Gedanke kam ihr unerwartet in den Sinn, aber sie schob ihn beiseite. Sie wollte jetzt nicht vernünftig sein.

»Ihr seid eine sehr mutige Frau, Lady Nichola«, sagte Matilda. »Das kleine Mädchen, dem Ihr das Leben gerettet habt, ist meine Nichte. Wir stehen alle tief in Eurer Schuld.« Sie machte eine Pause und musterte Nichola mit einem durchdringenden Blick, dann setzte sie hinzu: »Sie ist eine Normannin, aber das scheint für Euch in diesem Augenblick keine Rolle gespielt zu haben, habe ich recht?«

Nichola schüttelte den Kopf. Sie wünschte, Matilda würde sich nicht so besorgt zeigen, und funkelte Royce drohend an.

Er zwinkerte ihr zu.

»Ihr seid für all das verantwortlich, Royce«, flüsterte Nichola.

Matilda hatte die Beschuldigung gehört. »Nein, meine Liebe, es war ein Unfall«, meinte sie, gab den Wachen ein Zeichen, die Tür zu Nicholas Zimmer zu öffnen, und marschierte hinein.

Royce schob Nichola vorwärts.

Die nächsten fünfzehn Minuten stand Nichola Höllenqualen aus. Die herrische Königin gab Befehle, und nach kurzer Zeit kam ihr Leibarzt – ein runzliger alter Mann, der ziemlich gebrechlich wirkte und offenbar selbst einen Arzt brauchte – mit drei Dienerinnen in Nicholas Zimmer. Die Frauen legten alles, was der Leibarzt für die Behandlung brauchte, auf die Holztruhe, dann verbeugten sie sich tief vor der Königin und verließen den Raum.

Royce stand mit auf dem Rücken gefalteten Händen neben Nichola, als der Arzt seines Amtes waltete. Matilda hatte sich zum Fenster zurückgezogen und die Arme über ihrem bemerkenswerten Busen verschränkt, während sie mit scharfen Adleraugen das Paar beobachtete.

Nichola hatte sich geweigert, sich auf das Bett zu legen. Sie saß aufrecht, als hätte sie einen Stock verschluckt, auf einem Stuhl und starrte ausdruckslos in die Ferne.

Baron Samuel, Matildas Leibarzt, hatte sich auf einen anderen Stuhl, Nichola gegenüber, niedergelassen, reinigte die Brandwunden mit kaltem Wasser und strich eine braune Salbe von den Fingerspitzen bis zu den Ellbogen.

Das kalte Wasser brannte wie Feuer auf den Wunden, aber der kühlende Balsam linderte den Schmerz. Nichola wurde gar nicht gewahr, daß sie sich an Royces Schenkel lehnte, aber Matilda registrierte es genau, und dieses Mal konnte sie sich ein Lächeln nicht verkneifen.

»Sie wird ein paar Narben behalten«, erklärte Samuel der Königin, nachdem er Nicholas Hände und Arme mit weichen Baumwollstreifen verbunden hatte.

Royce half dem alten Mann beim Aufstehen. Samuels Knie krachten lauter als die Holzscheite im Kamin.

»Ich schicke Euch einen Schlaftrunk«, sagte er zu Nichola. »Das wird die Schmerzen lindern und Euch helfen, Ruhe und Erholung zu finden.«

»Ich danke Euch«, hauchte sie.

Das waren die ersten Worte, die sie von sich gegeben hatte, seit der Leibarzt in ihr Zimmer gekommen war. Er strahlte sie an. »Ich komme morgen wieder zu Euch, um die Verbände zu wechseln.«

Sie dankte ihm noch einmal. Matildas stechender Blick

wanderte von Nicholas gelassener Miene zu Royces besorgtem Gesicht.

»Habt Ihr noch Schmerzen, Nichola?« fragte Royce.

Sein mitleidiger Ton gab Nichola beinah den Rest. »Wagt es nicht, Euch so liebenswürdig und fürsorglich zu geben, Schurke«, zischte sie leise.

»Royce, würdet Ihr uns jetzt bitte allein lassen?« schaltete sich Matilda ein.

Er wollte nicht gehen, das war nicht zu übersehen. Der Baron kam Matildas Aufforderung zwar nach, ganz wie es die Königin erwartet hatte, aber er blieb an der Tür stehen und blitzte Nichola lange und eindringlich an, ehe er sich höflich verbeugte und das Zimmer endgültig verließ.

»Was hatte dieser feindselige Blick zu bedeuten?« wollte Matilda wissen.

»Das ist seine Art, mich daran zu erinnern, daß ich mich anständig benehmen soll«, erwiderte Nichola.

Matilda stellte sich vor Nichola und strich ihr mit einer mütterlichen Geste das Haar aus dem Gesicht. »Es war Baron Royces Pflicht, Euch zu uns zu bringen. Warum gebt Ihr ihm die Schuld für alles?«

Nichola zuckte mit den Schultern. »Weil er diese Aufgabe mit solchem Vergnügen ausgeführt hat«, antwortete sie. »Und außerdem fühle ich mich besser, wenn ich ihm die Schuld zuweisen kann.« Sie sah auf und entdeckte, daß Matilda lächelte. »Ich weiß, daß Baron Royce Euch treu ergeben ist, Mylady. Ihr schätzt ihn vielleicht, aber ich muß gestehen, daß ich ihn unerträglich finde.«

»Hat er Euch mißhandelt?«

»Nein.«

»Weshalb haltet Ihr ihn dann für so unerträglich?«

»Er ist ungehobelt, hochnäsig und ...« Nichola hielt verwirrt inne, als sie sah, wie erheiternd ihre Erklärung für Matilda war. Was war so lustig daran, wenn sie einen hochgeschätzten Ritter des Königs auf diese Art beleidigte?

»Wenn Royce Euch in dem Kloster zurückgelassen hätte, hätte meine liebe Nichte schlimme Verbrennungen davongetragen, ehe einer der ehrenwerten Ritter ihr zu Hilfe gekommen wäre. Ihr seht, es war Gottes Wille, daß Ihr hier wart, um das Kind vor ernstem Schaden zu bewahren, oder wollt Ihr das vielleicht abstreiten?«

Der Ton der Königin ließ gar keinen Widerspruch zu. »Ich will es nicht abstreiten«, murmelte Nichola, aber in ihrem Herzen wußte sie, daß Matilda irrte. Es war gewiß nicht Gottes Wille, daß sie hier war. Das war Williams Entscheidung gewesen, nichts weiter.

»Verratet mir, was Ihr seht, wenn Ihr Royce betrachtet.«

Das hielt Nichola für eine äußerst seltsame Aufforderung, und sie hatte keine Lust, über Royce zu sprechen. Aber es wäre eine grobe Unhöflichkeit, nicht zu antworten, und deshalb sagte sie: »Einen ausgesprochen dickschädeligen Mann.«

»Und?«

»Einen eitlen Mann«, fügte Nichola hinzu.

Matilda sah sie erstaunt an. »Eitel, sagtet Ihr?«

Nichola nickte. »Mir ist klar, daß es Euch nicht gefällt, wenn man über die Fehler Eurer Gefolgsmänner spricht, aber Royce ist eitel. Er weiß genau, wie er auf andere wirkt.«

»Erklärt mir genau, wie Ihr über sein Aussehen denkt«, bohrte die Königin weiter.

Nichola erkannte an Matildas entschlossenem Blick, daß sie keine Ruhe geben würde, bis sie eine zufriedenstellende Antwort erhielt. Trotzdem hatte sie nicht vor, die Wahrheit zu beschönigen, wenn sie schon ihre Meinung äußern mußte. »Er sieht auf finstere Art gut aus, und das weiß er auch. Ich gebe zu, daß mir seine grauen Augen gut gefallen. Ich müßte ja blind sein, wenn es nicht so wäre, Mylady. Und er hat ein sehr ausgeprägtes Profil.«

»Das ist Euch also auch aufgefallen«, bemerkte Matilda, noch immer lachend.

»Ja«, sagte Nichola seufzend. »Dann hat er mir eine seiner Lektionen erteilt, und ich vergaß sofort sein gutes Aussehen. Ich wollte ihn nur noch anschreien. Würdet Ihr mir bitte verraten, warum Ihr ständig lächelt? Ich beleidige einen Eurer Barone, und ich hätte eigentlich erwartet, daß Ihr an meinen Äußerungen Anstoß nehmt.«

Matilda schüttelte den Kopf. »Ihr erzählt mir nur das, was Ihr mit Eurem Herzen wahrnehmt.«

»Royce bedeutet mir gar nichts«, behauptete Nichola bestimmt. »Der Mann ist ein Barbar. Er benimmt sich wie ein ...« Sie hätte beinah gesagt, wie ein Normanne, hielt sich gerade noch rechtzeitig zurück. » ... wie ein Hund.«

Matilda nickte und ging zur Tür. »Ich schicke die Dienerinnen, damit sie Euch beim Umziehen helfen. Seid Ihr in der Lage, in die Halle zurückzukehren und diesem Wettbewerb beizuwohnen?«

Nichola nickte. Sie wollte diese schwere Prüfung so schnell wie möglich hinter sich bringen. »Ich möchte Euch nur im voraus warnen, Mylady«, erklärte sie. »Ich werde keine gute Ehefrau sein. Egal, welcher Mann auch immer mich zur Frau bekommt – er wird ein elendes Leben mit mir haben.«

Die Bemerkung sollte eine Drohung sein, aber Matilda verstand sie falsch und lächelte beschwichtigend. »Stellt Euer Licht nicht unter den Scheffel, meine Liebe. Ich bin sicher, Ihr habt eine Menge Qualitäten, die Euren Ehemann für den Rest seiner Tage zufriedenstellen.«

»Aber ich meinte ...«

Nichola hatte keine Möglichkeit mehr, den Irrtum aufzuklären, Matilda war bereits weg. Gleich darauf hasteten Mary und Heloise geschäftig herein, und Nichola hatte damit zu tun, die beiden Frauen von sich fernzuhalten. Sie war fest entschlossen, sich noch nicht umzuziehen, und sie wollte einen Moment allein sein.

Matilda eilte währenddessen zurück in die Halle und ging

zielstrebig zu dem Podest, auf dem ihr Gemahl immer noch thronte. William, der einen silbernen Pokal mit Ale in der Hand hielt, sprang auf, als sie ihn erreicht hatte.

Seine Frau flüsterte ihm etwas ins Ohr – das einseitige Gespräch dauerte lange. Einige Male hielt sie dabei inne, um ihre Augen mit einem leinernen Tüchlein abzutupfen, und als sie ihren ausführlichen Bericht beendet hatte, lächelte William breit und küßte ihr die Hand.

Der König übergab den silbernen Pokal an einen Knappen und bat mit einer Geste um Ruhe. Mit lauter, donnernder Stimme forderte er alle verheirateten Ritter, Frauen und Kinder auf, den Saal zu verlassen. Die ledigen Ritter sollten bleiben.

Royce hielt diesen Befehl für äußerst seltsam, und die verwirrten Gesichter der Umstehenden verrieten ihm, daß es den anderen nicht anders erging, aber niemand fragte den König nach dem Grund für seine Order. Royce nahm wieder seinen Platz an der Wand ein, da er von hier aus den besten Blick auf die große Doppeltür hatte, durch die Nichola jeden Moment hereinkommen mußte. Er nickte Lawrence zu, lehnte sich wie zuvor an die Wand und wartete.

Als sich die Tür öffnete, drehten sich alle, auch der König und die Königin, um und beobachteten, wie Lady Nichola den Saal betrat.

Diejenigen, die gesessen hatten, beeilten sich, auf die Füße zu kommen, und irgend jemand klatschte in die Hände. Einer nach dem anderen fiel in den Beifall ein, bis ein donnernder Applaus in der großen Halle aufbrandete.

König William hatte Platz behalten, aber er klatschte ebenfalls Beifall. Nichola verstand überhaupt nicht, was los war. Sie blieb stehen und wandte sich verwirrt um, um nachzusehen, wer hinter ihr stand und die Männer zu solchen Begeisterungsstürmen hinriß.

Royce sah ihrer ahnungslose Miene an, daß sie gar nicht begriff, daß die Ovationen ihr galten. Aber der Lärm brachte sie nicht einmal aus der Fassung – im Gegenteil, sie wirkte ausgesprochen gelassen.

Sie war schön in ihrem dunkelblauen Gewand. Royce fand, daß ihr diese Farbe noch viel besser stand als das Weiß, das sie zuvor getragen hatte.

König William winkte Nichola zu sich, aber sie zögerte einige Sekunden, ehe sie der Aufforderung Folge leistete.

Royce registrierte mit Groll die vielen lüsternen Blicke, die Nichola verfolgten, als sie vor den König trat. Am liebsten hätte er diese unverschämten Burschen gleich jetzt und hier zur Rechenschaft gezogen und niedergeschlagen. Brennende Eifersucht durchschnitt sein Herz, und genau in diesem Augenblick wurde ihm klar, was er tun mußte.

»Was hat Euch so verärgert, Royce?« erkundigte sich Lawrence neugierig.

»Nichts«, brummte Royce. »Verdammt, Lawrence, Nichola muß höllische Schmerzen haben. Sie hat Brandblasen an beiden Armen. Sie sollte sich hinlegen und sich ausruhen.«

»Unser Herrscher hat anders entschieden«, bemerkte Lawrence. »Vielleicht hält er es für das beste, diesem Wettbewerb ein Ende zu machen«, fügte er noch hinzu, bevor er sich abwandte, um Nichola anzusehen.

Doch Nichola verspürte keinerlei Schmerzen. Baron Samuel hatte ihr versichert, daß der Balsam aus Ingredienzien bestand, die betäubend und heilend zugleich wirkten, und er hatte recht behalten. Selbst wenn sie es gewollt hätte, wäre es ihr nicht gelungen, vor dem neuen König von England demütig auf die Knie zu fallen, da sie den Saum ihres Gewandes nicht anheben konnte.

William bemerkte, daß sie zögerte, und beugte sich vor. »Wollt Ihr nicht vor Eurem König knien?«

Er runzelte die Stirn, als seine Frau einwarf: »Das kann sie nicht, mein Lieber. Ihre Hände sind bandagiert, und sie ist nicht in der Lage, ihre Röcke festzuhalten. Sie würde fallen, wenn sie es versuchte. Liebste Nichola«, rief Matilda, »senkt Euren Kopf, das wird Eurem König genügen.«

William nickte – die Erklärung seiner Gemahlin hatte ihn besänftigt. Nichola hätte gute Lust gehabt, dem König die Stirn zu bieten und ihm die Ehrenbezeugung zu versagen. Aber was würde dann aus Ulric werden?

Sie verbeugte sich.

William lachte vergnügt. »Ihr habt großen Mut bewiesen«, lobte er sie mit so lauter Stimme, daß jedermann im Raum ihn hören konnte. »Ich hatte vor, meinen Rittern zu gestatten, um Eure Hand zu kämpfen, aber jetzt habe ich mich anders entschieden. Ihr habt die Wahl.«

Nicholas Kopf zuckte in die Höhe, und William lächelte erfreut, weil ihm die Überraschung gelungen war. »Ja, Ihr dürft Euch selbst einen Ehemann aussuchen«, sagte er. »Seht Euch um, meine Liebe. Vor Euch stehen nur ehrenwerte Soldaten, Lady Nichola, und Ihr könnt jeden haben, den Ihr wollt. Wir werden warten, bis Ihr Eure Wahl getroffen habt, auch wenn es die ganze Nacht dauern sollte. Die Hochzeit findet statt, sobald Eure Entscheidung gefallen ist.«

Baron Guy brach in höhnisches Gelächter aus, zupfte seine rote Jacke zurecht und trat einen Schritt vor. Einer seiner Freunde versetzte ihm einen Stoß in die Rippen und grinste bedeutungsvoll.

Guy zweifelte keinen Augenblick daran, daß sich Nichola für ihn entscheiden würde, und er wäre gar nicht auf die Idee gekommen, daß man ihn für eingebildet halten könnte, weil er so von sich überzeugt war. Er kannte seine Vorzüge, und er war ein gutaussehender Mann, vielleicht der bestaussehendste in Williams ganzer Armee. Die Frauen scharten sich reihenweise um ihn. Warum auch nicht? Er hatte dichtes blondes Haar, strahlende Augen, blendendweiße Zähne und trat selbstbewußt auf. Außerdem war er groß, schlank und kräftiger als drei gewöhnliche Männer zusammen. Was konnte sich eine Frau mehr wünschen?

Ja, sie würde sich für ihn entscheiden, er brauchte sie lediglich auf sich aufmerksam zu machen. Dann mußte er nur noch lächeln, und sie wäre von ihm hingerissen.

Als sich Lady Nichola umdrehte und durch die Menge schritt, drängte sich Guy an ihre Seite und stellte sich ihr in den Weg. Er lächelte. Sie blieb stehen, sah ihm direkt in die Augen und erwiderte das Lächeln.

Dann umrundete sie ihn und setzte ihren Weg fort.

Guy konnte nicht fassen, daß sie ihn zurückwies – er ergriff ihren Arm, aber Nichola schüttelte sein Hand ab.

Guys Gesicht lief hochrot vor Scham an. Er ballte die Hände zu Fäusten und widerstand nur mit Mühe dem Drang, sie bei den Schultern zu packen und zu zwingen, ihn zu wählen. Um nicht das Gesicht zu verlieren, gab er sich gleichgültig. Guys treueste Gefolgsmänner, Morgan und Henry, bauten sich rechts und links von ihm auf und stellten offen ihre Wut zur Schau, als sie Nichola mit finsteren Blicken nachsahen.

Nichola ahnte nicht einmal, daß sie jemanden verärgert hatte – ihre ganze Aufmerksamkeit galt nur einem einzigen Mann: Royce.

Er lehnte immer noch an der Wand und wirkte so gelangweilt, daß man meinen könnte, er würde gleich einschlafen.

Aber sein Blick war unverwandt auf sie gerichtet.

Je näher sie ihm kam, desto unruhiger wurde er, und Nichola biß sich auf die Lippen, um nicht laut zu lachen.

Nichola spürte die Spannung, die in der Halle herrschte, und merkte, daß Royce sich mehr als alle anderen verkrampfte. mit Sicherheit war es keinem der anwesenden Barone recht, daß sich der Spieß umgedreht hatte und die Frau, die sie bis jetzt als Kriegsbeute angesehen hatten, plötzlich einen von ihnen zu ihrem Ehemann bestimmen durfte.

Sie empfand sogar ein wenig Mitleid mit den Rittern, und gleichzeitig freute sie sich diebisch über diese Wendung.

Guter Gott, es war ein großartiger Augenblick.

Nichola ging unbeirrt weiter und blieb dicht vor Royce stehen. Sie sah ihn lange schweigend an.

Er konnte nicht glauben, daß sie wirklich vor ihm stand, und schüttelte den Kopf.

Sie hingegen nickte. »Royce?« sagte sie leise.

»Ja, Nichola?«

Sie lächelte bezaubernd, stellte sich auf die Zehenspitzen und flüsterte ihm ins Ohr: »Schachmatt.«

5

Eine knappe halbe Stunde später waren sie verheiratet.

Beide – Braut und Bräutigam – benahmen sich wie Ehrengäste bei einem Menschenopfer. Ihrem eigenen.

Nichola vermied es, Royce anzusehen. Sie wußte auch so, daß er schrecklich wütend war.

Er ließ sie während der kurzen Zeremonie nicht aus den Augen. Sie mußte den Verstand verloren haben, dessen war er sicher.

Die Königin war die einzige, die rundum zufrieden wirkte, und als der Bischof die beiden zu Mann und Frau vereinigte, wischte sie sich gerührt über die Augen. Diese Zurschaustellung der Gefühle war für Matilda ungewöhnlich, denn normalerweise ließ sie niemanden bis auf William wissen, was sie dachte oder empfand.

Nachdem die Ehegelübde ausgesprochen waren, beugte sich Royce nieder, um seine Braut zu küssen. Darauf war Nichola nicht vorbereitet, und er ließ ihr auch nicht viel Zeit. Noch ehe sie auf die Berührung seiner Lippen reagieren konnte, zog sich Royce schon wieder zurück.

Dann drängten sich alle – auch die Frauen und Kinder, die wieder in den Saal gebeten worden waren – nach vorn, um dem frischvermählten Paar zu gratulieren. Die Männer nickten Nichola zu, während ihr die Frauen, da sie die verbundenen Hände nicht schütteln konnten, die Schultern tätschelten und ihr alles Gute für eine glückliche Zukunft wünschten.

Mit einem Mal wich die Menge zurück, als hätte jemand einen Befehl gegeben, den alle außer Nichola gehört hatten. Sie sah auf, um herauszufinden, was Royce über dieses seltsame Verhalten dachte, aber er achtete gar nicht auf sie, sondern hielt den Blick starr auf seine Männer gerichtet.

Nichola spähte verstohlen auf den Ritter, der neben ihrem Bräutigam stand. Sie erinnerte sich daran, daß er Lawrence hieß und Royces erster Offizier war, außerdem war er der erste gewesen, der sie nach ihrer Ankunft in London so freundlich begrüßt hatte.

Lawrence spürte ihren Blick und zwinkerte ihr zu. Sie wurde rot, brachte jedoch ein Lächeln zustande. Sie hätte gern ein paar Worte mit dem Ritter gewechselt, aber Royce ergriff ihren Arm und zog sie näher an sich, das machte eine Unterhaltung unmöglich.

Einer von Royces Vasallen kam auf sie zu, beugte vor Nichola das Knie, und während er die Hand über den Kopf hob, schwor er ihr die Treue. Nichola war überrascht über diese Geste.

Dann trat ein Ritter nach dem anderen vor und kniete sich vor sie. Nachdem alle sie auf diese Weise als neue Herrin anerkannt hatten, nickte Royce.

Nichola war peinlich berührt und verwirrt zugleich bei den Treueschwüren der Männer. Hatten sie vergessen, daß sie eine Angelsächsin war? Das muß wohl so sein, dachte sie. Sonst hätten sie sicherlich nicht gelobt, sie, wenn nötig unter Einsatz ihres eigenen Lebens, zu beschützen.

Royce wußte, daß Nichola aufgeregt war, und zog sie, ohne sie anzusehen, so nah an sich heran, bis sie sich eng an seine Seite schmiegte.

Der König beobachtete das Geschehen von dem Podest aus, und als der letzte von Royces Gefolgsmännern den Treueeid geleistet hatte, verließ er schwerfällig das Podest, um Royce auf die Schultern zu klopfen und Nichola zu umarmen. Er drückte sie fest an sich und schob sie Royce wieder zu. Sie war gerade dabei, ihren ersten Schreck zu überwinden, als William ihr noch einmal die Schulter tätschelte. Diese herzliche Geste brachte sie beinah zu Fall, aber Royce fing sie noch rechtzeitig auf und legte besitzergreifend den Arm um sie.

»Ich freue mich sehr über diese Heirat«, erklärte der König. »Ihr habt eine gute Wahl getroffen, Lady Nichola.« Er machte eine Pause und unterstrich seine Worte mit einem dramatischen Nicken. »Meine liebe Frau hatte recht – wie gewöhnlich. Sie war sicher, daß Ihr Euch für den von mir am meisten geschätzten Baron entscheiden würdet. Ja, meine süße Matilda hat das vorausgesehen.«

Nichola konnte sich ein Lächeln nicht verbeißen. Es war erheiternd, diesen grimmigen Riesen so liebevoll von seiner winzigen Frau reden zu hören. Und herzerwärmend. Die beiden konnten nicht verhehlen, daß sie sich aus tiefstem Herzen liebten. In dieser modernen Zeit, in der Liebe so gut wie gar keine Rolle mehr bei der Partnerwahl spielte und andere Überlegungen wichtiger waren, erschien es wie ein Wunder, daß William Matilda so zugetan war und daß sie seine zarten Gefühle auch noch erwiderte.

Das nahm Nichola um so mehr für das Paar ein. Dieser Respekt und das Vertrauen, das sich der König und die Königin entgegenbrachten, erinnerten Nichola an ihre eigenen Eltern.

Himmel, was war nur los mit ihr? Sie konnte doch für den normannischen König und seine Gemahlin keine Sympathie empfinden, das wäre so etwas wie Verrat, oder nicht?

Verrat an wem? Der angelsächsische König war seit fast drei Monaten tot. Die Normannen hatten England erobert, und es schien keine Macht oder Gruppe zu geben, die stark genug war, sie herauszufordern. Nichola war vollkommen durcheinander – sie brauchte Zeit, um mit all dem Neuen, das auf sie einstürmte, fertig zu werden.

»Vielleicht hat Lady Nichola Royce nur auserwählt, weil er der einzige Ritter ist, den sie kennt«, rief jemand. »Wenn man mich damit beauftragt hätte, sie zu holen, wäre ihre Wahl sicher auf mich gefallen.«

Der Mann, der versucht hatte, sich Nichola in den Weg zu stellen, stolzierte in den Vordergrund, als er seine überheblichen Reden schwang. Er verzog den Mund zu einem Lächeln, aber Nichola spürte, daß es nicht von Herzen kam – seine Augen schimmerten kalt wie Eis.

Sie mochte diesen Mann nicht.

Zwei Gefolgsleute flankierten den angeberischen Ritter. Nichola senkte den Blick und wartete darauf, daß ihr die Männer formell vorgestellt wurden.

»Nichola«, sagte Royce. »Darf ich dich mit Baron Guy und seinen Gefolgsmännern, Morgan und Henry, bekannt machen?«

Baron Guy verbeugte sich tief, aber seine Begleiter blieben unhöflicherweise stocksteif stehen. Nichola begrüßte Guy, indem sie den Kopf ein wenig neigte, dann wandte sie sich seinen beiden Vasallen zu, wünschte jedoch sofort, sie hätte sich die Mühe erspart. Ihr stockte der Atem, als sie die unverhohlene Wut in ihren Gesichtern sah.

Sie wußte auf Anhieb, daß die Herzen dieser Männer rabenschwarz waren, und genauso schnell wurde ihr klar, daß es absurd war, schon im ersten Moment ein solches Urteil zu fällen. Sie kannte sie ja gar nicht. Trotzdem rückte sie ein wenig näher an Royce, und ihr lief ein kalter Schauer über den Rücken.

Es waren nur Männer, beruhigte sie sich selbst – häßliche Männer, die nicht so sehr wegen ihres Äußeren abstoßend waren, sondern wohl eher wegen ihren finsteren Blicken und wahrscheinlich auch wegen ihren gemeinsamen Gedanken.

Haßten sie sie, weil sie Angelsächsin war oder weil sie ihren Lehnsherrn verschmäht hatte? Nichola entschied, daß das gar nicht von Bedeutung war. Es waren ungehobelte Kerle, das war nicht zu übersehen.

König William hieb Royce noch einmal auf die Schulter. »Was sagt Ihr zu Baron Guys großspuriger Behauptung? denkt Ihr auch, Nichola hätte ihn vorgezogen, wenn er sie nach London eskortiert hätte?«

Royce zuckte mit den Schultern, und Nichola hatte gute Lust, ihm den Ellenbogen in die Rippen zu stoßen, aber sie trat ihm statt dessen auf den Fuß. Mußte er sich unbedingt so gelangweilt geben?

»Möglicherweise«, räumte Royce ein.

»Mein Freund Royce hat sehr großes Glück«, warf Guy ein, eher er seinen Blick auf Nichola richtete. »Und Ihr, meine Liebe, habt Euch um das große Vergnügen gebracht, den Rest Eures Lebens mit mir als Eurem Gatten zu verbringen.«

Morgan und Henry kicherten.

Weshalb machte sich Guy über sie und Royce lustig? Nichola war sicher, daß er nur Spott und Hohn über sie ausschütten wollte, aber sie kannte die Gründe dafür nicht, und Royces Gesichtsausdruck konnte sie nicht entnehmen, wie er über diese Unverschämtheit dachte.

»Wünschst du uns Glück, Guy?« Royces Stimme war so sanft wie eine Sommerbrise.

Guy ließ sich Zeit mit der Antwort. Der ganze Saal knisterte vor Spannung. Was, in Gottes Namen, ging hier vor? Es schien fast, als ob alle an einem Spiel teilnehmen würden, dessen Regeln Nichola als einzige nicht kannte. Sie hatte ein flaues Gefühl im Magen, und plötzlich fühlte sie sich bedroht.

Royce verstärkte den Griff an ihrer Schulter und drückte

sie kurz. Ihre Furcht verschwand, obwohl sie nicht wußte, was sei von dieser Geste halten sollte.

Diese Normannen trieben sie noch in den Wahnsinn.

Guy war Royce noch immer eine Antwort schuldig. Einige der Anwesenden kamen näher, um die Unterhaltung besser verfolgen zu können, und Lawrence trat einen Schritt vor.

Nichola mochte diesen Mann. Lawrence verbarg seine Gefühle nicht, und er nahm auch nicht an diesem seltsamen Spiel teil. Er war wütend über das gleichmütige Verhalten seines Barons und wußte, daß Guy nichts anderes im Sinne hatte, als Nichola und Royce zu beleidigen, auch wenn Royce das nicht zu merken schien.

»Natürlich wünsche ich euch alles Gute«, erklärte Guy schließlich und fügte achselzuckend hinzu: »Ich bin nur ziemlich erstaunt.«

»Warum?« wollte Lawrence wissen und verschränkte die Arme vor der Brust.

»Ja, warum?« fragte auch Nichola.

Morgan und Henry kamen ein Stück näher, um, wie Nichola vermutete, Ergebenheit ihrem Baron gegenüber zu demonstrieren und gleichzeitig Lawrence einzuschüchtern.

Royce zeigte immer noch keinerlei Reaktion.

»Ich bin überrascht, daß Ihr Royce trotz seines Aussehens zu Eurem Gemahl gemacht habt«, erklärte Guy. »Diese Narbe schreckt die meisten Frauen ab.«

Morgan nickte zustimmend, und Henry grinste gemein.

Nichola schüttelte Royces Hand von ihrer Schulter und trat einen Schritt vor. »Sprecht Ihr von dem stattlichen Zeichen seiner Tapferkeit auf seiner Wange, Baron?«

Guy konnte seine Verblüffung nicht verbergen. Diese Angelsächsin war eine energische Person, und ihr Temperament machte sie ebenso anziehend wie diese schönen Augen, die im Zorn violett funkelten. Guy begehrte sie – verdammt, er mußte diese Frau haben.

»Das Zeichen seiner Tapferkeit?« wiederholte er. »Wie ungewöhnlich, eine derartige Entstellung so zu nennen.«

»Nur Jünglinge sind nicht vom Leben gezeichnet«, erwiderte Nichola. »Und ich habe mich für einen Mann entschieden.«

Diese Bemerkung bohrte sich wie ein Stachel in Guys Fleisch, und sein Gesicht lief rot an vor Verlegenheit. Nichola hätte das Gespräch beendet, wenn Guy sie nicht erneut in Rage gebracht hätte.

»Jedermann weiß, daß Ihr mit mir glücklicher werden würdet«, behauptete er.

Jetzt war es genug. Seine selbstherrliche Art mochte Royce vielleicht nicht beleidigen, aber, verdammt, er verletzte *sie* damit.

Matilda hielt den Moment für gekommen, sich einzuschalten, und sagte: »Nichola, Ihr könnt nicht wissen, was das alles zu bedeuten hat, und ich denke, ich sollte Euch verständlich machen, warum Baron Guy sich so eigenartig benimmt. Er liegt ständig mit anderen Männern im Wettstreit, meine Liebe, und es fällt ihm schwer, eine Niederlage hinzunehmen. Aber jedesmal, wenn er sich mit Royce in einem Turnier mißt, ist der arme Guy der Verlierer.«

Matildas Stimme drückte Tadel aus. Guy beugte den Kopf und gab sich Mühe, belustigt und nicht verärgert zu erscheinen.

Jetzt hatte Nichola eine wirksame Waffe in der Hand. Natürlich war ihr klar, daß sie wegen der Sünde, die sie gleich begehen würde, einige Zeit länger im Fegefeuer schmoren mußte, aber mit dieser Sorge konnte sie sich jetzt nicht befassen.

»Es war sehr freundlich von Euch, mir das zu erklären«, sagte sie zu Matilda. »Aber ich wußte bereits, das Royce der mutigste und geschickteste Krieger in Eurem Heer ist.«

»Und wie seid Ihr zu diesem Wissen gelangt?« erkundigte sich Matilda.

»Oh, ich habe schon vor langer Zeit von Royces Ruhm gehört«, log Nichola. »Die Soldaten meines Bruders tuschelten ehrfürchtig über seine Heldentaten. Royce ist zur lebenden Legende geworden, und er war der gefürchtetste Gegner unserer Männer.« Sie schenkte Guy einen mitleidigen Blick. »Merkwürdig, aber Euren Namen habe ich nie gehört, wenn sie von den Schlachten gegen die Normannen erzählten, Baron.«

König William lachte. »Da habt Ihr Eure Antwort, Guy«, rief er aus. »Sie hätte sich für Royce entschieden, selbst wenn Ihr sie nach London gebracht hättet.«

Nichola nickte eifrig und bedachte dabei Morgan und Henry mit einem Lächeln. »Ja«, bekräftigte sie. »Ich wollte den besten zum Mann haben.«

Es kostete Guy eine große Anstrengung, gute Miene zum bösen Spiel zu machen. »Meine Frage ist tatsächlich ausreichend beantwortet.«

Jemand sprach einen lautstarken Toast auf den Bräutigam aus, und die Anspannung löste sich. Guy durchquerte mit Henry an seiner Seite die Halle. Morgan zögerte noch.

Der wütende Vasall hatte vor, Nichola eine ernste Warnung zuzuflüstern, aber Royce ließ das nicht zu. Er drängte Morgan weg und schubste ihn vorwärts, nachdem er Lawrence bedeutet hatte, bei Nichola zu bleiben. Er sah Nichola nicht ein einziges Mal an, und sie wußte nicht, ob sie froh oder böse sein sollte, daß er sie vor Morgan beschützt hatte.

Matilda hingegen hätte nicht zufriedener sein können. »Baron Guy ist schrecklich neidisch auf Royce, aber er ist auch ein treuer Untertan des Königs. Ich bemühe mich immer, das nicht zu vergessen.« Sie wandte sich lächelnd an Lawrence. »Nichola steht zu Royce und verteidigt ihn bereits. Es wird nicht mehr lange dauern, bis sie ihm auch ihr Herz schenkt«, erklärte sie dem Vasallen.

Nichola gab sich keinen Illusionen hin. Royce gehörte

nicht zu der Sorte von Männern, die ihre Liebe annehmen würden. Vorausgesetzt, ich will sie ihm überhaupt geben, überlegte sie. Sie seufzte, als sie merkte, wie konfus ihre Gedanken waren.

»Habt Ihr William sofort geliebt, als Ihr ihm zum erstenmal begegnet seid?« fragte sie Matilda.

Matilda lachte. »nein, meine Liebe. Er hat mir sieben Jahre lang den Hof gemacht. Schließlich willigte ich ein, ihn zu heiraten, und von diesem Augenblick an konnte er meiner Liebe sicher sein. Ich bete zu Gott, daß Royce nicht so lange braucht, um die Eure für sich zu gewinnen.«

Nichola fragte sich, was Matilda nach so langer Zeit plötzlich für William eingenommen hatte, aber sie wagte es nicht, danach zu fragen. Außerdem beschäftigte sie ein anderes Problem. »Ich würde gern erfahren«, begann sie, »woher Ihr wußtet, daß ich mich für Royce entscheiden würde. Euer Gemahl sagte, daß Ihr ganz sicher wart, aber ich verstehe nicht ...«

»Es war nicht schwer, zu diesem Schluß zu kommen«, fiel ihr Matilda ins Wort. »Als ich Euch nach Euren Eindrücken von Royces Erscheinung fragte, verriet mir das, was Ihr nicht erwähntet, Eure vollständige Antwort. Ich war zu diesem Zeitpunkt schon überzeugt, daß alles ausgezeichnet zusammenpaßt«, fügte sie hinzu und strich Nichola über das Haar. »Es war das, was Ihr nicht gesehen habt.«

Nichola hatte keine Ahnung, wovon diese Frau überhaupt sprach. »Was ich nicht gesehen habe?«

»Die Narbe.«

Oh, natürlich hatte sie die Narbe gesehen – sie zog sich schließlich über die Hälfte seiner Wange hin. Aber was sollte das mit all dem zu tun haben?

Matilda wandte sich an Lawrence. »Eure neue Herrin vertraute mir an, daß sie Royce für einen eitlen Mann hält.«

Lawrence lachte, und Nichola fühlte, wie ihr das Blut ins Gesicht schoß.

Matilda tätschelte ihren Arm. »Kommt jetzt«, ordnete sie an. »Ihr solltet in Euer Zimmer gehen und Euren Ehemann dort erwarten. Wir dürfen an den Feierlichkeiten heute abend nicht teilnehmen, aber morgen wird ein Festdinner für Euch stattfinden, Nichola. Die heutige Nacht gehört den Männern. Das ist auch gut so«, setzte sie mit einem Nicken hinzu. »Ihr seht erschöpft aus nach all den turbulenten Ereignissen. Es war eine hübsche Hochzeitszeremonie, nicht wahr? Trödelt nicht, Nichola. Ich begleite Euch ein Stück. Lawrence, Ihr habt die Ehre, uns Euren Schutz anzubieten.«

Der Vasall verbeugte sich tief, dabei schien er sich das Lächeln nicht verbeißen zu können. Er hatte die Bemerkungen, die Mylord über Royces Narbe gemacht hatte, mit angehört, und Nicholas Verwirrung war ihm nicht entgangen. Er hätte nicht zufriedener sein können. Nichola war genau die passende Frau für seinen Baron.

Mylord ergriff Nicholas Ellbogen und führte sie zur Tür, und ihre Garde folgte ihnen und Lawrence.

Nichola war müde. Der Abend hatte sie mitgenommen und ihre Kräfte überstrapaziert. Alle waren so freundlich zu ihr gewesen – alle, bis auf Baron Guys niederträchtige Gefolgsmänner, aber die beiden zählten nicht.

War es wirklich möglich, daß die Normannen und die Angelsachsen in Harmonie miteinander leben konnten?

Die Gemahlin des Königs winkte ihr zum Abschied zu, als sie sich auf den Weg in den Südflügel des Palastes machte und ihre Gardisten sich beeilten, um mit ihr Schritt zu halten. Lawrence blieb an Nicholas Seite.

»Werdet Ihr Baron Royce zu meiner Festung begleiten, wenn wir London verlassen?« fragte Nichola.

»Ich denke schon«, sagte Lawrence.

Sie sah auf und bemerkte, daß er immer noch lächelte. »Gefällt Euch der Aufenthalt in England?«

Er zuckte mit den Schultern.

»Weshalb seid Ihr dann so erfreut?« wollte sie wissen.

Er überlegte einen Augenblick, bevor er antwortete: »Ich habe mich daran erinnert, welches Gesicht Royce machte, als Ihr auf ihn zukamt. Ich glaube nicht, daß mein Herr darauf gefaßt war, daß Ihr ihn wählen würdet.«

Sie senkte den Blick »Glaubt Ihr, daß ich damit sein Leben zerstört habe?« flüsterte sie.

»Ich denke eher, Ihr habt es bereichert«, entgegnete er. »Lady Nichola, ich würde nie lächeln, wenn ich etwas anderes befürchten müßte.«

Das war ein hübsches Kompliment, und Nichola wußte nicht, was sie darauf erwidern sollte. Sie sah ihn an und brach plötzlich in Gelächter aus. »Er war überrascht, stimmt's?« fragte sie kichernd.

»Ja, das war er«, bestätigte Lawrence.

Zwei Soldaten standen Wache vor Nicholas Zimmer. Lawrence machte einen Bückling vor seiner neuen Herrin und öffnete die Tür für sie, ehe er sich umdrehte, um sie allein zu lassen.

»Lawrence?«

Er blieb stehen.

»Danke.«

»Wofür, Mylady?«

»Dafür, daß Ihr mich nicht ablehnt.« Sie schloß die Tür, noch ehe er etwas antworten konnte.

Lawrence pfiff auf dem Rückweg in die große Halle fröhlich vor sich hin. Sein Ärger darüber, daß er Guys unsinnige Angriffe tatenlos hatte hinnehmen müssen, war verflogen. Das fröhliche Lachen seiner jungen Herrin hatte seine Laune beträchtlich verbessert. Ja, sie würde das Leben seines Barons tatsächlich bereichern und Licht in sein düsteres, von Disziplin bestimmtes Dasein bringen. Lawrence wäre jede Wette eingegangen, daß sie auch bald ein Lächeln auf Royces Gesicht zaubern würde – das würde zwar an ein Wunder grenzen, aber Nichola konnte es fertigbringen.

Nichola war zu erschöpft, um an irgend etwas anderes als an ihr Bett zu denken. Mary half ihr beim Ausziehen und plapperte dabei unaufhörlich. Nachdem ihre Herrin gebadet und ein langes weißes Nachtgewand übergestreift hatte, bürstete Mary ihr das Haar. »Euer Name ist in aller Munde«, verkündete Mary. »Alle tuscheln über Eure Beherztheit und den Mut, den Ihr bewiesen habt, als Ihr die Nichte der Königin gerettet habt. Hier, Mylady, trinkt das«, sagte Mary, nachdem sie die Bettdecke über Nichola gebreitet hatte. »Baron Samuel hat diesen Trank geschickt, er wird Eure Schmerzen lindern.«

Mary setzte Nichola so lange zu, bis sie auch den letzten Tropfen geschluckt hatte.

Ein paar Minuten später sank Nichola in tiefen Schlaf, und Mary machte es sich auf dem Stuhl am Kamin bequem, um bei ihr zu wachen, bis Baron Royce kommen und sie fortschicken würde.

Eine volle Stunde verging, ehe Royce sich aus der Halle stehlen konnte, und als er das Zimmer seiner frischangetrauten Frau betrat, sprang die Dienerin eilfertig auf.

»Der Schlaf Eurer Gemahlin ist sehr unruhig, Mylord«, flüsterte Mary. »Sie schreit vor Angst. Ich habe versucht, sie aus diesem Alptraum aufzuwecken, aber der Schlaftrunk, den sie zu sich genommen hat, ist offenbar sehr stark gewesen.«

Royce nickte und setzte die Dienerin in Erstaunen, indem er ihr für ihre Hilfe dankte. Dann schickte er sie weg.

Er verriegelte die Tür gegen eventuelle Eindringlinge und ging zum Bett. Nicholas Gesicht wirkte angespannt, obwohl sie ganz tief schlief. Er strich sanft über ihre Stirn. »Die letzte Woche war die Hölle für dich, nicht wahr, Nichola?«

Sie murmelte etwas im Schlaf und rollte zur Seite. Sie schrie vor Schmerz, als sie sich auf ihre verletzte Hand legte.

Royce drehte sie wieder auf den Rücken und betrachtete

sie lange. Guter Gott, jetzt gehörte sie wirklich ihm. Er schüttelte den Kopf. Was sollte er nur mit ihr anfangen?

Langsam verzog er die Lippen zu einem Lächeln. Sie beschützen, natürlich, und ihre Familie auch. Das war jetzt seine erste Pflicht. Es spielte keine Rolle, wer die Wahl getroffen hatte, an den Tatsachen war nichts mehr zu ändern. Es spielte auch keine Rolle, daß seine Wege eingefahren waren und daß er Ordnung und Disziplin liebte.

Alles würde sich von nun an ändern, und Nichola machte es ihm bestimmt alles andere als leicht, ehe sie ruhiger wurde und die Wendung, die ihr Leben genommen hatte, akzeptierte. Seltsam, aber er freute sich auf die Herausforderung, Nichola zu zähmen. Wenn er geduldig und verständnisvoll mit ihr umging, konnte es nicht lange dauern, bis er sich ihre Loyalität gesichert hatte. Die Art, wie sie Guy die Stirn geboten hatte, war ein Beweis dafür, daß sie fähig war, ihre Familie gegen Außenstehende zu verteidigen.

Er bezweifelte, daß Nichola ihm je echte Liebe entgegenbringen würde, aber das war nicht weiter schlimm – Liebe bedeutete ihm nicht viel. Er war darauf aus, Nicholas Verstand und ihren Geist für sich zu gewinnen, nicht ihr Herz. Er mußte sie mit fester, aber auch sanfter Hand dazu anleiten, sich wie seine Frau zu betragen.

Das ist ein vernünftiges Vorhaben, dachte Royce und machte sich bereit, zu Bett zu gehen.

Es war eigentümlich, neben einer Frau zu schlafen. Natürlich hatte er einige Abenteuer mit Frauen gehabt, aber er hatte nie eine ganze Nacht mit einer von ihnen verbracht.

Und sie machte es ihm auch nicht gerade leicht, sich an diese Situation zu gewöhnen. Wenn sie nicht unverständliches Zeug vor sich hin murmelte, dann warf sie sich von einer Seite auf die andere und wälzte sich herum. Jedesmal, wenn sie sich bewegte, stieß sie mit ihren verletzten Händen irgendwo an und schrie vor Schmerz.

Royce bemühte sich, sie zu beruhigen, aber das war ein

verdammt schwieriges Unterfangen. Sie hielt nicht einmal lange genug still, daß er sie in den Arm nehmen konnte.

Gerade in dem Augenblick, in dem er selbst vom Schlaf übermannt wurde, schreckte sie auf. »Ich möchte auf dem Bauch liegen«, brummte sie.

Royce glaubte, daß sie gar nicht wußte, wo sie sich befand – sie hatte nicht einmal die Augen geöffnet. Gleich darauf warf sie die Decke zur Seite und versuchte aufzustehen, aber er hielt sie fest.

Sie sank matt in seine Arme, und er wollte sie an seine Seite drücken, aber sie drehte sich plötzlich und lag mit einem Mal halb auf ihm.

Endlich hatte Nichola eine bequeme Stellung gefunden. Sie seufzte zufrieden, und ihr Schlaf wurde ruhiger.

Ihr Kopf schmiegte sich unter sein Kinn, und ihr weicher Busen preßte sich an seine nackte Brust, während ihre Hüften die seinen berührten, und ein Bein lag über seinem Schenkel.

Royce verlagerte ihr Gewicht, so daß sie zwischen seinen Beinen lag, und schlang seine Arme um ihre Taille.

Sie war so weich und weiblich, und sie roch ebenso gut wie sie sich anfühlte. Wir ergänzen uns prächtig, dachte er, und dieser Gedanke führte zum nächsten und wieder zu einem anderen – es dauerte nur ein paar Minuten, bis Royce sich mehr als nur unbehaglich fühlte.

Er versuchte einzuschlafen, aber ihr warmer Körper beherrschte sein Denken, und er hatte bald nichts anderes mehr im Sinn als den Wunsch, sie leidenschaftlich zu lieben.

Sie rührte sich.

Er stöhnte.

Es war eine Hochzeitsnacht, die er wohl nie vergessen würde.

6

Es war bereits Nachmittag, als Nichola erwachte. Sie verbrachte eine ganze Stunde damit, in ihrem Zimmer herumzustolpern und die Nebel, die der starke Schlaftrunk hinterlassen hatte, aus ihrem Kopf zu vertreiben.

Lieber Himmel, sie hatte geschlafen wie eine Tote, und seltsamerweise fühlte sie sich nach dieser langen Ruhepause kein bißchen erholt.

Mary fand ihre Herrin auf der Bettkante sitzend vor, als sie kurze Zeit später ins Zimmer kam. Die Dienerin brachte ihr ein wunderschönes blaues Gewand, dessen Ärmel mit Goldstickereien verziert waren. Sogar das Unterkleid war mit denselben Stickereien versehen. Der Stoff war so zart, daß Nichola fürchtete, er würde zerreißen, wenn sie nur hustete, aber er fühlte sich wunderbar an, als Nichola ihn an ihre Wange hielt.

»Wer schickt mir dieses Gewand?« fragte Nichola.

»Die Gemahlin des Königs«, antwortete Mary. »Ihr habt ihre Zuneigung geweckt«, fügte sie mit einem Nicken hinzu. »Sie hat mir sogar goldene Bänder mitgegeben, die Ihr in Euer Haar flechten könnt. Ihr und Euer Gemahl werdet heute abend während der Feier am Tisch des Königs sitzen, Mylady.«

Nichola zeigte keinerlei Reaktion, obwohl sie sich bewußt war, daß man Begeisterung von ihr erwartete, weil der König von England sie auf diese Weise ehrte. Aber sie war nicht fähig dazu. Sie fühlte sich noch immer ein wenig benommen von dem Schlafmittel, und sie hatte Heimweh. Alles, was sie sich wünschte, war, eine Weile allein sein zu können.

Ihr Wunsch wurde nicht erfüllt. Die nächsten Stunden verbrachte sie mit Baden und Anziehen. Danach ging es ihr etwas besser. Zum Schluß bürstete Mary energisch Nicholas Haar, zerrte daran und traktierte ihre Kopfhaut, bis Nichola am liebsten laut geschrien hätte. Sie war es nicht gewöhnt, umsorgt zu werden, aber sie wollte Marys Gefühle nicht verletzen, und deshalb ertrug sie schweigend alle Qualen. Der Dienerin schien es nicht zu gelingen, die Goldbänder ordentlich in die Locken ihrer Herrin zu flechten, und schließlich befahl Nichola ihr, ihre Bemühungen aufzugeben.

Baron Samuel kam mit seinen Helferinnen herein, um sich Nicholas Brandwunden anzusehen. Es war unmöglich, den Medicus dazu zu überreden, diesmal keine Verbände anzulegen, aber Nichola entlockte ihm das Versprechen, daß er morgen keine Bandagen mehr mitbringen würde.

Eigentlich erwartete sie, daß Royce ihr am Nachmittag einen Besuch abstatten würde – sie hatte ihn seit der Hochzeit nicht mehr gesehen, und sie hätte es für passend erachtet, wenn er wenigstens einmal nach ihr geschaut hätte. Als es Zeit für das Dinner wurde und er immer noch nicht aufgetaucht war, war sie verärgert und empört über seine schlechten Manieren. Es war nur allzu offensichtlich, daß Royce sich keinen Deut um seine junge Frau scherte.

Mary scharwenzelte unaufhörlich um sie herum und pries Nicholas Schönheit und Anmut. Nichola hatte nie viele Komplimente bekommen, und das Geplapper der Dienerin machte sie so verlegen, daß sie rot wurde. In ihrer Verzweiflung bat sie Mary, frisches Wasser zu holen, nur um ein paar Minuten Ruhe und Frieden zu haben.

Mary ließ die Tür angelehnt, und als Nichola die beiden Soldaten sah, die vor ihrer Tür Wache standen, wurde sie erneut ärgerlich. War sie denn immer noch eine Gefangene? Sie beschloß, sich Klarheit darüber zu verschaffen, und drückte die Tür mit dem Fuß ein Stückchen weiter auf. Sie verneigte sich vor den Männern und wollte wissen, weshalb sie bewacht wurde.

Die Soldaten starrten sie verblüfft an. Was war so erstaunlich an dieser Frage und daran, daß sie den Männern einen guten Tag wünschte, überlegte Nichola verwirrt.

»Ihr seid die hochgeschätzte Braut unseres Lords«, stammelte der eine.

Der andere nickte. »Ja, das seid Ihr.«

Nichola bedankte sich bei den Männern für ihre Freundlichkeit und fragte noch einmal: »Weshalb haltet Ihr dann vor meiner Tür Wache?«

»Baron Royce hat uns den Befehl gegeben, hier zu stehen, Mylady«, erwiderte der größere der beiden.

»Aber warum?«

»Um Euch zu beschützen«, sagte der Soldat. »Ihr seid jetzt unsere Herrin«, fügte er hinzu und verbeugte sich untertänig.

»Dann ist es mir also erlaubt, mein Zimmer zu verlassen, ohne daß mich jemand zurückhält?«

Beide Männer nickten. »Es wäre uns eine Ehre, Euch überallhin zu eskortieren«, erklärte der eine.

Nichola fiel ein Stein vom Herzen – sie war keine Gefangene mehr. »Würdet Ihr mich bitte zum Quartier meines Mannes führen?« fragte sie. »Ich muß ihn dringend sprechen.«

Die beiden Männer tauschten einen Blick, bevor sie sich wieder ihrer Herrin zuwandten. »Aber Ihr seid doch schon in seinem Zimmer«, sagte der eine.

Aber wo hat Royce geschlafen? überlegte Nichola, hütete sich jedoch, die Frage laut auszusprechen. Die Antwort darauf könnte eine Demütigung für sie bedeuten. Sie nickte den Soldaten zu und war gerade im Begriff, die Tür zu schließen, als Lawrence eilig auf sie zukam.

»Seid Ihr bereit, zu der Feier zu gehen, Lady Nichola?«

»Wo ist mein Mann?« fragte sie.

»Er erwartet Euch in der großen Halle«, entgegnet Lawrence. »Wenn Ihr gestattet, werde ich Euch zu ihm führen.«

Konnte sich Royce nicht einmal dazu herablassen, selbst zu kommen, um seine Frau abzuholen? Nichola runzelte die

Stirn, redete sich aber ein, daß ihr diese Mißachtung nichts ausmachte. Es war ihr gleichgültig, wenn er die Nächte im Bett einer anderen verbrachte, und er konnte sie auch weiterhin ignorieren. Nein, mich stört das ganz und gar nicht, belog sich Nichola selbst, während sie an Lawrences Seite durch die langen Korridore ging.

Die große Halle war brechend voll, aber sie entdeckte Royce sofort. Er war der größte Mann im ganzen Saal und überragte alle anderen. Er hatte ihr den Rücken zugekehrt und war von Freunden umringt.

Aufgeregtes Murmeln erhob sich, als sie mit Lawrence durch die Tür schritt. Plötzlich schienen alle in ihre Richtung zu schauen, aber Nichola konnte sich nicht vorstellen, weshalb. »Wen starren alle so an, Lawrence?« wollte sie wissen.

»Euch.«

Schonungsloser hätte er sich nicht ausdrücken können. Ihr Herzschlag beschleunigte sich. »Ich dachte, sie würden mir nicht mehr ablehnend gegenüberstehen«, flüsterte sie.

Lawrence lächelte. »Aber sie lehnen Euch nicht ab, Mylady. Das Festessen findet zu Euren und zu Royces Ehren statt.«

Nichola fühlte sich so fehl am Platze, daß sie diese Eröffnung nicht beschwichtigen konnte. Es war ihr unangenehm, im Mittelpunkt des Interesses zu stehen, und sie wollte von ihrem Mann beachtet und geschätzt werden. Sie durchbohrte seinen Rücken mit eindringlichen Blicken, während sie darauf wartete, daß er sie abholte.

»Ich bringe Euch zu Royce«, sagte Lawrence.

Sie schüttelte den Kopf. »Royce sollte zu mir kommen.«

Einer der Ritter, mit denen sich Royce unterhielt, entdeckte sie und tippte Royce auf die Schulter, um ihn auf sie aufmerksam zu machen. Royce drehte sich langsam um, und sein Blick fiel sofort auf sie. Sie war die schönste Frau in diesem Saal und nicht zu übersehen. Würde er sich je an sie und ihre blendende Erscheinung gewöhnen können? Jedesmal, wenn er sie sah, war er wie vom Donner gerührt. Ihr Haar schimmerte wie pures Gold, und es gefiel ihm, wenn sie es wie heute ohne Bänder über ihre Schultern fluten ließ. Plötzlich hatte er das Verlangen, sie zu berühren.

Er holte tief Luft, um seine Fassung zurückzugewinnen, nickte knapp und gab Lawrence und Nichola ein Zeichen, zu ihm zu treten.

Nichola verweigerte sich der Aufforderung und wiegte verneinend den Kopf hin und her. Lawrence sah unbehaglich von einem zum andern. Royce beobachtete, wie sich sein Gefolgsmann niederbeugte und etwas in Nicholas Ohr flüsterte, aber sie schüttelte erneut den Kopf.

Was spielte sie jetzt wieder für ein Spielchen? Royce konnte es kaum fassen – seine Braut wagte es, sich seinem Befehl zu widersetzen? Das war unglaublich. Royce hätte beinah laut gelacht, aber er beherrschte sich gerade noch rechtzeitig und gab ihr ein zweites Mal ein Zeichen.

Seinem Gesicht war nicht anzusehen, was er dachte – bis sie ihn zu sich winkte. Er riß die Augen auf und tat dann dasselbe wie sie: Er schüttelte heftig den Kopf.

Selbst über die Entfernung hinweg bemerkte Nichola den zuckenden Muskel an seiner Wange und die zusammengepreßten Kiefer. Er war wütend, aber auch wenn sein zornfunkelnder Blick sie erschreckte, gab sie nicht nach. Bei Gott, sie war seine Frau, und er würde zu ihr kommen.

Royce verschränkte die Arme vor der Brust und starrte sie unverwandt an. Die Botschaft war deutlich – er hatte nicht vor, sich von der Stelle zu rühren.

Nichola blieb nur noch eine einzige Möglichkeit: Sie mußte ihm den Rücken kehren und die Halle verlassen. Ich habe ohnehin keinen besonders großen Appetit, sagte sie sich, und außerdem würde Royce ihr in diesem Fall sicher nachlaufen. Wenn sie dann allein und außer Hörweite der anderen waren, konnte sie ihm klarmachen, was sie von seinem ungehobelten Benehmen und seiner Überheblichkeit hielt, und sie würde die Gelegenheit ergreifen, ihn auf seine neuen Pflichten aufmerksam zu machen. Zuallererst wollte sie ihm vorhalten, daß sich ein Ehemann bei offiziellen und bedeutenden Anlässen stets an der Seite seiner Gemahlin zu halten hat.

Nichola war im Begriff, ihr Vorhaben in die Tat umzusetzen. Sie dankte Lawrence für seine Fürsorge und schenkte Royce ein Lächeln. Einen Knicks brachte sie nicht zustande, da sie die Verbände an ihren Händen noch immer behinderten, aber sie neigte den Kopf. Dann drehte sie sich um und strebte der Tür zu.

»Nichola!«

Seine donnernde Stimme erschütterte die Wände, und Nichola blieb stocksteif stehen. Es war unfaßbar, daß er ihren Namen in aller Öffentlichkeit und vor all diesen Gästen so laut brüllte. Sie wirbelte herum und bedachte ihn mit einem grimmigen Blick, und wieder einmal starrten sie alle Anwesenden an – dank ihres rücksichtslosen Ehemanns.

Sie spürte, daß ihre Wangen vor Scham brannten, und ein Blick in Royces Züge verriet ihr, daß er entschlossen war, ihr ohne Bedenken hier und jetzt eine Szene zu machen. Sie sah schon vor ihrem geistigen Auge, wie er sie an den Haaren zu Tisch zerrte, und dieser schreckliche Gedanke brachte sie dazu, ihre Position neu zu überdenken. Gott allein wußte, welche Grobheiten sich dieser Mann einfallen ließ, um das zu bekommen, was er wollte.

Vermutlich war es klüger, ihm seinen Willen zu lassen – dieses eine Mal wenigstens. Sie seufzte tief, zwang sich, ein heiteres Gesicht aufzusetzen und durchquerte den Saal. Sie ließ Royce dabei nicht aus den Augen. Wenn dieser Kerl die Frechheit besaß zu grinsen, dann, das schwor sie bei ihrem Schöpfer, würde sie diese Unverschämtheit mit einem Tritt belohnen.

Sie blieb knapp vor ihm stehen. »Hast du einen Wunsch?«

Er nickte und sah selbstzufrieden aus. Sie rückte noch ein wenig näher an ihn heran. »Du bekommst nicht immer das, was du willst«, flüsterte sie.

»O doch.«

Sie beobachtete, wie seine Augen aufblitzten. »Du bist ein unmöglicher Mensch«, murmelte sie.

»Das erwähntest du bereits mehrfach.«

Er lächelte, und sie wußte nicht, was sie davon halten sollte. Sie senkte den Kopf, aber er legte einen Finger unter ihr Kinn und zwang sie, ihn anzuschauen, dann beugte er sich vor und küßte sie. Sein Mund strich nur einen flüchtigen Augenblick über ihre Lippen, aber das genügte, um sie vollkommen durcheinander zu bringen.

Sie erholte sich langsam von diesem Schreck, aber schon legte er den Arm um ihre Schultern und zog sie an seine Seite, ehe er sich wieder seinen Freunden zuwandte.

Er behandelt mich wie ein Gepäckstück, dachte sie. Aber immerhin hatte er sie auf eine angemessene Art begrüßt. Gott, er machte sie ganz konfus.

Während des ganzen langen Dinners wurde Nichola ihre Verwirrung nicht los. Der Mann an ihrer Seite schenkte ihr keinerlei Aufmerksamkeit, während die Speisen aufgetragen wurden. Sowohl die Männer als auch die Frauen, die sie begrüßten, machten Nichola die reizendsten Komplimente, das bedeutete ihr jedoch nicht viel. Royce hatte kein Wort über ihr Aussehen verloren ... Aber es ist mir ja ohnehin egal, wie er über mich denkt, sagte sie sich, während sie ihr Haar glattstrich.

Da sie ihre Hände nicht gebrauchen konnte, hätte sie jemand füttern müssen, aber diese Erniedrigung wollte Nichola keinesfalls dulden. Sie neigte sich zu ihrem Mann, um ihm ihre Bedenken mitzuteilen, er schnitt ihr jedoch das Wort ab, indem er ihr ein Stück Fleisch in den Mund schob.

Alle um sie herum schienen zu lachen und sich zu unterhalten, und Nichola nahm an, daß kein Mensch auf sie achtete. Matilda saß zu ihrer Rechten, aber sie war in ein Gespräch mit dem König vertieft – Nichola schnappte zufällig auf, daß sie über ihre Kinder redeten.

Da sie sich sicherer fühlte, gestattete sie Royce, ihr beim Essen zu helfen, und es beruhigte sie, daß er diese Aufgabe mit so viel Nonchalance erfüllte. Er hätte schließlich auch seinen Knappen darum bitten können, sich um sie zu kümmern. Nichola war ihm dankbar, daß er kein großes Aufhebens um ihre Behinderung machte.

»Baron Samuel hat mir versprochen, morgen die Verbände abzunehmen«, erzählte sie Royce.

Er nickte nur und setzte sein Gespräch mit einem Baron, der ihr noch nicht vorgestellt worden war, fort. Sie stieß Royce mit dem Fuß an, aber er reagierte nicht.

Nichola fühlte sich inmitten all der Leute einsam und elend. Sie legte ihre verbundenen Hände in den Schoß, und es dauerte nicht lang, bis sie sich selbst unendlich leid tat. Ihre Hände brannten, und der Schmerz machte ihren Kummer noch schlimmer. Sie beobachtete, daß einige unverheiratete Frauen ihrem Mann schöne Augen machten, deshalb rutschte sie noch näher zu ihm und funkelte die schamlosen Dirnen wütend an.

Es paßte ihr ganz und gar nicht, links liegengelassen zu werden, das merkte Royce daran, daß sie sich immer enger an ihn schmiegte. Wenn sie noch ein Stück näher kam, wird sie unweigerlich auf meinem Schoß landen, dachte er und erbarmte sich ihrer. »Amüsierst du dich, Nichola?« fragte er.

Sie hob geziert die Schultern. »Wo hast du letzte Nacht geschlafen?« Nichola wandte den Blick von ihrem Mann ab und starrte eine häßliche rothaarige Frau an, die versuchte, Royces Aufmerksamkeit auf sich zu ziehen. »Also?«

»Sieh mich an, wenn du mit mir sprichst«, befahl er und wartete geduldig, bis sie seiner Aufforderung nachkam, dann sagte er: »Ich habe bei meiner Frau geschlafen.«

»Ich bin deine Frau.«

Er zog eine Augenbraue in die Höhe. »Ja, das bist du.«

»Du hast bei mir geschlafen?«

»Das habe ich dir gerade erklärt, Frau.«

»Es besteht keine Notwendigkeit, so ungehalten zu sein. Ich kann mich nicht an die letzte Nacht erinnern, und ich wollte nur wissen, was geschehen ist. Also hast du in meinem Zimmer geschlafen.«

Sie schien es immer noch nicht zu glauben, aber Royce behielt die Ruhe. Es machte ihm Spaß, sie zu beobachten, wenn sie aufgebracht war, und jetzt war sie offensichtlich über irgend etwas wütend. Sie bemühte sich, eine freundliche Miene beizubehalten – mit kläglichem Erfolg, und Royce hatte Lust, sie noch etwas mehr anzustacheln. »Eigentlich habe ich unter dir geschlafen. Du hast es dir auf mir bequem gemacht.«

Ihr Gesicht wurde flammendrot. Royce lachte schallend, und einige erschrockene Blicke suchten nach der Quelle des donnernden Lärms.

»Du hast mich dazu gebracht, daß ich auf ...«

»Du wolltest es selbst.«

»Ich war richtiggehend betäubt.«

»Ja.«

Sie straffte die Schultern. »Heute abend werde ich keinen Schlaftrunk zu mir nehmen.«

Er stimmte ihr zu und sagte nichts mehr, als er merkte, wie aufgeregt sie war.

Gleich darauf wurde Nichola von Matilda in eine Gespräch verwickelt, trotzdem rückte sie keinen Millimeter von Royces Seite. Es schien ihr zu gefallen, ihm so nah zu sein, obwohl er sich den Grund dafür nicht erklären konnte, aber eines wußte er genau – ihm gefiel es auch. Es erschien ihm als die natürlichste Sache der Welt, ihr den Arm um die Schulter zu legen, und Nichola wehrte sich nicht dagegen. Ein paar Minuten später, nachdem Matilda die amüsante

Anekdote über eine ihrer Töchter zu Ende erzählt hatte und wieder mit ihrem Gemahl plauderte, gab Nichola ihrer Schwäche nach und lehnte sich matt an Royce.

Auf Außenstehende, so mutmaßte sie, mußten sie wie ein glücklich verheiratetes Paar wirken, das darauf brannte, endlich allein zu sein. Und ein bißchen stimmt das auch, dachte Nichola. Sie konnte es kaum erwarten, mit Royce unter vier Augen zu sprechen und ihm die Leviten zu lesen. Gütiger Himmel, er war wirklich rücksichtslos und roh. Jedesmal, wenn sie sich ins Gedächtnis rief, wie er ihren Namen gebrüllt und sie mit dieser arroganten Geste zu sich gewunken hatte, schäumte sie aufs neue.

Sie brauchte nicht lange, bis sie sich in eine beträchtliche Wut hineingesteigert hatte. Aber Royce machte ihr wieder einmal einen Strich durch die Rechnung. Er rieb mit kreisenden Bewegungen ihre Schultern, um ihre Spannung zu lösen, und plötzlich konnte sie nicht mehr anders – sie schmiegte sich an ihn und gähnte sogar.

»Hast du noch immer Schmerzen in den Händen, Nichola?« flüsterte er dicht an ihrem Ohr.

Ein wohliger Schauer lief ihr über den Rücken, und ihr Hals prickelte – seine sanfte Stimme war wie eine Liebkosung. Ihr war bewußt, daß es sich nicht schickte, sich vor aller Augen so an ihn zu pressen, aber sie war zu müde, um sich darum zu kümmern. Zudem war es ziemlich kalt in der Halle, und Royce strahlte eine so unglaubliche Hitze aus – sie wollte ja nichts weiter, als sich ein bißchen an ihm wärmen.

Sie rutschte ein wenig hin und her, bevor sie antwortete: »Meine Hände brennen noch ein bißchen, aber es ist zu ertragen, Royce.«

Er strich ihr wieder über die Schultern. Das gefiel ihr, sie mochte seinen Duft – Royce roch so frisch, so männlich. Als er jetzt wieder eine Unterhaltung mit seinen Freunden begann, fühlte sie sich nicht mehr so ausgeschlossen wie zuvor, weil er ab und zu ihren Nacken streichelte oder ihren Arm berührte, nur um sie wissen zu lassen, daß er sie nicht vergessen hatte, zumindest glaubte sie das.

König William erhob sich plötzlich und winkte mit der Hand, um sich Gehör zu verschaffen. Dann befahl er Sir Clayton vorzutreten.

Ein großer, hagerer Mann mit einer langen schmalen Nase und Hängebacken löste sich aus einer Gruppe und verbeugte sich tief. Er war mit einem purpurfarbenen Gewand bekleidet und hatte einen roten Umhang über seine Schulter geworfen.

König William nahm Platz, und alle anderen, die nach dem Essen umhergeschlendert waren, beeilten sich, auf ihre Stühle zurückzukehren. Stille senkte sich über den Saal.

Clayton winkte mit einer affektierten Geste seine Helfer zu sich. Zwei junge Männer postierten sich links und rechts von ihm, und beide hielten Trompeten in den Händen.

Nichola war neugierig geworden und richtete sich auf. Sie vermutete, daß die drei die Gesellschaft mit ihrer Musik erfreuen würden.

König William klatschte in die Hände, und die beiden jungen Männer bliesen in ihre Trompeten und traten vor ihren Herrscher. Clayton folgte ihnen.

Royce beobachtete wie alle anderen die Szene, lehnte sich zurück und bedeutete Nichola, dasselbe zu tun.

Sie lächelte: »Werden sie uns ein Ständchen bringen?« flüsterte sie.

Er schüttelte den Kopf. »Clayton ist der Herold«, erklärte er knapp.

Nichola verstand gar nichts. Natürlich gab es bei den Angelsachsen auch Herolde, und sie wußte, daß ein Herold sozusagen das lebende Gedächtnis einer Gesellschaft war und daß er dem Volk alle bedeutenden und historischen Ereignisse verkündete. Aber sie konnte sich nicht vorstellen, was Clayton den Gästen jetzt mitzuteilen hatte.

»Will er von euren Siegen und der Schlacht bei Hastings berichten?« fragte sie leise.

Wieder verneinte Royce. »Er wird eine ganz besondere Legende erzählen, Nichola. Hör gut zu, dann wirst du bald alles verstehen.«

Clayton hatte seine Geschichte bereits begonnen, und Nichola hörte gerade noch seine Erklärung, wie wichtig es sei, daß die großen Festungen und einträglichen Besitztümer des Landes im Namen König Williams erobert worden waren.

Die Stimme des Herolds war kräftig, aber trotzdem melodisch, und in kürzester Zeit war Nichola vollkommen gefangen von seinem bemerkenswerten Vortrag.

Clayton machte eine Pause und drehte sich lächelnd zu Nichola um, dann wandte er sich wieder an seinen König und erzählte weiter. »Drei normannische Ritter wurden ausgeschickt, um eine bedeutende angelsächsische Festung einzunehmen und die Kriegsbeute einzutreiben – alle drei versagten.

Sir Gregory war der erste, der die Herausforderung annahm. Der beherzte, junge Krieger war begierig darauf, seinem obersten Kriegsherrn seine Tapferkeit zu beweisen, und flehte inständig darum, diese Aufgabe erfüllen zu dürfen. Unser König erhörte seine Bitte, und der junge Ritter verkündete jedermann strahlend und selbstsicher, daß er innerhalb einer Woche siegreich zurückkehren würde. Ein Gerücht machte die Runde – man erzählte sich, daß die Festung nicht von einem angelsächsischen Krieger verteidigt wurde, und als sich herausstellte, daß das der Wahrheit entsprach, sah es so aus, als ob diese Schlacht ein Kinderspiel werden würde. Gregory war so siegesgewiß, daß er nur dreißig Soldaten mit sich nahm und wie ein Triumphator aus dem Lager stolzierte.«

Lautes Gelächter brandete auf. Clayton wartete, bis sich der Tumult gelegt hatte, dann seufzte er bedauernd und fuhr fort: »Leider war Sir Gregorys Rückkehr weit weniger triumphal, und er stolzierte auch nicht mehr – dazu war er gar nicht in der Lage, denn der Pfeil, der in seinem Hinterteil steckte, machte es ihm unmöglich, aufrecht zu gehen. Sobald man den Pfeil entfernt hatte, warf sich der angeschlagene Gregory vor seinem Herrscher auf die Knie. Seinen Kopf beugte er so tief, daß er den Erdboden berührte, und nachdem er sein klägliches Versagen eingestanden hatte, flehte er unseren geliebten König William an, ihm für diese Schmach den Todesstoß zu versetzen.«

Nichola schnappte entsetzt nach Luft. König William kicherte belustigt über die Geschichte und wischte sich die Lachtränen mit einem Leinentüchlein aus den Augen.

Clayton verbeugte sich vor seinem König. »›Stimmt es, was man sich erzählt?‹ erkundigte sich König William. ›War es tatsächlich eine Frau, die meinen edlen Ritter in die Flucht geschlagen hat?‹

Gregory, das kann ich bezeugen, machte keine Anstalten, sich zu rechtfertigen oder eine plausible Erklärung für seine Niederlage abzugeben. Er erzählte seinem Herrn die reine Wahrheit, ohne darauf zu achten, wie demütigend und erniedrigend dieses Geständnis für ihn war. ›Ja, Mylord‹, sagte er schlicht. ›Eine Frau hat die Festung verteidigt.‹«

Clayton war erneut gezwungen innezuhalten, bis die Lacher verstummten. »Der Herrscher der Normandie – zu dieser Zeit war unser oberster Herr noch nicht offiziell als König von England anerkannt – verschränkte die Hände auf dem Rücken und starrte den Ritter, der wie ein Häuflein Elend vor ihm kniete, lange an. Ihm selbst hatte es keine Schwierigkeiten bereitet, aus der Schlacht bei Hastings als Sieger hervorzugehen, aber er mußte noch einige Scharmützel für sich entscheiden, ehe er England vollständig erobert hatte. Nur waren seine Männer, wie er mir berichtete, erschöpft und kampfesmüde.

Wie allseits bekannt, ist König William ein guter Beobachter und scharfsinniger Menschenkenner. Ihm war nicht entgangen, daß seine Ritter mit einem Schlag ihre Müdigkeit abschüttelten, als Gregory hinkend und verletzt das Lager erreichte, und sich um ihn scharten, um zu hören, was ihm widerfahren war. Nachdem Gregory seine Schande eingestanden hatte, lachten ihn alle aus. Keiner wollte glauben, daß eine Frau einen normannischen Ritter bezwingen konnte.

William vertraute mir an, daß diese rätselhafte Wendung auch ihn zu neuen Taten ermunterte. Die angelsächsische Frau stellte eine neue Herausforderung für seine Männer dar, und alle vergaßen ihre Verwundungen und ihre Erschöpfung. ›Wer von euch will diese Frau in meinem Namen besiegen und ihre Festung stürmen?‹ rief William, unser Anführer.« Clayton schwieg wieder gezwungenermaßen, da plötzlich alle die Köpfe verdrehten.

»Nach wem schauen sich alle um?« flüsterte Nichola.

Royce lächelte breit. »Nach Hannibal«, antwortete er. »Er ist da hinten – der mit dem roten Gesicht. Wir werden gleich von seinen kläglich gescheiterten Heldentaten hören.«

Nichola verbiß sich ein Lachen. Der arme Kerl schämte sich entsetzlich. »Wo ist Gregory?« wollte sie wissen.

»Er steht links von dir und sucht offensichtlich nach einem Loch in der Wand, in dem er sich verkriechen kann.«

Clayton erhob erneut die Stimme. »Ein anderer tapferer Ritter, Sir Hannibal, drängte sich vor unseren Herrscher, preßte eine Hand auf sein Herz, verbeugte sich und verlangte, daß man ihm die Aufgabe, die Festung einzunehmen, übertrug. Unser hochgeschätzter William erteilte ihm die Erlaubnis, den Kampf aufzunehmen. ›Ich möchte, daß der Frau kein Leid geschieht‹, verfügte er. ›Bringt sie nach London, sobald Ihr die Festung erobert habt. Sie wird Zeuge meiner Krönung sein.‹ William schwieg eine Weile und musterte seine aufmerksamen Zuhörer, ehe er fortfuhr: ›Ich werde ihre Hand als Preis für einen ehrenvollen Ritter aussetzen.‹«

Erst in diesem Augenblick begriff Nichola, daß diese Geschichte von ihr handelte. Sie wäre aufgesprungen, wenn Royce sie nicht festgehalten hätte. Ihre Augen füllten sich mit Tränen und entsetzt sah sie ihren Mann an.

»Clayton macht sich nicht über dich lustig, Nichola«, flüsterte Royce ihr ins Ohr. »Im Gegenteil, er singt ein Loblied auf dich und deinen Mut.«

Sie holte tief Luft, straffte ihren Rücken und richtete den Blick starr geradeaus. Obwohl sie sich bemühte, ihre Ohren gegen alles, was um sie herum geschah zu verschließen, drang die Stimme des Herolds in ihr Bewußtsein.

»Hannibal verließ am folgenden Morgen mit sechzig Soldaten das Lager. Seine Augen funkelten entschlossen, aber ihm erging es wie Gregory – auch er hatte den Gegner unterschätzt. Sechs Tage später schlich er niedergeschlagen vor seinen obersten Kriegsherrn und gestand, daß auch er versagt hatte.

Ein dritter Ritter, Michael, zog am nächsten Morgen los. Er war älter und erfahrener als die beiden anderen, aber leider hatte auch er keinen Erfolg.«

Der Herold erzählt, daß William schließlich die Entscheidung traf, seine beiden treuesten und bewährtesten Männer, Baron Guy und Baron Royce, zu sich zu rufen, um sich mit ihnen zu beraten. Nachdem Clayton ausführlich und überschwenglich den Heldenmut und die glorreichen Taten der beiden Barone gepriesen hatte, berichtete er schließlich von den letzten Ereignissen, die zu der Hochzeit von Royce und Nichola geführt hatten.

Clayton beendete seinen Vortrag mit einer tiefen Verbeugung vor seinem König und wandte sich ab, um vor Nichola zu treten. Wieder verneigte er sich – diesmal vor ihr, und alle Anwesenden sprangen von ihren Stühlen und klatschten vehement Beifall.

Royce erhob sich ebenfalls, aber Nichola schien sich plötzlich nicht mehr rühren zu können. Royce zog sie auf die Füße und legte den Arm um ihre Taille, um sie zu stützen.

Die Ritter, die sie so glorreich besiegt hatte, bahnten sich einen Weg durch die Menge. Alle drei hatten riesige Blumensträuße im Arm – Gregory einen weißen, Hannibal einen rosafarbenen und Michael einen roten. Die Ritter begrüßten Royce mit einer Verbeugung, bevor sie die Blumen vor Nichola auf den Tisch ablegten.

König William hob die Hand und bat um Ruhe. »Diese drei Ritter haben das Recht erworben, sich Baron Royces Truppe anzuschließen. Wenn sie ihre Ausbildung absolviert haben, wird sie niemand mehr besiegen oder in die Flucht schlagen.«

Alle lachten, und William klatschte in die Hände, um die Musiker, die schon auf das Zeichen gewartet hatten, zum Spielen aufzufordern.

Nichola setzte sich. Sie war vollkommen durcheinander und begriff noch gar nicht richtig, was geschehen war. Royce beobachtete sie mit ernster Miene, als sie ihm ihr Gesicht zudrehte.

»Es war alles nur ein Spiel«, hauchte sie. »Man hat mir mein Zuhause geraubt und ...«

Royce beschwichtigte ihr Entsetzen, als er sich zu ihr beugte und sie küßte. Dieser Beweis seiner Zuneigung überraschte sie, und zugleich stürzte er sie in noch tiefere Verwirrung.

Royce strich mit dem Handrücken über ihre Wange. »Es war ein Krieg, Nichola, kein Spiel«, murmelte er. »Nimm ihre Achtungsbeweise an.«

Sie nickte zögernd, ohne jedoch völlig überzeugt zu sein.

Royce sah sie eindringlich an. »Nichola, ich hätte Clayton niemals erlaubt, diese Geschichte zum Besten zu geben, wenn auch nur der leiseste Spott auf dich gefallen wäre. Und wenn ich annehmen würde, daß das alles nur ein Spiel gewesen war, um den Kampfgeist der Soldaten zu beleben, hätte ich dir den Vortrag des Herolds bestimmt nicht zugemutet.«

Das besänftigte ihr Gemüt. Tief in ihrem Herzen spürte sie, daß Royce tatsächlich nicht zugelassen hätte, daß sie jemand verhöhne. Plötzlich bekamen die Blumen eine ganz andere Bedeutung. Sie schenkte ihrem Mann ein bezauberndes Lächeln und versuchte eine Blume vom Tisch zu nehmen, hielt aber mitten in der Bewegung inne, als sie ihre bandagierten Hände sah.

Royce nahm eine weiße Blüte in die Hand und hielt sie ihr unter die Nase. Sie sog das feine, süße Aroma ein und schob Royce die Blume zu. »Sie duftet wundervoll«, sagte sie.

Er roch daran und legte sie wieder auf den Tisch. »Du duftest noch viel besser.«

Ihr blieb keine Zeit, ihm für das Kompliment zu danken. Royce drehte sich um, als einer seiner Freunde nach ihm rief, und überließ sie sich selbst.

Das Fest dauerte bis spät in die Nacht, und die meisten Gäste schienen ihren Spaß zu haben. Einer nach dem anderen kam zu Nichola, um ein paar Worte mit ihr zu wechseln und ihr erneut Glück zu wünschen. Sie freute sich über die guten Wünsche und glaubte auch, daß sie aufrichtig gemeint waren. Sie bemerkte, daß sich einige angelsächsische Barone unter die Normannen gemischt hatten, und als sie Royce gegenüber ihre Entdeckung erwähnte, erklärte er ihr, daß alle, die William die Treue geschworen hatten, am königlichen Hof willkommen waren. Einigen wenigen Aristokraten hatte man sogar gestattet, einen Teil ihrer Besitztümer zu behalten.

In dem Schatten einer Nische, die sich in der Nähe des Eingangs befand, standen vier Männer beieinander und unterhielten sich angeregt. Immer wieder drehte sich einer von ihnen um und warf einen verstohlenen Blick auf Lady Nichola. Der Anführer der vier stand in der Mitte und gab den anderen Befehle, und jedesmal, wenn er eine neue Anordnung aussprach, nickten die anderen zustimmend.

»Seid Ihr sicher, daß sie das tun wird?« fragte einer und spähte besorgt über die Schulter, um zu überprüfen, ob sie auch niemand belauschte, dann wandte er sich wieder dem Anführer zu. »Wenn der Plan nicht funktioniert ...«

»Sie ist diejenige, die unter den Folgen zu leiden hat«, raunte der Anführer.

»Vielleicht macht sie nicht mit«, gab auch ein anderer zu bedenken.

Der Anführer grinste. »Nichola ist von ganzem Herzen eine Angelsächsin, und das wird sie auch immer bleiben. Sie macht bestimmt, was man von ihr fordert.«

»Und wenn nicht?« wollte der Dritte wissen.

»Dann stirbt sie.«

Nichola war vollkommen ahnungslos, daß sie Gegenstand dieser Diskussion war. Rauhes Gelächter, das aus der Nische drang, wurde laut und riß Nichola aus ihrem benommenen Zustand. Sie reckte den Kopf, um herauszufinden, wer diesen Aufruhr verursachte, aber andere verstellten ihr die Sicht. Seit Stunden war schon reichlich Ale geflossen, und sie vermutete, daß einige der weniger vorsichtigen Ritter zuviel von dem süßen, berauschenden Gebräu zu sich genommen hatten.

Ihre Brandwunden machten sich mit einem pochenden Schmerz bemerkbar – offensichtlich hatte die Wirkung des Balsams nachgelassen.

»Royce, wäre es sehr unhöflich von mir, wenn ich mich jetzt verabschieden würde?« fragte sie.

Statt einer Antwort winkte ihr Mann Lawrence zu sich.

Der Vasall stellte seinen Krug auf den Tisch und kam Royces Aufforderung nach.

Nichola schenkte ihm ein Lächeln. »Bleibst du noch, Royce?« sagte sie.

Sie war so müde, daß ihr beinah die Augen zufielen. Royce sah sie freundlich an. »Es ist nicht unhöflich, wenn du dich zurückziehst, Nichola, aber ich muß bleiben, bis

König William die Feierlichkeiten beendet. Ich darf das Fest nicht vor ihm verlassen.«

Diese Erklärung stellte sie offenbar zufrieden, und sie sah ihn mit dem Lächeln eines Engels an. Plötzlich verspürte er den unwiderstehlichen Drang, sie in die Arme zu nehmen und ihr einen richtigen Kuß zu geben.

»Du weißt wenigstens, was sich gehört und hast gute Manieren«, sagte sie. »Wann immer du grob zu mir bist, werde ich mich ab jetzt daran erinnern, daß du deine guten Gründe dafür hast und nicht nur aus Gedankenlosigkeit handelst.«

»Und das macht dich glücklich?«

Sie nickte. »Keine Frau wäre gern mit einem gedankenlosen Mann verheiratet«, erklärte sie. »Ich sollte dich warnen, Royce: Da ich jetzt sicher sein kann, daß du genau weißt, was du tust, werde ich dir alles mit gleicher Münze heimzahlen. Das ist doch nur recht und billig, oder?«

»Nein.«

»O doch. Ich denke ...«

Er ließ nicht zu, daß sie den Satz beendete. Er küßte sie rasch und hart, und als er sich zurückzog, war sie zu benommen, um sich daran zu erinnern, was sie sagen wollte.

Verdammt, am liebsten hätte er sie immer weiter und weiter geküßt, ihre Lippen geöffnet und mit seiner Zunge ihren Mund erforscht ... zur Hölle, er wollte eine richtige Hochzeitsnacht erleben.

»Warum machst du ein so finsteres Gesicht?« fragte sie.

Er gab ihr keine Antwort und half ihr statt dessen beim Aufstehen. Nichola ging zum Königspaar, um sich für das schöne Fest zu bedanken.

Royce stand neben ihr und beobachtete, wie sie mit ihrer schüchternen und liebreizenden Dankesrede ein Lächeln auf die Gesichter des Königs und der Königin zauberte.

Sie war ein so zartes Persönchen und so wohlerzogen. Ja, sie war ein Engel, aber in ihr steckte auch ein kleiner Teufel, wenn ihre Augen blitzten so wie jetzt.

»Wenn ich den Saal durchquert habe«, flüsterte sie Royce zu, »könnte ich plötzlich stehenbleiben, ganz laut deinen Namen rufen und dich so herablassend zu mir winken, wie du es vorhin getan hast. Was würdest du dann tun?«

Sie scherzte selbstverständlich. Sie war durch und durch eine Lady und würde niemals so weit gehen, nur um ihm zu beweisen, daß sie ihm gewachsen war.

Offenbar war Royce das auch klar – er zwinkerte ihr zu und sagte zu Lawrence: »Meine Frau möchte sich zurückziehen. Begleite sie zu unserem Zimmer.«

Lawrence nickte und faßte nach Nicholas Ellbogen. Der nächste Befehl seines Barons machte ihn jedoch stutzig. »Falls sich Lady Nichola dazu entschließen sollte, an der Tür stehenzubleiben, so hast du meine Erlaubnis, sie zu packen und bis zu unserem Zimmer zu tragen.«

Nicholas Augen wurden groß. Sie sah Lawrence an, um herauszufinden, wie er auf diese beschämende Aufforderung reagierte, und merkte, daß er sich ein Lachen verbeißen mußte. Sie funkelte ihn wütend an und wirbelte zu ihrem Mann herum. »Du bist ein entsetzlich rücksichtsloser Kerl, Royce.«

»Deine harsche Kritik verletzt mich, Nichola«, erwiderte er lächelnd. »Ich bin niemals rücksichtslos.« Um seine Behauptung zu untermauern, fügte er hinzu: »Lawrence, wenn du gezwungen bist, meine Frau über deine Schultern zu werfen, achte darauf, daß du ihre Hände nicht berührst. Sie sind noch immer sehr empfindlich wegen der Brandwunden.«

»Sehr wohl, Baron«, entgegnete Lawrence. »Ich werde vorsichtig sein.«

Royce zwinkerte Nichola wieder zu. »Bitte, meine Liebe, jetzt habe ich dir bewiesen, wie rücksichtsvoll ich sein kann.«

Sie schüttelte den Kopf. »Weißt du, Royce, jedesmal wenn ich einen Hoffnungsschimmer am Horizont sehe und denke, wir könnten doch in Frieden zusammenleben, sagst du etwas, was alles zunichte macht. Ihr solltet Euch lieber mit Eurer neuen Stellung abfinden, Sir.«

Ihre Augen waren tiefviolett geworden. Sie hatte das alles offenbar ernst genommen und war wütend, dachte Royce und hätte beinah laut gelacht. Seine Frau wollte es ohne jede Angst mit ihm aufnehmen, und sie war überzeugt, daß sie ihm ebenbürtig war. Verdammt, das gefiel ihm.

Lawrence sah den Blick, mit dem sein Baron Nichola bedachte, und verbarg mit Mühe ein Lächeln. Royce versuchte, seine Frau einzuschüchtern, aber er hatte keinen Erfolg. Der Vasall konnte geradezu die Funken sehen, die zwischen den beiden sprühten, und er hatte den Verdacht, daß Nichola möglicherweise schon mehr als nur Zuneigung zu Royce gefaßt hatte. In jedem Fall stand sie bereits treu zu ihm, das hatte der Disput mit Guy bewiesen. Lawrence fragte sich, ob Royce überhaupt wußte, was für ein Glück er hatte. Wahrscheinlich brauchte er noch eine Weile, bis er ihre Qualitäten zu schätzen lernte – immerhin war er ein Ritter, und Männer, die dem Kriegshandwerk frönten, hatten andere Dinge im Kopf.

»Nichola?« brach Royce das Schweigen. »Was meinst du, wenn du von meiner neuen Stellung sprichst und sagst, daß ich mich damit abfinden muß?«

Sie mußte aufhören, ihm in die Augen zu sehen, sonst konnte sie keinen klaren Gedanken mehr fassen. Er war ein stattlicher, gutaussehender Mann – selbst dann noch, wenn er sie beleidigte. Sie vergaß alles, wenn sie diese wunderschönen grauen Augen sah ... Sie richtete den Blick auf seine Brust und erwiderte: »Jetzt ist wirklich nicht die richtige Zeit, darüber zu sprechen ...«

»Oh, aber ich verlange eine Erklärung von dir und möchte sie sofort hören.« Er legte die Hände auf den Rücken und wartete.

Sie holte tief Luft. »Also schön«, begann sie. »In ein paar

Tagen werden wir aufbrechen und zu meiner Festung reiten, oder nicht?« Sie ließ ihm keine Zeit für eine Bestätigung. »Und du bist jetzt mit mir verheiratet.«

Er brauchte eine volle Minute, bis er merkte, daß das ihre ganze Antwort war. sei sah ihm so hoffnungsvoll ins Gesicht, daß er beinah gelacht hätte. Gott, sie war wirklich ein bißchen verdreht. »Ich habe immer noch nicht verstanden, was du mir damit sagen willst.«

Sie zuckte mit den Achseln – eigentlich hatte sie gehofft, ihm alles auseinandersetzen zu können, wenn sie allein waren, aber die Gelegenheit war zu günstig, um sie ungenutzt verstreichen zu lassen. Ausnahmsweise einmal genoß sie seine volle Aufmerksamkeit, und Gott allein wußte, wann das je wieder so sein würde.

»Als deine Frau habe ich die Pflicht, dir zu dienen, und du als mein Ehemann hast die Pflicht, mir zu dienen.«

Sein Lächeln erstarb augenblicklich. »Und wie bitte sollte ich dir dienen?«

»Indem du meine Anweisungen befolgst.«

»*Was?*«

Nichola hatte nicht vor, jetzt einen Rückzieher zu machen, auch wenn er noch so aufgebracht war – die Angelegenheit war ihr zu wichtig. »Indem du meine Anweisungen befolgst«, wiederholte sie. »Du mußt dich, auch wenn es dir nicht leichtfällt, anpassen, schließlich bist du der Außenseiter, und die Bediensteten in meinem Haushalt sind mir selbstverständlich treu ergeben. Das ist doch nicht schwer zu verstehen, oder?«

»Nichola, es ist meine Pflicht, dich zu beschützen.«

»Das auch«, stimmte sie zu. Sie mußte all ihren Mut zusammennehmen, um nicht klein beizugeben – sein eisiger Blick jagte ihr Schauer über den Rücken. »Ich würde mich sehr freuen, wenn ich in Frieden mit dir leben könnte, Royce. Du mußt ein wenig Geduld haben ...«

»Ich bin immer geduldig«, knurrte er.

Sein Tonfall verriet alles andere als Geduld, aber sie beschloß, ihm deswegen keine Vorhaltungen zu machen. »Mit der Zeit wirst du unsere Sitten und Gebräuche kennenlernen, und ich werde dir helfen, dich anzupassen.«

»Du glaubst, daß ich meine Lebensgewohnheiten ändere?« fragte er mit heiserer Stimme.

»So genau habe ich noch nicht darüber nachgedacht«, meinte sie. »Ich bin sehr müde, könnten wir morgen über deine neuen Pflichten sprechen?«

Er schwieg und starrte sie noch immer verständnislos an.

Nichola hielt es für das Beste, sich jetzt zu verabschieden. Sie stellte sich auf die Zehenspitzen, um ihm einen Kuß auf die Wange zu geben, und lief in Richtung Ausgang. »Wolltet Ihr nicht mit mir kommen, Lawrence?« rief sie über die Schulter.

Der Vasall beeilte sich, seiner Herrin zu folgen.

Nichola war sehr zufrieden mit sich. Sie hatte ihren Standpunkt deutlich gemacht, und Royce hatte ihr zugehört. Es war ein guter Anfang, und in kürzester Zeit würde er merken, wie recht sie hatte. Royce war tatsächlich der Außenseiter, und sie würde in ihrer Burg leben, aber er war ein kluger Mann und würde sich schnell einfügen, dessen war sie sicher.

Lawrence sagte kein Wort auf dem Weg zu ihrer Unterkunft. Guter Gott, er war gar nicht fähig, etwas von sich zu geben, weil er nur mit äußerster Anstrengung seine Heiterkeit verbergen konnte. Den ungläubigen, entsetzten Blick seines Barons würde er seiner Lebtag nicht vergessen.

»Vielen Dank, daß Ihr mich hergebracht habt, Lawrence«, sagte Nichola, als sie die Tür erreicht hatten. »Gute Nacht.«

»Gute Nacht, Mylady, schlaft wohl.«

Nichola wünschte den beiden Wachen mit einem Lächeln gute Nacht, betrat ihr Gemach, und einer der Soldaten zog die Tür hinter ihr zu. Sie seufzte müde. Eine Dienerin saß wartend im Schatten neben dem Kamin, aber Nichola bemerkte sie erst, als sie den Raum halb durchquert hatte. Sie blieb abrupt stehen und schnappte erschrocken nach Luft.

Sie hatte diese Frau, die viel älter als Mary war und grobe Züge hatte, noch nie zuvor gesehen. Die Fremde gab Nichola ein Zeichen, näherzutreten.

Diese Person benahm sich ganz und gar nicht wie eine Dienerin, und Nichola war auf der Hut. »Wie ist dein Name?« fragte sie. »Warum ist Mary nicht hier? Man hat ihr aufgetragen, mir zu Diensten zu sein.«

»Mein Name tut nichts zur Sache«, flüsterte die Frau leise. »Ihr werdet mich niemals wiedersehen. Und dem Mädchen habe ich gesagt, daß es in der Küche gebraucht wird.«

»Was willst du hier?« erkundigte sich Nichola. Ihr fiel auf, daß die Frau ihre Hände auf dem Rücken versteckte, und wich vorsichtig einen Schritt zurück – zur Tür und zu den Wachen, die dahinter standen.

»Man hat mir den Befehl gegeben, Euch eine Nachricht zu übermitteln und sofort wieder zu verschwinden.«

»Wer schickt mir diese Nachricht?« wollte Nichola wissen.

»Der Anführer derjenigen, die dem Hochstapler, der sich König nennt, Widerstand leisten.«

»Was? In London halten sich angelsächsische Rebellen auf?«

Die Frau runzelte die Stirn. »Seid Ihr schon eine Abtrünnige geworden?«

Nichola straffte die Schultern. »Nenn mir den Namen des Anführers«, forderte sie.

»Ich kenne seinen Namen nicht, und ich würde ihn auch nicht preisgeben, wenn ich ihn wüßte. Ihr habt noch nicht bewiesen, ob Ihr vertrauenswürdig seid.«

»Ich muß gar nichts beweisen«, versetzte Nichola. »Teil mir die Botschaft mit und verschwinde von hier.«

Die Frau zog einen scharfen Dolch hinter ihrem Rücken hervor und hielt ihn Nichola vor das Gesicht. »Baron Royce ist der geschickteste Ausbilder der jungen Soldaten. Wenn ihm ein Leid geschieht, sind die Streitkräfte an ihrer empfindlichsten Stelle getroffen. William ist in jeder Beziehung von Royce abhängig. Euer Gemahl ist der erste, den wir aus dem Weg räumen müssen.«

Nichola starrte den Dolch unverwandt an. Die Frau legte ihn auf die Truhe neben dem Bett und huschte zur Tür. »Tötet ihn«, flüsterte sie. »Heute nacht.«

»Nein!« schrie Nichola.

Die Frau wirbelte heftig herum. »Wollt Ihr, daß die Wachen Euch hören?«

Nichola schüttelte den Kopf. Sie hatte entsetzliche Angst, aber sie konnte nicht zulassen, daß die alte Hexe ohne ein weiteres Wort verschwand. Nichola mußte den Namen des Rebellenführers erfahren. Und noch wichtiger war, daß die Frau vielleicht etwas über das Schicksal ihres Bruders Thurston wußte, der sich Baron Alfreds Armee im Norden angeschlossen hatte. »Ich fordere dich noch einmal auf, mir den Namen des Anführers zu nennen. Soviel ich weiß, ist Baron Alfred der einzige Angelsachse, der König William noch Widerstand leistet. Er und seine Männer befinden sich in einer Festung im Norden – in der Nähe meiner eigenen Burg.«

Sie hätte noch mehr erzählt, aber die Frau unterbrach sie. »Mehr als nur eine Gruppe möchte die alten Zustände in diesem Land wiederherstellen«, sagte sie. »Ihr müßt heute nacht unter Beweis stellen, daß Ihr zu uns gehört.«

»Und wie soll ich deiner Meinung nach meinen Mann töten?« fragte Nichola und hielt ihre verbundenen Hände hoch. »Ich kann den Dolch nicht einmal halten.«

Die Frau sah sie erschrocken an – offenbar hatte sie diese Schwierigkeit nicht mit einkalkuliert.

Nichola sprach ein stummes Dankgebet, daß Baron

Samuel sich geweigert hatte, ihr die Verbände abzunehmen. »Ich könnte meinen Mann nicht umbringen, selbst wenn ich es wollte«, sagte sie laut, und in ihrer Stimme schwang Triumph und Erleichterung mit. Sie hoffte nur, daß die Frau nicht bemerkte, wie froh sie war. Die Alte starrte auf Nicholas Hände.

»Ihr müßt einen Weg finden«, sagte sie. »Entweder er stirbt, oder Ihr seid des Todes.«

Sie faßte nach dem Riegel an der Tür, als Nichola erwiderte: »Ich würde mein Leben so oder so verlieren. William würde den Tod seines Ritters rächen.«

Die alte Frau schüttelte den Kopf. »Bei Tagesanbruch erscheinen drei Männer, die Euch von hier wegbringen. Dann muß die Tat vollbracht sein.«

»Ich werde es nicht tun.«

»Dann werden sie Euch und Euren Mann töten.«

Gleich nachdem sie diese Drohung ausgestoßen hatte, verschwand die Alte.

7

Nichola wurde übel – die teuflische Ausstrahlung der Frau hatte eine Todeskälte im Raum hinterlassen.

Ungefähr zwanzig Minuten später kam Royce – er hatte keine Ahnung, was ihn erwartete, und vermutete, daß Nichola entweder friedlich schlief oder im Zimmer auf und ab lief und neue heimtückische Angriffe, mit denen sie ihn treffen wollte, ersann.

Eines war jedoch sicher: Sobald wie möglich würde er dieser Frau den Kopf zurechtsetzen. Um die Wahrheit zu sagen, er war nie zuvor verheiratet gewesen und wußte im Grunde gar nicht, wie ein Mann und eine Frau in Eintracht zusammenlebten, aber die Gesetze, die in einer Ehe herrschten, waren für die Angelsachsen dieselben wie für die Normannen, da sie von der Kirche vorgegeben waren. Der Ehemann war der Herr im Hause, und die Frau hatte ihm schlicht und einfach zu gehorchen.

Nichola hatte alles auf den Kopf gestellt und verdreht, dieser Gedanke brachte Royce zum Lächeln. Es war sicherlich nicht leicht für sie, mit all dem, was er noch von ihr verlangen würde, fertig zu werden, aber eines war ganz gewiß: Sie würde diejenige sein, die sich anpassen mußte, nicht er.

Sobald er das Zimmer betrat, hob er an, um seine Frau über diese Tatsache in Kenntnis zu setzen. Nichola jedoch schien nicht in der richtigen Verfassung zu sein, ihm zuzuhören. sie kniete neben dem Bett vor einem Nachttopf und würgte.

Zum Teufel, eine solche Begrüßung hatte er nicht erwartet. Er hatte schon gehört, daß manche Frauen eine Heidenangst vor der Hochzeitsnacht hatten, aber Nicholas Reaktion war wirklich übertrieben. Fürchtete sie sich so sehr davor, mit ihm zu schlafen, daß sie sich krank stellte?

Das allerdings wäre wirklich schändlich. Royce seufzte tief und lief zur Waschschüssel. Nachdem er ein Tuch in das kalte Wasser getaucht und ausgewrungen hatte, ging er zu Nichola.

Sie kauerte immer noch am Boden und versuchte zu Atem zu kommen, als Royce sie in seine Arme zog und sich mit ihr auf die Bettkante setzte. Sie landete auf seinem Schoß.

In dem Augenblick, in dem er sie berührte, begann sie zu weinen. Royce drückte das feuchte Tuch gegen ihre Stirn. »Hör auf zu weinen«, befahl er. »Erzähl mir lieber, was dir fehlt.«

Sein rüder Ton gefiel ihr gar nicht. »Mir fehlt überhaupt nichts«, erklärte sie.

»Also gut«, meinte er. »Dann sag mir wenigstens, warum du weinst.«

Jetzt klang seine Stimme zu sachlich. »Ich habe all die

netten Dinge, die ich über dich gesagt habe, nicht ernst gemeint«, verkündete sie, während sie das Tuch von ihrer Stirn schob und sich in seinen Armen umdrehte, damit er ihr wütendes Gesicht sehen konnte. »Wage nur nicht zu glauben, daß ich auch nur ein freundliches Wort über dich sprechen könnte, wenn ich meine ehrliche Meinung sagen müßte.«

Er nickte, nur um sie zu beruhigen. »Wann hast du denn diese Dinge gesagt, die du gar nicht erst gemeint hast.«

»Gestern abend«, erwiderte sie, »als Baron Guy uns mit seiner Überheblichkeit auf die Nerven ging.«

Royce erinnerte sich an das Gespräch und grinste, aber Nichola war mit ihren eigenen Sorgen zu beschäftigt, um es zu bemerken. Die vergangenen Stunden hatten sie die letzten Kräfte gekostet. Sie sank matt gegen die Brust ihres Mannes und schloß die Augen. Unterbewußt registrierte sie, daß sie sich wünschte von ihm liebkost und getröstet zu werden. Das war unsinnig, aber sie war nicht in der Lage, genauer darüber nachzudenken.

»Royce?«

»Ja.«

»Haßt du mich?«

»Nein.«

»Warst du wütend, als ich mich entschieden habe, dich zu heiraten?«

»Was glaubst du?«

»Ich denke, du warst wütend«, flüsterte sie. »Jetzt kannst du nicht mehr in die Normandie zurück.«

»Nein, das kann ich nicht mehr.«

»Macht dir das was aus?«

Er lächelte erneut und legte das Kinn auf ihren Kopf. Sie schien sich ernsthafte Gedanken zu machen. »Nein.«

»Warum nicht?«

Er seufzte. »Möchtest du deswegen mit mir streiten?«

»Nein«, entgegnete sie. »Du solltest in die Normandie

zurückkehren, Royce. Gibt es dort eine Frau, die auf dich wartet?«

»Ist es nicht ein bißchen spät, sich darüber Gedanken zu machen?«

Wieder traten ihr Tränen in die Augen. »Mir ist erst jetzt die Idee gekommen, daß es so sein könnte«, wimmerte sie. »O Gott, ich habe dein Leben zerstört, nicht war?«

Er drückte sie an sich. »Nein, das hast du nicht getan. Es gibt keine Frau, die ich in der Normandie zurückgelassen habe, Nichola.«

Sie sank an seine Brust, und er schloß aus dieser Geste, daß sie Erleichterung empfand. »Meine Familie lebt dort«, erklärte er. »Mein Vater ist tot, aber meine Mutter lebt noch – sie ist sehr beschäftigt mit meinen Schwestern und ihren Enkelkindern.«

»Meinst du, daß ich deine Familie je kennenlernen werde?«

»Vielleicht«, antwortete er.

Er war der Meinung, daß er sie so weit beruhigt hatte, um wieder auf das ursprüngliche Thema und zu seiner ersten Frage, warum sie geweint hatte, zurückzukommen. Aber sie ließ ihn nicht zu Wort kommen und flüsterte: »Du mußt in die Normandie reisen, Royce, und wenn es auch nur für einen langen Besuch bei deiner Familie ist.«

Royce war erstaunt, daß sie ihn dazu drängte. »Und weshalb sollte ich das tun?«

»Dort wärst du sicher.«

»Hier bin ich genauso sicher.«

Nichola beschloß, es auf andere Weise zu versuchen. »Ich würde gern so schnell wie möglich von hier weg, Royce. Können wir gleich jetzt aufbrechen? Der Mond scheint so hell, daß wir den Weg zu meiner Burg leicht finden.«

Sie klang irgendwie verzweifelt. Royce hob ihr Kinn an, um ihr in die Augen zu sehen – Angst schimmerte in den violetten Tiefen.

»Was ist passiert?« wollte er wissen.

»Nichts«, sagte sie schnell. »Ich möchte nur weg.«

Sie stieß seine Hand beiseite und verbarg ihr Gesicht an seinem Hals.

»Nichola, fürchtest du dich so sehr davor, daß ich dich anrühren könnte? War dir deshalb übel?«

»Wovon sprichst du überhaupt? Du berührst mich doch schon.«

»Das habe ich nicht gemeint«, sagte er. »Wenn ich mit dir schlafe ...«

Er beendete den Satz nicht. Ihr Kopf ruckte in die Höhe – guter Gott, daran hatte sie noch gar nicht gedacht. Das war noch eine Sorge, die sie auf die immer größer werdende Liste setzen konnte.

»Du erwartest doch nicht, daß ich so etwas mit dir tue«, sprudelte sie hervor. »Ich hatte noch nicht einmal Zeit genug, mir über diese Angelegenheit Gedanken zu machen. Nein, das kannst du nicht von mir verlangen ...«

»Ich verlange gar nichts«, unterbrach er sie.

Sie starrte ihn an – offenbar meinte er es ernst. Mit einem Mal wurde sie leichenblaß, ihr Herz hämmerte wild, und sie brach wieder in Tränen aus.

Royce unterdrückte seinen Zorn. Wahrscheinlich hätte er dieses Thema nicht anschneiden dürfen. Wenn die Zeit gekommen war, Nichola wirklich zu seiner Frau zu machen, dann würde er es ohne Umschweife tun, aber er konnte nicht zulassen, daß sie die Angst verzehrte.

»Nichola, vertraust du mir?«

Ohne nachzudenken antwortete sie: »Ja.«

»Und du hast keine Angst vor mir, oder?«

»Nein.«

»Gut« raunte er leise. »Dann sag mir, was dich so sehr verstört hat.«

»Meine Hände und Arme brennen wie Feuer«, jammerte sie. »Und ich habe in der letzten Zeit so viel Schreckliches und Aufregendes erlebt, daß ich nicht in der Verfassung bin, dir zu erlauben, mich anzurühren.«

»Mir zu erlauben …?« Er klang eher überrascht als ärgerlich über ihre Wortwahl.

»Du weißt genau, was ich meine«, schrie sie. »Hast du denn gar kein Mitgefühl?«

Er zuckte mit den Schultern, und sie vermutete, daß das »nein« bedeutete.

Wenn sie nicht so fieberhaft nach einer Möglichkeit gesucht hätte, diesem Mann das Leben zu retten, dann wäre ihr bestimmt eine geeignete Methode eingefallen, ihn so sehr zu entmutigen, daß er freiwillig darauf verzichten würde, seine ehelichen Rechte einzufordern.

Sie schmiegte sich wieder an ihn. »Ich hasse dich nicht, Royce, aber manchmal kann ich dich nicht leiden.«

Er drückte sie fester, und sie schwiegen lange.

Während Royce darauf wartete, daß sie sich beruhigte, dachte er darüber nach, wie weich und zart sie war. Es war schön, sie in den Armen zu halten und ihren süßen Duft einzuatmen.

Sie dagegen konnte das schreckliche Gesicht der alten Frau und ihren Blick, als sie die Anordnung ausgesprochen hatte, Royce zu töten, nicht vergessen.

Royce spürte, daß sie zitterte, und verstärkte seinen Griff. Das flackernde Kerzenlicht zog seinen Blick auf sich, und plötzlich entdeckte er den Dolch auf der Truhe. Seine Miene verfinsterte sich – er hatte seinen Männern den Befehl gegeben, alle Waffen und Gegenstände, die man als solche einsetzen konnte, aus dem Zimmer zu entfernen. Obwohl er überzeugt war, daß Nichola ihn nicht töten würde, so fürchtete er doch, daß sie einen weiteren Fluchtversuch wagen und Unheil anrichten könnte.

Wenn sie einen seiner Soldaten verletzen würde, dachte er amüsiert, dann würde sie sich sicherlich sofort bei dem armen Kerl entschuldigen.

Diese Frau war ihm immer noch ein Rätsel, aber allmählich lernte er einige ihrer Eigenarten kennen.

»Nichola, denkst du immer noch an Flucht?«

»Ich bin jetzt eine verheiratete Frau.«

»Und?« hakte er nach, als sie keine Anstalten machte, weiter zu sprechen.

Sie seufzte tief. »Wenn ich fliehen würde, müßtest du mit mir kommen.«

Nichola merkte selbst, wie absurd diese Bemerkung war, gleich nachdem sie sie geäußert hatte, aber Royce lenkte sie ab, indem er fragte: »Woher kommt dieser Dolch?«

Ihr Körper spannte sich an.

»Ich weiß es nicht.«

»Doch, du weißt es«, widersprach er. »Lüg mich nicht an, Nichola.«

Lange Zeit verstrich, ehe sie wieder das Wort ergriff. »Das ist eine sehr lange Geschichte«, murmelte sie schließlich. »Du möchtest dir das alles sicher nicht heute abend anhören.«

»O doch, ich möchte es hören, und zwar jetzt gleich.«

»Eine alte Frau hat mir den Dolch gegeben.«

»Wann?«

»Heute abend. Ich will nicht darüber sprechen«, rief sie unvermittelt aus. »Ich möchte, daß du mich noch heute von hier wegbringst, bitte, Royce.«

Er tat so, als hätte er ihr Flehen nicht gehört. »Warum hat sie dir den Dolch gegeben?«

Es blieb ihr nichts anderes übrig, als ihm alles zu erzählen – er ließ nicht locker. Außerdem war sie sich im klaren, daß sie seine Hilfe brauchte und ihn warnen mußte. »Sie sagte, daß man von mir erwartet, daß ich dich umbringe.«

Sie wartete lange auf eine Reaktion von ihm – vergeblich. Glaubte er ihr etwa nicht?

»Das ist kein Scherz«, flüsterte sie. »Man hat mich wirklich aufgefordert, dich zu töten.«

»Wie?« fragte er ungläubig. »Du kannst den Dolch nicht einmal in der Hand halten.«

»Genau das habe ich der schrecklichen Frau auch gesagt«, erklärte sie leise. »Sie sagte mir, daß ich eine andere Möglichkeit finden müßte. Royce, je mehr du an meinen Worten zweifelst, desto eher bin ich überzeugt, daß es mir gar nicht so schwerfallen würde.«

»Du könntest mich nicht töten, Nichola.«

Er strich ihr eine Strähne aus der Stirn, und diese Geste fühlte sich an wie die Liebkosung eines zärtlichen Ehemanns, der seine Frau verwöhnte.

Mein Gott, war sie müde – sicherlich war das der Grund dafür, daß ihre Augen wieder feucht wurden. »Gerade als ich überzeugt war, daß der Krieg endlich vorüber ist und wir in Frieden zusammenleben können, mußte so etwas geschehen.«

»Der Krieg ist vorbei«, sagte er bestimmt. »Du machst dir unnötige Sorgen.«

»Du glaubst mir nicht, nicht wahr?«

»Das habe ich nicht gesagt.«

»Das brauchst du auch nicht«, rief sie heftig. »Aber ich habe Beweise.«

»Du meinst den Dolch?«

»Nein«, erwiderte sie. »Mein Beweis wird bei Tagesanbruch erscheinen. Drei Männer werden kommen, und wenn ich dich bis dahin nicht getötet habe, werden sie uns beide umbringen. Ich hoffe, dann bist du endlich überzeugt, daß ich die Wahrheit gesagt habe.«

Er beugte sich vor und hauchte einen Kuß auf ihre Stirn. »Es stimmt wirklich, oder?«

»Wie kannst du nur annehmen, ich würde so etwas Abscheuliches erfinden?«

Sie sah ihn empört an und war erstaunt über seinen zornigen Gesichtsausdruck – seine Stimme hatte doch gerade noch so sanft geklungen! Sie nickte zufrieden, es war höchste Zeit, daß dieser Mann sie ernst nahm.

Sie war wirklich froh, und seine Wut tröstete sie seltsamerweise. Er würde wissen, was zu tun war, und mit dieser Bedrohung fertig werden. Sie kuschelte sich an ihn und gähnte laut und wenig damenhaft. »Ist dir jetzt klar, weshalb ich noch heute von hier weg möchte?«

»Nichola, ich möchte, daß du mir alles von Anfang an erzählst«, forderte er bestimmt. »Erkläre mir ganz genau, was heute abend geschehen ist.«

Sie berichtete ihm alle Einzelheiten von dem Besuch der alten Frau, und als sie geendet hatte, drückte er sie fest an sich und runzelte die Stirn. Die Narbe an seiner Stirn war schneeweiß geworden – jetzt sah er aus wie ein entschlossener Krieger, auch wenn er keine Rüstung trug.

Die seltsamsten Empfindungen durchströmten Nichola. Sie fühlte sich sicher in Royces Nähe – wie lange war es schon her, daß sie sich so geborgen gefühlt hatte? Sie konnte sich gar nicht mehr daran erinnern.

Jetzt dachte sie auch nicht mehr daran, sofort den Palast zu verlassen. Royce würde sie beschützen, wo auch immer sie sich aufhielten.

»Was wirst du jetzt tun, Royce?« fragte sie.

»Ich werde mich um die Angelegenheiten kümmern.«

Sie nickte.

»Steh auf, damit ich dir beim Ausziehen helfen kann«, bat er ruhig.

»Warum?«

Er beachtete den erschreckten Tonfall nicht und erwiderte: »Damit du dich schlafen legen kannst. Ich werde warten, bis deine Hände verheilt sind, bevor ich dich zu meiner Frau mache.«

»Ich danke dir.«

»Zur Hölle, du mußt deine Erleichterung nicht unbedingt so offen zeigen.«

Seine grimmige Stimme verriet ihr, daß sie ihn gekränkt hatte, vermutlich hatte sie seinen Stolz verletzt. Sie stand auf und sah ihm ins Gesicht. »Royce, das erste Mal zwischen einem Mann und einer Frau sollte etwas Besonderes sein, meinst du nicht auch?«

Sie errötete wie eine Jungfrau und sah ihm auch nicht in die Augen. Ihr Blick war starr auf den Boden gerichtet, und Royce konnte dem Drang nicht widerstehen, sie ein wenig zu necken. »Aber du warst doch schon einmal verheiratet, erinnerst du dich? Du hast sogar ein Kind, oder hast du Ulric bereits vergessen?«

»Natürlich nicht«, versicherte sie schnell. »Ich versuche nur, dir zu erklären, daß – mit oder ohne Erfahrungen in dieser Richtung – das erste Mal für uns ...«

»Etwas Besonderes sein soll?« beendete er den Satz für sie, als sie verstummte.

Sie nickte. »Es wäre mir lieber, wenn ich mir keine Sorgen machen müßte, daß dir jemand einen Dolch in den Rücken bohrt, während du ... anderweitig beschäftigt bist.«

Er löste ihren Gürtel und warf ihn beiseite, dann stand er auf. Er bemühte sich, möglichst unbeteiligt zu wirken, als er Nichola das blaue Gewand und die restlichen Kleider auszog, bis sie nur noch in ihrem hauchdünnen Hemd vor ihm stand.

Lastende Stille senkte sich über sie. Nichola stand stocksteif wie eine Statue da, aber sie fühlte sich ganz und gar nicht wie eine Statue an. Royce bereute bereits, daß er ihr so voreilig versprochen hatte, sie nicht anzurühren.

»Du denkst offensichtlich nur an meinen Rücken«, sagte er, um die Spannung, die sich in ihm aufbaute, etwas zu mildern. »Es könnte genauso gut sein, daß du als erste die Klinge des Mörders zu spüren bekommst«, fügte er harsch hinzu.

Sie stand noch immer mit gesenktem Kopf vor ihm. Gütiger Gott, sie war noch viel schöner, wenn sie keine Kleider anhatte. Sie hatte unglaublich lange Beine, und ihre Haut, die von dem flackernden Kerzenschein vergoldet wurde, war samtweich. Sie sah aus wie eine Fee. Das aufreizende

Hemdchen gab mehr preis, als es verhüllte, und ihre vollen Brüste zeichneten sich so deutlich unter der Goldstickerei ab, daß Royce kaum mehr Luft bekam.

Ja, sie war wunderschön, und sie gehörte ihm.

»Du würdest niemals zulassen, daß mir jemand etwas antut«, murmelte sie.

»Was hast du gesagt?«

»Ich sagte, du würdest niemals zulassen, daß mir jemand etwas antut.«

Er mußte sich sehr zusammennehmen, um sich auf das Gespräch zu konzentrieren und sie nicht unentwegt anzustarren. »Nein, ich würde es nicht zulassen.«

»Warum siehst du mich so ärgerlich an? Bist du böse mit mir?«

Er schüttelte den Kopf – fast hätte er laut losgelacht. Diese unschuldige Person hatte keine Ahnung, was ihm durch den Kopf ging. Er atmete tief durch und führte seine Braut zum Bett, dann deckte er sie fürsorglich zu und wandte sich zur Tür.

»Nichola?« rief er über die Schulter.

»Ja?«

»Wenn wir in *meiner* Festung ankommen«, sagte er und betonte, um ihr die Besitzverhältnisse vor Augen zu führen, das Wort »meiner« überdeutlich, »werde ich keine Lügen dulden. Von dem Moment an, in dem wir uns dort einrichten, wirst du mir immer die Wahrheit sagen.«

»Glaubst du, ich hätte dich belogen, und die alte Frau, die mir aufgetragen hat, dich zu töten, erfunden?«

»Nein«, antwortete er, als er sich umdrehte und sie anschaute. »Ich spreche von den anderen Lügen, die du mir aufgetischt hast. Das wird ein Ende haben, wenn wir Rosewood erreichen, versprich mir das.«

Sie wollte ihm gar nichts versprechen. »Was für Lügen meinst du?« Sie mußte dahinterkommen, wieviel er wußte.

»Es besteht keine Notwendigkeit, dir das zu erklären«,

versetzte er. »Gib mir dein Wort, Nichola.« Seine Augen glitzerten kalt, als er darauf wartete, daß sie ihm das geforderte Versprechen gab.

»Royce, versteh bitte, daß ich alles tun werde, um Ulric und Justin vor Unheil zu bewahren«, erwiderte sie leise. »Das ist das einzige Versprechen, das ich dir geben kann.«

»Und indem du mich belügst, bewahrst du sie vor Unheil?«

»Früher, als ich ...«

»Ich spreche von der Zukunft«, fiel er ihr ins Wort. »Von dem Augenblick, in dem wir in Rosewood ankommen – dann möchte ich keine Lügen mehr von dir hören.«

Royce drehte sich wieder um und setzte seinen Weg zur Tür fort. Er hatte viel zu erledigen, bevor der neue Tag anbrach, aber Nichola hielt ihn noch einmal auf.

»Royce, mein Vater hat meiner Mutter jeden Abend einen Gutenachtkuß gegeben. Das ist Tradition in unserer Familie.«

»Und?« Er sah sie an.

»Es ist bei allen Angelsachsen Brauch.« Sie schwieg eine Weile. »Ich frage mich nur, ob es diese Sitte auch bei den Normannen gibt.« Sie strengte sich an, gleichmütig zu wirken.

Royce zuckte nur mit den Achseln – das war seine ganze Antwort.

»Traditionen sollten nicht gebrochen werden, Royce, besonders nicht in schwierigen Zeiten.«

»Weshalb?«

Dieser Mann war wirklich schwer von Begriff, er schien nicht zu verstehen, daß sie einen Kuß von ihm haben wollte. »Damit sie nicht vergessen werden«, murmelte sie.

»Nichola, möchtest du, daß ich dich küsse?«

An Royce ist offensichtlich jede Raffinesse verschwendet, dachte sie niedergeschlagen. »Ja.«

Sie schloß die Augen, als er auf sie zukam. Royce setzte sich auf die Bettkante, beugte sich zu ihr und küßte sie auf die Stirn. Sie dankte ihm, und er küßte sie auf die Nasenspitze – sie dankte ihm wieder.

Ihr Gesicht war hochrot, als hätte sie zuviel Sonne abbekommen. Er wußte, daß sie sich schämte, er konnte sich jedoch nicht vorstellen, warum. Aber ausnahmsweise nahm er an ihrem eigentümlichen Benehmen keinen Anstoß – dazu freute er sich viel zu sehr, daß sie sich nach seiner Berührung sehnte.

»Traditionen ... bedeuten mir ... sehr viel«, stammelte sie, »und jetzt, da du mein Mann bist, mußt du sie genauso wie ich in Ehren halten.«

»Ach ja?«

»Ja.« Sie öffnete die Augen und sah ihn an. »Ich wollte nicht, daß du mich küßt, es ist nur ...«

Er brachte sie mit einem Kuß auf den Mund zum Schweigen. Plötzlich konnte sie sich auf nichts anderes mehr konzentrieren – seine Lippen waren so wundervoll warm, und seine Hände strichen durch ihr Haar und hielten ihren Kopf fest, obwohl das gar nicht nötig gewesen wäre. Um nichts in der Welt hätte sie sich von der Stelle rühren mögen. Der Kuß war zart und liebevoll, und er raubte ihr den Atem.

Royce rückte ein wenig von ihr ab. »Öffne die Lippen für mich, Nichola«, flüsterte er.

Er ließ ihr kaum genug Zeit, ihm den Gefallen zu tun, ehe er ihren Mund wieder in Besitz nahm. Seine Zunge erforschte ihren Mund, schmeckte ihn, streichelte ihn, und Nichola war dem Wahnsinn nahe. Er hielt sie fest im Arm, als seine Lippen immer und immer wieder über die ihrigen streiften. Er spürte, daß sie am ganzen Körper bebte, und er fürchtete schon, daß er sie zu Tode erschreckt haben könnte. Sie war ja noch so unschuldig und unerfahren.

Ihre Zunge berührte die seine, und sie stöhnte. Plötzlich fühlte er, daß sie leidenschaftlich auf seine Zärtlichkeiten reagierte. Er war wie betäubt und verdammt nahe daran, jetzt und hier die Kontrolle über sich zu verlieren.

Er zwang sich dazu, sich von ihr zu lösen, und lächelte liebevoll, als er sie ansah. Ihre Lippen waren voll und rosig, und ihr Gesicht drückte grenzenloses Erstaunen aus.

Er strich mit dem Daumen über ihre Lippen.

»Ich glaube nicht, daß mein Vater meine Mutter je auf diese Art geküßt hat«, hauchte sie.

Seine Augen blitzten schalkhaft, und er ging auf ihren neckenden Tonfall ein. »Ich denke schon, schließlich hatten sie ein paar Kinder.«

Er küßte sie noch einmal flüchtig und ohne Leidenschaft, und sie war nicht imstande, ihre Enttäuschung zu verbergen, als er aufstand. »Schlaf jetzt, Nichola«, sagte er. »Wir haben die Traditionen eingehalten.«

Diesmal bedankte sie sich nicht und seufzte statt dessen zufrieden. Noch ehe Royce die Tür erreicht hatte, schlief sie tief und fest.

Die Wache auf dem Flur wechselte gerade – alle vier Männer waren erfahrene Soldaten, die unter Royces Kommando standen. Einer hielt einen Pokal mit dem Schlaftrunk, den Baron Samuel schickte, in der Hand. Royce gab den Befehl, die Medizin wegzuschütten, und wies einen der Soldaten an, Lawrence auszurichten, daß er ihn sprechen wollte.

Lawrence war ein paar Minuten später zur Stelle. Royce, der die Wachsoldaten noch nicht entlassen hatte, obwohl deren Dienst eigentlich zu Ende war, erklärte den fünf Männern, was geschehen war, und traf einige Anordnungen.

Der erste Offizier der königlichen Palastwache sollte so rasch wie möglich über die Vorfälle und die mögliche Bedrohung informiert und die Anzahl der Wachen verdreifacht werden. Das ganze Schloß und der Park mußten durchsucht werden. Die alte Frau lungerte möglicherweise noch in der Nähe herum, und Royce wollte sie dingfest machen.

»Was unternehmen wir wegen der Männer, die Euch in

der Morgendämmerung aufsuchen wollen?« fragte Lawrence.

»Ich kümmere mich selbst um sie«, erwiderte Royce. »Ich glaube jedoch kaum, daß sie sich blicken lassen. Sie haben die alte Frau nur als Kurier benutzt, um meiner Frau die Nachricht zu übermitteln, und wahrscheinlich haben sie vor, Nichola nach vollbrachter Tat sich selbst zu überlassen. Es wäre zu gefährlich für die Burschen, persönlich auf der Bildfläche zu erscheinen und aktiv zu werden.« Er holte tief Luft. »Guter Gott, ich hoffe, daß ich mich irre«, gestand er. »Mir wäre es nur recht, wenn sie es versuchen würden, dann hätte ich die Gelegenheit, diese verdammten Schurken selbst zu töten. Sie haben meine Frau erschreckt.«

Lawrence spürte, daß sein Baron erboster über die Tatsache war, daß man Nichola Angst eingejagt hatte, als über die Morddrohung – das sagte eigentlich alles.

Die Soldaten und Lawrence verbeugten sich und machten sich daran, ihre Befehle auszuführen. Royce hielt persönlich auf dem Flur Wache, bis zwei der Soldaten zurückkehrten, erst dann öffnete er die Tür und trat in das Gemach.

Nur knapp eine Stunde später klopfte Lawrence. »Wir haben die alte Frau gefunden«, berichtete er leise, nachdem Royce auf den Korridor gekommen war und die Tür hinter sich geschlossen hatte. »Sie ist tot, man hat ihr den Hals gebrochen und den Leichnam hinter einen Stapel Kisten und Körbe geworfen. Sollen wir alle Angelsachsen, die sich im Palast befinden, zusammenrufen und befragen?«

Royce schüttelte den Kopf.

Diejenigen, die William die Treue geschworen haben, würden sich beleidigt fühlen, wenn wir ihnen ein solches Mißtrauen entgegenbringen. Vermutlich würde das den König nicht stören, aber uns hilft eine solche Maßnahme nicht weiter. Wenn es einen angelsächsischen Verräter bei Hofe gibt, bekämen wir bestimmt keine ehrlichen Antworten von ihm. Wir müssen uns eine andere Methode ausdenken, um die Übeltäter aufzuspüren.

Lawrence nickte zustimmend. »Eine Menge Leute halten sich im Palast auf, Baron«, sagte er. »Ich kenne nur einen ganz kleinen Teil von ihnen. Es wird schwierig sein, die Missetäter unter all den Menschen ausfindig zu machen.«

»Verdammt, ich wünschte wirklich, ich könnte ihnen eine Falle stellen, dann wäre die Sache schnell erledigt, und wir hätten es hinter uns«, murmelte Royce.

»Eine Falle mit Euch als Köder?« fragte Lawrence. »Mylord, wenn es uns nicht gelingt, die Kontrolle über die Geschehnisse zu behalten, könnte Euch dabei etwas zustoßen.«

Royce zuckte mit den Schultern. »Es wäre machbar«, entgegnete er. »Aber noch möchte ich dieses Risiko nicht eingehen. Nichola muß erst in Sicherheit sein – ich werde sie nach Hause bringen. Erst wenn ich ganz genau weiß, daß ihr niemand zu nahe kommen kann, werde ich versuchen, die Schurken zu finden, die hinter dem Komplott stecken. Die Sache ist noch nicht zu Ende, Lawrence, sie werden es noch einmal versuchen, dessen bin ich ganz sicher.«

»Wann werdet Ihr aufbrechen?«

»Morgen zur Mittagszeit«, erwiderte Royce. »Ich werde gleich in der Frühe mit dem König sprechen.«

Royce entließ seinen Vasall und ging zurück in sein Zimmer. Nichola schlief ruhig. Die dunklen Ringe unter ihren Augen waren noch nicht verschwunden, und Royce wünschte, er könnte ihr wenigstens ein paar Tage Ruhe in London gönnen, bis sie sich richtig erholt hatte.

Aber ihnen blieb keine Zeit. Er würde selbst keine Ruhe finden, bis er sie in Sicherheit wußte ... Seine liebreizende Frau schien sich im Gegensatz zu ihm keinerlei Sorgen über mögliche Gefahren zu machen, sonst hätte sie niemals so friedlich schlafen können.

Er zog behutsam die Decke bis zu ihren Schultern. Frauen waren eine echte Plage – wenn Ehemänner ihnen Zuneigung und Liebe entgegenbrachten, konnte der Feind sie benutzen, um ihn zu treffen – sie konnten sie sogar als Waffe einsetzen, um ihn vollkommen zu vernichten.

Ihm lag sehr viel daran, Nichola nach Rosewood und in Sicherheit zu bringen. Er schüttelte den Kopf. Das war ein eindeutiger Hinweis, den er nicht leugnen konnte. Wie, in Gottes Namen, konnte das passieren? Und noch dazu in so kurzer Zeit? Er dachte an die Reise nach London, an diese eine Woche, in der sie ihm höllische Schwierigkeiten bereitet hatte, und schüttelte erneut den Kopf.

Dann grinste er breit. Er verstand zwar nicht, wie und weshalb es geschehen war, aber eines war sicher: Er hatte seine Frau sehr gern.

8

Die Mörder erschienen nicht bei Tagesanbruch, und das überraschte Royce keineswegs, aber er war enttäuscht.

Er ließ Nichola weiterschlafen und weckte sie erst einige Zeit später. Sie war sehr froh, als sie hörte, daß niemand versucht hatte, in ihr Gemach einzudringen.

Baron Samuel kam zu ihr, und Royce half Nichola, einen Morgenrock überzuziehen. Während der Medicus ihre Brandwunden untersuchte, blieb Royce wie ein Leibwächter neben seiner Frau stehen. Erst als Lawrence erschien, machte er sich auf den Weg zum König.

Samuel wickelte frische Verbände um Nicholas Arme und Hände. Er hatte ihr zwar versprochen, daß er sie damit verschonen würde, aber da sie sich noch heute auf den Weg zu ihrer Festung machte, hielt er es für besser, die frische, noch zarte Haut vor der Kälte und dem Winterwind zu schützen. Nichola erhob keine Einwände dagegen.

Der Arzt übergab ihr ein Päckchen mit Heilkräutern und wies sie an, täglich eine kleine Menge davon mit klarem Wasser zu vermischen und die Paste auf ihre Wunden zu streichen.

Nichola dankte ihm überschwenglich. Mary, die gutmütige Dienerin, war im Begriff, ihrer Herrin beim Ankleiden behilflich zu sein, als Royce hereinstürmte und ihr befahl, sofort das Zimmer zu verlassen.

»Es wäre mir lieber, Mary würde bleiben«, sagte Nichola. »Ich brauche ihre Hilfe, Royce.«

»Ich übernehme das«, meinte Royce. »Lawrence, du kannst dich jetzt um deine persönlichen Angelegenheiten kümmern. Wir brechen in einer Stunde auf.« Er nahm das Päckchen mit den Heilkräutern in die Hand. »Was ist das?« wollte er wissen.

Nichola erklärte es ihm. Als sie geendet hatte, ging Royce zum Kamin und warf das Päckchen ins Feuer. Nichola war zu verblüfft, um ihn zurückzuhalten.

»Warum, um Himmels willen, hast du das getan?«

Er gab ihr keine Antwort, und offenbar besserte sich seine Laune auch nicht, als er Nichola half, sich anzuziehen. Schließlich, als sie ihn bat, ihr das Haar zu frisieren, willigte er ein, Mary zurückzurufen. Solche niedrigen Dienstbotenaufgaben konnte man ihm nicht zumuten, aber er nahm sich vor, die Zofe nicht aus den Augen zu lassen. Die arme Mary war so verängstigt, daß ihre Hände zitterten und es ihr kaum gelang, Nicholas Haar zu Zöpfen zu flechten.

Sobald Nichola die Dienerin weggeschickt hatte, drehte sie sich zu Royce um.

Was ist los mit dir? Traust du mir so wenig, daß du mich nicht einmal für ein paar Minuten mit meiner Dienerin allein lassen kannst? Denkst du immer noch, daß ich davonlaufe? Hast du deswegen eine so miserable Laune?

Er bedachte sie mit einem ärgerlichen Blick. »Ich denke nur an deine Sicherheit«, versetzte er. »Ich traue keinem der

Dienstboten über den Weg. Je früher wir von hier wegkommen, desto besser wird meine Laune.«

Sie schüttelte den Kopf. »Nicht ich bin in Gefahr, sondern du«, konterte sie. »Außerdem stehen die Leute in den Diensten des Königs, und ich bin sicher, daß mir niemand von ihnen etwas antut.«

Er verschränkte die Hände hinter dem Rücken und funkelte sie zornig an. »Nichola, es ist offensichtlich, daß nicht alle Diener treu zu William stehen. Die alte Frau, die gestern abend in diesem Zimmer war, um dich zum Mord an mir anzustiften, war sicher nicht loyal ihm gegenüber, und es könnte auch noch andere geben. Du bist genauso in Gefahr wie ich«, schloß er.

»Warum?«

Er seufzte laut. »Du bist meine Frau, und die Angelsachsen könnten dich benutzen, um mir zu schaden – darum. Hör jetzt auf, Fragen zu stellen, es wird Zeit zum Aufbruch.«

»Wie könnten mich deine Feinde wohl benutzen?« wollte sie wissen, ohne auf seine Aufforderung, keine Fragen mehr zu stellen, zu achten.

Er schwieg.

Kurze Zeit später verließen sie London. Nichola ritt mit Royce, und ihr fiel auf, daß ihre Eskorte diesmal aus älteren Soldaten bestand – die jungen Ritter, die sie seinerzeit nach London begleitet hatten, ritten jetzt am Ende des Zuges.

»Wie viele Männer reiten mit uns?« fragte sie Royce.

»Genügend.«

Was soll das heißen? fragte sich Nichola, entschied sich aber, ihren Mann nicht zu einer Antwort zu drängen. Sein verkniffener Mund zeigte deutlich, daß er nicht in der Stimmung war, Konversation zu treiben.

Als sie am Abend ein Lager für die Nacht aufschlugen, war Nichola so müde, daß es ihr vollkommen gleichgültig war, ob sich die Laune ihres Mannes gebessert hatte oder nicht. Sie schlief gleich ein, nachdem Royce das kleine Zelt aus Tierfellen aufgespannt hatte. Mitten in der Nacht wachte sie auf und merkte, daß ihr Kopf auf seinem Schoß lag – sie wußte nicht einmal, wie sie dahin gekommen war.

Zwei Tage später, nach halsbrecherisch schnellen Ritten, erreichten sie die Grenzen zu Nicholas Ländereien. Ab jetzt wurde das Gelände hügelig und unwegsam, und sie hatten bis zur Burg noch einen ganzen Tagesritt vor sich, daß sie nicht mehr so rasch vorankamen.

Nichola machte das nichts aus. Das Wetter war schöner geworden, die Sonne strahlte vom Himmel, und es war längst nicht mehr so kalt. Ein Hauch von Frühling lag in der Luft, und Nicholas Lebensgeister wurden wieder wach. Sie dachte an all die Dinge, die sie gleich nach ihrer Ankunft in der Festung tun würde – zuerst wollte sie ihre Kleider wechseln und sich dann sofort auf den Weg ins Kloster machen, um Ulric und Justin zu sehen.

Sie erzählte Royce von ihrem Vorhaben, während sie aßen.

»Du wirst Rosewood nicht verlassen«, erklärte er bestimmt, während er ihr eine dicke Brotscheibe reichte. »Justin und Ulric werden zu dir kommen.«

Wahrscheinlich hatte sie der lange Ritt mehr Kraft gekostet, als sie selbst gedacht hatte, und bestimmt war das der Grund dafür, daß sie ihre Beherrschung verlor. »Es ist wirklich sehr schwer, mit dir auszukommen – weshalb bist du nur immer so störrisch?« rief sie.

Diese Anklage versetzte Royce augenscheinlich in ehrliches Erstaunen. »Es ist überhaupt nicht schwer, mit mir auszukommen«, widersprach er.

Er streckte die Arme aus, zog sie auf seinen Schoß und umfaßte ihre Taille. Noch ehe sie protestieren konnte, schob er ihr ein Stück Käse in den Mund.

Sie beendeten schweigend das Mahl, dann lehnte sich Nichola an Royces Schulter und sagte: »Wirst du freundlicher sein, wenn wir zu Hause angekommen sind?«

Diese Frage war so unsinnig, daß sie keine Antwort verdiente. Er war immer freundlich – außer natürlich auf dem Schlachtfeld. Sie hielt ihn also für unfreundlich? Lieber Himmel, er war viel zu müde, um sich mit solchen Dingen auseinanderzusetzen. »Bist du bereit, schlafen zu gehen?«

»Ich bin bereit, mich mit meinem Mann zu unterhalten«, versetzte sie. »Ich würde gern über unsere Zukunft sprechen.«

Sie hob ihm ihr Gesicht entgegen, und Royce küßte sie heftig. Sein einziger Gedanke war, sie davon abzuhalten, ihm mit ihrem Geplapper und ihren Fragen auf die Nerven zu gehen, aber dieser Kuß überschattete sehr schnell all seine Motive.

Es war kein zärtlicher Kuß – er war hitzig, fordernd und erregend. Royce schien gar nicht genug von ihr bekommen zu können, und sein lautes Stöhnen mischte sich in ihren entzückten Seufzer.

Nichola vergaß vollkommen, wo sie sich befanden. Royce erinnerte sich sehr wohl daran. Er beendete den Kuß und drückte ihren Kopf an seine Schulter.

»Schlaf jetzt«, befahl er.

Sie war zu durcheinander, um eine Antwort darauf zu finden. Sie schmiegte ihr Gesicht an seine Brust und hörte sein rasendes Herzklopfen. Plötzlich machte ihr seine Schroffheit gar nichts mehr aus – diese Entdeckung war wunderbar. Royce mochte es vielleicht nicht zugeben, aber der Kuß hatte ihm gefallen, und er war genauso aufgeregt wie sie.

Sie seufzte leise, schloß die Augen und gähnte. Sie war schon beinah eingedöst, als Royce ihren Namen flüsterte.

»Ja, Royce?«

»In zwei Tagen werden deine Brandwunden verheilt sein.« Seine Stimme klang mit einemmal hart und fordernd.

»Ach ja?« Sie fragte sich, wie er eine solche Prophezeiung machen konnte. Wieso kümmerte er sich überhaupt darum, wie lange ihre Wunden brauchten, um zu heilen?

Dann erinnerte sie sich – er hatte versprochen, sie erst zu seiner Frau zu machen, wenn sie keine Verbände mehr trug. Nichola lächelte.

Er begehrte sie. Eigentlich müßte ich Angst vor dem Unbekannten haben, überlegte sie. Ihre Mutter hatte ihr nur gesagt, daß so etwas eine ganz normale Angelegenheit zwischen Mann und Frau war, daß man es tun mußte, um Erben in die Welt setzen zu können, und daß auch die Kirche nichts dagegen einzuwenden hatte.

Aber all das war im Augenblick ganz unwichtig – Royces Zärtlichkeiten und die Tatsache, daß er sie begehrte, das allein zählte. Aber sie wollte es aus seinem Mund hören. »Bist du froh, wenn meine Hände wieder gesund sind?«

Er wartete lange mit seiner Antwort. Er zog sie enger an sich und strich mit dem Kinn über ihr Haar. Und als sie schon glaubte, daß er weiterhin schweigen wollte, sagte er: »Ja, Nichola, dann bin ich froh.«

Ihr Herz machte einen Satz, als sie die Wärme in seiner Stimme hörte.

In dieser Nacht konnte sie lange nicht einschlafen. Durch ihren Kopf wirbelten tausend Gedanken. Jetzt war sie die rechtmäßige Herrin von Rosewood und eine verheiratete Frau. Ihre Mutter hatte ihr gute Manieren und all die hübschen Fertigkeiten beigebracht, mit denen sich eine Lady die Zeit vertrieb, aber sie hatte nie viel über die Pflichten gesprochen, die eine Frau gegenüber ihrem Ehemann erfüllen mußte. Nichola war sich jedoch im klaren, daß sie als Herrin auf Rosewood den Haushalt leiten mußte und die Aufgabe hatte, für ihre Familie ein glückliches und friedliches Heim zu schaffen.

Ihre Mutter war ihr immer ein gutes Beispiel gewesen und hatte selten Lektionen erteilt. Ihr Vater mochte es, wenn alles seine Ordnung hatte, daran erinnerte sich Nichola noch gut, und ihre Mutter hatte dafür gesorgt, daß alles so war, wie er es sich wünschte. Sie verwöhnte ihn, und indem sie das tat, brachte sie ihm unauffällig bei, auch sie zu verwöhnen. Ganz egal, welches Chaos außerhalb der Festungsmauern herrschte – wenn ihr Vater aus dem Schlachtgetümmel kam, lief ihre Muter aus dem Haus, um ihn strahlend zu begrüßen. Ihr Lächeln vertrieb immer seine schlechte Laune und machte aus dem grimmigen Krieger einen umgänglichen Mann, der seine Frau und seine Kinder von Herzen liebte.

Nichola fühlte sich getröstet bei der Erinnerung an ihre glückliche Kindheit. Ja, das Heim eines Mannes ist so etwas wie ein Heiligtum, dachte sie, ein Ort des Friedens und der Geborgenheit – manchmal auch ein Ort der Liebe.

Royce das Leben zur Hölle zu machen und sich wie ein trotziges Kind zu gebärden, war jetzt nicht mehr angemessen – dabei würde sie sich nur selbst schaden und verletzen. Sie war eine erwachsene Frau, und es würde höchste Zeit für sie, sich auch so zu benehmen.

Sie mußte schließlich an Ulric denken – seine Mutter war bei seiner Geburt gestorben, und Nichola war mit jedem Tag mehr davon überzeugt, daß sein Vater auch nicht mehr am Leben war. Thurston hätte ihr eine Nachricht zukommen lassen, wenn er die letzte Schlacht lebend überstanden hätte.

Sie und Justin waren jetzt Ulrics einzige Angehörige – aber da war auch noch Royce. Würde er einwilligen, Ulric an Kindes statt anzunehmen? Würde er dem Kleinen all das beibringen, was ein Vater seinem Sohn beibrachte? Nichola sah wieder vor sich, wie behutsam Royce das Baby im Arm gehalten hatte, als er ins Kloster gekommen war, um sie zu holen, und sie wußte, daß er für Ulrics Sicherheit sorgen würde. Vielleicht würde er den Jungen sogar mit der Zeit so liebgewinnen, als wäre er sein eigener Sohn.

Ulric brauchte Geborgenheit und Frieden, und Nichola schwor sich, ihrem Mann nicht mehr so viele Vorwürfe zu machen wie bisher. Sie wollte lernen, sich ein wenig zu beugen, um besser mit ihm auszukommen, und gleichzeitig wollte sie ihn dazu bringen, ihr auch ein wenig entgegenzukommen.

Nichola kuschelte sich an Royce, während sie Pläne für eine glückliche Zukunft schmiedete.

Er brummte grimmig, daß sie endlich still halten sollte, aber trotzdem strich er ihr über den Rücken.

Sie war sehr zufrieden, und die Zukunft erschien ihr plötzlich außerordentlich vielversprechend.

Alles war so einfach – sie und Royce würden ein harmonisches Leben führen, jetzt, da sie sich über ihre Pflichten im klaren war. Und Royce würde sein Aufgaben erfüllen – er würde weiterhin unerfahrene junge Männer zu unbesiegbaren Kriegern ausbilden, und zu Hause würde sie ihn zu einem fürsorglichen Ehemann manchen, ganz wie es ihre Mutter mit ihrem Vater getan hatte.

Sie hatte von einem glücklichen Leben geträumt, aber am nächsten Morgen wurde ihre Zuversicht auf eine harte Probe gestellt.

Sie waren etwa eine Stunde unterwegs, als sie einen schmalen Weg erreichten, der steil bergan führte. Diesmal hatte Royce nicht die Führung übernommen und hielt sich statt dessen inmitten seiner Männer. Nichola, die heute allein auf einem Pferd saß, ritt direkt hinter ihm.

Plötzlich ließ Royce den Trupp anhalten und sprengte an die Spitze des Zuges. Nichola blieb am Fuß des Berges, umgeben von Soldaten, zurück, während Royce die ersten zwanzig Männer zum Gipfel führte.

Es ist ein idealer Ort für einen Hinterhalt, dachte Royce. Der Pfad war so schmal, daß die Männer nur hintereinander in einer Reihe reiten konnten. Royce kehrte zu Nichola zurück, nachdem sich die erste Gruppe mit schußbereiten Bögen über den Gipfel verteilt hatte, um eventuelle Angreifer zurückzuschlagen. Nichola hielt diese Maßnahme für übertrieben. Sie waren beinah zu Hause, und sicherlich hatten die Aufständischen, die gegen Williams Herrschaft rebellierten, besseres zu tun, als ein Scharmützel auf einem entlegenen Besitz anzuzetteln.

Als sie die finstere Miene ihres Mannes sah, beschloß sie jedoch, ihre Meinung lieber für sich zu behalten. Es war ihr ein Trost, daß er so sehr um die Sicherheit aller besorgt war, auch wenn seine Vorsichtsmaßnahmen ein wenig unangemessen zu sein schienen.

Der Angriff kam für sie völlig überraschend, als der letzte Soldat den Gipfel erreicht hatte.

Royce stieß den Schlachtruf aus, und der markerschütternde Schrei erschreckte sie so sehr, daß sie fast vom Pferd gefallen wäre. Im nächsten Augenblick war sie von Soldaten umringt, die ihre Schilde so hielten, daß sie nicht getroffen werden konnte.

Von allen umliegenden Hügeln regnete es Pfeile auf sie hernieder, und die Angreifer schwärmten wie Heuschrecken über die Abhänge.

Nichola beobachtete, wie Royce sein Schwert zog, seinen Hengst zum Galopp antrieb und die Waffe über dem Kopf schwang. Er bot einen großartigen Anblick – und einen angsteinflößenden zugleich. Nichola sandte Stoßgebete zum Himmel und flehte Gott an, ihren Mann vor Unheil zu bewahren.

Ein Soldat hinter ihr schrie auf und sank vom Pferd. Nichola drehte sich um und sah, daß noch mehr Rebellen aus ihren Verstecken kamen und auf sie zustürmten.

Die Männer, die sie beschützten, änderten sofort die Taktik. Einer von ihnen schlug auf Nicholas Pferd ein und rief ihr zu, daß sie zu dem im Westen gelegenen Bergrücken reiten sollte.

Nichola hatte alle Mühe, ihr Pferd unter Kontrolle zu bringen, und sie war nicht in der Lage, die Zügel so fest zu halten, daß sie die angegebene Richtung einschlagen konnte. Das Tier raste in Richtung Osten. Einer der Männer schrie, daß sie nicht dorthin reiten sollte, wo Royce sich aufhielt.

Sie achtete nicht darauf. Sie wollte zu ihrem Mann und sich vergewissern, daß ihm nichts zugestoßen war, bevor sie selbst in Deckung ging. Ihr Blick suchte die Umgebung ab, während sie unaufhörlich betete und Gott um Beistand bat.

Royce und seine Soldaten befanden sich genau in Schußweite der ersten Angriffswelle, als sie ihn endlich entdeckte.

Lieber Gott, warum mußte er so groß sein? Er war so leicht zu treffen, und sicherlich würde der Feind ihn als erstes aufs Korn nehmen.

Nichola versuchte, das Pferd zu zügeln – auf keinen Fall wollte sie ihrem Mann im Weg stehen. Eine Ablenkung konnte ihn das Leben kosten. Gerade als sie sich in Richtung Westen wandte, fiel ihr Blick auf den Gipfel eines Hügels. Ein Sonnenstrahl blitzte auf der Rüstung eines Feindes und blendete sie.

Sie rutschte im Sattel hin und her und spähte noch einmal zu dem Bergrücken. Es war ein einzelner Reiter in der Kampfkleidung der Angelsachsen. Er hob die Hand – das war das Zeichen für weitere versteckte Reiter, loszuschlagen. Etwa fünfzig angelsächsische Soldaten stießen ihren Schlachtruf aus und sprengten auf ihre Opfer zu.

Nichola war nicht imstande, den Blick von ihrem Anführer zu wenden. Das blitzende Sonnenlicht umflutete ihn und verlieh ihm irgendwie ein mystisches Aussehen. Als er sich im Sattel nach hinten drehte, um nach einem Pfeil zu greifen, sah Nichola sein Profil.

Jetzt verstand sie, warum er sie derart in seinen Bann gezogen hatte.

Der angelsächsische Anführer suchte sich ein Ziel aus, legte den Pfeil ein und spannte den Bogen.

Nichola schrie.

Ihr Bruder Thurston lebte. Und er bereitete sich darauf vor, Royce zu töten.

9

Royce drehte sich um, als er Nicholas Schrei hörte. Er zügelte sein Pferd genau in dem Augenblick, in dem sie das ihre in vollen Galopp getrieben hatte, und als sie ihn erreichte, warf sie sich ihm im wahrsten Sinne des Wortes in die Arme. Genau zur rechten Zeit, wie sich herausstellte.

Sie fing den Pfeil, der ihm zugedacht war, ab. Die Wucht des Geschosses schleuderte sie hart gegen Royce, und er fing sie auf und drückte sie auf seinen Schoß, um sie mit seinem Schild zu schützen. Dabei bemerkte er, daß der Pfeil ihre Schulter durchbohrt hatte und die Spitze in sein Kettenhemd gedrungen war – sie hing an ihm fest.

Royces Wutschrei hallte von den Bergen wider. Er wendete sein Schlachtroß und sprengte auf den schützenden Wald im Westen zu. Nicholas langes goldenes Haar verdeckte ihre Verletzung, und obwohl Lawrence nicht mitangesehen hatte, was passiert war, verriet ihm der Schrei seines Barons, daß seiner Herrin etwas Schreckliches zugestoßen sein mußte. Er befahl drei Soldaten, ihrem Anführer zu folgen, und einen anderen beauftragte er mit dem Kommando über die kämpfende Truppe, dann ritt er selbst in Richtung Wald.

Royce glaubte, daß Nichola ohne Bewußtsein war, und hielt das für eine Gnade, da sie in diesem Zustand keinen Schmerz fühlte, wenn er ihr den Pfeil aus der Schulter zog.

Er wollte sich gerade aus dem Sattel hieven, als Nichola hauchte: »Vergib ihm, Royce. Er wußte es nicht – er konnte es gar nicht wissen.«

Royce hatte keine Ahnung, wovon sie sprach, und als sie

matt in seine Arme zurücksank, wurde ihm klar, daß sie jetzt auch keine Erklärung abgeben konnte. Er selbst war außerdem zu wütend, um einen klaren Gedanken fassen zu können.

Lawrence sprang von seinem Pferd und breitete seinen Umhang auf dem Boden aus, dann machte er Anstalten, Nichola vom Pferd zu heben. Royce schüttelte den Kopf. »Der Pfeil hat sie durchbohrt und steckt in meinem Kettenhemd«, erklärte er grimmig.

Er lehnte die Hilfe seines Vasallen ab, und seine Hände zitterten, als er die Pfeilspitze abbrach. Dann holte er tief Luft und stieg ab. Er durfte gar nicht daran denken, welche Qualen er Nichola bereiten mußte. Er legte sie auf Lawrences Umhang, faßte nach dem Pfeil und zog ihn aus ihrer Schulter.

Sie schrie, und dieser Laut durchschnitt ihm das Herz. Er beugte sich über sie und flüsterte leise Worte des Trostes, während das Blut aus ihrer Wunde und über seinen Arm strömte.

Lawrence war wesentlich geschickter als sein Herr, wenn es galt, Wunden zu versorgen, das wußte Royce auch ganz genau, aber in diesem Augenblick wollte er es nicht wahrhaben. Lawrence unternahm drei vergebliche Versuche, ehe ihn sein Baron in Nicholas Nähe kommen ließ.

Sie kam gerade wieder zur Besinnung, als Lawrence so etwas wie flüssiges Feuer über ihre Schulter goß. Diesmal schrie sie nicht, sie brüllte und schlug auf ihren Peiniger ein. Royce mußte sie festhalten, um Schlimmeres zu verhüten. Vermutlich hätte sie den Mann, der ihr helfen wollte, getötet, wenn sie eine geeignete Waffe bei sich gehabt hätte.

Nach einer Weile wurde sie gewahr, daß Lawrence sie besorgt ansah, und endlich verflogen die Nebel der Benommenheit. Sie hörte ihre eigenen Schreie und verstummte.

Royce kniete neben ihr und hielt sie. Nichola warf einen Blick auf seine eisige Miene und wäre um ein Haar gleich wieder in Ohnmacht gefallen. Guter Gott, er war wütend, und er sah aus, als ob er jemanden umbringen wollte. Aus dem durchdringenden Blick, mit dem er sie musterte, schloß Nichola, daß sie das Opfer war, das er im Sinn hatte. Wie konnte er es wagen, sie so zornig anzublitzen? Sie hatte ihm doch das Leben gerettet, oder nicht?

O Gott, ihr Bruder Thurston hatte versucht, Royce zu töten – das war mehr als sie ertragen konnte. Thurston war am Leben, aber wie lange noch?

Sie drehte den Kopf, um sich ihre Wunde anzusehen, als Lawrence den Saum ihres Gewandes anhob und einen Streifen von ihrem Unterkleid abriß.

Nichola sah sofort, daß die Verletzung nicht gefährlich war – die Wunde war tief, aber die Blutung hatte bereits nachgelassen.

Royce drehte ihr Gesicht zur Seite. »Schau dir das nicht an«, sagte er. »Es regt dich nur noch mehr auf.«

Seine Stimme bebte, und sie mutmaßte, daß er sich schwer beherrschen mußte, um sie nicht anzubrüllen.

Thurston lebte, und er wollte Royce umbringen. Sicherlich würde ihr Mann bei der ersten Gelegenheit Rache nehmen und Thurston töten. Was sollte sie nur tun?

Sie entschied sich für den einfachsten Weg, den jeder Feigling eingeschlagen hätte. Sie richtete sich mühsam auf und tat so, als ob ihr die Bewegung Schwindelgefühle verursacht hätte. Sie sank schwach gegen Royce und flehte ihn flüsternd an, sie zu stützen, dann schloß sie die Augen.

Plötzlich wurde ihr wirklich übel, und sie war sich nicht sicher, ob das eine Folge ihrer Schauspielerei war oder ob sie doch mehr Blut als vermutet verloren hatte.

Lawrence verband ihre Wunde mit dem Stoffstreifen, während Nichola auf die zerfetzten Bandagen starrte, die ihre Hände bedeckten. Sie schüttelte den Kopf über ihren Zustand. Lieber Gott, in welches Durcheinander sie geraten war! Seit sie Royce zum erstenmal begegnet war, bekam sie lauter Blessuren ab und wurde ständig gedemütigt. Wenn das so weiter ging, würde sie innerhalb der nächsten Woche den Tod finden.

Sie hatte vor, ihrem Mann mitzuteilen, was ihr durch den Kopf ging, nur um seinen Stolz zu verletzen, aber mit einem Mal überkam sie tatsächlich der Schwächeanfall, den sie vor ein paar Minuten noch vorgetäuscht hatte. Dieses Mal spielte sie kein Theater, als sie Royce bat, sie festzuhalten.

»Entweder wird mir schlecht, oder ich verliere gleich das Bewußtsein«, hauchte sie.

Royce hoffte von Herzen, daß sie eine Ohnmacht von den Qualen, die sie erleiden mußte, befreien würde.

»Sie hat wieder die Besinnung verloren«, bemerkte Lawrence knapp.

Royce nickte und sagte mit rauher Stimme: »Sie hat sehr viel Blut verloren.«

»Nein, Royce«, erwiderte Lawrence, dem der ängstliche Tonfall seines Barons nicht entgangen war. »So schlimm war es nicht. In einer Woche ist sie wieder auf den Beinen.«

Royce schwang sich in den Sattel und nahm Lawrence Nichola ab, um sie behutsam auf seinen Schoß zu heben. Der weiße Verband an ihrer Schulter hatte sich schon wieder rot verfärbt. »Sie könnte verbluten, noch bevor wir die Festung erreicht haben«, murmelte er.

Lawrence beruhigte ihn. »Die Blutung hat nachgelassen«, sagte er. »Royce, ich verstehe Eure Sorge nicht, die Verletzung ist nicht lebensgefährlich.«

»Ich habe nicht den Wunsch, über meine Sorge zu diskutieren«, versetzte Royce schroff.

Der Vasall nickte eilfertig und bestieg sein Pferd. »Warum hat sie sich vor Euch geworfen, Mylord?« fragte er. »Sie mußte doch gesehen haben, daß Ihr eine Rüstung tragt, die den Pfeil ablenken würde.«

»Sie hat nicht nachgedacht«, entgegnete Royce. »Sie wollte mich nur beschützen.«

Es klang beinah so, als wäre er selbst verblüfft darüber. »Nichola hat in ihrer Benommenheit irgend etwas gesagt ... ich habe nicht verstanden, was sie meinte, Lawrence, aber es steckt mehr dahinter als ...«

Er hielt inne. Einer der Soldaten reichte ihm einen Umhang, und Royce deckte Nichola damit zu. Gleich darauf gab er den Befehl, die Soldaten im Wald zu versammeln. Zum erstenmal in seinem Leben zog er sich aus einer Schlacht zurück, aber er zögerte keinen Augenblick. Jetzt galt sein einzige Sorge Nichola, und nichts anderes war mehr wichtig.

Wie es sich herausstellte, war ein feiger Rückzug gar nicht nötig. Lawrence erstattete Royce Bericht und meldete, daß die Angreifer genauso schnell das Schlachtgetümmel verlassen hatten wie sie aufgetaucht waren.

Das gab Royce zu denken, und er grübelte über diese eigenartige Wendung lange nach. Obwohl der Feind sie überrascht hatte, war Royce sicher, daß er als Sieger aus der Schlacht hervorgegangen wäre. Seine Gegner hatten keine erfolgreiche Strategie angewandt, und weder ihre Flanken noch ihr Rückzug war gedeckt gewesen – Royces Männer hätten einen nach dem anderen abgeschossen und den Rest in die Flucht geschlagen.

Auf dem langen Ritt nach Rosewood bemühte sich Royce, sachlich nachzudenken und seine Empfindungen zu verdrängen – unter normalen Umständen fiel ihm so etwas nicht schwer. Aber heute ging sein Herz eigene Wege. Er sagte sich immer und immer wieder, daß er nur seine Pflicht getan hatte, als er seine Männer aufgefordert hatte, den Kampf einzustellen. Nichola war seine Frau, und er war für sie verantwortlich. Aber warum zitterten seine Hände so sehr? Und warum machte es ihn so wütend, daß sie verletzt worden war?

Verdammt, allmählich glitt ihm alles aus den Händen. Der Gedanke an seine Frau benebelte seinen Verstand – sein

Leben war genau vorgezeichnet, und jetzt brachte sie einfach alles durcheinander.

Als sie vor der Festung ankamen und Royce seine Frau die Treppe zu ihrem Zimmer hinauftrug, wurde ihm erst das volle Ausmaß seiner grauenhaften Situation bewußt.

Er hatte Nichola nicht nur gern – er hatte sich in seine Frau verliebt.

Diese plötzliche Erkenntnis erschreckte ihn so sehr, daß er Nichola beinah fallengelassen hätte. Er erholte sich jedoch schnell wieder und rief sich all die Dinge ins Gedächtnis, die es unmöglich machten, eine so halsstarrige, törichte Person zu lieben. Zum Teufel, er konnte sie die meiste Zeit ja nicht einmal leiden!

Sein logischer Verstand brachte ihm die Rettung. Es war unmöglich, daß er sie liebte – er wußte ja gar nicht, wie man das machte. In all den Jahren hatte er gelernt, ein brauchbarer Krieger zu werden, aber niemand hatte ihm beigebracht, wie man einen anderen Menschen liebte, und deshalb konnte er Nichola auch nicht lieben.

Es war natürlich keine Katastrophe, wenn er seine Frau mochte, schließlich gehörte sie ihm, und er kümmerte sich um sie, wie sich jeder Mann um einen wertvollen Besitz kümmern würde.

Royce fühlte sich wesentlich besser, nachdem er sich all das klargemacht hatte. Aber er merkte nicht, daß er sich selbst Lügen strafte, indem er alle Bediensteten, die ihre Hilfe bei Nicholas Pflege anboten, wütend anschnauzte. Baron Hugh folgte der Reihe schluchzender Frauen die Treppe hinauf und blieb auf der Schwelle zu Nicholas Zimmer stehen. Mit wachsendem Erstaunen beobachtete er, wie Royce versuchte, Nichola auf das Bett zu legen. Dem hünenhaften Ritter schien es Schwierigkeiten zu bereiten, diese Aufgabe zu bewältigen. Er beugte sich zweimal vor, richtete sich aber immer wieder auf, ohne Nichola losgelassen zu haben.

Hugh hatte Erbarmen mit seinem Freund und scheuchte die Dienerinnen aus dem Raum – nur einer einzigen erlaubte er zu bleiben, der süßen, drallen Verführerin mit Namen Clarise, um die er sich schon seit einiger Zeit sehr bemühte. Dann befahl er Royce, Nichola aufs Bett zu legen, und plazierte seine Hand auf die Schulter seines Freundes. »Nimm den Helm ab, mach's dir bequem und ruh' dich selbst auch ein bißchen aus. Clarise wird sich um Nichola kümmern.«

Royce legte Nichola hin und nahm den Helm ab, aber er weigerte sich, das Zimmer zu verlassen. Er warf seinen Helm in eine Ecke, verschränkte die Hände auf dem Rücken und baute sich wachsam neben dem Bett auf. Nichola schreckte zusammen, als sein Helm auf den Boden knallte. Konnte sie ihn hören? Vielleicht wachte sie allmählich aus ihrer Bewußtlosigkeit auf – lieber Himmel, das hoffte er.

Nichola bekam alles ganz genau mit. Während des Heimritts war sie zwischen echtem Schlaf und vorgetäuschtem hin und her geschwankt. Der Schmerz in ihrer Schulter war längst nicht mehr so schlimm, und sie fühlte sich wesentlich besser. Das Problem war nur, daß sie ihrem Mann ihre Handlungsweise erklären müßte, wenn er merkte, daß es ihr nicht mehr so schlecht ging – aber was sollte sie ihm sagen.

Sie brauchte Zeit zum Nachdenken und mußte erst die Neuigkeit verdauen, daß Thurston am Leben war. Sie war immer noch wie gelähmt deswegen, und natürlich hocherfreut. Sie war seine einzige Schwester und durfte ihn nicht in Schwierigkeiten bringen, aber sie war jetzt auch Royces Frau und hatte ihm gegenüber auch eine Verantwortung. Gütiger Gott, das alles war so entsetzlich verwirrend.

Nichola begann zu zittern. Sie hatte schreckliche Angst um Thurston und um Royce. Sie kannte den Dickkopf ihres Bruders – er würde nicht aufgeben, bis er die Festung zurückerobert hatte, aber Royce würde Rosewood nicht kampflos aufgeben. einer der beiden würde sein Leben lassen, bevor alles geregelt war – vielleicht sogar beide.

Nichola wollte keinen von ihnen verlieren, aber was konnte sie nur tun? Sollte sie Royce die Wahrheit anvertrauen, oder würde sie Thurston dadurch verraten?

Tränen schossen ihr in die Augen. Sie brauchte einfach Zeit, um sich alles genau zu überlegen, bevor sie etwas unternahm.

»Sie hat Schmerzen«, brummte Royce. »Ich möchte, daß dem ein Ende gemacht wird. Sofort.«

Nichola hielt die Augen geschlossen. Sie wünschte, Royce würde sie in die Arme nehmen und ihr den Trost spenden, den sie im Moment so verzweifelt brauchte. Sie sehnte sich danach, daß er ihr sagte, daß alles wieder gut würde.

Gott helfe ihr, aber sie wünschte sich sogar, daß er sie liebte – wenigstens ein kleines bißchen. »Wir könnten jemand ins Kloster schicken und eine heilkundige Nonne holen lassen«, schlug Hugh vor.

Clarise suchte im Schrank nach einem Nachthemd für Nichola und brachte ein weißes Baumwollgewand zum Bett. Als Nichola stöhnte, brach Clarise in Tränen aus, ließ das Nachthemd fallen und drehte verzweifelt den Saum ihrer Schürze zwischen ihren Händen. »Lady Nichola darf nicht sterben«, rief sie aus. »Wir wären ohne sie verloren!«

»Hör auf, so dummes Zeug zu reden«, tadelte Hugh. »Sie wird bestimmt nicht sterben, sie hat nur ein bißchen Blut verloren, das ist alles.«

Clarise nickte und kümmerte sich um ihre Pflichten.

Hugh stand neben Royce und starrte Nichola an. Er rieb über seinen Bart und fragte: »War das ein Pfeil ...?«

»Sie hat sich vor mich geschmissen, damit er mich nicht trifft«, fiel Royce ihm ins Wort.

»Royce, sie wird wieder gesund«, behauptete Hugh. »Bist du in der richtigen Verfassung, mir zu erzählen, warum sie hier ist? Ich dachte, daß bei einem Turnier um ihre Hand gekämpft wird. Hat der König sich anders besonnen?«

Royce schüttelte den Kopf. »Sie ist meine Frau.«

Hugh zog eine Augenbraue hoch und grinste breit. »Also hast du dich auch um sie beworben. Ich dachte, du wolltest doch nicht an dem Turnier teilnehmen.«

»Ich habe mich nicht um sie beworben«, erwiderte Royce. Zum erstenmal seit seiner Ankunft verzog er den Mund zu einem Lächeln, als er hinzufügte: »Man könnte eher sagen, Nichola hat um meine Hand angehalten.«

Hugh lachte schallend. »Hinter dieser Geschichte steckt offensichtlich mehr. Ich verlange von dir, daß du mir alles beim Essen erzählst, aber jetzt möchte ich erst einmal erfahren, warum sich deine Frau vor dich geworfen hat. Du hast doch deine Rüstung getragen, oder nicht?«

»Natürlich.«

»Aber weshalb dann ...«

»Das kann ich erst beantworten, wenn Nichola aufwacht.«

Nichola hatte den Wortwechsel genau verfolgt und verzog das Gesicht, weil die Stimme ihres Mannes so schroff geklungen hatte. Sie beschloß, sich noch eine ganze Woche oder besser zwei Wochen schlafend zu stellen, zumindest so lange, bis sie entschieden hatte, was sie wegen Thurston unternehmen wollte. Sie würde Royce nicht belügen, sie hatte ihm ein Versprechen gegeben, und das konnte sie nicht brechen.

»Ich bete zu Gott, daß Lady Nichola weiß, wo sie sich befindet, wenn sie aufwacht.«

Clarises Bemerkung ließ beide Ritter aufhorchen.

»Was plapperst du da?« wollte Hugh wissen. »Natürlich wird sie sich erinnern, daß sie in ihrem Zimmer ist.«

Clarise schüttelte den Kopf. »Manche erinnern sich an überhaupt nichts mehr, wenn sie einen Schlag auf den Kopf bekommen oder zuviel Blut verloren haben. Einige sind vollkommen verwirrt, andere werden vergeßlich. Das ist wirklich wahr, ich weiß es genau.« Schluchzend setzte sie hinzu: »Vielleicht erkennt sie nicht einmal mich wieder.«

»Ich habe noch nie von solchen betrüblichen Vorkommnissen gehört«, meinte Hugh spöttisch.

Royce hatte seine Frau die ganze Zeit nicht aus den Augen gelassen, und deshalb war ihm nicht entgangen, daß die Anspannung aus ihrem Gesicht gewichen war.

Lauschte sie etwa heimlich der Unterhaltung? »Nichola, mach die Augen auf«, forderte er.

Sie gehorchte nicht und stöhnte statt dessen. Es klang sehr dramatisch, aber wenig überzeugend. Was führte sie nun wieder im Schilde?

Er konnte sich ein Lächeln nicht verkneifen. Sie würde wirklich bald wieder auf den Beinen sein. Ihm fiel ein Stein vom Herzen. »Du wirst mir einiges erklären müssen, wenn du zu dir gekommen bist, Nichola.«

Sie schwieg.

»Sie ist noch immer nicht bei Bewußtsein, Mylord«, flüsterte Clarise. »Sie ist äußerst geschwächt.«

Royce seufzte und wartete.

Einige Minuten verstrichen. Clarise machte sich auf den Weg, um Verbandszeug und Heilsalbe zu holen, und Hugh bemühte sich, ein Feuer im Kamin zu entfachen. Nur Royce rührte sich nicht von der Stelle und blieb neben dem Bett stehen.

Endlich öffnete Nichola die Augen und ließ ihren Blick langsam zu Royce wandern. Ihre Augen glitzerten wach, und ihre verwirrte Miene wirkte unecht.

Royce ahnte, was sie vorhatte, noch ehe sie in Aktion trat.

»Wo bin ich?« Nichola sah sich im Zimmer um, bevor sie sich wieder an Royce wandte.

Er setzte sich auf die Bettkante. »Du bist in deinem Zimmer«, antwortete er. »Du warst lange ohne Bewußtsein.«

»Wirklich?«

Er nickte.

»Wer seid Ihr?«

Er unterdrückte seinen Ärger – er hatte es ja gleich geahnt: Nichola war bei Besinnung gewesen und hatte Clarises Wehklagen gehört. Er nahm ihren Kopf zwischen seine Hände und beugte sich langsam über sie. »Ich bin dein Ehemann, Nichola«, flüsterte er. »Der Mann, den du über alles liebst.«

Sei reagierte genau so, wie er es erhofft hatte. Sie sah ihn erstaunt an, aber er wollte noch mehr. »Erinnerst du dich nicht?« raunte er.

Sie zuckte mit den Achseln. Er lächelte. »Ich bin der Mann, den du auf Knien angefleht hast, dich zu heiraten. Sicher weißt du noch, wie du gefleht und gebettelt hast..«

»Ich habe dich nicht angefleht, mich zu heiraten, du unverschämter...«

Er brachte sie mit einem Kuß zum Schweigen. Als er sich von ihr löste, funkelte sie ihn wütend an – nichts hätte ihn in diesem Augenblick mehr freuen können. So wie er die Sache betrachtete, war seine Frau auf dem besten Weg der Genesung.

»Du wirst mir erklären müssen, was du mit dieser Aktion bezweckt hast, Nichola.«

Sie sah ihn lange an. »Ich weiß«, sagte sie schließlich seufzend. »Darf ich dich nur bitten, wenigstens so lange zu warten, bis ich mich besser fühle?«

Er nickte. »Du wirst mir aber auch versprechen müssen, daß du dich nie wieder auf so törichte Weise in Gefahr begibst. Du hast keinerlei Selbstdisziplin, Nichola.«

Das verletzte sie tief. Royce stand auf und ging zur Tür. »Ich warte bis morgen, dann möchte ich sowohl ein Geständnis als auch eine Entschuldigung hören. Bis dahin gestatte ich dir, dich auszuruhen.«

Sie setzte sich kerzengerade auf, und diese plötzliche Bewegung verursachte höllische Schmerzen in ihrer Schulter. »Ich habe versucht, deine Haut zu retten, du undankbares Geschöpf«, schrie sie heftig.

Royce blieb nicht einmal stehen, als er einräumte. »Ja, das hast du getan. Aber hinter der Sache steckt mehr, als du jetzt zugibst, nicht wahr?«

Sie gab ihm keine Antwort. Die Wut und der Ärger hatten sie geschwächt, und sie sank matt auf das Bett zurück. Sie murmelte die wüstesten Beschimpfungen und verfluchte leise ihren Mann, bis sie plötzlich Baron Hugh entdeckte, der noch immer neben dem Kamin stand. Nichola erschrak bis ins Mark und schämte sich entsetzlich, weil der alte Ritter Zeuge ihres würdelosen Verhaltens geworden war. »Normalerweise schreie ich niemanden an«, erklärte sie. »Aber dieser Mann bringt mich noch um den Verstand.«

Hugh lächelte. »Nennt Ihr Euren Mann sonst auch den Sohn eines Ebers, Lady Nichola?«

Also hatte er auch gehört, wie sie vor sich hin geschimpft hatte. Nichola seufzte. »Nur wenn ich glaube, daß mich niemand hören kann«, gestand sie.

Er kam näher zum Bett. »Seid Ihr kräftig und ausgeruht genug, um mir zu erzählen, was Euch zugestoßen ist, Nichola? Ich bin neugierig, was die Verbände an Euren Händen zu bedeuten haben.«

Sie runzelte die Stirn. »Ich habe die schlimmste Woche meines Lebens hinter mir, Baron.«

»Es scheint so.«

»Ich war immer kerngesund und unversehrt, bis ich Royce begegnet bin.«

»Ihr seid also der Meinung, daß er an all Euren Verletzungen schuld ist?«

»Nicht direkt«, erwiderte sie ausweichend.

Sein erwartungsvoller Blick verriet Nichola, daß er Genaueres erfahren wollte, aber sie hatte nicht vor, mehr preiszugeben. Royce sollte ihm alles berichten. »Das ist eine lange Geschichte, Sir«, flüsterte sie. »Und eine jämmerliche dazu. Es genügt wohl, wenn ich sage, daß dieser Mann für all meine Qualen verantwortlich ist.«

»Dieser Mann?«
»Royce.«

Sie schloß die Augen und stöhnte. Hugh vermutete, daß sie ein wenig schlafen wollte und wandte sich zum Gehen um.

»Ich weiß gar nicht, wieso ich mich dazu herabgelassen habe, ihm das Leben zu retten«, brummte Nichola. »Hat er sich etwa dafür bedankt?«

Hugh blieb stehen und wollte ihre Frage beantworten, aber sie kam ihm zuvor, indem sie sagte:

Nein, Baron, das hat er nicht getan. Er ärgert sich sogar über meine mutige Tat und ist wütend auf mich. Er ist unerträglich. Ihr könnt ihm ausrichten, daß ich ihn unerträglich finde, Mylord.

Sie schloß erneut die Augen. Hugh unternahm mehrere Anläufe, das Zimmer zu verlassen, aber sie hielt ihn immer wieder auf und trug ihm noch viele unfreundliche Dinge auf, die er Royce übermitteln sollte.

Fünfzehn Minuten später konnte Hugh endlich die Tür hinter sich zuziehen.

Royce erwartete ihn am Fuß der Treppe. »Ich wollte schon jemanden nach dir schicken«, sagte er verdrossen.

»Nichola braucht dringend Ruhe, Hugh.«

Royces Stimme drückte eine solche Mißbilligung aus, daß Hugh lachen mußte. »Ich habe sie nicht überanstrengt, wenn du das meinst«, sagte er. »Gott ist mein Zeuge, daß sie eher mich gequält hat, und zwar indem sie mir genau auseinandersetzte, was sie von dir hält. Möchtest du einiges davon hören, Royce?«

Royce bedachte seinen Freund mit einem ärgerlichen Blick. »Ich bin nicht an solchen Nichtigkeiten interessiert. Nichola ist jetzt in Sicherheit, und wenn sie wieder gesund ist, werde ich ihr klarmachen, was ich von ihr erwarte.«

»Für dich ist alles ganz einfach, nicht wahr, Royce?«

»Natürlich. Ich bin zwar noch nicht lange verheiratet, Hugh, aber ich weiß, daß es nur eine Möglichkeit für alle

Beteiligten gibt, in einer Ehe zufrieden zu leben. Ich werde den Ton angeben, und sie hat zu gehorchen. Natürlich muß ich Geduld haben, sie verdient ein wenig Umsicht – schließlich ist die Ehe auch für sie etwas Neues«, fügte er hinzu. »Wenn sie sich erst damit abgefunden hat, werden wir friedlich zusammenleben können. Sie braucht mir nur zu gehorchen, Hugh – das kann doch nicht so schwer sein.«

»Versteht Nichola die Regeln, die du festgesetzt hast?«

»Mit der Zeit wird sie es schon begreifen«, versicherte Royce und fuhr mit eiserner Stimme fort: »In meinem Heim wird Frieden herrschen.«

Nach diesem Schwur ging Royce zur Haustür und schlug sie hinter sich zu.

Hugh lachte. Ja, Royce würde seinen Frieden haben, aber Nichola würde zuerst sein Herz gewinnen.

10

Sie entschloß sich, freundlich zu sein, nachdem sie alles andere schon versucht hatte. Nörgeln hatte genauso wenig bewirkt wie Schreien oder Schimpfen. Nichola war verzweifelt, aber sie überlegte sich, daß Royce entgegenkommend sein würde, wenn sie nett zu ihm war. Vielleicht würde er dann endlich ihre Anweisung befolgen.

Es wurde wirklich Zeit, daß man Justin und Ulric nach Hause holte. Volle zwei Wochen waren seit ihrer Rückkehr nach Rosewood vergangen, und nichts war geschehen. Eigentlich hatte sie erwartet, daß Royce ihre Familie sofort zusammenführen würde, aber es wurde bald offensichtlich, daß er nicht auf ihre Forderung einging. Er weigerte sich, seine Pflichten zu erfüllen, und er ging ihr aus dem Weg. In den vergangenen vierzehn Tagen hatte sie ihren Mann nicht öfter als vielleicht sechs- oder siebenmal gesehen.

In den ersten Tagen hatte ihr das nicht viel ausgemacht. Sie wußte, daß er böse mit ihr war, weil sie ihm noch immer nicht erklärt hatte, warum sie sich am Tag des Angriffs vor ihn geworfen hatte, aber er hatte ja zugestimmt, so lange zu warten, bis sie bereit war, mit ihm darüber zu sprechen.

Allmählich sollten sie wirklich die Dinge zwischen ihnen klarstellen. Sie wollte ihm einen gute Frau sein, und Gott wußte, wie sehr sie es verabscheute, von ihm links liegengelassen zu werden. Er benahm sich ganz und gar nicht so, wie sich ein Ehemann seiner Frau gegenüber benehmen sollte.

Er schlief nicht einmal im selben Zimmer wie sie. Clarise hatte erzählt, daß er in das Schlafzimmer, das früher Nicholas Eltern bewohnt hatten, gezogen war. Es war viel schöner und größer als Nicholas Zimmerchen, und es war nur allzu verständlich, daß er sich für diesen Raum entschieden hatte. Aber Nichola fand es unverschämt, daß er nicht bei ihr nächtigte. Er war immerhin ihr Mann, und sie sollten nebeneinander schlafen. Die Wahrheit schmerzte. Er hätte sie bitten können, das Bett mit ihm zu teilen – aber er tat es nicht.

So wollte Nichola auf keinen Fall weitermachen. Sie fühlte sich elend, und deshalb hatte sie beschlossen, ihren Stolz zu vergessen und diesem Possenspiel ein Ende zu machen. Es mußte doch eine Möglichkeit geben, eine richtige Ehe mit diesem Mann zu führen.

Zuerst mußte sie herausfinden, weshalb er ihr aus dem Weg ging. Vielleicht gefiel ihr die Antwort auf diese Frage nicht – schließlich wußte sie, wie ungehobelt er sein konnte, wenn er seine Meinung äußerte. Trotzdem war sie fest entschlossen, der Sache auf den Grund zu gehen.

Sie badete, wusch ihr Haar mit süß duftender Seife und kleidete sich mit Bedacht für das Abendessen an. Clarise half ihr dabei. Die liebe Frau war in Tränen ausgebrochen, als Nichola die Verbände von ihren Händen genommen hatte und all die Narben sichtbar wurden.

Nichola schämte sich wegen der Narben. Sie war nie besonders eitel gewesen, aber sie machte sich Sorgen, daß Royce die Narben ebenso abstoßend finden könnte wie sie.

Clarise bürstete Nicholas Haar, bis es seidig glänzte. Zweimal begann sie, einen kunstvollen Zopf zu flechten, und zweimal besann sich ihre Herrin anders.

Clarise hatte Nichola noch nie so unentschlossen oder zu unzufrieden mit ihrem Aussehen erlebt. »Was hat Euch so aufgebracht, Mylady?« fragte sie.

»Ich bin nicht aufgebracht, ich möchte nur heute abend besonders hübsch aussehen.«

Clarise lächelte. »Möchtet ihr für jemand speziellen hübsch aussehen?«

»Für meinen Mann«, entgegnete Nichola. »Ich möchte seine Aufmerksamkeit auf mich ziehen.«

»Das ist sehr aufschlußreich.«

Nichola war froh, daß die Dienerin ihr Gesicht nicht sehen konnte – sie fühlte selbst, daß sie feuerrot wurde. »Ich habe mir einen glänzenden Plan zurechtgelegt.«

Clarise kicherte. »Ihr habt immer glänzende Pläne, Mylady.«

Nichola lächelte über das Lob. »In diesen schwierigen Zeiten muß man immer einen Schritt vorausdenken.«

»Die Zeiten sind gar nicht mehr so schwierig«, sagte Clarise. »Euer Gemahl hat Ordnung in diesem Haushalt geschaffen, Mylady.«

Nichola schüttelte den Kopf. Clarise konnte leicht optimistisch sein – sie wußte ja nicht, daß Thurston noch lebte. Nichola hatte ihr Geheimnis bis jetzt mit niemandem geteilt. Sie konnte nicht einmal an ihren Bruder denken, ohne ein beklemmendes Gefühl in der Brust zu spüren.

»Für manche ist der Krieg vorbei«, flüsterte sie. »Für andere hat er gerade erst begonnen.«

»Was redet Ihr da für einen Unsinn, Mylady?« rief Clarise. »Ihr sprecht doch nicht von Eurer Ehe, oder? Ihr habt keinen Krieg mit Eurem Mann. Ihr seid nur ein bißchen eigensinnig, wenn Ihr meine Meinung hören wollt.«

Nichola schwieg und reagierte erst, als Clarise sie bat: »Erzählt mir von Eurem Plan, Mylady.«

»Ich werde heute beim Abendessen besonders reizend zu ihm sein«, erklärte Nichola. »Ganz egal, welche schrecklichen Dinge Royce tut oder sagt, ich werde ganz ruhig bleiben. Ich hoffe nur, daß er merkt, wie entgegenkommend ich bin, und daß er ebenso freundlich darauf reagiert. Dann wird er sich meinen Wünschen nicht mehr verschließen und meine Familie nach Hause kommen lassen.«

Clarise konnte ihre Enttäuschung nicht verbergen, und Nichola sah ihr langes Gesicht, als sie aufstand, um ihren geflochtenen Gürtel zu holen. »Hältst du diesen Plan für schlecht?«

Nichola legte sich den Gürtel um und steckte ihr Messer in eine der Schlaufen.

»Ich habe mir noch mehr vorgenommen«, vertraute Nichola ihrer Dienerin an. »Ich bin nicht gerade glücklich darüber, wie meine Ehe verläuft. Es ist sehr schwer, mit Royce auszukommen – du hast sicherlich bemerkt, daß er mich gar nicht beachtet. Jedesmal, wenn ich über Justin und Ulric mit ihm sprechen will, dreht er sich um und geht. Er ist schrecklich unhöflich. Wenn ich meine Bitte vortrage, merke ich plötzlich, daß ich nur noch mit seinem Schatten spreche.«

»Eure Bitte?« schnaubte Clarise. »Euer Mann verläßt den Raum, wenn Ihr anfangt, ihn herumzukommandieren, das ist alles, was ich bemerkt habe. Ihr wart nicht Ihr selbst in den vergangenen Wochen, wenn ich das so ausdrücken darf, und Ihr habt mehr geschrien und befohlen als je zuvor.«

Nichola wußte, daß Clarise recht hatte, und senkte beschämt den Kopf. »Mein Mann reizt mich immer wieder bis aufs Blut«, gab sie zu. »Trotzdem verspreche ich, nicht mehr zu schreien, ich weiß, daß ein solches Benehmen unschicklich ist.«

Die Dienerin lächelte. »Ihr wollt Euch nur ändern, weil Ihr gemerkt habt, daß Ihr damit nichts bewirkt.«

»Das auch.« Nichola nickte. »Du brauchst dir keine Gedanken zu machen, Clarise. Ich glaube, es ist an der Zeit, daß Royce und ich unsere Differenzen ausräumen.«

»Dem Himmel sei Dank«, rief die Dienerin. »Ihr seid endlich vernünftig geworden. Es ist nicht recht, daß Ihr und Euer Mann in verschiedenen Zimmern schlaft. Wollt Ihr auch diese Schande bereinigen?«

Nichola starrte in die Flammen im Kamin. Gütiger Gott, es war peinlich, über so persönliche Angelegenheiten zu sprechen. »Ich habe vor, ihn zu verführen.«

Clarise lachte schallend, und Nichola funkelte sie ärgerlich an. »Ich meine es ernst«, erklärte sie und wartete, bis sich Clarise wieder gefaßt hatte. »Royce und ich werden einen neuen Anfang machen«, setzte sie hinzu. »Die Ehe ist heilig, und es ist meine Pflicht, meinem Mann Kinder zu schenken.«

Noch ehe Clarise zustimmen konnte, fuhr sie fort: »Es spielt keine Rolle mehr, wie es dazu kam – Royce und ich sind verheiratet, das müssen wir akzeptieren, und wir müssen versuchen, in Harmonie miteinander zu leben. Ich denke dabei auch an Ulric. Das Kind braucht ein friedliches Zuhause.«

»Mich braucht Ihr da nicht zu überzeugen, Mylady. Euer Plan gefällt mir, aber es gibt da ein Problem, wenn Ihr erlaubt – denkt Euer Mann nicht, daß Ulric Euer Sohn ist?«

»Ja.«

Clarise seufzte. »Er wird merken, daß Ihr gelogen habt, wenn er mit Euch im Bett liegt, Mylady. Ihr solltet ihm lieber die Wahrheit sagen, bevor er sie selbst herausfindet.«

Nichola schüttelte den Kopf. »Ich hatte gute Gründe, ihn anzulügen«, sagte sie. »Ich wollte Ulric beschützen. Nur weil die Normannen glauben, daß er mein Sohn ist, haben sie ihn in Ruhe gelassen.«

»Aber jetzt liegen die Dinge anders«, gab Clarise zu bedenken. »Ihr glaubt doch nicht allen Ernstes, daß Baron Royce dem Jungen ein Leid zufügen würde.«

Clarise schien empört zu sein, und Nichola registrierte, daß sie schon jetzt Royce als ihren Herrn akzeptierte. Das freute sie irgendwie, obwohl sie selbst nicht verstand, warum. »Als ich Royce zum erstenmal begegnete, wußte ich, daß er Ulric nichts antun würde. Aber er könnte trotzdem versuchen, ihn zu benutzen, um Thurston zu etwas zu zwingen – das macht mir Sorgen.«

»Was redet Ihr da für unsinniges Zeug?« rief Clarise. »Wir beide wissen doch, daß Thurston tot ist.« Die Dienerin hielt inne und schlug rasch ein Kreuz. »Gott sei seiner Seele gnädig.«

»Und wenn er nicht tot ist?« fragte Nichola.

»Baron Royce würde das Kind trotzdem nicht gegen ihn verwenden, davon bin ich restlos überzeugt.«

Nichola seufzte und wechselte das Thema. »Ich weiß, daß eine Ehe, die auf Täuschung basiert, zum Scheitern verurteilt ist, und ich habe Royce mein Wort gegeben, ihn nicht mehr zu belügen.«

»Also werdet Ihr ihm sagen ...«

»Zuerst mache ich ihn betrunken, dann sage ich ihm alles.«

»Habt Ihr den Verstand verloren, Mylady?«

Nichola lachte über Clarises entsetztes Gesicht. »Ich weiß, was ich tue«, sagte sie. »Alice hat mir erzählt, daß sich ein Mann, der zuviel Ale getrunken hat, kaum mehr an das erinnert, was man ihm erzählt hat. Wenn Royce so weit ist, werde ich ihm die Wahrheit über Ulric sagen und ihm noch ein anderes Geheimnis anvertrauen, das mir große Sorgen macht. Wenn Royces Gehirn benebelt ist, weiß er am nächsten Morgen nicht mehr, worüber wir gesprochen haben.«

Clarise hatte noch nie von einem dümmeren Vorhaben gehört. »Ihr solltet Euch lieber etwas anderes ausdenken, denn dieser Plan wird fehlschlagen«, empfahl sie. »Alice ist eine Närrin, wenn sie Euch solchen Unsinn in den Kopf setzt. Ein betrunkener Mann denkt an nichts anderes als ans Bett, und wenn er richtig berauscht ist, könnte er ziemlich rücksichtslos sein – besonders wenn er meint, Ihr hättet schon Erfahrung in dieser Richtung gemacht.«

»Royce würde mir niemals weh tun«, protestierte Nichola.

»Er möchte es vielleicht nicht, aber ...«

Clarise verstummte, als ihre Herrin aus dem Zimmer stolzierte. Sie lief ihr nach. »Mylady, Ihr solltet Euch diesmal etwas anderes einfallen lassen. Ihr wißt nicht, was geschehen kann. Ich habe gesehen, mit welcher Glut in den Augen Euch der Baron beobachtet. Er begehrt Euch, und wenn Ihr ihm nicht sagt ...«

Sie erreichten die große Halle. Nichola umarmte Clarise herzlich. »Alles wird gut«, raunte sie. »Mach dir keine Sorgen.«

»Lieber Gott, Mylady, vergeßt einfach Euren Stolz und gesteht ihm Eure Lügen.«

»Stolz hat gar nichts damit zu tun«, erwiderte Nichola.

Clarise schüttelte den Kopf. »Das stimmt nicht, Mylady. Ihr wollt nur aus Stolz so handeln, wie Ihr es Euch vorgenommen habt.«

Als ihre Herrin noch immer keine Vernunft annehmen wollte, gab Clarise auf. Sie zog sich in den Hintergrund zurück, rang die Hände und wünschte von ganzen Herzen, sie könnte Alice erwürgen.

Nichola zwang ein Lächeln auf ihr Gesicht und betrat die Halle.

Royce sah sehr gut aus an diesem Abend. Er war ganz in Schwarz gekleidet, und sein strenges Äußeres vermittelte Nichola den Eindruck, daß er unbezwingbar wäre. Er stand vor dem Kamin und war in ein Gespräch mit Hugh vertieft. Nichola freute sich, daß Hugh noch nicht nach London aufgebrochen war, obwohl er angekündigt hatte, daß er seine Männer bald für die Reise zusammenrufen würde. Sie würde den freundlichen, zuvorkommenden Mann vermissen, mit dem sie so viele Abende beim Schachspiel verbracht hatte.

Hugh sah sie erstaunt an, als sie vor ihnen stand, verneigte sich und begrüßte sie.

Royce hingegen starrte sie nur an und winkte sie zu sich.

Sie knirschte mit den Zähnen über diese Unhöflichkeit, kam seiner Aufforderung aber dennoch nach. Sie blieb vor den Männern stehen und versank in einen Knicks, hielt jedoch mitten in der Bewegung inne, als ihr klarwurde, daß Royce ihre vernarbten Hände sehen konnte. Sie richtete sich schnell wieder auf und versteckte die Hände hinter ihrem Rücken.

Hugh machte ihr Komplimente über ihre Schönheit, Royce schwieg. Nichola wollte nicht zulassen, daß er ihr die Laune verdarb. Sie blieb ruhig stehen, entschlossen, die Geduld zu bewahren, bis die beiden Männer ihre Unterhaltung beendet hatten.

»Ich wollte nicht stören oder euer Gespräch unterbrechen«, sagte sie.

Hugh wandte sich Royce zu und sagte: »Willst du zuerst die Mauer einreißen oder die Burg?«

Nichola schnappte nach Luft. »Du willst mein Heim, mein Haus, einreißen?«

»Nein.«

Ihre Erleichterung war nicht zu übersehen, aber dann erklärte Royce: »Ich möchte *mein* Heim und *mein* Haus wehrhafter machen und die Mauern mit Holz und Stein verstärken.«

»Warum?«

»Ich will es eben.«

Sie mußte sich sehr zusammennehmen, um weiterhin zu lächeln. »Vielen Dank für diese Erklärung.«

»Oh, gern geschehen.«

Seine Augen glitzerten, und Nichola konnte nicht begreifen, was ihn so belustigte. »Ich wollte dich nicht ausfragen, Royce«, sagte sie und senkte unterwürfig den Kopf. »Ich zeige lediglich Interesse an deinen Plänen. Was du mit der Festung vorhast, geht mich nichts an.«

Sie sah rechtzeitig auf, um ein Lächeln auf seinen Zügen zu entdecken. Das machte ihr Mut – freundlich zu sein war wesentlich leichter, als sie vermutet hatte.

Welches Spiel treibt sie jetzt? fragte sich Royce. Er hatte sie noch nie so fügsam erlebt. Die letzten beiden Wochen waren eine Tortur gewesen – aber auch erheiternd, ergänzte er in Gedanken. Manchmal kam er sich vor, als würde er inmitten eines Wirbelsturms stehen. Es war alles andere als friedlich zugegangen, und er war ehrlich genug, sich einzugestehen, daß er ihre schlauen Manöver, ihn reinzulegen, genossen hatte.

Jetzt gab sie sich unterwürfig, und das mußte sie beinah umbringen. Royce fragte, freundlich lächelnd: »Dann würde es dich also nicht stören, wenn ich dieses Gebäude niederreiße und ein anderes baue?«

Da er schon vorher preisgegeben hatte, daß er die Mauern nur mit Stein verstärken wollte, fiel es ihr nicht schwer zu lügen. »O nein, das würde mich ganz und gar nicht stören.«

»Ich bin ehrlich verwirrt«, schaltete sich Hugh ein. »Ich dachte, das hättest du schon längst beschlossen.«

»Das stimmt«, bestätigte Royce. »Aber ich hatte befürchtet, daß es meiner Frau nicht recht sein könnte. Sie ist hier aufgewachsen, Hugh, und ich hatte Bedenken, daß es sie traurig und wütend machen würde, wenn das Haus niedergerissen wird, aber jetzt ...«

»Es macht mich traurig und wütend«, sprudelte sie hervor.

»Aber du hast doch gerade gesagt ...«

Sie vergaß, daß sie sich vorgenommen hatte, nett zu sein. »Du wirst meine Burg nicht einreißen, Royce.«

Er zog eine Augenbraue hoch.

Sie seufzte – sie wollte ihren Mann doch nicht anschreien. »Ich hoffe, du wirst das Gebäude so lassen, wie es ist.«

»Dann hast du also gelogen, als du sagtest ...«

»Ich habe nur versucht, verträglich zu sein«, unterbrach sie ihn. »Gott ist mein Zeuge, daß du mir das sehr oft unmöglich machst. Könnten wir jetzt zu Tisch gehen und das Thema fallenlassen?«

Hugh stimmte dem Vorschlag aus vollstem Herzen zu. Er ging zum Tisch und befahl Clarise, die Speisen aufzutragen.

Nichola wollte Hugh folgen, aber Royce hielt sie am Arm fest und zwang sie, stehen zu bleiben. »Du wirst immer die Wahrheit sagen, verstanden?« knurrte er.

Sie sah ihn an. »Ich versuche es ja«, sagte sie. »Ich möchte dir gern Freude bereiten.«

Diese Eröffnung erstaunte ihn. »Warum?«

»Wenn ich dir Freude mache«, erklärte sie, »Dann zahlst du es mir vielleicht mit gleicher Münze heim.«

Er grinste. »Und womit soll ich dir Freude machen?« fragte er und zog sie näher an sich.

»Indem du Justin und Ulric nach Hause holst«, erwiderte sie prompt.

»Ich werde es tun«, stimmte er zu, während er seine Hand unter ihr Kinn legte. »Sobald du mir verraten hast, weshalb du den angelsächsischen Pfeil abgefangen hast.«

»Möchtest du immer noch, daß ich mich für mein Eingreifen entschuldige?«

Er nickte.

Sie stellte sich auf die Zehenspitzen und küßte ihn zart. »Ich werde dir heute nacht alles erklären, Royce. Und wenn du mich angehört hast, wirst du keine Entschuldigung mehr fordern. Ich habe nichts Unrechtes getan, und ich bin sicher, daß du mir zustimmst und sogar möglicherweise mich um Vergebung bitten wirst.«

Ihr Lächeln war so süß, und sie sah so unschuldig aus, daß

er kaum glauben konnte, daß sie sich in den vergangenen Wochen wie eine Furie aufgeführt hatte.

»Nichola?«

»Ja, Royce?«

»Du könntest einen Mann in den Suff treiben.«

Lieber Gott, das hoffte sie – sie hätte beinah laut losgebracht.

Royce hatte sich vorgenommen, seine Frau nicht zu beachten, bis sie begriffen hatte, daß sie mit ihren Forderungen keinen Erfolg haben würde. Sie mußte sich endlich darüber klar werden, welche Stellung sie in diesem Haus einnahm ...

Aber jetzt – die Grübchen in ihren Wangen waren so verlockend, daß er ihr kaum widerstehen könnte. Nein, erst mußte er sicher sein, daß Nichola aufrichtig zu ihm stand, bevor er sie anrührte. Zum Teufel, diese Ehe bereitete ihm Höllenqualen, und Nichola war zu unschuldig, um zu merken, welcher Folter sie ihn aussetzte. Sie hatte nicht die leiseste Ahnung, wie sehr sie ihn reizte ... Diese Frau war so anmutig, und wenn sie ihn anlächelte, konnte er an nichts anderes mehr denken als daran, sie zu berühren. Sie wußte nicht, welche Freude und welche Erfüllung sie im Bett finden könnten, und wenn sie so weitermachten, würde sie eine alte Frau sein, bevor sie es herausfand.

Vielleicht sollte er seine Taktik ändern. Dieser Gedanke schoß ihm durch den Kopf, und im selben Moment umarmte er sie. Er fuhr mit den Fingern durch ihr Haar und preßte seinen Mund auf ihre Lippen. Eigentlich hatte er vorgehabt, nur kurz ihren Geschmack zu genießen, aber seine Frau wandte sich ihm so willig zu, daß er sich nicht mehr zurückhalten konnte und der Kuß immer leidenschaftlicher wurde.

Royce ächzte, als Nichola die Arme um ihn schlang und sich eng an ihn schmiegte. Der Kuß wurde so heiß und wild, daß Royce vor Verlangen bebte.

Er mußte aufhören – dies war weder der rechte Ort noch die rechte Zeit für Hemmungslosigkeiten. Royce zog sich vorsichtig zurück, aber Nichola ließ das nicht zu. Diese Geste reizte ihn zu einem weiteren, langen Kuß.

Nichola zitterte, als Royce sich zwang, diesem gefährlichen Spiel ein Ende zu machen, und sie sank matt gegen ihn. Er hielt sie fest, bis sie sich beide ein wenig erholt hatten, dann legte er einen Finger unter ihr Kinn und murmelte: »Ich will dich, Nichola.«

Sein rauher Flüsterton erschreckte sie nicht – im Gegenteil, sein Geständnis wärmte ihr das Herz. »Das freut mich, Royce. Ich will dich auch. So sollte es sein zwischen Mann und Frau, nicht wahr?«

Er strich ihr über die Wange. »Ja, so sollte es sein, aber glaube mir, es kommt selten vor.«

Nichola wußte nicht, was sie darauf erwidern sollte. Sie konnte den Blick nicht von ihm wenden, und so blieben sie, wie es schien, für eine Ewigkeit reglos stehen, und der Zauber wurde erst gebrochen, als Clarises Lachen zu ihnen drang. Royce war der erste, der sich rührte. Er ergriff Nicholas Hand und führte sie zum Tisch.

Sie schüttelte ärgerlich den Kopf, als sie sah, daß Baron Hugh Clarise an die Wand drängte und an ihrem Ohr knabberte. Clarise schien diese Liebkosung zu genießen, bis sie merkte, daß ihre Herrin sie beobachtete. Die Dienerin befreite sich rasch aus Hughs Umarmung und huschte in die Anrichte. Hugh seufzte bedauernd.

Royce nahm an der Stirnseite des Tisches Platz, Nichola setzte sich an seine rechte Seite, und Hugh ließ sich ihr gegenüber nieder.

Alice wartete in der Tür zur Anrichte auf das Zeichen ihrer Herrin. Die Dienerin hatte bereits silberne Pokale auf den Tisch gestellt, und sobald Nichola die Hand hob, eilte sie mit einem großen Krug herbei und füllte die Pokale mit dunklem Ale – Royces Becher war bis zum Rand voll. Er tadelte sie nicht deswegen, weil er meinte, Alice sei nur ein wenig übereifrig.

Nichola hob schnell ihren Becher und brachte einen Toast aus. Sie bemühte sich, ihre Hände so zu drehen, daß Royce ihre Narben nicht sehen konnte. Sie nahm selbst auch einen großen Schluck, weil sie den Argwohn ihres Mannes nicht wecken wollte.

Es blieb nicht bei dem einen Trinkspruch – Nichola rief einen nach dem anderen aus, bis sie auf alle bedeutenden Menschen in England getrunken hatte. Sie hob erneut an, als Platten mit Wachteln und Fasanen, dicke Scheiben frisch gebackenen Brots und köstlicher Käse aufgetragen wurden. Alle Speisen waren besonders stark gesalzen, um Royce durstig zu machen. Nichola vergaß das zusätzliche Salz und griff ordentlich zu – auch beim Ale –, und nach kürzester Zeit war ihr schwindlig von dem vielen Alkohol.

Royce brauchte nicht lange, um dahinterzukommen, was Nichola vorhatte. Jedesmal wenn er einen Schluck getrunken hatte, huschte Alice zu ihm und schenkte ihm nach. Er ahnte, daß die beiden Frauen unter einer Decke steckten, und er sah auch die bedeutsamen Blicke, die sie tauschten.

Seine Frau wollte ihn betrunken machen, aber er hatte ihren Plan durchschaut. Immer wenn Alice seinen Pokal auffüllte, schüttete er die Hälfte von dem Ale in Nicholas Becher. Nichola konnte sich nicht gegen seine Großzügigkeit auflehnen, und nach einer Weile war sie so durcheinander, daß sie es nicht einmal mehr merkte. Schon nach einer Stunde wurden ihre Lider schwer, und sie hatte Schwierigkeiten, sich auf dem Stuhl zu halten. Sie mußte ihren Kopf mit den Händen stützen.

»Man kann sagen, das ist das scheußlichste Zeug, was ich je gegessen habe«, brummte Hugh. »Das Fleisch ist vollkommen versalzen.«

»Ja, das ist es«, bestätigte Royce.

Hugh stand auf. »Ich bin sehr müde und gehe lieber ins Bett. Wo wohl Clarise sein mag?«

»Sie versteckt sich in der Anrichte«, sprudelte Nichola hervor, dann entschuldigte sie sich für die grausige Mahlzeit und wünschte Hugh eine gute Nacht. Sie merkte gar nicht, wie undeutlich sie sprach und wie derangiert sie aussah. Das Haar fiel ihr ins Gesicht, und sie mußte sehr aufpassen, daß ihr der Kopf nicht aus den Händen rutschte.

Royce war wütend auf sie. Er wartete, bis Hugh gegangen war, dann bedeutete er Alice, ebenfalls zu verschwinden, und wandte sich seiner Frau zu. Gerade als er sie fragen wollte, was das alles zu bedeuten hatte, neigte sie sich zur Seite und wäre fast vom Stuhl gefallen, wenn er sie nicht aufgehoben hätte. Er lehnte sich zurück und hob sie auf seinen Schoß.

Der ganze Raum drehte sich um Nichola. Sie legte die Arme um Royces Hals, besann sich aber gleich darauf eines Besseren und versteckte ihre Hände ungeschickt in den Falten ihres Gewandes.

»Was tust du da?« fragte Royce, während sie an dem Stoff herumzupfte.

»Ich verstecke meine Hände vor dir.«

»Weshalb?«

»Ich möchte nicht, daß du die Narben siehst. Sie sind häßlich«, murmelte sie und preßte ihre Wange an seine Schulter. »Du riechst gut, Royce.«

Royce reagierte nicht auf das Kompliment und ergriff ihre Hände, um sich die Narben anzusehen. Ihre Haut war leicht rosa, und er fürchtete, daß sie noch sehr empfindlich war. Als er nichts darüber verlauten ließ, flüsterte sie: »Sie sind häßlich, nicht wahr?«

»Nein.«

Sie neigte den Kopf nach hinten, um zu sehen, ob er sich über sie lustig machte.

Royce hätte beinah gelacht, als er ihre verärgerte Miene

und ihren ungewöhnlichen Zustand bemerkte. Eine Locke verdeckte ihr linkes Auge, und sie machte den Eindruck, als würde sie gleich in tiefen Schlaf versinken.

»Du mußt mir die Wahrheit sagen«, forderte sie. »Sie sind häßlich.«

»Nein, sie sind nicht häßlich.«

»Aber sie sind auch nicht hübsch.«

»Nein.«

»Was sind sie dann?«

Er lächelte zärtlich. »Es sind schlicht und einfach Narben, Nichola.«

Das beschwichtigte sie, und er drückte einen Kuß auf ihre gerunzelte Stirn.

Sie strahlte ihn an. »Ich bin nicht mehr vollkommen«, verkündete sie so erfreut, daß er sich ein Lachen kaum verkneifen konnte. »Was sagst du dazu?« Sie gab ihm keine Zeit für eine Antwort. »Halt doch still, Royce. Wenn du so herumrutschst, dreht sich der ganze Raum vor meinen Augen.«

Da er sich nicht von der Stelle gerührt hatte, wußte er nicht, wie er ihr helfen konnte. Er betrachtete noch immer ihre Hände und entdeckte plötzlich die harten Schwielen zwischen zwei Fingern.

»Woher hast du diese Schwielen?« fragte er.

Ihr Kopf prallte gegen sein Kinn, als sie sich umdrehte, um ihre linke Hand zu begutachten. »Was für Schwielen?« wollte sie wissen.

Er unterdrückte seinen Ärger. »Die Schwielen an deiner anderen Hand, Nichola.«

Sie hob die Rechte und starrte verwirrt auf ihre Finger, dann lächelte sie. »Oh, diese Schwielen. Sie kommen natürlich von der Schleuder. Woher sollte ich sie sonst haben?«

»Was für eine Schleuder meinst du?«

Sie kuschelte sich an seine Brust und erinnerte sich daran, wie sie ihn mit dem Stein getroffen hatte. Da sie sich vorgenommen hatte, immer aufrecht zu sein, mußte sie ihm jetzt auch diese Missetat gestehen.

»Die Steinschleuder, mit der ich dich verletzt habe«, antwortete sie. »Aber ich habe dir schon davon erzählt. Ich hätte dich damals töten können, wenn ich es gewollt hätte.« Sie machte eine Pause und gähnte lautstark, ehe sie fortfuhr: »Thurston hat mir beigebracht, wie man mit einer Steinschleuder umgeht. Wußtest du das?«

Er mußte erst diese Eröffnung verdauen, deshalb antwortete er nicht. Sie hatte die Steinschleuder schon einmal erwähnt, aber damals hatte er ihr nicht geglaubt. Jetzt war das anders.

»Gott, bin ich müde«, seufzte Nichola.

Royce beschloß, die Sache mit der Steinschleuder zu vergessen und zum Kern der Sache zu kommen, bevor seine Frau berauscht in tiefen Schlaf sank. So wie sie aussah, konnte das nicht mehr lange dauern.

»Wolltest du mich betrunken machen?« fragte er.

»O ja.«

»Warum?«

»Damit ich dich verführen kann.«

Sie hätte sich nicht deutlicher ausdrücken können, dachte er. »Du glaubst also, du müßtest mich betrunken machen, um mich verführen zu können?«

Sie nickte, und ihr Kopf stieß wieder mit seinem Kinn zusammen. Sie rieb sich die schmerzende Stelle. »Du bist doch betrunken, oder nicht? Du hast immerhin zwölf Becher Ale getrunken. Ich habe sie gezählt.«

Sie hatte sich mindestens um acht Becher verrechnet, es sei denn, sie hätte aus Versehen die mitgezählt, die sie selbst geleert hatte. »Warst du je betrunken, Nichola?«

Sie schnappte nach Luft und wäre fast von seinem Schoß geplumpst. »Um Himmels willen, nein. Das wäre ganz und gar unschicklich, Royce. Nur gewöhnliche Dirnen trinken Bier. Außerdem mag ich gar kein Ale.«

»Das hast du aber gut verborgen, beinah hättest du mich zum Narren gehalten«, sagte er gedehnt.

Sie lächelte. »Ich habe dich wirklich hinters Licht geführt. Ich habe dich ganz schön betrunken gemacht, und du hast es nicht einmal bemerkt. Das war ganz schön listig, nicht wahr?«

»Du hast mir immer noch nicht genau erklärt, was du damit bezweckst«, erinnerte er sie.

»Ich halte dich für anständig, Royce, aber das weißt du ja schon.«

Diese Bemerkung machte keinerlei Sinn, aber er wurde nicht wütend, nein, er war erstaunt. »Du meinst, daß ich anständig bin?«

»Natürlich«, erwiderte sie. »Ich habe einen Plan, weißt du, und du tust genau das Richtige.«

»Und was ist das für ein Plan?«

»Jetzt, da du betrunken bist, kann ich all meine Lügen eingestehen. Du bist zu berauscht, um dich aufzuregen. Danach werde ich dich verführen. Siehst du? Es ist alles ganz einfach.«

»Was ist so einfach?«

»Morgen früh wirst du dich gar nicht mehr daran erinnern, was ich dir erzählt habe.«

Himmel, sie war wirklich eine törichte Person! »Und was ist, wenn ich mich doch an alles erinnere?«

Sie runzelte die Stirn und dachte lange nach. »Dann hast du mit mir geschlafen und denkst nur noch an die Hälfte der Dinge, die ich gestanden habe. Alice hat mir das gesagt.«

»Um Gottes willen, Nichola ...«

Sie stieß gegen seine Schulter. »Es ist ein guter Plan, Royce.«

Er verdrehte die Augen zum Himmel. Nur ein Schwachkopf konnte auf so eine verrückte Idee kommen. »Warum machst du dir all diese Mühe? Hättest du nicht einfach wie ein normaler Mensch mit mir reden können?«

»Weshalb machst du nur immer alles so kompliziert, Royce?« fragte sie.

»Es ist mein Plan, und nicht deiner. Wir werden alles so machen, wie ich es mir vorgenommen habe. Du bringst mich mit deinen Fragen nur durcheinander.«

Tränen stiegen ihr in die Augen, und sie sah aus, als würde sie im nächsten Moment losheulen.

Er versuchte, sie zu beruhigen. »Also schön«, sagte er. »Wir machen alles so, wie du es willst. Laß uns mit den Lügen anfangen, ja? Dann können wir später zu der Verführung übergehen.«

»Es ist meine Verführung, nicht deine.«

Er fing keinen Streit über dieses Thema an. »Ich vermute, es gibt mehr als nur eine Lüge. Stimmt das?«

»Ja.«

»Über welche willst du zuerst sprechen?«

»Über die größte.«

Als sie schwieg, drängte er sie: »Ich warte, Nichola.«

»Ich bin nicht Ulrics Mutter.«

Ihr Körper spannte sich an, während sie auf seine Reaktion wartete. Royce sagte kein Wort, und sie beugte sich vor, um ihm ins Gesicht zu sehen. Er schien nicht zornig zu sein, und sie faßte sich ein Herz und flüsterte: »Ich war nie verheiratet.«

»Ich verstehe.«

Sie schüttelte den Kopf. »Nein, du verstehst gar nichts. Du glaubst, daß ich gewisse ... Erfahrungen habe, aber das Gegenteil ist der Fall.«

Er zuckte immer noch nicht mit der Wimper, und sie wußte nicht, was sie davon halten sollte. Vielleicht begriff er nicht, was das hieß. »Royce, es wird dich schrecklich aufregen, und das tut mir leid, aber ich bin in Wirklichkeit immer noch ...«

Sie war nicht in der Lage, das Wort auszusprechen, und er erbarmte sich. »Du bist noch Jungfrau?« half er ihr.

»Ja.«

»Und du glaubst, daß mich diese Neuigkeit aufregt?«

»Du hast keinen Grund, so zu grinsen, Royce. Ich mußte dir das doch sagen, bevor ich dich verführe. Du könntest es …« Sie hielt inne und funkelt ihn ärgerlich an. »Du hättest es gemerkt, oder?«

»Ja, ich hätte es gemerkt.«

»Na, siehst du!« Sie schwankte ein wenig, und Royce hielt sie fester. »Morgen wirst du dich nicht mehr an dieses Gespräch erinnern. Du weißt nicht mehr, daß Ulric der Sohn meines Bruders ist. Es wäre nicht gut für den Kleinen, wenn du es wüßtest, besonders, da Thurston noch am Leben ist.«

Ihre Augen wurden trüb, und Royce verstärkte seinen Griff um ihre Taille. »Nichola, ich weiß, daß es dir schwerfällt, dich zu konzentrieren, aber ich will, daß du mir jetzt ganz genau zuhörst, damit du auch verstehst, was ich sage.«

»Gut.«

»Du hast Angst vor mir, stimmt's?«

»Vielleicht ein bißchen.«

»Ich will aber, daß du überhaupt keine Angst vor mir hast«, flüsterte er. »Du hast ein viel stärkeres Naturell als ich, weißt du?«

Sie dachte lange nach, dann nickte sie. »Danke, Royce.«

»Das war kein Kompliment, nur eine Feststellung.«

»Ich gebe ja zu, daß ich ab und zu meine Stimme erhebe«, murmelte sie betroffen.

»Du kommst vom Thema ab, Nichola. Ich möchte mit dir über diese unbegründete Angst sprechen, die du vor mir hast.«

»Sie ist nicht unbegründet«, widersprach sie. »Und ich bin nicht verängstigt, wenn du das meinst. Ich bin nur vorsichtig, das ist alles.«

»Vorsicht ist ja gut und schön, aber du brauchst nicht vor

mir auf der Hut zu sein. Egal, wie oft du mich auch reizt, ich werde dir niemals weh tun.«

»Du verletzt meine Gefühle, wenn du mir keine Beachtung schenkst.«

»Das ist etwas anderes.«

Sie seufzte. »Das verstehe ich nicht.«

»Erzähl mir, was damals bei dem angelsächsischen Angriff geschehen ist.«

»Ich habe mich vor dich geworfen.«

»Das weiß ich doch, aber ich möchte erfahren, weshalb du das getan hast.«

»Ich sollte es dir eigentlich nicht erzählen«, flüsterte sie. »Aber ich möchte es. Ich weiß nicht, was ich tun soll. Du wirst bestimmt entsetzlich wütend auf Thurston sein. Bitte, du darfst meinen Bruder nicht hassen! Er hat nicht gewußt, daß er dich beinah getötet hätte. Ich meine, natürlich wollte er dich töten, aber er konnte ja nicht ahnen, daß du mein Ehemann bist.«

»Nichola, willst du mir damit sagen, daß dein Bruder Thurston noch lebt?«

»O Gott, woher weißt du das?«

»Dein Bruder gehört zu den Widerstandskämpfern, die sich gegen William auflehnen, stimmt's?«

Seine Klugheit verblüffte sie. »Wie hast du das erraten?« fragte sie.

Er erwähnte nicht, daß sie ihm das meiste bereits erzählt hatte. »Und Thurston ist Ulrics Vater, ist das richtig?«

»Ja«, rief sie aus. »Aber du darfst dich morgen nicht mehr daran erinnern, zu wem das Baby gehört, Royce. Bitte, versprich mir das.«

Plötzlich wurde er wütend. »Glaubst du wirklich, ich würde dem Baby etwas antun, nur weil sein Vater mein Feind ist?«

Sie schmiegte sich an seine Schultern. »Nein, du würdest ihm sicher nichts antun, aber du könntest ihn benutzen, um

Thurston zu irgend etwas zu zwingen. Mein Bruder hat die Soldaten, die uns damals angegriffen haben, angeführt, Royce. Ich habe ihn gesehen.«

»Verdammt, Nichola, ich würde Ulric niemals zu irgend etwas benutzen. Wie kommst du nur auf so eine Idee ...«

Er hielt inne, als er daran dachte, daß er genau das schon einmal getan hatte, als er Nichola dazu gezwungen hatte, ihren Zufluchtsort zu verlassen. Es war nur recht und billig, daß sie ihm zutraute, noch einmal etwas ähnliches zu versuchen.

Seine Wut verrauchte, und er dachte über das nach, was er eben erfahren hatte. »Nichola, hast du deinen Bruder gesehen, bevor oder nachdem du verletzt wurdest?«

Sie legte die Arme um seinen Hals und spielte mit dem Haar in seinem Nacken. Er konnte eine solche Ablenkung im Augenblick nicht zulassen und hielt ihre Hände fest. »Antworte mir«, forderte er.

Sie seufzte. »Es war Thurstons Pfeil, der mich getroffen hat«, sagte sie. »Er hat auf dich gezielt.«

Sein Lächeln wurde weich. »Deshalb hast du geschrien, nicht wahr?«

»Ich hatte Angst um dich«, sagte sie und drückte einen Kuß auf sein Kinn. »Du darfst meinem Bruder nicht böse sein. Er wußte nicht, daß ich bei euch war. Er liebt mich, Royce, und er würde mir nie absichtlich etwas zu leide tun.«

Jetzt war Royce alles klar. Thurston mußte Nicholas hellblondes Haar gesehen und erkannt haben, daß sein Pfeil seine eigene Schwester durchbohrt hatte. Royce erinnerte sich sogar, einen Entsetzensschrei gehört zu haben. Ja, Thurston wußte, was er getan hatte, und deshalb hatte er den Rückzug befohlen.

Gott helfe Nichola. Sie hat Entsetzliches durchgemacht, seit sie mir zum erstenmal begegnet ist, dachte Royce und küßte sie auf den Scheitel. Dann stand er auf und hob sie in seine Arme.

»Zweifelst du daran, daß Thurston mich liebt?« wollte sie wissen.

»Nein«, erwiderte er. »ich zweifle nur an seiner Sehkraft. Verdammt, er hätte ...«

»Thurston sieht ausgezeichnet«, fiel sie ihm ins Wort. »Nicht ganz so gut wie ich, aber trotzdem ... wußtest du, daß ich jedes Ziel mit meiner Steinschleuder treffe?« Sie berührte die kleine Narbe an seiner Stirn. »Genau an dieser Stelle wollte ich dich treffen.«»Die Selbstzufriedenheit in ihrer Stimme war nicht zu überhören. Du bedauerst es kein bißchen, daß du deinen Mann verletzt hast?«

»Damals warst du noch nicht mein Mann«, erinnerte sie ihn. »Ich kann auch mit Pfeil und Bogen umgehen – ich bin sehr zielsicher. Der erste Ritter, den William uns geschickt hat, hat einen meiner Pfeile mit nach Hause genommen.«

Royce, der die Treppe bereits erreicht hatte, blieb stehen und starrte sie an. »Du hast den Pfeil, der sich in Gregorys Hinterteil gebohrt hat, abgeschossen?«

»Nicht in sein Hinterteil – ein bißchen darunter, in seine Schenkel. Es war nur eine Fleischwunde, Royce. Ich wollte ihn lediglich davon abhalten, mir mein Zuhause wegzunehmen.«

Er schüttelte den Kopf. »Sagtest du nicht, daß der erste Offizier deines Bruders die Verteidigung angeführt hat? Hast du mich damals auch belogen?«

»Nein, John hatte zeitweise das Kommando.«

»Aber du hast dich eingemischt?«

»Nur ein bißchen«. Sie sank wieder gegen seine Schulter. »Du riechst so gut, Royce.« Offensichtlich hatte sie vergessen, daß sie das schon einmal festgestellt hatte. Er trug sie die Treppe hinauf und über den langen Korridor zu seinem Zimmer.

Sein Knappe, ein dunkelhaariger Bursche namens Trevor, erwartete ihn bereits. Royce entließ ihn mit einer Kopfbewegung und schloß die Tür hinter dem Jungen.

Ein Feuer prasselte im Kamin, und der Raum wirkte

warm und einladend. Royce ging zum Bett und setzte sich. Nichola hielt er immer noch in den Armen.

Er dachte schon, sie wäre eingeschlafen, aber dann murmelte sie träge: »Hast du eigentlich bemerkt, wie sanftmütig ich heute abend war?«

»Ich habe es bemerkt.«

»Mama sagte immer, daß man Ungeziefer eher mit Süßem als mit Saurem fangen kann.«

Das verblüffte ihn. »Warum, in Gottes Namen, möchtest du das tun?«

»Was tun?«

»Ungeziefer fangen.«

»Ich möchte kein Ungeziefer fangen«, brummte sie, »Sondern dich.« Lieber Gott, sie wünschte, ihr Mann würde sie nicht ständig in seine Armen hin und her schleudern, sie klammerte sich an seine Schultern, um sich festzuhalten. In ihrem Kopf drehte sich alles, und ihr Magen rebellierte.

»Nichola, was den nächsten Punkt deines Plans betrifft …« begann Royce.

»Was für ein Plan?«

Er gab es auf. Er hielt sie in seinen Armen, bis sie eingeschlafen war, dann zog er sie aus.

Er konnte ihr nicht einmal böse sein. Sie war das Opfer ihrer eigenen Ränke geworden, aber jetzt verstand er wenigstens ihre Beweggründe. Sie versuchte nur, unter allen Umständen ihre Familie zusammenzuhalten – ja, und sie versuchte auch, selbst zu überleben.

Er mußte ihr Zeit geben, damit sie lernte, daß sie ihm vollkommen vertrauen konnte, und vielleicht konnten sie dann in Frieden zusammenleben. Er wollte, daß sie glücklich wurde, aber er wußte, daß er dieses Ziel nicht erreichen würde, bevor er das Problem mit Thurston gelöst hatte. Zum Teufel, er hätte den Bastard umbringen mögen. Aber damit würde er Nicholas Herz sicherlich nicht gewinnen.

Royce fühlte sich elend – so als ob er auf verlorenem

Posten stünde. Aber Nichola erging es bestimmt nicht anders. Sie versuchte verzweifelt, ihren Bruder vor ihm und gleichzeitig ihn vor ihrem Bruder zu schützen.

Royce nahm sich vor, gründlich nachzudenken, ehe er einen Entschluß faßte. Aber in dieser Nacht fiel es ihm schwer, einen klaren Gedanken zu fassen – Nicholas Nähe machte das fast unmöglich.

Immer wieder fiel ihm ein, daß sie geplant hatte, ihn zu verführen.

Konnte sich ein Mann mehr wünschen?

11

Nichola wurde von einem Geräusch wach, das in ihren Ohren wie ein donnernder Wasserfall klang. Sie überlegte lange und erfolglos, woher dieser Lärm wohl kommen mochte. Erst als sie sich mühsam bewegte, fühlte sie Royce neben sich, der den Arm um ihre Taille gelegt hatte – und was sie hörte, war das Schnarchen ihres Mannes.

Sie versuchte, sich auf den Bauch zu drehen, aber er verstärkte seinen Griff und zog sie wieder an sich.

Diese Anstrengung hätte sie um ein Haar umgebracht. Sie fühlte sich, als hätte man ihr den Schädel gespalten. Sie blieb reglos liegen und wartete, bis sich wenigstens ihr Magen beruhigt hatte, aber ihre Gedanken ließen sich nicht so einfach ausschalten. Lieber Gott, was war in dieser Nacht passiert? Sie konnte sich an gar nichts mehr erinnern.

Sie hatte bei ihrem Mann geschlafen, das war das einzige, was sie mit Sicherheit sagen konnte, aber was sonst los gewesen war, wußte sie nicht mehr.

Hatte sie ihn betrunken gemacht, oder war sie statt dessen selbst berauscht gewesen? Nichola schloß die Augen, es war zu anstrengend, nachzudenken, wenn ihr Kopf so pochte.

Sie sollte sich lieber noch ein bißchen ausruhen, vielleicht kam dann die Erinnerung zurück.

Ein paar Minuten später wachte Royce auf. Das Morgenlicht drang durch die vorhanglosen Fenster, und Royce hob den Kopf, um seine Frau zu betrachten. Ihre Augen waren geschlossen, und er vermutete, daß sie sich schlafend stellte, nur um ihn nicht sehen zu müssen.

Er rüttelte sie sanft. Sie stöhnte.

»Nichola?« flüsterte er.

Sie benahm sich, als hätte er sie angebrüllt – sie preßte die Hände auf die Ohren.

»Bist du noch nicht ausgeschlafen?« fragte er. Er rollte sie auf den Rücken und beugte sich über sie.

Die rasche Bewegung löste einen Würgereiz in ihrer Kehle aus. Sie hob langsam die Lider und schaute zu Royce auf. Ihr erster Gedanke war, daß er keineswegs krank aussah – nein, er wirkte ausgeruht und sogar glücklich. Eine vorwitzige Locke war ihm in die Stirn gefallen, und Nichola hätte sie gern zurückgestrichen, wenn sie nur die Kraft dazu gehabt hätte. Der Mann brauchte offensichtlich nicht viel Schlaf. Seine Augen glänzten vergnügt, und er schien bereit zu sein, die ganze Welt zu erobern.

Sie sieht sterbenselend aus, dachte Royce. Ihre Augen waren so rot, daß man kaum hinsehen konnte, und ihr Gesicht schimmerte grünlich – die Nachwirkungen von zuviel Ale, urteilte er. Seine Frau hatte heute morgen sicher nichts zu lachen.

Sie döste wieder ein, noch während er sie ausgiebig musterte. Er bückte sich und küßte sie auf die Stirn, dann rollte er auf die andere Seite des Bettes. Davon wachte sie auf und zog die Decke hoch, um die Kälte zu vertreiben.

»Fühlst du dich schlecht, Nichola?« fragte Royce, als er merkte, daß sie sich rührte.

Wenn er weiterhin so laut schrie, würde sie sterben. »Mir geht's gut«, hauchte sie matt.

Er lachte. Seine Frau klang, als wäre jemand dabei, sie zu erdrosseln.

Dieser Mann war schon am frühen Morgen unerträglich gesprächig – sie schwor sich, das zu ändern. Royce plauderte unablässig weiter, während er sich anzog. Gütiger Gott, er war schrecklich gut aufgelegt. Sie wünschte, sie könnte ihm einen Knebel in den Mund stopfen – das war ein niederträchtiger Gedanke, das wußte sie, aber es war ihr egal.

Royce verabschiedete sich lautstark und knallte mit voller Absicht die Tür hinter sich zu. Aber noch waren seine Grausamkeiten nicht ausgestanden. Er begegnete Clarise am Fuß der Treppe und trug ihr auf, seiner Frau das Frühstück aufs Zimmer zu bringen.

Zehn Minuten später, als Clarise das Tablett vor ihre Herrin stellte, sprang Nichola aus dem Bett. Sie schaffte es gerade noch rechtzeitig bis zum Nachttopf.

Sie brauchte den ganzen Morgen, bis sie wieder einigermaßen bei Kräften war. Erst zu Mittag fühlte sie sich etwas besser. Sie zog sich ein grünes Gewand an, entschied sich dann aber doch für ein anderes, als Clarise ihr sagte, daß das Kleid exakt die gleiche Farbe hätte wie ihr Gesicht. Das dunkelblaue Gewand war für heute wesentlich günstiger, zumindest behauptete das die Dienerin.

Nicholas Kopfhaut schmerzte so, daß Clarise ihr keine Zöpfe flechten konnte, Nichola knirschte mit den Zähnen, als die Zofe vorsichtig die Bürste durch die Strähnen zog und das Haar mit einem blauen Band im Nacken zusammenfaßte.

»Wollt Ihr mir erzählen, was letzte Nacht geschehen ist?« fragte Clarise.

»Ich weiß es selbst nicht«, seufzte Nichola.

»Ihr wart splitterfasernackt heute morgen, Mylady. Irgend etwas muß passiert sein.«

»O Gott, ich war nackt? Clarise, ich kann mich an nichts mehr erinnern. Was soll ich nur tun?«

Die Dienerin zuckte mit den Schultern. »Ihr werdet ihn fragen müssen, aber zuerst solltet Ihr ein wenig draußen spazierengehen. In der frischen Luft bekommt Ihr sicher wieder einen klaren Kopf.«

»Ja, ich gehe ein bißchen ins Freie. Wenn sich mein Verstand geklärt hat, kann ich mich vielleicht erinnern.«

Clarise nickte eifrig. »Mylady, fühlt Ihr ... eine Art Empfindlichkeit?«

»Mein Kopf ist schrecklich empfindlich heute.«

»Das habe ich nicht gemeint«, murmelte Clarise, als sie Nichola den Umhang reichte.

»Was meinst du dann?« erkundigte sich Nichola.

»Ach, das ist nicht so wichtig. Geht jetzt an die frische Luft, dann könnt Ihr Euch möglicherweise auf die nächtlichen Ereignisse besinnen.«

Nichola hoffte, daß Clarise recht hatte.

Die frische Luft klärte tatsächlich ihre Gedanken, und es ging ihr auch viel besser, aber sie erinnerte sich immer noch an nichts.

Auf dem Heimweg lief sie Royce in die Arme. »Royce, ich würde gern mit dir über die letzte Nacht sprechen«, sagte sie, als sie vor ihm stand.

»Ja?«

Sie rückte noch ein wenig näher zu ihm, damit niemand ihr Gespräch mit anhören konnte, und senkte den Blick. »Hast du gestern zuviel Ale getrunken?«

»Nein.«

»Ich schon.«

Er legte den Daumen unter ihr Kinn und hob ihr Gesicht an. »Ja, das stimmt.«

Seine Miene war ernst, aber er sah nicht wütend aus. »Ich erinnere mich nicht, was passiert ist«, gestand sie leise. »Was habe ich getan?«

»Du hast geredet.«

»Und was hast du getan?«

»Ich habe zugehört.«

Sie verhehlte ihm ihr Mißfallen nicht. »Mach's mir doch nicht so schwer. Erzähl mir, was ich gesagt habe. Ich möchte mich so gern an alles erinnern.«

Er beschloß, sie noch ein bißchen zappeln zu lassen. »Wir sprechen heute abend darüber«, fertigte er sie ab und wollte sich abwenden.

Sie hielt ihm am Arm fest. »Bitte«, flüsterte sie. »Beantworte mir nur eine Frage.«

»Gut«, willigte er ein. »Was möchtest du wissen?«

Sie war nicht imstande, ihn anzusehen. »Habe ich dir heute Nacht Freude bereitet?«

Ihre Schüchternheit und ihre geröteten Wangen verrieten ihm genau, was sie eigentlich meinte. Sie wollte wissen, ob sie ihm im Bett gefallen hatte. Er verschränkte die Hände auf dem Rücken und wartete darauf, daß sie ihn ansah. Als sie es schließlich tat, schüttelte er den Kopf. »Nicht besonders.« Sie war am Boden zerstört. »Es tut mir leid, wenn ich dich enttäuscht habe«, murmelte sie. »Es ist ... na ja, man ist beim erstenmal ein bißchen ungeschickt, oder?«

»Nein«, widersprach er hart. »Es hätte ganz einfach für dich sein können.«

Sie schnappte hörbar nach Luft – dieser Mann war wirklich herzlos. Ihre Augen füllten sich mit Tränen. »Ich wußte nicht, wie es geht«, sagte sie beschämt.

»Das habe ich bemerkt.«

»Und es hat dir nicht gefallen?«

»Natürlich nicht«, bekannte er. »Nichola, die Wahrheit zu sagen sollte nie allzu schwierig sein, egal, ob man geübt darin ist oder nicht.«

Ihre Augen wurden kugelrund. Lieber Himmel, sie redeten über zwei völlig verschiedene Dinge. Ihr fiel ein Stein vom Herzen, aber das Gefühl währte nicht lange. Royce lächelte, und sie ahnte, daß er sie absichtlich aufs Glatteis geführt hatte.

»Ich habe nicht die Lügen gemeint«, fauchte sie.
»Ich weiß.«
Er war ein abscheulicher Mensch. Die Unterhaltung war für sie beendet, und sie drehte sich auf dem Absatz um. Er packte sie bei den Schultern und zwang sie, ihn anzusehen. »Ich habe dir schon einmal gesagt, daß wir heute abend darüber reden.«
Sie blitzte ihn böse an, als er sie plötzlich in die Arme zog und ihr einen heftigen Kuß gab. Einige Soldaten schlenderten vorbei, aber Nichola vergaß mit einem Mal alles um sich herum und erwiderte den Kuß.
Als er sich nach langer Zeit von ihr löste, murmelte er: »Ich mag die Art, wie du meine Küsse beantwortest.«
Sie lehnte sich an ihn. »Danke, ich bin glücklich, daß ich dir eine Freude gemacht habe.«
Er lächelte. »Morgen werde ich dir eine Freude machen und Justin und Ulric nach Hause holen.«
Sie warf vor Begeisterung die Arme um seinen Hals.
Lawrence rief nach Royce, und Nichola lief ins Haus. Sie war so aufgeregt über die Heimkehr von Justin und Ulric, daß sie sich kaum zurückhalten konnte. Es mußten eine Menge Vorbereitungen getroffen werden – Justin würde in ihr Zimmer ziehen, und Ulric konnte bei ihr und Royce schlafen.
Als Royce zum Essen kam, erklärte sie ihm sofort, wie sie alles arrangieren wollte, aber er dämpfte ihren Übermut und warf alles über den Haufen. »Ulric wird in deinem alten Zimmer schlafen. Justin nimmt bei den anderen Soldaten Quartier.«
»Aber er ist doch mein Bruder«, protestierte sie. »Sollte er nicht ...«
Sie brach ab, als er seine Hand über die ihre legte und zudrückte. Hugh beobachtet sie, und Nichola vermutete, daß Royce keinen Streit vor ihm austragen wollte.
»Wir werden noch darüber sprechen«, drohte sie Royce mit einem Lächeln zu Hugh an.

»Nein, das werden wir nicht«, entgegnete Royce. »Die Angelegenheit ist entschieden.«

Er drückte wieder ihre Hand, und sie strahlte ihn bezaubernd an, als sie ihre Hand auf die seine legte und auch ordentlich zudrückte. Er war ehrlich überrascht über ihre Kühnheit.

»Ich reise morgen nach London ab«, verkündete Hugh. »Ich hoffe, daß Ihr mir die Freude macht, heute abend eine letzte Partie Schach mit mir zu spielen, Nichola.«

»Werdet Ihr die Fassung verlieren, wenn ich Euch wie immer schlage?« fragte sie.

Hugh grinste, und zuerst dachte sie, er würde sich über ihre Neckerei amüsieren, aber dann entdeckte sie, daß er ihren kleinen Krieg mit Royce beobachtete – sie versuchte ihre Hand wegzuziehen, aber Royce hielt sie mit eisernem Griff.

»Ich verliere nie die Fassung, Nichola«, behauptete Hugh. »Außerdem ist das auch ganz egal, weil ich dieses Spiel gewinnen werde. Bis jetzt habe ich nur herumgetändelt, aber da ich morgen abreise, mache ich ernst. Ihr solltet Euch lieber auf eine Enttäuschung vorbereiten.«

Sie lachte über seine Prahlerei. Royce lächelte. »Tut mir ehrlich leid, Hugh«, schaltete er sich ein. »Aber Nichola ist nach dem Essen beschäftigt. Wir beide haben eine Unterredung, nicht wahr?«

Er drückte wieder ihre Hand, um jeden Widerspruch von vornherein zu unterbinden. Nichola mochte diesen Blick in seinen Augen nicht – so sah er immer aus, wenn er ihr eine Standpauke halten wollte.

Hugh wollte auf keinen Fall auf die letzte Gelegenheit, mit Nichola Schach zu spielen, verzichten. »Ich bin mir nicht zu schade, dich anzuflehen, Royce«, sagte er.

Der alte Baron sah aus wie ein Kind, dem man die Süßigkeiten weggenommen hatte, und Nichola fand es abscheulich, ihm seinen letzten Abend zu verderben.

»Ich könnte ein ganz schnelles Spiel machen«, schlug sie vor. »Es kostet mich nicht viel Zeit, Hugh zu schlagen. Du könntest mir deine Strafpredigt halten, während wir spielen, Royce.«

Für sie klang dieses Angebot sehr vernünftig, aber Royce war offensichtlich nicht ihrer Meinung – sein Blick war vernichtend. »Ich will dir keine Strafpredigt halten«, versetzte er barsch. »Wir beide werden eine Unterredung haben, wie ich schon sagte.«

Sie warf ihm einen bitterbösen Blick zu und hätte sogar geschnaubt, wenn es nicht unschicklich gewesen wäre. »So eine Unterredung, wie wir sie auf dem Weg nach London hatten, und bei der du unaufhörlich gesprochen hast und ich nichts anderes tun konnte als zuhören?« Sie gab ihm keine Zeit für eine Erwiderung und wandte sich an Hugh. »Für mich ist das eine Strafpredigt«, sagte sie.

Hugh verbiß sich das Lachen. Nichola hatte es augenscheinlich darauf abgesehen, Royce zu reizen, und Royce schien keineswegs glücklich darüber zu sein. Er ließ ihre Hand los, lehnte sich zurück und verschränkte die Arme vor der Brust. Sein Blick hätte das ganze Zimmer in Brand setzen können.

Nichola strahlte immer noch und dachte gar nicht daran, nachzugeben. Der Mann hatte vor, ihr eine Strafpredigt zu halten, und sie wollte, daß er es zugab. »Übrigens, das war nur eine Feststellung«, fügte sie hinzu.

Diese Frau hatte keinerlei Disziplin – es war ungehörig, ihm in Gegenwart eines Gastes zu widersprechen. Dabei spielte es gar keine Rolle, daß Hugh ein guter Freund war. Die Dinge, die er mit ihr besprechen wollte, waren persönlicher Natur und gehörten unter die Kategorie »Familienangelegenheiten«. Sie sollte wirklich etwas mehr Verstand beweisen und einen Außenseiter nicht mit ihren privaten Problemen behelligen.

»Ihr könnt eine Schachpartie spielen«, sagte er. »Aber nur eine. Bist du einverstanden, Hugh?«

Sein Freund lief schon zum Kamin, um die Holzfiguren vom Sims zu holen, und rieb sich die Hände vor Freude.

Nichola lächelte und drehte sich zu Royce. »Ich bin auch einverstanden«, erklärte sie.

Royce zog eine Augenbraue hoch. »Einverstanden womit?«

»Mit nur einer Partie.«

»Ich habe dich nicht um deine Zustimmung gebeten, Nichola«, erklärte er lächelnd.

Sie schüttelte den Kopf. »Manchmal ist es wirklich schwer, mit dir zurecht zu kommen, Royce.«

»Nur manchmal?«

Als Alice in die Halle huschte, um den Tisch abzuräumen, war Nichola froh über die Unterbrechung. »Ich hoffe, daß sich deine Stimmung bald bessert«, wisperte sie, ehe sie aufstand und Alice half.

Sobald der Tisch abgewischt war, brachte Hugh das Schachbrett und stellte die Figuren auf. Eine der kleinen Statuen fiel auf den Boden, und Nichola erschrak. »Bitte seid vorsichtig, Hugh. Mein Vater hat die Figuren geschnitzt, ich möchte nicht, daß sie kaputtgehen.«

Hugh hob die Figur auf und begutachtete sie, dann polierte er sie mit seinem Ärmel. »Sie ist so gut wie neu, Nichola. Euer Vater hat sie wirklich selbst geschnitzt? Sieh dir das an, Royce. Es ist ein Meisterwerk. Sieh nur die Details an dieser Krone. Euer Vater hatte sehr geschickte Hände, Nichola.«

Royce nahm die Figur in die Hand und hielt sie näher an die Kerze, um sie besser sehen zu können. Nichola stellte sich hinter ihn, legte eine Hand auf seine Schulter und beugte sich auch vor. »Siehst du die kleine Kerbe in der Krone der Dame? Ich erinnere mich noch genau, wie das passiert ist. Als er die Figur schnitzte, erzählte uns Papa ein lustige Geschichte, die wir alle schon bestimmt ein dutzendmal gehört haben, und als die Geschichte zu Ende war, lachte er so sehr, daß er sich in den Finger schnitt und das Messer ins

Holz drang – genau hier.« Sie lehnte sich weit über Royces Schulter und deutet auf den kleinen Schönheitsfehler.

Die Freude in ihrer Stimme wärmte sein Herz. »Und habt ihr alle mit eurem Vater gelacht, obwohl ihr die Geschichte schon längst kanntet?«

Ihre Augen blitzten vor Vergnügen. »Natürlich haben wir gelacht. Mutter meinte, es würde Papas Gefühle verletzen, wenn wir es nicht täten.«

»Waren seine Gefühle deiner Mutter denn so wichtig?«

Nichola nickte. »Genauso wichtig wie mir deine Gefühle sind«, erwiderte sie ernst. »Warum überrascht dich das? Eine Frau sollte Rücksicht auf ihren Mann nehmen, das gehört sich doch so, oder nicht?«

Royce starrte sie an, als hätte sie in einer fremden Sprache gesprochen. Sie beugte sich zu ihm und drückte ihm einen Kuß auf die gerunzelte Stirn.

Diese spontane Reaktion machte ihn sprachlos, und Nichola wich verlegen zurück, um schnell Distanz zwischen ihn und sich zu bringen. Aber er hielt ihren Arm fest.

»Erzähl mir von den anderen Figuren«, forderte er mit rauher Stimme.

»Möchtest du wirklich etwas darüber erfahren, oder bist du nur höflich?«

Er grinste. »Ich bin nie höflich, erinnerst du dich? Ich bin ungehobelt.«

Seine Augen blitzten schalkhaft. »Weißt du«, sagte sie, »daß du bezaubernde silberne Pünktchen in den Augen hast?«

Er schüttelte den Kopf, und sie errötete tief, bevor sie sich Hugh gegenüber an den Tisch setzte. »Sieh mal, wie schief die weiße Dame steht. Justin versuchte den Fuß glattzuschleifen. Damals war er acht oder neun Jahre alt, und Papa war nicht einmal böse mit ihm. Er sagte, Justin wollte ihm nur helfen. Die ganze Familie hat mitgeholfen, die Figuren herzustellen.«

»Und was hast du getan?« wollte Royce wissen.

»Mutter und ich hatten die Aufgabe, die Schnitzereien zu polieren und anzumalen. Die weißen habe ich bemalt, die schwarzen meine Mutter.«

»Es sind wunderschöne Figuren«, sagte Hugh und fügte streng hinzu: »Aber jetzt ist Schluß mit der Plauderei, Nichola, wir wollen spielen.«

»Ihr seid unser Gast«, meinte Nichola. »Also dürft Ihr den ersten Zug machen.«

Hugh nickte. »Macht Euch auf eine Niederlage gefaßt.«

»Ich bin vorbereitet.« Nichola zwinkerte Royce zu und fuhr fort:

»Einige meiner liebsten Erinnerungen sind mit diesen Schachfiguren verknüpft. Sie gehören zu den wenigen Dingen, die mir von meinen Eltern geblieben sind. Ich werde mir all die Geschichten merken und sie später unseren Kindern erzählen, Royce.«

Hugh dachte gute fünf Minuten über seinen Eröffnungszug nach, dann setzte er endlich. Nichola warf nur einen flüchtigen Blick auf das Brett und schob einen Bauern vor.

»Traditionen sind sehr wichtig für dich, nicht wahr?« fragte Royce.

Hugh trommelte mit den Fingern auf den Tisch, während er überlegte und konzentriert die Stirn runzelte. Nichola flüsterte, um ihn nicht zu stören: »Ja, sehr wichtig. Und was bedeuten dir Traditionen und Gebräuche?«

»Der Brauch, stets die Wahrheit zu sagen, bedeutet mir sehr viel.«

Sie sah ihn mißmutig an, und als Hugh eine Figur verschob, konterte sie sofort.

»Aber sind andere Traditionen auch wichtig für dich?« bohrte sie weiter.

Er zuckte mit den Schultern. »Darüber habe ich noch nicht nachgedacht.«

»Dieses Spiel ist wichtig für mich«, brummte Hugh. »Hört

auf mit dem Geplänkel, Nichola. Ihr müßt Euch auf das konzentrieren, was Ihr tut«.

Beide Spieler machten drei Züge, bevor sich Nichola wieder an Royce wandte. Er beobachtete das Spiel, und Nichola hatte bemerkt, daß er jedesmal, wenn sie eine Figur verschob, lächelte. Sie fragte sich, was er wohl dachte.

»Sie sollten dir wichtig sein«, sprudelte sie hervor.

»Was?«

»Traditionen.«

»Warum?« Royce neigte sich näher zu ihr.

»Weil sie mir viel bedeuten. Schach, Hugh.«

»Ich kann noch nicht schach stehen«, protestierte Hugh.

Sie sah ihn mitfühlend an. »Euer König wird bedroht und kann nicht mehr ausweichen. Ihr seid matt.«

»O nein«, jammerte er.

Nichola zog mit ihrem Läufer und kippte Hughs König um.

Royce konnte kaum glauben, was er gerade mit eigenen Augen gesehen hatte. Er hätte sie nie für so klug und umsichtig gehalten. Sie hatte brillant gespielt.

Hugh legte niedergeschlagen den Kopf auf die Arme. »Ihr habt nicht mehr als acht Züge gebraucht, um mich matt zu setzen.«

Nichola tätschelte ihm die Schulter. »Ihr werdet mit jedem Spiel besser, Hugh.«

Er richtete sich auf. »Nein, das stimmt nicht«, knurrte er. »Aber es ist sehr nett von Euch, daß Ihr mich mit dieser Lüge trösten wollt, Nichola.«

»Ich lüge nicht«, versicherte sie hastig und warf dabei einen verstohlenen Blick auf ihren Mann. »Ihr habt Euch wirklich verbessert.«

Hugh schnaubte, stand auf und verbeugte sich formvollendet vor Nichola, ehe er sich zurückzog. »Mir wird deine Frau mehr fehlen als du, Royce«, rief er, als er zur Tür marschierte.

»Bei Hofe gilt Hugh als sehr guter Schachspieler«, bemerkte Royce.

Nichola lächelte, und ihre Grübchen wurden sichtbar. »Ich bin besser.«

Dieser selbstgefälligen Aussage konnte er nicht widersprechen. Sie *war* besser. »Das stimmt«, gab er zu. »Aber ich bin es auch.«

»Vielleicht«, räumte sie ein. »Doch ich werde dich trotzdem nicht zu einer Partie herausfordern. Deine Gefühle wären verletzt, wenn ich dich schlage.«

Diese Bemerkung verblüffte ihn so sehr, daß er in schallendes Gelächter ausbrach. »Du würdest mich nicht schlagen, meine Liebe.«

Sie sah ihn mitleidig an, als ob sie ihm kein Wort glauben würde. Dann wollte sie aufstehen, um das Schachbrett und die Figuren aufzuräumen, aber Royce hielt sie auf.

»Bleib, wo du bist, meine Liebe. Wir werden jetzt miteinander reden.«

Er stand auf, und Nichola seufzte. Sie strich ihr Haar zurück und faltete die Hände auf dem Tisch. Royce ging auf die andere Seite des Tisches und baute sich beinah drohend vor ihr auf.

»Ich bin bereit, zuzuhören«, erklärte Nichola.

»Wegen letzter Nacht ...«

»Ja?«

»Das war nur ein weiterer Versuch, mich zu überlisten, nicht wahr?«

Royce erwartete, daß sie ihren fehlgeschlagenen Plan, ihn mit Ale betrunken zu machen, abstritt, und er wollte sie zwingen, ehrlich zu sein, auch wenn er die ganze Nacht dazu brauchte. Er hatte sich schon alles zurecht gelegt und wußte, wie er ihr Punkt für Punkt seinen Standpunkt klarmachen würde.

»Ja, Royce, ich habe versucht, dich zu überlisten.«

Dieses Eingeständnis brachte ihn aus dem Konzept,

aber er faßte sich schnell wieder. »Es ist schiefgegangen, oder?«

»Ja.«

»Erinnerst du dich noch, was du mir erzählt hast?«

Sie bekam einen Krampf im Nacken, weil sie ständig zu ihm aufschauen mußte, und wünschte, er würde sich endlich setzen oder wenigstens ein paar Schritte zurücktreten. »Nur noch an Bruchstücke«, gestand sie. »Ich glaube, ich habe dir gesagt, daß Ulric der Sohn meines Bruders ist – oder hast du das schon selbst vermutet?«

Er öffnete den Mund, um zu antworten, besann sich aber anders.

»Also schön, Nichola«, sagte er statt dessen in schneidendem Ton. »Was für ein neues Spiel hast du dir jetzt wieder ausgedacht?«

»Ich spiele kein Spiel.«

»Warum gibst du dich dann so liebenswürdig?«

Sie hob anmutig die Schultern. »Ich habe dir das Versprechen gegeben, vollkommen aufrichtig zu dir zu sein.«

»Und du glaubst, daß du letzte Nacht aufrichtig warst?«

»Ich hatte mir vorgenommen, dir einiges anzuvertrauen«, erklärte sie. »Ich war ehrlich, als ich über meine Familie gesprochen habe. Ja, ich war aufrichtig, ganz bestimmt.«

»Aber du wolltest mich zuerst betrunken machen.«

Sie nickte. »Ich dachte, daß es dir dann leichter fällt, die Wahrheit zu akzeptieren.«

Er schüttelte den Kopf. »Du wolltest mich beeinflussen.«

»Wahrscheinlich könnte man es auch so betrachten«, erwiderte sie. »Ich gebe ja zu, daß es ein idiotisches Vorhaben war, Royce. Wolltest du das hören?«

Er nickte. »Das ist ein guter Anfang«, räumte er ein.

»Das ist genau das, was ich auch im Sinn hatte. Ich wollte auch einen neuen Anfang machen.«

»Das wolltest du?«

Sie senkte den Blick. »Mir wäre es lieb, wenn wir gut miteinander auskämen.«

Ihr wehmütiger Tonfall ließ Royce aufhorchen – er musterte sie eindringlich und versuchte dahinterzukommen, ob sie ihn wieder hinters Licht führen wollte oder nicht. »Bedeutet dir das so viel?«

»O ja, sehr viel.«

Er glaubte ihr und lächelte. »Ich würde mich auch freuen, daß wir gut miteinander auskommen.«

Ihre Augen wurden groß vor Staunen, offensichtlich meinte er es ernst.

Zum Teufel, sie hatte ihn vollkommen durcheinandergebracht, und er war plötzlich so unsicher wie ein tolpatschiger Knappe, der nicht weiß, was von ihm erwartet wird.

»Schön, dann sind wir uns ja einig«, murmelte er.

Sie nickte. Als er die Hände auf den Rücken legte, ahnte sie, was jetzt auf sie zukommen würde – ihre Bereitwilligkeit, auf ihn einzugehen, hielt ihn nicht davon ab, ihr eine seiner Predigten zu halten. »Ein Mann kann von seiner Frau absolute Ehrlichkeit verlangen, und er muß ihr vertrauen können«, begann er.

»Woher weißt du das? Du warst nie vorher verheiratet?« warf sie ein. Sie konnte es sich nicht verkneifen, ihn auf diesen Punkt hinzuweisen.

»Nichola, man muß sich nicht erst verbrennen, um zu wissen, welchen Schaden Feuer anrichten kann.«

Das hielt sie für einen reichlich seltsamen Vergleich, aber sie behielt ihre Meinung lieber für sich, als sie Royces strengen Blick sah.

»Ich bin älter als du«, fuhr Royce fort. »Du kannst darauf vertrauen, daß ich weiß, wovon ich rede. Nichola, da wir gerade von Vertrauen sprechen ...«

Lieber Himmel, es schien ihm wirklich Spaß zu machen, ihr Vorträge zu halten. Er ging auf und ab und redete und redete. Nichola schaltete ab und dachte an die Heimkehr von

Justin und Ulric und daran, was noch alles vorbereitet werden mußte – die Böden mußten gescheuert werden, die Köchin sollte Justins Lieblingsspeisen zubereiten ...

»Stimmst du mir zu, Nichola?«

Ihr Kopf fuhr in die Höhe. »Ja, Royce.«

Er nickte zufrieden und fuhr mit seiner Litanei fort. »Eine Ehe ist wie eine Landkarte.«

»Wie was?« fragte sie verdutzt.

»Wie eine Landkarte mit vorgezeichneten Linien«, führte er aus. »Unterbrich mich nicht, wenn ich dir Instruktionen gebe.«

Er erhob nicht einmal die Stimme, als er sie zurechtwies – Royce erhob nie die Stimme, er war ein sehr selbstbeherrschter Mann, das bewunderte sie so sehr an ihm. Und er war auch sehr freundlich.

Sie schnappte noch ein paar Wortfetzen auf, bevor sie sich wieder ihren Tagträumen hingab. Trotzdem realisiert sie, daß alles, was er sagte, ihr das Leben als Ehefrau erleichtern sollte. Er wollte, daß sie glücklich war.

Er mochte sie und sorgte sich um sie – vielleicht empfand er dasselbe für sie wie sie für ihn. Es war beinah wie bei ihren Eltern: Papa erzählte immer wieder seine Anekdoten, und Mutter gab vor, sich köstlich darüber zu amüsieren.

Royce liebte es, Vorträge zu halten, und sie gab vor, sich brennend dafür zu interessieren.

Die Traditionen wurden gewahrt.

Ein Gefühl der Wärme durchflutete sie. Ihre Mutter wäre bestimmt stolz auf sie gewesen.

»Und deshalb, meine Liebe, halte ich es für eine gute Idee, wenn du mir im voraus sagst, welche Aufgaben du dir für den Tag vorgenommen hast«, schlug Royce gerade vor. »Das ist eine weitere Maßnahme, Ordnung in unseren Alltag zu bringen.«

»Willst du mir damit zu verstehen geben, daß ich dir jeden Morgen Bericht erstatten soll, was ich den ganzen Tag über zu tun gedenke?«

»Ja.«

Sie sah ihn aus geweiteten Augen an. »Aber damit läßt du uns gar keinen Spielraum für spontane Entschlüsse«, rief sie.

Er war augenscheinlich erstaunt. »Nein, natürlich nicht. Um Gottes willen, Nichola, hast du überhaupt ein Wort von dem gehört, was ich gesagt habe?«

Sie ahnte, daß er sich über das Thema »spontane Handlungen« bereits ausführlich ausgelassen hatte. »O doch«, versicherte sie schnell, um ihm zu beschwichtigen. »Ich habe heute eine Menge gelernt, ich wußte nur nicht genau, was du von ... Überraschungen hältst.«

Diese Ausrede klang selbst in ihren eigenen Ohren erbärmlich lahm, aber Royce wirkte zufrieden.

Nichola lächelte. »Bist du jetzt fertig? Es ist schon spät, und Clarise wollte mir ein Bad vorbereiten, ehe ich zu Bett gehe. Ich möchte nicht, daß das Wasser kalt wird.«

Er gestattete ihr, sich zurückzuziehen. Ihre Beine waren ganz steif, als sie die Halle durchquerte. Guter Gott, wie lange hatte sie eigentlich an diesem Tisch gesessen?

An der Tür drehte sie sich noch einmal um, um Royce eine gute Nacht zu wünschen, aber er war damit beschäftigt, die Schachfiguren auf dem Kaminsims aufzustellen. Sie wartete, bis er fertig war und rief dann: »Gute Nacht, Royce!«

Er bedachte sie mit einem intensiven Blick. »Du schläfst heute nacht bei mir.«

Sein harscher Ton ließ keinen Widerspruch zu, aber sie fürchtete sich nicht – er wollte sie ja nur wissen lassen, wie entschlossen er war.

Aber das war sie auch. Es würde höchste Zeit, die Ehe in jeder Beziehung zu besiegeln, und es machte bestimmt nichts, daß sie ein wenig Angst davor hatte. Sie war ganz sicher, daß Royce ihr nicht weh tun würde.

Die Dienerinnen hatten die hölzerne Wanne bereits in ihr Zimmer gestellt, und Nichola badete ausgiebig und rief sich währenddessen immer wieder ins Gedächtnis, daß ihr nichts Schlimmes geschehen würde – sie mußte lachen, als sie merkte, daß sie sich selbst zu überzeugen versuchte.

Clarise benahm sich wie eine besorgte Glucke, und erst als sie glaubte, daß Nichola genau begriffen hatte, was mit ihr geschehen würde, ließ sie das peinliche Thema fallen.

Nichola hatte Clarise verschwiegen, daß sie über diesen speziellen Aspekt der Ehe nur hie und da ein paar unzulängliche Informationen aufgeschnappt hatte.

Royce würde wissen, was zu tun war – wenn sie überhaupt je genügend Mut aufbrachte, sein Zimmer zu betreten, dachte sie insgeheim.

Clarise hatte ihr das Haar gebürstet und half ihr in den Morgenmantel. Nichola zog den Gürtel fest. Darunter trug sie nur ein weißes Baumwollnachthemd.

Der Weg von ihrem zu seinem Zimmer erschien ihr ewig lang, dabei trödelte sie nicht einmal. Als sie in sein Schlafgemach huschte, kniete Royce gerade vor dem Kamin. Er war barfuß, und sein Oberkörper war entblößt. As er ein schweres Holzscheit ins Feuer warf, beobachtete sie fasziniert das Muskelspiel an seinen Schultern.

Sie blieb lange reglos stehen und dankte Gott dafür, daß er wenigstens seine Hose anbehalten hatte. Sie wollte diese Nacht nicht mit einem schamroten Gesicht beginnen.

Endlich schloß sie die Tür, und Royce stand auf und lehnte sich gegen den Kaminsims.

Sie zwang ein Lächeln auf ihr Gesicht.

Er blieb ernst.

»Woran denkst du, Royce?« fragte sie verängstigt, als sie seine finstere Miene sah.

»Ich dachte gerade, daß ich mit einer wunderschönen Frau verheiratet bin.«

Ihr Herz hämmerte wild. »Danke«, erwiderte sie und trat einen Schritt näher. »Das ist das erste Kompliment, das ich von dir höre, weißt du?«

Er schüttelte den Kopf. »Nein, ich habe dir schon einmal eins gemacht.«

»Ach ja?«

»Ich habe dich für deine Schlauheit bewundert, als du dich als Nonne ausgegeben hast. Erinnerst du dich daran?«

Sie lächelte. »Ja, aber ich hätte deine Bemerkung damals nie als Kompliment betrachtet.«

»Warum nicht? Es hatte wesentlich mehr Gewicht als meine Bemerkung über dein Äußeres.«

Das verwirrte sie vollends. »Aber wieso?«

»Eine Frau kann nichts an ihrem Aussehen ändern«, sagte er. »Entweder ist sie hübsch oder sie ist es nicht. Aber mit ihrem Charakter ist es etwas anderes. Begreifst du jetzt?«

»Das einzige, was ich begreife, ist, daß du mich durcheinanderbringen willst«, versetzte sie. »Und ich freue mich trotzdem, daß du mich hübsch findest – mir ist es egal, welches Kompliment mehr Gewicht hat.«

Sie war froh, daß ihre Stimme nicht zitterte, aber ihre Knie waren weich. Sie wollte nicht, daß Royce entdeckte, daß sie ein bißchen Angst hatte und verlegen war wegen der Sache, die gleich passieren würde. Sie war jetzt seine Frau und kein Backfisch mehr. Aber warum spürte sie dann trotzdem diese Hitze in den Wangen?

Ihr Gesicht war flammendrot. Royce seufzte. Nichola bemühte sich verzweifelt, ihre Furcht zu verbergen, aber selbst aus der Entfernung konnte er sehen, wie ihre Schultern bebten, und daß sie unaufhörlich den Gürtel ihres Morgenmantels in den Händen drehte, ein weiteres untrügliches Anzeichen ihrer Unsicherheit.

»Soll ich die Tür verriegeln?« fragte sie.

»Ja.«

Sie nickte, streifte die Schuhe von den Füßen und ging zum Bett – in ihrer Verwirrung hatte sie vollkommen vergessen, daß die Tür immer noch nicht verschlossen war.

Nichola blieb abrupt stehen. Plötzlich war sie so aufgeregt, daß sie nicht mehr aufhören konnte zu plappern. »Ein Kompliment über die Erscheinung eines Menschen ist sehr viel mehr wert als ein Lob über sein Benehmen, weil man sich nicht aussuchen kann, wie man aussehen möchte. Hast du letzte Nacht mit mir geschlafen?«

Er brauchte eine volle Minute, bis er ihrem Gedankensprung gefolgt war. »Nein, ich habe nicht mit dir geschlafen.«

Sie zog sich den Morgenmantel aus. »Ich wußte es«, flüsterte sie. »Aber ich mußte dich dennoch fragen.«

Sie faltete ihren Morgenmantel zusammen und plazierte ihn am Fußende des Bettes.

»Willst du, daß ich jetzt unter die Decke krieche?«

»Was willst du?«

Sie sah stirnrunzelnd vom Bett zu Royce und wieder zum Bett. Sei machte fast den Eindruck, als hätte er sie gerade gebeten, alle Probleme der Welt zu lösen.

»Ich glaube, ich möchte nicht gleich jetzt ins Bett«, antwortete sie.

»Dann geh nicht.«

Sei sah ihn erstaunt an. »Weshalb bist du heute so sanftmütig?«

Er grinste. »Man hat mir erklärt, daß man Ungeziefer besser mit Süßem als mit Saurem fängt.«

»Das ist ja lächerlich, wer sagt denn so etwas?«

»Du hast es gesagt – gestern abend.«

Sein Lächeln war so wunderbar, daß ihre Angst ein wenig verflog. »Ich war beschwipst. Ich schäme mich für mein Betragen und verspreche dir, daß so etwas nie wieder vorkommt. Hast du eigentlich bemerkt, daß ich heute zum Abendessen nur Wasser getrunken habe?«

Er lachte. »Du scheinst nicht im mindesten zerknirscht zu sein, das ist das einzige, was ich bemerkt habe.«

Allmählich entspannte sich Nichola – Royce hatte es offensichtlich nicht eilig, sie ins Bett zu ziehen. Vielleicht ahnte er, daß sie ein bißchen unsicher war, und gab ihr Zeit, um ihre Angst loszuwerden.

Dieser Gedanke wischte den Rest ihrer Bedenken beiseite. Sie ging zu ihm. Daß er so hoch über ihr aufragte, machte ihr nichts aus, viel eher störte sie seine nackte Brust. Himmel, er war ein gutaussehender Teufel. Ein Kloß bildete sich in ihrer Kehle. Seine Haut schimmerte golden, und er war wunderbar muskulös. Sein Anblick raubte ihr den Atem. Dann sah sie die lange, feine Narbe, die bis zur Mitte seiner Brust verlief. Sie strich mit den Fingerspitzen über die dünne Linie. Royces Bauchmuskeln zogen sich bei der Berührung zusammen.

»Diese Verwundung hätte dich töten können«, flüsterte sie. »Dein Leben muß unter einem besonderen Stern stehen, daß du all diese Verletzungen heil überstanden hast.«

Ihre Finger zogen sanfte Kreise über seinen Bauch – diese federleichte Liebkosung beschleunigte augenblicklich seinen Herzschlag.

Es gefiel ihr sehr, ihn zu berühren. Er war so warm und stark. Sie schlang die Arme um seine Taille, und er erwiderte ihre Umarmung und zog sie eng an sich.

»Royce, würdest du mir bitte erklären, was als nächstes geschieht?«

Er küßte ihr Haar. »Nein.«

Sie neigte den Kopf nach hinten, um ihm in die Augen zu sehen. »Du willst es mir nicht sagen?«

Er hielt ihr Kinn umfaßt, damit sie das Gesicht nicht wegdrehen konnte, und beugte sich langsam zu ihr. Dicht an ihrem Mund raunte er: »Ich will es dir lieber zeigen, Nichola.«

Sie hatte keine Zeit, darüber nachzudenken, ob das eine so gute Idee war. Royce nahm ihre Lippen in einem stürmischen Kuß in Besitz.

Lieber Gott, sie schmeckte so gut, und er konnte gar nicht genug von ihr bekommen. Seine Hände strichen über ihren

Rücken und langsam tiefer, bis sie ihren Po umfaßten. Dann hob er sie hoch und preßte sie gegen seine Hüften.

Nichola wand sich, als sie seine Härte spürte, aber Royce hielt sie nur um so fester. Sein Mund strich über ihre Lippen, bis sie ihren Widerstand aufgab und seinen Kuß mit Leidenschaft erwiderte.

Ihr Atem wurde ebenso schnell und rauh wie der seine, und ihre Herzen hämmerten im gleichen Rhythmus.

Er ließ sich lange Zeit und setzte seine zärtliche Attacke fort, entschlossen, jede nur erdenkliche Liebkosung zu genießen. Wenn Nichola bereit war, würde sie es ihm zeigen.

Royce lehnte noch immer mit gespreizten Beinen am Kaminsims, als er merkte, daß seine Frau ihre Scheu verloren hatte. Sie strich sanft über seine Schultern und seinen Rücken und preßte sich an ihn. Als sie sich an ihm rieb und vor- und zurückbewegte, war es um ihn geschehen. Er hielt sie fest, um der süßen Qual ein Ende zu bereiten. Es war zu früh, und er mußte sich noch ein wenig zurückhalten, ermahnte er sich selbst.

Seine Hände streichelten ihre Brüste, und Nichola bebte vor Lust und schlang die Arme um seinen Hals, während er an ihrem Nacken und dem Ohrläppchen knabberte. Sie stöhnte.

Royce hatte sich nie viel Zeit für Frauen genommen und war immer schnell zur Sache gekommen, aber er hatte auch noch nie eine Jungfrau in seinem Bett gehabt. Nichola war seine Frau, und er hatte sich geschworen, ihr erstes Erlebnis zu einem unvergeßlichen zu machen, und so wie sie seine Zärtlichkeiten beantwortete, kam es ihm fast so vor, als wäre es auch für ihn das erste Mal. Seine Hände zitterten, und der Schmerz in seinen Lenden wurde immer heftiger.

»Nichola, zieh dein Nachthemd aus.«

Er nahm ihre Hände von seinem Nacken, damit sie ihm gehorchen konnte. Sie senkte den Kopf, drehte sich um und ging langsam zum Bett. Seine Küsse hatten sie so schwach gemacht, daß sie erstaunt war, daß ihre Beine sie überhaupt noch trugen. Ihr Herz klopfte ihr bis zum Hals, als sie das Nachthemd über den Kopf zog, es ans Fußende des Bettes warf und schnell unter die Decke schlüpfte.

Als Royce seine Hose auszog, ließ er Nichola nicht aus den Augen. Sie war immer noch nervös und hatte die Augen fest geschlossen, um ihn nicht nackt sehen zu müssen. Lächelnd blies er die Kerze aus und schlug die Decke zurück. Er ließ Nichola keine Zeit, sich wegzudrehen, und legte sich über sie, wobei er die Arme rechts und links von ihrem Kopf aufstützte, um sie nicht mit seinem Gewicht zu erdrücken.

Als er ihren wundervollen Körper hautnah spürte, konnte er kaum noch an sich halten. Nie zuvor in seinem Leben hatte er ein so überwältigendes Gefühl empfunden. Sie war so weich, und plötzlich drängte es ihn, sie überall zu berühren. Er holte tief Luft, um seinen Herzschlag zu beruhigen und seine Fassung zurückzugewinnen.

Nichola war überwältigt. Er war so hart, so heiß und überall so groß ... Er schien sie förmlich zu verschlucken. Sie wurde mit einem Mal stocksteif, als er ihre Beine mit den Knien auseinanderzwängte und sein Glied an sie preßte.

Jetzt ist es also so weit, dachte sie und wappnete sich innerlich gegen den Schmerz, von dem alle Frauen sprachen. Ihr Atem wurde stockend, als sie versuchte, sich auf sein Eindringen vorzubereiten.

Royce hauchte Küsse auf ihre Stirn und betrachtete sie so lange, bis sie die Augen öffnete. Er grinste. »Das fühlt sich wunderbar an, nicht wahr?«

Gütiger Gott, er klang sehr zufrieden, und er sah sogar glücklich aus. Royce benahm sich ganz und gar nicht wie ein Mann, der von der Lust überwältigt war. Bei dieser Erkenntnis entspannte sie sich. »Für mich ist es ein fremdes Gefühl«, gestand sie. Die Angst war aus ihren Augen gewichen. »Royce, du willst mich doch, oder?«

Er verbiß sich ein Lachen – sie schien richtig bekümmert zu sein. Wenn sie nur wüßte, welchen Kampf er auszufechten hatte, um sich zurückzuhalten, wäre sie wahrscheinlich in Ohnmacht gesunken.

»Ja, ich will dich. Kannst du das nicht fühlen? Ich begehre dich so sehr, daß es schmerzt.«

Ihre Augen wurden groß. »Du hast Schmerzen?«

Er nickte, nahm ihre Hand und führte sie zu seinem harten Glied. In dem Augenblick, in dem ihre Finger darüberstrichen, stöhnte er und ließ seinen Kopf auf ihren sinken.

Nichola war neugierig und erschrocken zugleich. Er ächzte, und sie zog rasch ihre Hand weg, aber er hielt sie zurück.

»Royce?«

Er knirschte mit den Zähnen, als er hörte, wie furchtsam ihre Stimme klang.

»Ja, Nichola?«

»Wir passen nicht zusammen.«

Er hob den Kopf und sah sie an – augenscheinlich meinte sie das ernst. Er lächelte. »O doch, wir passen zusammen«, versicherte er heiser.

Ihre Finger umfaßten sein Glied, und er schloß in süßer Qual die Augen. Sie war erstaunt, daß ihm die Berührung so viel Freude bereitete, und wurde mutiger. Sie drückte ihn ein wenig, und er ächzte verzückt, ehe er ihre Hand wegnahm und auf seinen Nacken legte.

Er atmete heftig an ihrem Hals, und der warme Hauch, der über ihre Haut strich, sandte Schauer durch ihren Körper. »Ich bin froh, daß du mich willst«, flüsterte sie. »Soll ich irgend etwas tun, was dir helfen kann?«

Er küßte ihre geröteten Wangen und ihre Nasenspitze. »Sag mir nur, was du gern hättest, Nichola. Ich möchte, daß es dir gefällt.«

Sie strich ihm zärtlich über die Wange. »Und ich möchte, daß es dir gefällt, mein lieber Mann.«

Er küßte erst ihren Mund und erforschte mit den Lippen und der Zunge ihren Körper, bis sie leise wimmerte. Seine Hand wanderte immer tiefer und berührte die weichen Locken, die ihre Jungfräulichkeit verbargen. Nichola zuckte zusammen und versuchte seine Hand wegzuschieben, aber das ließ er nicht zu. »Du wirst es mögen«, versprach er leise, ehe er seinen Mund zu einem heißen, langen Kuß auf ihren preßte. Sein Daumem fand den geheimen Weg und rieb sanft ihre empfindlichste Stelle. Nichola seufzte abgrundtief und wölbte sich ihm entgegen. Weißglühendes Verlangen überflutete sie und trug sie in höchste Höhen.

Royce konnte nicht länger warten und drang vorsichtig in sie ein. Sie wand sich, um ihn von sich zu schieben, aber gleichzeitig preßte sie sich an ihn, um mehr von ihm in sich aufzunehmen. Er murmelte beruhigende Worte in Nicholas Ohr, als sie sich ihm entziehen wollte.

»Wehr dich nicht, Nichola«, raunte er.

Sie verstand kaum, was er sagte. Ungeahnte Empfindungen raubten ihr die Sinne. Als er ihre Hüften anhob und mit einer kraftvollen Bewegung die hauchdünne Barriere durchstieß, schrie Nichola vor Schmerz. Sie umklammerte ihren Mann, verbarg ihr Gesicht an seinem Nacken und gleich darauf verlangte sie von ihm, daß er losließ.

Er gehorchte nicht.

»Royce, du tust mir weh.«

Er stützte sich auf den Ellbogen ab und brachte sie mit einem heftigen Kuß zum Schweigen. Nichola wand sich unter ihm, aber sein Gewicht nagelte sie fest. Tränen strömten über ihre Wangen. Sie bebte vor Schmerz und Pein, aber in Wahrheit fühlte sie sich befreit.

»Gleich tut es nicht mehr weh«, flüsterte Royce und holte zitternd Luft. »Gib mir nur eine Minute Zeit, mein Herz, dann zeige ich dir, wie schön es ist.«

Sie wollte es gar nicht wissen, sie wollte, daß er sie in

Ruhe ließ. Er versuchte sie wieder zu küssen, aber sie drehte das Gesicht weg.

Royce wußte nicht, wie lange er sich noch beherrschen konnte. Die süße Folter, ganz ruhig in ihr zu sein, bereitete ihm einen pochenden Schmerz. Er reizte ihre Unterlippe mit den Zähnen, bis sie den Mund für ihn öffnete, dann küßte er sie immer leidenschaftlicher. Endlich fühlte er, wie die Starrheit aus ihrem Körper wich und sie seine Schultern und seinen Rücken streichelte.

Seine Hand wanderte zwischen ihre vereinten Körper und wieder liebkoste sein Daumen den kleinen Punkt, der zwischen ihren weichen, feuchten Lippen versteckt lag. Nichola wurde plötzlich von einem nie gekannten Feuer verzehrt. Royce stöhnte, als er spürte, daß sie sich ihm jetzt rückhaltlos hingab, zog sich ein wenig zurück und stieß behutsam vor.

Jetzt konnte ihn nichts mehr zurückhalten – er wollte nichts weiter, als ihr Erfüllung zu schenken und seine eigene finden. Er drang immer und immer wieder in sie ein, und der uralte Rhythmus trieb sie beide in einen Strudel der Lust.

Nichola rief seinen Namen, während eine Welle der Leidenschaft nach der anderen sie überspülte, und als tausend Sonnen in ihr explodierten, schluchzte und weinte sie.

Im selben Moment fand Royce seine Erlösung und verströmte mit einem lauten Ächzen seinen Samen in sie.

Nichola glaubte, den Tod gefunden zu haben, aber ihr wild hämmerndes Herz belehrte sie eines Besseren. Als Royce über sie zusammensank, ahnte sie, daß er ähnlich empfand wie sie.

Sie war vollkommen erschöpft und staunte über das, was mit ihr geschehen war. Sie schloß die Augen und dachte über diese einzigartige, wundervolle Erfahrung nach.

Royce brauchte lange, um zu sich zu kommen, und am liebsten hätte er sie niemals mehr von der Stelle gerührt. Der Duft der Leidenschaft umhüllte sie, und außer ihnen existierte nichts mehr auf dieser Welt.

»Royce?«

Er brummte.

»Du erdrückst mich.«

Widerstrebend rollte er sich auf den Rücken, und sie schmiegte sich an seine Seite und legte den Kopf auf seine Schulter.

Sie strich mit den Fingerspitzen über seine Brust. »Habe ich dir Freude bereitet, Royce?«

Er hielt ihre Hand fest. »Ja.«

Sie wartete lange auf ein nettes Wort, dann flüsterte sie: »Und?«

Er gähnte. »Und was?«

Er wartete auf eine Antwort, und sie wollte ein Lob hören. Beide schwiegen lange, und die Stille warf schwarze Schatten auf ihre wunderbare Vereinigung. Plötzlich war Nichola tief verletzt. Zitternd rutschte sie von Royce weg, zog die Decke bis ans Kinn und drehte sich zur Seite. Am liebsten wäre sie in Tränen ausgebrochen und hoffte nur, daß Royce nicht merkte, wie töricht sie sich benahm.

»Nichola?« raunte er mit vor Zuneigung rauher Stimme. »Komm zu mir zurück.«

»Warum?«

»Du gehörst an meine Seite.«

Das waren wirklich nicht die zärtlichen Worte, die sie hören wollte, aber dennoch durchflutete sie ein Glücksgefühl. Sie rutschte zu ihm, und Royce legte die Arme um sie und zog sie an sich.

Kein liebes Wort fiel, er küßte sie nur auf den Scheitel.

Es war lediglich ein schlichter kleiner Kuß.

Aber das genügte ihr.

12

Royce war schon weg, als Nichola aufwachte. Helles Sonnenlicht strömte durch die geöffneten Fenster. Nichola war erstaunt, daß es schon so spät war – sie hatte noch nie so lange und so tief geschlafen. Das ist verwerflich, dachte sie und seufzte glücklich.

Sie fühlte sich wunderbar, und selbst die leichte Wundheit zwischen ihren Schenkeln und ihre steifen Beine konnten die Erinnerung an die letzte Nacht nicht trüben.

Jetzt war sie ganz und gar seine Frau. Sie hatte ihre Pflicht erfüllt und ihm gleichzeitig Freude bereitet.

Ein neues, schönes Leben konnte beginnen. Royce war ein guter Mann. Natürlich war und blieb er ein Normanne, aber er war verständnisvoll, nett und rücksichtsvoll.

Nichola trödelte im Schlafzimmer herum, bis ihr bewußt wurde, daß sie sich nur aus Scham und Verlegenheit im Verborgenen hielt. Sie war sich nicht sicher, wie sie sich verhalten sollte, wenn sie Royce wiedersah – ob er wohl wollte, daß sie ihn zur Begrüßung küßte? Sie schüttelte den Kopf über diese närrische Vorstellung. Der Mann war ein Krieger, und sicher wollte er nicht, daß sie ihn am hellichten Tag vor seinen Soldaten küßte. Vielleicht, wenn sie sich zufällig auf einem menschenleeren Flur begegneten ...

Sie seufzte laut. Sie war verrückt. Sie mußte sich um einen Haushalt kümmern, und es gab ungeheuer viel zu tun. Sie durfte ihre Zeit nicht mit Grübeleien über die Wünsche ihres Mannes oder ihre eigene Verlegenheit vergeuden.

Nichola zog ein cremefarbenes Unterkleid und darüber ein hellblaues Gewand an und lief die Treppe hinunter. Merkwürdigerweise begegnete ihr auf dem ganzen Weg keiner der Bediensteten.

Eine ganze Anzahl von Rittern hatte sich in der Halle versammelt. Sie standen um den großen Tisch herum, und nur drei saßen. Nichola entdeckte sofort ihren Mann an der

Stirnseite – rechts von ihm saß Lawrence und zu seiner Linken der junge blonde Mann namens Ingelram.

Die Atmosphäre wirkte angespannt, und Nichola nahm an, daß dies ein vertrauliches Treffen war, und wollte nicht stören. Lawrences Blick fiel zufällig auf sie, er lächelte und machte Royce auf sie aufmerksam.

Ihr Mann hob den Kopf, sah sie lange an, dann winkte er sie zu sich.

Lieber Himmel, wie sie es haßte, wenn er sie mit einer Geste zu sich befahl! Konnte er sie nicht, wie es sich gehörte, mit ein paar Worten begrüßen? Und weshalb kam er nicht zu ihr, wenn er mit ihr sprechen wollte? Nichola beschloß, diese Ungehörigkeit zur Sprache zu bringen, wenn sie allein waren.

Die Blicke aller waren auf sie gerichtet, als sie die Halle durchquerte. Sie fühlte sich mit einem Mal unsicher – ein Gefühl, das sie nie zuvor empfunden hatte und das ihr überhaupt nicht gefiel.

Sie atmete tief durch und sagte: »Verzeih die Störung, Royce. Ich ...«

Sie hielt abrupt inne und schnappte hörbar nach Luft.

Der kleine Ulric war zu Hause. Das Baby schlief ganz ruhig in Royces Armen. Es war in eine blütenweiße Decke gewickelt, die nur das Gesichtchen freiließ.

Nichola betrachtete ihren wunderschönen Neffen und kämpfte mit den Tränen.

Sie merkte nicht einmal, daß sie plötzlich neben Royce stand und daß er sie festhielt. Als sie schließlich den Blick auf ihn richtete, stockte ihm der Atem. Die strahlende Freude, die aus ihren Augen leuchtete, wärmte sein Herz.

Royce begriff selbst nicht, warum ihm ihr Glück so viel bedeutete, aber er akzeptierte die Tatsache, daß ihre Freude auch die seine war.

Nichola fühlte, wie eine Träne über ihre Wange lief, und wischte sie weg. »Ich danke dir.«

Er nickte.

»Soll ich Ulric nach oben bringen, damit du deine Besprechung fortsetzen kannst?«

»Die Mägde machen das Zimmer sauber«, erwiderte Royce und verstärkte den Griff um ihre Taille. »Wir haben keine Besprechung«, fügte er geistesabwesend hinzu.

»Aber ihr habt alle so leise geredet ...« Plötzlich wurde ihr klar, warum. »Ihr wolltet das Baby nicht wecken.«

Er nickte wieder, stand auf und legte ihr das Kind in die Arme. Er gab seinen Männern mit einem Zeichen zu verstehen, daß sie nicht mehr gebraucht wurden, und als alle die Halle verlassen hatten, küßte er seine Frau. Sie klammerte sich mit einer Hand an seine Jacke. »Fühlst du dich gut heute morgen?« fragte er rauh.

Sie nickte benommen. »Du hast mir meinen Neffen zurückgebracht«, erwiderte sie. »Wie könnte es mir da nicht gutgehen?«

»Das habe ich nicht gemeint ... Ich habe dir heute nacht weh getan. Es war nicht zu umgehen, Nichola, aber jetzt mache ich mir Sorgen, daß ich vielleicht zu grob war.«

Sie senkte die Lider und spürte, daß ihre Wangen glühten. »Du warst sehr rücksichtsvoll«, hauchte sie. »Ich bin nur ein ganz klein wenig wund.«

Er wandte sich zufrieden ab, doch sie hielt ihn zurück. »Royce, möchtest du, daß ich dich jeden Morgen mit einem Kuß begrüße?« platzte sie heraus.

Er zuckte mit den Schultern. »Willst du es denn?«

»Es geht nicht darum, was ich will«, meinte sie. »Wir sollten es tun – wegen Ulric.«

Er zog erstaunt die Augenbrauen hoch. Ihre Wangen waren hochrot, und er hätte beinah gelacht. Es war eine solche Freude, sie so schüchtern und verlegen zu sehen. »Wir sollten Ulric küssen?« fragte er und stellte sich absichtlich dumm.

»Ja, natürlich sollten wir das. Kleine Kinder brauchen

viel Liebe, Royce, aber wir sollten auch uns in Ulrics Gegenwart küssen. Dann fühlt er sich wohler. Ein Kind, das in einer glücklichen Familie aufwächst, wird selbst auch glücklich.«

Er grinste und beugte sich zu ihr. »Du willst mich also jeden Morgen küssen?«

Er ließ ihre keine Zeit zu protestieren und küßte sie auf die Lippen, ehe er zur Tür ging.

Sie lief ihm nach. »Royce, was ist mit Justin?«

»Was soll mit ihm sein?« fragte er über die Schulter.

»Hast du ihn auch nach Hause geholt?«

»Ja.«

Sie war brüskiert über sein plötzlich schroffes Benehmen.

»Ich würde ihn gern zu Hause willkommen heißen. Könntest du ihn bitten, zu mir hereinzukommen?«

Royce blieb stehen, drehte sich um und starrte sie lange an.

»*Ihn bitten*?« fragte er harsch.

Sie nickte. »Ja, das wäre schön.«

Er seufzte. »Nichola, weißt du überhaupt, welche Position Justin jetzt einnimmt?«

Wovon redete er eigentlich? »Ich weiß, daß er endlich wieder zu Hause ist.«

»Dies ist nicht mehr sein Zuhause, sondern meins. Dein Bruder ist jetzt einer von vielen Soldaten in meiner Truppe, und ich *bitte* meine Männer niemals, ich gebe ihnen Befehle und dulde keinen Widerspruch.«

Ihrem Gesichtsausdruck nach zu schließen, hatte sie immer noch nichts begriffen.

»Also schön«, sagte sie. »Dann gib meinem Bruder bitte den Befehl, zu mir zu kommen.«

»Nein.«

»Nein? Warum bist du nur so schwierig? Justin ist hier geboren und aufgewachsen. Es ist sein Heim. Wenn du nicht willst, daß er ins Haus kommt, dann gehe ich eben zu ihm.«

Er stellte sich ihr in den Weg. »Du wirst hierbleiben und dich um Ulric kümmern, Nichola. Du kannst Justin sehen, wenn er sich zurechtgefunden hat.«

Sie runzelte verwirrt die Stirn, gab aber klein bei. »Gut, ich warte, bis er sich eingerichtet hat. Was meinst du, wie lange er braucht – ein oder zwei Stunden?«

»Nein – ich denke, er braucht einen Monat, wenn nicht länger. Bis dahin bleibst du ihm fern, verstanden?«

Royce schloß die Tür hinter sich, so daß sie nicht mehr imstande war, sich gegen dieses Diktat aufzulehnen. Nichola konnte nicht glauben, daß er das ernst meinte – es war unmöglich, daß sie sich nicht um ihren Bruder kümmerte.

Während sie Ulric in sein Zimmer brachte, grübelte sie über dieses Problem nach.

Nichola verbrachte den Rest des Tages mit Clarise bei ihrem Neffen und freute sich, daß er so große Fortschritte gemacht hatte, durch das Zimmer krabbelte und unverständliche Laute vor sich hin plapperte.

»Würdet Ihr ihn einen Moment halten, Mylady?« fragte Clarise. »Der Baron hat die Anweisung gegeben, die Truhe in sein Schlafzimmer zu bringen.«

Nichola entschied anders. »Laß sie hier, Clarise. Wir können Ulrics Sachen darin unterbringen.«

An diesem Nachmittag machte Nichola weitere sechs Befehle des Hausherrn rückgängig. Er hatte Wachteln zum Abendessen bestellt, Nichola sagte der Köchin, sie solle statt dessen Fasan zubereiten.

Nachdem sie gemeinsam mit Alice, die als Kinderschwester fungierte, bis andere Arrangements getroffen waren, Ulric ins Bett gebracht hatten, machte sich Nichola auf den Weg in die riesige Halle. Man hatte den großen Tisch näher an den Kamin gerückt, aber sie ließ ihn dorthin zurückschieben, wo er hingehörte, und die Bediensteten befolgten ohne Widerspruch ihre Anweisungen, wie sie es immer getan hatten.

Nichola vermutete, daß Royce nicht einmal merkte, daß man seine Instruktionen nicht ausgeführt hatte. Er sagte kein Wort, als er sich zu Tisch setzte und eine ordentliche Portion Fasan verzehrte. Lawrence und Ingelram aßen mit ihnen, und sie unterhielten sich hauptsächlich über die Erweiterung der Festung.

»Hast du dich entschieden, ob du eine neue Mauer bauen oder die alte, die ja noch in tadellosem Zustand ist, verstärken willst?« erkundigte sich Nichola.

»Nein, Mylady, die Mauer ist nicht in tadellosem Zustand«, sagte Ingelram.

Nichola wandte sich ihm zu. »Ach nein?«

Ingelram war so bezaubert von der Schönheit seiner Herrin, daß er kein weiteres Wort mehr herausbrachte. Ihre strahlend blauen Augen brachten ihn durcheinander, und ihr Lächeln stahl sich direkt in sein Herz, so daß er fast vergaß zu atmen. Ein Stoß in die Rippen erinnerte ihn daran, wo er sich befand, und als er den Kopf drehte, fing er den funkelnden Blick seines Barons auf. »Du darfst dich entschuldigen, Ingelram.«

Der Vasall sprang auf und stieß in seiner Hast einen Stuhl um. Er beeilte sich, ihn aufzuheben, verbeugte sich vor Royce und lief aus der Halle.

»Was ist los mit ihm?« fragte Nichola.

»Ihr seid schuld daran«, erklärte Lawrence.

Nichola straffte die Schultern. »Was wollt ihr damit sagen, Lawrence? Ich habe kaum ein Wort mit Ingelram gewechselt, ich kann ihn gar nicht gekränkt haben. Er hat sich während der ganzen Mahlzeit so seltsam benommen, stimmt's nicht, Royce?«

Ihr Mann nickte, und sie wandte sich wieder Lawrence zu. »Seht Ihr? Royce hat es auch gemerkt. Ingelram hat sein Essen nicht einmal angerührt.« Sie deutete auf seinen Teller. »Vielleicht fühlt er sich nicht gut.«

Lawrence lächelte. Ingelram war nicht krank. Der Junge

hatte keine Zeit zum Essen gehabt, weil er seine Herrin mit den Augen verschlungen hatte.

Nichola wunderte sich über Lawrences Heiterkeit – es war immerhin möglich, daß Ingelram wirklich krank war. Sie entschied sich, nicht mehr darüber zu sprechen und wandte sich an Royce. »Geht es Justin gut?«

Royce zuckte mit den Schultern und wechselte das Thema. »Lawrence, sobald du fertig gegessen hast, rufst du die Dienerschaft zusammen.«

»Aus welchem Grund willst du sie zusammenrufen lassen?« fragte Nichola.

»Ich möchte mit ihnen sprechen.«

»Aber die meisten von ihnen liegen schon im Bett. Sie stehen jeden Tag vor Tagesanbruch auf.«

Royce beachtete sie gar nicht. »Lawrence?«

»Sehr wohl, Mylord«, sagte der Vasall. »Ich kümmere mich sofort darum.«

Nichola protestierte wieder, und Royce legte seine Hand auf die ihre und drückte sie fest. Sobald Lawrence die Halle verlassen hatte, sagte er: »Stelle nie mehr einen meiner Befehle in Frage, Nichola.«

»Das habe ich ja gar nicht getan«, rief sie. »Ich war nur neugierig. Bitte sag mir, warum du die Dienerschaft so spät am Abend noch zu sprechen wünschst.«

»Also schön«, meinte er. »Ich habe heute morgen einige Anweisungen gegeben, und sie sind nicht befolgt worden. Diejenigen, die sich mir widersetzt haben, werden diesen Haushalt sofort verlassen.«

Sie erschrak. »Verlassen? Aber wohin sollten sie denn gehen? Sie gehören doch hierher. Sicherlich wirst du sie nicht hinauswerfen, oder?«

»Es ist mir herzlich egal, wohin sie gehen«, brummt er schroff.

»Diese ... Anweisungen waren wohl sehr wichtig?«
»Nein.«

»Dann ...«

»Jeder einzelne Befehl muß befolgt werden«, sagte er. »Sowohl von den Soldaten als auch von den Dienern.«

Sie war so wütend über seine unbeugsame Haltung, daß sie ihn am liebsten angeschrien hätte. Aber sie machte sich zu große Sorgen um diejenigen, die auf sie angewiesen waren, daß sie sich beherrschte. »Willst du ihnen nicht eine zweite Chance geben?« fragte sie. »Verdammst du sie schon nach einem einzigen Vergehen?«

»In einer Schlacht bekommt ein Ritter auch nie eine zweite Chance.«

»Dies hier ist keine Schlacht.«

O doch, es ist eine Schlacht, dachte er insgeheim, und seine Frau war sein Gegner. Ihm war sofort klargewesen, daß sie seine Befehle rückgängig gemacht hatte, und jetzt wollte er, daß sie ihren Fehler eingestand, dann würde er ihr in aller Ruhe erklären, wie entscheidend Disziplin war und welchen Platz sie in der Rangordnung dieses Hauses einnahm.

Seine Frau war so außer sich, daß sie kaum still sitzen konnte. Seine Methode zeigte also die erste Wirkung.

Sein Ton war milde, als er sagte: »Erhebe nicht die Stimme gegen mich, Nichola.«

Nichola starrte ihn lange an – er machte ernst, dachte sie. Aber sie würde nicht zulassen, daß die Bediensteten für ihre eigenen Irrtümer bestraft wurden. Sie holte tief Luft: »Ich habe eine Bitte, Royce.«

»Und welche?«

»Ich würde gern zuerst ein paar Worte sagen, wenn die Diener hier sind, wenn du erlaubst.«

Sie war dankbar, als er nickte.

Die Bediensteten huschten in die Halle, manche von ihnen trugen schon ihre Nachthemden. Nichola stand auf und ging um dem Tisch herum. Alice war die letzte in der Reihe, und Nichola nickte ihr zu. »Mein Gemahl hat mir huldvoll erlaubt, als erste ein paar Worte an euch zu richten«, begann sie mit erstaunlich fester Stimme. »Heute hat euch euer Herr ein paar spezielle Anweisungen gegeben.«

Einige nickten, und Nichola lächelte. »Ich habe seine Befehle rückgängig gemacht oder um etwas anderes gebeten. Das war sehr gedankenlos von mir«, fügte sie hinzu. »Und ich bitte sowohl euch als auch meinen Gemahl um Vergebung, weil ich solche Verwirrung angerichtet habe.«

Sie atmete noch einmal tief durch, bevor sie zum schwierigsten Teil ihrer kleinen Ansprache kam. »In Zukunft werdet ihr gehorchen, wenn euch mein Gemahl Befehle gibt. Wenn ich aus Unachtsamkeit etwas Gegenteiliges von euch verlange, erinnert mich bitte daran, daß ihr die Anordnungen eures Herrn befolgen müßt. Er ist jetzt der Hausherr, und ihm müßt ihr loyal gegenüberstehen, mehr als jedem anderen.«

Clarise trat einen Schritt vor. »Auch mehr als Euch, Mylady?« fragte sie stirnrunzelnd.

Nichola nickte. »Ja. Habt ihr sonst noch Fragen?«

»Was ist, wenn Ihr zuerst Eure Anweisungen gebt und der Baron das Gegenteil fordert?« wollte Alice wissen.

»Ihr werdet natürlich dem Herrn des Hauses gehorchen, Alice.«

Die Diener nickten, und Nichola lächelte immer noch. »Jetzt würde mein Gemahl gern mit euch sprechen.«

Sie würdigte Royce keines Blickes und durchquerte die Halle, dabei hoffte sie inständig, daß er sie nicht zurückrufen würde. Sie war so wütend, daß sie das erzwungene Lächeln nicht mehr länger aufrechterhalten konnte.

Nichola schimpfte den ganzen Weg zu Ulrics Zimmer vor sich hin. Ihr Mann war ein Schuft. Zuerst hatte er ihr die Festung weggenommen, und jetzt war er auch noch entschlossen, die Dienerschaft auf seine Seite zu ziehen. Es war alles so ungerecht und falsch. Warum war immer sie diejenige, die nachgeben mußte? Wahrscheinlich, weil die Normannen den Krieg gewonnen hatten. Trotzdem – sie war mit Royce verheiratet, und er sollte ihre Meinung auch gelten lassen.

So leise wie möglich betrat sie Ulrics Zimmer, um den Kleinen nicht zu wecken. Nichola schloß die Tür, und gerade in diesem Moment glaubte sie, eine Bewegung im Schatten links hinter sich ausgemacht zu haben. Sie wirbelte herum und wollte schreien, aber eine Hand preßte sich fest auf ihren Mund..

Sie wehrte sich vehement und biß ihren Angreifer in die Hand, während sie mit den Nägeln seine Arme zerkratzte.

»Verdammt, Nichola, hör auf damit. Ich bin's, Thurston.«

Sie sank matt gegen ihn. Sie konnte gar nicht glauben, daß ihr Bruder bei ihr war. Sie war überwältigt und voller Angst. »Hast du den Verstand verloren, Thurston?« flüsterte sie. »Wie konntest du nur so ein Risiko eingehen? Wie bist du überhaupt in die Burg gekommen? Lieber Gott, wenn sie dich hier finden ...«

Thurston umarmte sie fest. »Ich habe den Geheimgang benutzt. Ich mußte dich sehen, Nichola. Ich wollte mich vergewissern, daß es dir gutgeht. Himmel, ich hätte dich beinah getötet – als ich dieses goldene Haar sah, wußte ich, daß dich mein Pfeil getroffen hatte.«

Die Qual, die sie aus seiner Stimme heraushörte, zerriß ihr das Herz. »Es war nur ein Kratzer«, log sie.

»Ich zielte auf den Normannen, aber du hast dich in der letzten Sekunde vor ihn geworfen. Warum? Hast du versucht, ihn zu retten? Es sah fast so aus, aber das ergibt doch gar keinen Sinn? Wußtest du, daß ich in den Bergen war?«

»Ich habe dich gesehen, Thurston, und gleich geahnt, daß du es auf Royce abgesehen hattest.«

»Royce? Ist das der Name des Mannes, der dich gefangengenommen hat?«

»Ich bin keine Gefangene«, gestand sie. »Er ist mein Mann.«

Thurstons Hände umklammerten ihre Arme so fest, daß sie befürchtete, blaue Flecken zu bekommen. Seine blauen Augen sprühten Feuer vor Wut. Nichola schob seine Hände weg. »Ich habe dir viel zu erzählen«, sprudelte sie hervor. »Verurteile mich nicht, bevor du alles gehört hast.«

Nichola zündete eine Kerze an und betrachtete ihren hübschen blonden Bruder im Licht. Auch wenn er so wütend war, sah er sehr gut aus. Sein Gesicht war unversehrt, aber er wirkte sehr erschöpft.

»Du kannst nicht hierher zurückkommen«, sagte Nichola. »Royce hat die meisten Geheimgänge bereits gefunden, und es wird nicht mehr lange dauern, bis er auch den entdeckt, der in dieses Zimmer führt. Ich will nicht, daß dir etwas zustößt.«

»Nichola, hat man dich gezwungen, den Normannen zu heiraten?«

Ihr blieb keine Zeit für lange Erklärungen, und Thurston hätte sie ohnehin nicht verstanden. »Nein.«

Er traute seinen Ohren nicht. »Man hat dich wirklich nicht gezwungen?«

»Nein«, wiederholte sie. »Ich habe ihn mir selbst ausgesucht. Wenn jemand zu dieser Heirat gezwungen wurde, dann war es Royce.«

Thurston lehnte sich an das Fenstersims. In der Ferne ertönte ein Donnergrollen, und Nichola zuckte zusammen. Ihr Bruder verschränkte die Arme vor der Brust und musterte sie eingehend. »Wieso hast du das getan?«

Die volle Wahrheit würde ihn nur noch mehr in Rage bringen, das wußte Nichola. »Wenn die Umstände günstiger wären und du meinen Mann kennenlernen könntest, würdest du wissen, warum ich mich für ihn entschieden habe. Royce ist ein guter Mann, Thurston, und er ist sehr freundlich zu mir.«

»Er ist ein Normanne.«

Er spie die Worte beinah aus, und seine Wut machte sie

ärgerlich. »Der Krieg ist vorbei, Thurston. Wenn du nicht den Treueeid vor William ablegst, wirst du zum Tode verurteilt. Ich flehe dich an, widersetze dich nicht. Ich will nicht, daß du getötet wirst.«

Er schüttelte den Kopf. »Der Krieg ist nicht vorbei«, behauptete er. »Die Truppe der Widerstandskämpfer wächst von Tag zu Tag, und es ist nur noch eine Frage der Zeit, bis wir diesen schurkischen normannischen König absetzen.«

»So einen Unsinn glaubst du doch nicht wirklich«, rief sie aus.

Thurston seufzte müde. »Du bist hier von der Welt abgeschnitten, Nichola. Du kannst das nicht verstehen. Wir müssen jetzt gehen. Meine Männer warten außerhalb der Mauer. Wickle Ulric in ein paar Decken, und beeil dich, bevor das Unwetter ausbricht.«

Nichola war wie gelähmt. Erst nach einiger Zeit wich sie zurück und schüttelte den Kopf. »Ich kann nicht mit dir gehen, Royce ist mein Mann, und ich bleibe hier.«

»Du meinst, du willst bei ihm bleiben?«

Der Abscheu, der in seiner Stimme mitschwang, bereitete ihr Übelkeit. Sie senkte den Kopf. »Ich möchte hierbleiben.«

Einen langen Augenblick herrschte Schweigen, und als Thurston das Wort ergriff, bebte seine Stimme. »Gott sei deiner Seele gnädig, Nichola. Du liebst ihn, nicht wahr?«

Erst in diesem Moment erkannte sie die ganze Wahrheit. »Ja, ich liebe ihn.«

Wütend holte ihr Bruder aus und schlug ihr hart ins Gesicht. Die Wucht des Schlages riß sie fast von den Füßen. Sie taumelte, fing sich aber gerade noch rechtzeitig. Ihr Gesicht brannte, aber sie gab keinen Laut von sich, sondern starrte ihren Bruder regungslos an.

Nie zuvor hatte er die Hand gegen sie erhoben. Er war leicht erregbar, aber meistens blieb er vernünftig. Der Krieg hat ihn verändert, sagte sie sich, er ist ein Fremder geworden.

»Du bist eine Verräterin«, zischte er.

Diese Anklage schmerzte sie mehr als der Schlag. Nicholas Augen füllten sich mit Tränen, und sie sann verzweifelt nach einer Möglichkeit, zu ihm durchzudringen. »Ich liebe dich, Thurston«, sagte sie. »Und ich habe Angst um dich. Dein Haß verzehrt dich. Denk doch an deinen Sohn – Ulric braucht dich – und vergiß diesen unsinnigen Stolz. Du mußt an Ulrics Zukunft denken.«

Er schüttelte den Kopf. »Mein Sohn hat keine Zukunft bei den Normannen«, knurrte er. »Wo ist Justin? Befindet er sich noch im Kloster?«

Bedeutete ihm sein Sohn so wenig, daß er kaum über ihn sprach und nicht einmal über die Pflichten, die er ihm gegenüber hatte, nachdenken wollte?

»Antworte mir, Nichola«, forderte Thurston. »Wo ist Justin?«

»Er ist hier.«

Nichola ergriff Thurstons Arm, aber er stieß ihre Hand beiseite. »Bitte nicht, Thurston«, hauchte sie. »Justin wollte sterben, aber Royce läßt es nicht zu.«

Thurston schien das kaltzulassen. »Wo genau hält er sich auf?«

»In den Unterkünften der anderen Soldaten.«

»Guter Gott, diese Demütigung wird ihn umbringen.«

»Royce hat sein Wort gegeben, ihm zu helfen.«

»Überbring Justin eine Botschaft von mir. Sag ihm, daß ich ihn nicht vergessen habe. Ich komme zurück ... sehr bald.«

»Nein!«

Sie merkte nicht einmal, daß sie schrie, bis der Laut von den Wänden widerhallte. Ulric wimmerte, und Nichola lief zu der Krippe und tätschelte ihm den Rücken. Der Kleine steckte beruhigt den Daumen in den Mund und schloß die Augen.

»Geh weg von ihm«, befahl Thurston. »Ich möchte nicht, daß du meinen Sohn anrührst.«

Erschrocken wich Nichola zurück und drehte sich zu ihrem Bruder um.

Ulric wäre wieder eingeschlafen, wenn Royce nicht mit solcher Wucht die Tür aufgerissen hätte, daß sie beinah aus den Angeln gesprungen wäre.

Nichola zuckte zusammen, und Ulric kreischte.

Royce stand mit gespreizten Beinen auf der Schwelle und hatte die Hände zu Fäusten geballt. Er wirkte bedrohlich, aber sein Blick war das Entsetzlichste an ihm.

Nichola war nichts geschehen. Als Royce den Schrei gehört hatte, war ihm fast das Herz stehengeblieben. Im nächsten Moment war er die Treppe hinaufgestürmt und hatte sich alle möglichen Schreckensbilder ausgemalt.

Aber sie war heil und gesund.

Nichola verbarg ihre linke Gesichtshälfte vor ihrem Mann. Er würde fuchsteufelswild werden, wenn er erfuhr, daß ihr Bruder sie geschlagen hatte, und sie war entschlossen, eine Katastrophe abzuwenden. Aber sie wußte nicht, wen sie zuerst beruhigen sollte. Das Baby heulte immer noch, und trotzdem lastete ein bedrohliches Schweigen über dem Raum. Plötzlich trat Thurston einen Schritt vor.

Nichola stand zwischen den beiden Gegnern, und beide starrten sie an, während sie hilflos von einem zum anderen blickte. Dann lief sie los – zu ihrem Mann.

Sie warf sich in seine Arme. »Bitte, bleib ruhig«, flüsterte sie. »Bitte ...«

Ihre Verzweiflung besänftigte seinen Zorn. Er drückte sie kurz an sich und schob sie hinter seinen Rücken, um sich voll und ganz auf seinen Feind konzentrieren zu können.

Nicholas Bruder kam noch einen Schritt näher.

Royce lehnte sich an den Türrahmen und verschränkte die Arme vor der Brust. Diese lässige Haltung irritierte Thurston.

»Ich hatte Euch eigentlich schon früher erwartet, Thurston«, sagte Royce milde. Thurston wurde unsicher, erholte sich aber rasch wieder.

»Hat Nichola Euch von den Geheimgängen erzählt?«

Royce schüttelte den Kopf. Er spürte, daß Nichola ihn an der Jacke zupfte, und wußte, daß sie schreckliche Angst hatte. Er wollte ihre Qualen nicht unnötig verlängern, deshalb sagte er schroff: »Entschließt Euch, Thurston.« Er ließ seinen Gegner nicht aus den Augen. »Ihr habt die Wahl. Entweder Ihr legt die Hand auf Euer Schwert und schwört mir die Treue oder ...«

»Oder was?« fiel Thurston ihm ins Wort. »Oder mich erwartet der Tod, Normanne? Aber ich werde Euch zuerst töten.«

»Nein!« rief Nichola. Sie fühlte, wie sich eine Hand auf ihre Schulter legte, und sah, daß Lawrence neben ihr stand.

»Baron?« sagte Lawrence.

Royce wandte den Blick nicht von Thurston ab, als er befahl: »Begleite meine Frau in unser Zimmer, Lawrence, und bleib bei ihr.«

Der Vasall nahm Nicholas Hand. »Nein!« schrie sie wieder. »Royce, das Baby ... bitte laß mich Ulric mitnehmen.«

»Du läßt meinen Sohn, wo er ist, Nichola«, brüllte Thurston. »Du hast dich für die andere Seite entschieden.«

Nichola schwankte und verließ mit hängenden Schultern den Raum.

Royce ging einen Schritt auf Thurston zu, als Lawrence die Tür schloß.

Thurston kam auch näher. »Ihr hättet Eure Soldaten rufen sollen.«

»Warum?«

Thurston grinste. »Damit sie Euch beschützen. Jetzt seid Ihr in meiner Gewalt, Bastard, und ich werde Euch töten.«

Royce schüttelte den Kopf. »O nein, Ihr werdet mich nicht töten. Ich könnte mir jetzt Genugtuung für Eure Beleidigung verschaffen, aber das würde meine Frau zu sehr aufregen.«

»Sie hat ihre eigene Familie verraten.«

Royce zog eine Augenbraue hoch. Mit jeder Minute, die verstrich, fiel es ihm schwerer, seinen Zorn unter Kontrolle zu halten. »Wann ist Nichola zur Verräterin geworden?« fragte er mit gefährlich leiser Stimme. »Bevor oder nachdem Ihr sie im Stich gelassen habt?«

»Im Stich gelassen? Ihr wißt nicht, wovon Ihr sprecht.«

»Ach nein? Ihr habt sie alleingelassen, und sie mußte sehen, wie sie zurechtkommt«, konterte Royce. »Dann habt Ihr ihr Euren Sohn anvertraut und sie damit noch mehr belastet. Sie hat alles getan, um Ulric vor Schaden zu bewahren, aber Euch ist es vollkommen gleichgültig, welche Opfer sie gebracht hat, nicht wahr? Ja, Ihr habt sie schändlich im Stich gelassen.«

»Ich wurde im Norden gebraucht«, murrte Thurston.

»Ah, ja, im Norden«, erwiderte Royce gedehnt. »Habt Ihr dort nicht Euren Bruder verletzt liegengelassen, ohne Euch um sein Überleben zu kümmern?«

Thurstons Gesicht wurde scharlachrot. Der Haß auf diesen Normannen drohte ihn zu verbrennen, und ihm fiel nicht einmal etwas zu seiner Verteidigung ein. »Man hat mir gesagt, daß Justin gefallen sei.«

Seine unsichere Stimme verriet Royce, daß er nicht die volle Wahrheit sagte. »Nein«, behauptete er. »Man hat Euch erzählt, daß er verwundet ist, und als Ihr hörtet, welche Verletzung er erlitten hat, habt Ihr ihn zum Sterben zurückgelassen. So ist es doch in Wirklichkeit gewesen, oder nicht? Justin war nutzlos für Euch, da er nur noch eine Hand hatte.«

Thurston war erschüttert, weil Royce so viel über ihn wußte. Dieser Normanne versuchte, ihn für Justins Misere verantwortlich zu machen. »Ich habe weiter gekämpft, um meinen Bruder zu rächen.«

Royce widerte dieses Gespräch an. Er hatte nur ein paar Stücke des Puzzles zusammengesetzt und lediglich vermutet, daß Thurston seinen Bruder mit der schweren Verwundung auf dem Schlachtfeld liegengelassen hatte. Jetzt machten Thurstons fadenscheinige Ausflüchte deutlich, daß Royce mit seinem Verdacht genau richtiggelegen hatte. Dieser nichtswürdige Schurke hatte seinen Bruder tatsächlich dem Tod überlassen.

»Justin wußte genau, was Ihr ihm angetan habt, nicht wahr?« fragte Royce.

Thurston zuckte mit den Schultern. »Er hat mich verstanden. Ist mein Bruder auch zum Verräter geworden?« wollte er wissen. »Hat er Euch erzählt, was passiert ist? Oder hat Nichola ihn herumgekriegt? Hat sie seinen geschwächten Zustand ausgenutzt, um ihn dazu zu überreden, zu den Normannen überzulaufen?«

Royce beantwortete keine dieser unsinnigen Fragen. »Sagt mir eins«, forderte er. »Verdammt Ihr Nichola, weil sie mich geheiratet hat oder weil sie noch immer am Leben ist?«

»Ihr eigenes Eingeständnis hat mich dazu gebracht, sie zu verstoßen.«

»Welches Eingeständnis?«

»Sie erzählte mir, daß sie Euch zum Ehemann gewählt hat«, erwiderte Thurston. »Niemand hat sie genötigt, so etwas zu tun. Sie läßt es zu, daß Ihr sie anrührt, nicht wahr? Guter Gott, meine eigene Schwester im Bett eines Normannen! Ich wünschte, mein Pfeil hätte ihr Herz durchbohrt.«

Das war genug für Royce. Thurston war gänzlich unvorbereitet als Royce losstürmte. Seine Faust traf das Gesicht des Angelsachsen, und die Wucht des Hiebs ließ ihn rückwärts gegen den Kamin taumeln. Die Umrandung des Simses zerbarst und polterte auf den Boden.

Royce hatte Thurston die Nase gebrochen, aber er wünschte, es wäre sein Genick gewesen. Erst das schrille Geschrei des Babys brachte Royce zu sich. Er warf einen Blick in die Krippe, um sicherzugehen, daß Ulric nichts passiert war, dann trat er die Geheimtür, die in die holzverkleidete Wand eingelassen war, auf.

»Ich habe Euch gestattet, die Burg zu betreten, Thurston, weil ich mit Euch sprechen wollte. Ich möchte den Namen des Mannes erfahren, der meine Frau in London bedroht hat.«

Thurston schüttelte den Kopf. »Ich habe keine Ahnung, wovon Ihr überhaupt sprecht«, brummte er und wischte sich das Blut vom Gesicht. »Wir haben niemanden in London – noch nicht«, fügte er hinzu. »Trotzdem holen wir uns bald zurück, was uns gehört. Kein einziger Normanne wird bleiben...«

»Erspart mir Eure politischen Parolen«, unterbrach ihn Royce. »Ich will die Wahrheit wissen. Nennt mir den Namen des Angelsachsen, Thurston, oder ich werde ihn aus Euch herausprügeln.«

Ulrics Schreien drang endlich zu Thurston durch. Er ging zur Krippe, nahm seinen Sohn auf den Arm und tätschelte zärtlich seinen Rücken, um ihn zu beruhigen.

»Ich nehme meinen Sohn mit.«

»Nein, das werdet Ihr nicht tun«, erwiderte Royce. »Ihr werdet Euch nicht im geringsten um das Wohlergehen des Kindes kümmern können, aber Nichola und ich können für ihn sorgen. Es ist kalt und regnerisch draußen, und Ihr werdet Ulric nicht solchen Bedingungen aussetzen. Ich schlage Euch einen Handel vor«, setzte er schnell hinzu, ehe Thurston Einwände erheben konnte. »Wenn Ihr einen sicheren Ort für Euren Sohn gefunden habt, könnte Ihr jemanden zu mir schicken, der ihn abholt.«

»Ihr würdet ihn gehenlassen?«

Royce nickte. »Ich gebe Euch mein Wort«, sagte er. »Und jetzt möchte ich Euer Wort haben, daß Ihr wirklich nicht wißt, wer meine Frau bedroht hat.«

»Erzählt mir, was genau geschehen ist«, bat Thurston.

Royce berichtete von der alten Frau, die Nichola den Dolch gegeben hatte. Und noch während er sprach, sah er Thurstons Miene an, daß er tatsächlich nichts von diesem Zwischenfall wußte.

»Die angelsächsischen Barone, die sich William zugewandt haben, sind für uns nicht vertrauenswürdig«, sagte Thurston. »Wir würden sie niemals mit solch heiklen Aufgaben betrauen. Ihr müßt unter Euren eigenen Leuten nach den Übeltätern suchen, wir Angelsachsen lassen nie Frauen die Drecksarbeit erledigen.«

Royce glaubte ihm und sah zu, wie Thurston Ulric in die Krippe zurücklegte. Dieser Mann war sein Feind, aber er war auch Nicholas Bruder. Royce wartete geduldig, bis sich der Vater von seinem kleinen Sohn verabschiedet hatte.

Thurston holte tief Luft. Seine Vernunft sagte ihm, daß der Normanne recht hatte, aber trotzdem war es ihm zuwider, seinen Sohn im Haus seines Feindes zurückzulassen. Er mußte dem Wort eines Normannen vertrauen, und das brachte ihn beinah um.

»Ulric wird bei der Familie meiner Frau leben«, sagte er. »Wenn sie hier ankommen, werdet Ihr ihnen Ulric übergeben.«

Das war ein Befehl und keine Bitte. Royce nickte. »Die Familienmitglieder Eurer Frau können kommen. Wenn ich überzeugt bin, daß es Ulric bei ihnen an nichts fehlt, können sie ihn mitnehmen. Geht jetzt, Thurston. Ihr habt mich schon sehr viel Zeit gekostet.«

Thurston warf einen letzten Blick auf seinen Sohn und ging zu der Öffnung, die zur Geheimtreppe führte.

»Seht zu, daß Ihr Euren Haß loswerdet, Thurston. Noch ist es Zeit, ansonsten wird er Euch vernichten.«

Wenn Thurston die Warnung gehört hatte, so ließ er es sich nicht anmerken. Er ging ohne einen Blick zurück die Treppe hinunter.

Royce schloß die Geheimtür und ging zur Krippe. Ulric war immer noch außer sich. Royce hob das Baby hoch und legte es an seine Schulter, wie Nichola es immer tat. Er tröstete das Kind mit denselben törichten Worten, die er von

Nichola gehört hatte, und es dauerte nur ein paar Minuten, bis der Kleine ruhiger wurde.

Ingelram wartete im Flur, und Royce befahl ihm, den oberen und den unteren Eingang des Geheimgangs bewachen zu lassen.

Alice stand an der Treppe, und Royce gab ihr ein Zeichen. »Dem Baby geht es gut«, sagte er, als er ihre besorgte Miene sah.

Ulric war hellwach und zappelte auf Royces Arm. Alice nahm ihm das Kind ab. »Ihr habt das Kind beruhigt«, sagte sie. »Aber jetzt solltet Ihr besser schnell auch noch die Kleine beruhigen.« Alice wurde rot, als sie ihm diesen Vorschlag machte. »Verzeiht meine Kühnheit, Mylord, aber ich mache mir ernsthafte Sorgen um meine Nichola. Sie ist bestimmt schon halb verrückt vor Angst.«

Royce nickte. »Ja, Alice, sie ist sicher außer sich«, stimmte er zu und ging.

Nichola wirbelte herum, sobald sie jemanden an der Tür hörte. Als Royce ihr Gesicht sah, blieb ihm das Herz stehen. Sie stand Todesängste aus. Royce seufzte – wahrscheinlich glaubte sie, daß er ihren Bruder getötet hatte, und wartete nur auf seine Bestätigung.

Lawrence stand neben dem Kamin und atmete erleichtert auf, als er den Baron sah. »Lady Nichola macht sich große Sorgen«, sagte er überflüssigerweise.

Royce ließ Nichola nicht aus den Augen. »Sie braucht sich keine Sorgen zu machen. Ihr Bruder ist noch am Leben.«

Lawrence lächelte und ging an Royce vorbei zur Tür. »Sie hatte keine Angst um Thurston, sondern um Euch, Baron.«

Mit diesen Worten schloß der Vasall die Tür hinter sich.

»Ich habe mich nicht um dich geängstigt«, behauptete Nichola.

»Lawrence ist anderer Meinung.«
»Er lügt.«
»Er lügt nie.«

Tränen trübten ihren Blick. »Ich sollte dich hassen, Royce, ja das sollte ich wirklich. Seit dem Augenblick, als wir uns zum erstenmal begegnet sind, geschehen die schrecklichsten Dinge mit mir. Sieh mich nur an.« Sie hob die Hände. »Ich habe Narben auf beiden Händen und eine besonders häßliche an meiner Schulter. Das ist alles deine Schuld.«

Nichola löste ihren Gürtel und warf ihn auf den Boden, dann streifte sie die Schuhe ab. »Weil du ein Normanne bist – deshalb ist alles deine Schuld.«

Sie zog das Kleid über ihren Kopf, schleuderte es weg und zog auch das Unterkleid aus. »Also?« fragte sie. »Hast du irgend etwas zu deiner Verteidigung vorzubringen?« Ohne abzuwarten, fuhr sie fort: »Ich wäre nicht mit Narben und Blessuren übersät, wenn du nicht wärst.«

»Ich dachte eigentlich, daß du den Hang hast, in Unfälle verwickelt zu werden.«

Er war überzeugt, daß sie die Bemerkung gar nicht gehört hatte. Sie war viel zu beschäftigt damit, seine Verfehlungen aufzuzählen. Er verzog keine Miene – nicht einmal, als sie ihn für das Gewitter, das inzwischen toste, verantwortlich machte. Royce ließ sie schimpfen und toben, weil er wußte, daß sie so der ausgestandenen Angst Luft machen konnte. Außerdem wagte sie nicht, ihn direkt nach Thurston und Ulric zu fragen.

Nicholas Wutanfall hatte sich erschöpft, als sie bis aufs Hemd ausgezogen war. Sie stand beinah nackt und mit gesenktem Kopf vor dem Bett. Lieber Himmel, sie sah so zart und zerbrechlich aus!

»Bist du jetzt bereit, mir zuzuhören?«

Sie gab keine Antwort.

»Nichola, komm her.«

»Nein.« Trotzdem durchquerte sie den Raum und baute sich vor ihm auf. »Ich werde nie wieder einem deiner Befehle gehorchen, Royce.«

Er hielt es nicht für günstig, sie darauf hinzuweisen, daß sie das bereits getan hatte. Er legte die Arme um sie und versuchte, sie an sich zu ziehen.

Sie schlug seine Hände weg. »Ich werde auch nicht mehr zulassen, daß du mich berührst.«

Davon ließ sich Royce nicht beeindrucken, er nahm sie in die Arme und unterdrückte jeglichen Widerstand. Sie wurde mit einem Mal ganz schwach, lehnte sich an ihn und weinte rückhaltlos. Sie heulte ebenso laut und unkontrolliert wie der kleine Ulric, aber Royce unternahm nicht einmal den Versuch, sie zu besänftigen. Er legte das Kinn auf ihren Kopf und wartete schlicht ab, bis sie fertig war.

Seine Jacke war vollkommen durchnäßt, als Nichola endlich ruhiger wurde. Sie schluchzte noch ein paarmal an seiner Brust und war selbst entsetzt über ihr Betragen, aber es war ihr unmöglich gewesen, sich zurückzuhalten. Die unendliche Erleichterung, die sie empfunden hatte, als Royce heil und unversehrt ins Zimmer gekommen war, hatte sie derart überwältigt, daß sie nicht mehr fähig gewesen war, ihre Emotionen unter Kontrolle zu halten.

Sie zitterte vor Erschöpfung und Kälte. Royce schloß sie fester in die Arme. »Du solltest unter die Decke kriechen, bevor du zu Eis erstarrst«, flüsterte er rauh.

Sie ignorierte seinen Vorschlag. Nichola verstand selbst nicht, warum, aber sie brauchte noch eine Weile seine Nähe. »Du mußt mich ja für ein Baby halten«, sagte sie. »Ich benehme mich genau wie Ulric.«

»Vielleicht benimmst du dich wie er, aber du riechst viel besser.«

Nichola wußte, daß er sie neckte, als sie seinen belustigten Tonfall vernahm, und fand es reichlich seltsam, daß er nach diesen tragischen Ereignissen so reagierte. »Royce?«

»Ja?«

Eine volle Minute verstrich, ehe sie die Frage herausbrachte. »Bin ich eine Verräterin?«

»Nein.«

Die Dringlichkeit in dieser Verneinung erschreckte sie. »Sei nicht böse auf mich. Heute abend sind schon zu viele Leute in Rage geraten.«

Er umfaßte ihr Kinn und zwang sie, ihn anzusehen. »Ich bin nicht böse auf dich. Diese Frage macht mich wütend, das ist alles. Thurston hat dich eine Verräterin genannt, oder?«

Wieder schossen ihr die Tränen in die Augen. Royce war erstaunt, daß sie überhaupt noch welche übrig hatte. »Lieber Gott, Nichola, fang nicht wieder an zu weinen. Es ist ja jetzt vorbei, und Thurston ist gänzlich unverletzt.«

»Ich wußte, daß ihm nichts passiert«, rief sie aus. »Ich habe mich um dich gesorgt.«

Ihre Heftigkeit überraschte ihn, und er wußte nicht, ob er beleidigt sein sollte oder nicht. »Hast du so wenig Vertrauen in meine Fähigkeiten?«

Sie stach mit dem Zeigefinger in seine Brust. »Deine Fähigkeiten haben damit überhaupt nichts zu tun.«

»Ach nein?« fragte er vollkommen verwirrt.

»Nein, selbstverständlich nicht.«

»Nichola, was soll das heißen?«

»Thurston ist mein Bruder.«

»Dessen bin ich mir bewußt.«

»Ich kenne ihn besser als du.«

»Ja, natürlich.«

»Er hat eine Menge guter Eigenschaften.«

»Wage es nicht, ihn zu verteidigen.«

Sie machte Anstalten, sich wegzudrehen, aber Royce hielt sie fest. Er zwang sie erneut, ihn anzusehen, und strich ihr mit den Fingerspitzen über die Wange. »Das hat er getan, nicht wahr?« fragte er und betrachtete die Striemen in ihrem Gesicht mit zornigem Blick. »Wenn du jetzt sagst, daß er dich gar nicht schlagen wollte, dann reißt mir endgültig der Geduldsfaden.«

»Woher weißt du, daß Thurston mich geschlagen hat? Hat er es dir erzählt?«

»Man kann alle fünf Finger einer Männerhand auf deinem Gesicht sehen, daher weiß ich es, Nichola.«

Seine wutbebende Stimme jagte ihr Schauer über den Rücken. »Du wirst deine Geduld nicht verlieren müssen«, sagte sie. »Und genau das will ich dir ja die ganze Zeit erklären. Thurston ist schrecklich jähzornig. Schon als kleiner Junge hat er gehandelt, ohne vorher nachzudenken. Papa war oft verzweifelt, weil er ihm nicht beibringen konnte, sich zu beherrschen. Mein Bruder kämpft nicht wie ein Ehrenmann, Royce – du schon.«

»Und woher weißt du, wie ich kämpfe?« fragte er sanft.

»Ich weiß es einfach«, entgegnete sie. »Du hast hohe Ideale, und du hast gelernt, dein Temperament im Zaum zu halten – außerdem bist du ungewöhnlich geduldig. Während unserer Reise nach London, als ich immer wieder davonlief und du mich immer aufs neue eingefangen hast, wurdest du niemals zornig.« Nichola fühlte sich auf einmal sehr schwach und lehnte sich an Royce. »Der Krieg hat Thurston verändert – er ist voller Haß und hätte nicht fair gekämpft.«

»Und du glaubst, ich hätte es getan?«

»Natürlich.«

Er hauchte einen Kuß auf ihren Scheitel, dann hob er sie in seine Arme und trug sie zum Bett. Er schmunzelte ein wenig – wahrscheinlich war ihr gar nicht bewußt, wie sehr sie ihm geschmeichelt hatte. Seine Frau hatte keine Ahnung, was fair war und was nicht. Offensichtlich glaubte sie, daß es bestimmte Verhaltensregeln gab.

Sie irrte sich gründlich, aber er hatte nicht vor, ihr zu erklären, daß es in einem Kampf keinerlei Regeln gab. Er freute sich viel zu sehr darüber, daß sie so besorgt um ihn gewesen war. Er stellte sie neben dem Bett auf die Füße und griff nach dem Band, das ihr Hemd zusammenhielt.

»Was tust du da?« fragte sie.

»Ich ziehe dir das Hemd aus.«

Sie wollte seine Hand wegschieben. »Ich möchte es anbehalten.«

»Das möchte ich aber nicht.«

Das Hemd fiel zu Boden, und Nichola schämte sich zu sehr wegen ihrer Nacktheit, als daß sie einen Streit hätte anfangen können. Sie riß die Bettdecke zurück und sprang ins Bett. Royce konnte nur einen flüchtigen Blick auf sie werfen, bevor sie sich unter der Decke verkroch. Ihre Scheu amüsierte ihn. Royce zog sich aus, löschte die Kerze und legte sich auch ins Bett. Ihm war es sehr recht, daß er sie nicht zwingen mußte, näher zu ihm zu rücken – die Kälte kam seinen Wünschen entgegen. Nichola schmiegte sich an ihn, um sich zu wärmen, und er schlang die Arme und Beine um sie. Schon nach ein paar Minuten hörte sie auf zu zittern.

Es gefiel ihm, sie in den Armen zu halten, und der leichte Duft, der ihrer Haut entströmte, war betörend genug, um einen Mann in Verwirrung zu stürzen. Er begehrte sie und seufzte laut, als er sich dessen bewußt wurde. Es wäre zuviel für sie – er hatte ihr in der letzten Nacht Schmerzen zugefügt, und sie brauchte Zeit, bis sie das Gefühl des Wundseins losgeworden war. Außerdem war sie am heutigen Abend durch die Hölle gegangen, und auch von diesen Aufregungen mußte sie sich erst erholen. Nein, er würde sie in dieser Nacht nicht anrühren.

Sein Körper schenkte der Entscheidung, die sein Verstand gefällt hatte, keinerlei Beachtung, und das Verlangen pochte schmerzhaft in seinen Lenden.

Zum Teufel, wenn er in ihrer Nähe war, hatte er nicht mehr Disziplin als ein Ziegenbock. Royce verstand selbst nicht, warum er sich so wenig unter Kontrolle hatte – Nichola war schließlich nur seine Frau. Es war tatsächlich ziemlich erschreckend, daß sie so eine starke Wirkung auf ihn ausübte.

»Was hast du mit Thurston vor?« flüsterte Nichola in der

Dunkelheit. Während sie atemlos auf seine Antwort wartete, spannte sich ihr Körper an.

»Ich habe gar nichts mit ihm vor.«

»Hast du ihn eingesperrt?« fragte sie verständnislos. »Wirst du ihn nach London bringen?«

Royce drückte sie an sich. »Ich habe ihn laufen lassen, Nichola.«

Diese Eröffnung versetzte sie so sehr in Erstaunen, daß sie eine ganze Weile kein Wort herausbrachte. Schließlich murmelte sie: »Bekommst du denn keine Schwierigkeiten, wenn du ihn gehenläßt?«

Diese Frage war so lächerlich, daß er die Lippen verzog. »Nein«, erwiderte er kurz angebunden.

»Ich habe den Tumult bis hierher gehört«, fuhr Nichola fort. »Es klang, als ob eine Wand eingestürzt wäre.«

Nichola legte eine Hand auf Royces Brust und strich geistesabwesend darüber. O Gott, die Haut dieser Frau fühlte sich so zart und warm an ... Royce hielt ihre Hand fest, und ihr wurde klar, daß er nicht die Absicht hatte, ihr eine Erklärung für den Lärm, den sie vorhin gehört hatte, abzugeben. »Habt ihr gekämpft?« hakte sie deshalb nach.

»Nein.«

»Aber was hatte der Lärm dann zu bedeuten?«

Er stöhnte – Nichola gab niemals auf, bevor sie alle Antworten erhalten hatte. »Das Kaminsims ist eingebrochen«, erklärte er mit schläfriger Stimme.

Nichola richtete sich auf, um ihn anzusehen, und bemerkte, daß seine Augen geschlossen waren. »Er ist einfach so eingebrochen?«

»Schlaf jetzt, Nichola. Es ist schon spät.«

»Warum hast du Thurston gehen lassen?«

»Du weißt genau, warum.«

»Meinetwegen, stimmt's?«

Er schwieg.

Nichola hauchte ihm einen Kuß auf das Kinn. »Danke.«

Royce öffnete die Augen und blitzte sie an. »Du hast keinen Grund, dich bei mir zu bedanken«, erklärte er barsch und abweisend. »Ich wollte mit Thurston reden, und genau das habe ich getan. Ich gab ihm die Gelegenheit, sich zu ergeben, aber er hat sich anders entschieden. Du weißt sicher, was das bedeutet, oder?«

Nichola war sich durchaus darüber im klaren, aber sie verspürte keine Lust, die Konsequenzen zu diskutieren. Sie drehte sich weg, aber Royce hielt ihren Nacken mit eisernem Griff fest. »Ich kann nicht zulassen, daß du dir selbst etwas vormachst. Thurston wird bis zum Schluß Widerstand leisten, und wenn er noch einmal diese Festung betritt, werde ich ihn töten müssen.«

»Aber was wird aus Ulric?« rief Nichola aus. »Thurston kommt bestimmt zurück, um seinen Sohn abzuholen. Du kannst doch nicht ...«

Royce zog ihren Kopf behutsam an sich und erstickte ihre Proteste mit einem langen Kuß. Eigentlich wollte er sie nur von ihren Sorgen ablenken, doch ihre Lippen waren so weich und öffneten sich ihm so bereitwillig, daß er nicht aufhören konnte, ihren unglaublich süßen Geschmack zu kosten. Sein Mund brannte heiß, und seine Zunge versank fordernd in den feuchten Tiefen. Nichola genoß diese Liebkosung, das verriet ihm ihr leises lustvolles Stöhnen. Lieber Himmel, wie er sie begehrte! Seine Zunge glitt in erotischem Rhythmus vor und zurück, und Royce sehnte sich nach mehr ... Er konnte Nichola nicht nah genug sein. Mit einer Hand hielt er sie im Nacken fest, während die andere ihr Gesäß umfaßte und er sein steifes Glied an ihre erhitzte Haut preßte.

Sie war außer Atem, als er sie schließlich freigab, und auch er hatte Mühe, Luft zu bekommen, und starrte ihren Mund an. Ihre verlockenden Lippen waren gerötet und ein wenig angeschwollen. Royce strich mit dem Daumen über ihre Oberlippe, und während er ein paarmal tief durchatmete, um sich zu beruhigen, spürte er, wie ihr Herz heftig an seiner Brust pochte.

»Hör mir gut zu«, forderte er mit heiserer Stimme. »Thurston kommt nicht hierher zurück, statt dessen schickt er Verwandte seiner Frau, die Ulric zu sich nehmen. Wenn sich diese Leute als zuverlässig erweisen, dann werde ich ihnen gestatten, daß Kind mitzunehmen.«

»Nein!« Nichola versuchte, ihren Mann von sich zu stoßen.

»Doch.« Er schlang ein Bein um ihre Schenkel und hielt sie so gefangen. »Thurston ist Ulrics Vater, und ich habe diesem Vorschlag zugestimmt, weil er ein Mitglied deiner Familie ist. Nichola, ich erwarte, daß du mir nicht widersprichst.«

»Genauso wie du erwartest, daß ich dir wegen Justin nicht widerspreche? Du verweigerst mir, daß ich meinen Bruder sehe, und erklärst mir nicht einmal, warum du es mir verbietest. Du verlangst zuviel von mir, Royce.«

»Ich verlange nur so viel, wie du mir geben kannst«, erwiderte er, bevor er einen Kuß auf ihre Stirn drückte. »Ich will dir nicht weh tun, indem ich dich von Justin fern halte.«

»Aber genau das tust du.«

»Ich verstehe. Aber glaubst du tatsächlich, daß ich dir verbiete, ihn zu sehen, nur weil ich dich verletzen will?«

»Nein«, gab sie seufzend zu. »Eine solche Engstirnigkeit würde nicht zu dir passen.«

»Bist du nie auf den Gedanken gekommen, daß diese Forderung überhaupt nichts mit dir zu tun hat? Daß ich möglicherweise nur Justins Wohlergehen im Sinn habe, wenn ich dich nicht zu ihm lasse?«

»Justin liebt mich, und er braucht mich.«

»Nichola, du bist die letzte Person, die er jetzt braucht.«

Sein wütender Tonfall irritierte sie. »Ich würde Justin niemals etwas zuleide tun.«

»O doch, das würdest du«, erwiderte Royce und schüttelte ärgerlich den Kopf. »Ich entsinne mich ganz genau, daß wir, als wir das Kloster verließen, über Justins Schicksal gesprochen haben. Ich erklärte dir damals, daß ich die Verantwortung für Justin übernehmen würde. Hast du mir denn nicht zugehört?«

»Ich erinnere mich nicht daran«, murmelte sie. »Ich war damals außer mir. Aber du glaubst doch nicht im Ernst, daß ich meinem eigenen Bruder wissentlich Schaden zufügen würde. Ich habe mich mein ganzes Leben lang um Justin gekümmert – er ist das Nesthäkchen der Familie, und jetzt bin ich ...«

»Nichola, erspare mir diese Erklärungen. Justin würde deine Sorge um ihn als Mitleid deuten, und es würde ihn tief treffen, wenn du dich um ihn kümmerst. Er hat jetzt genug andere Sorgen, und ich lasse nicht zu, daß du ihn durch deine Fürsorge noch mehr belastest.«

»Was bereitet ihm denn solche Sorgen?«

»Ich.«

Seltsam, aber diese überhebliche Antwort besänftigte sie. In ihrem Herzen wußte sie, daß Royce recht hatte – Justin war sehr stolz, und es wäre erniedrigend für ihn, wenn sie seinen Kampf, sich zurecht zu finden, beobachten würde. Sie wäre nicht fähig, ihre Sorge um ihn zu verbergen, und ganz sicher würde Justin sie falsch verstehen und denken, daß sie ihn bemitleidete.

Und ihr Mann hatte auch recht, was Thurston betraf. Indem Royce ihm erlaubte, Ulric wegzuholen, beraubte er Thurston sämtlicher Gründe, noch einmal hierher zurückzukehren. Sie betete, daß Thurston begriff, wie gnädig ihm das Schicksal war, denn sie wußte, daß Royce ihm kein zweites Mal die Chance geben würde, ungeschoren davonzukommen.

Nichola schmiegte den Kopf an Royces Schulter und schloß die Augen. Sie fühlte sich unsicher und schwach, obwohl es normalerweise nicht ihre Art war, in Selbstmitleid zu versinken. Es war nur so, daß sich für sie, seit die Normannen die Dinge in die Hand genommen hatten, das Unterste zuoberst kehrte.

Royce hob ihr Gesicht an und küßte ihre Stirn und die Nasenspitze. »Ich will dich, Nichola«, flüsterte er und seufzte matt. Dann rollte er sich über sie und zog sie in die Arme. »Schlaf lieber, ehe ich meine guten Vorsätze vergesse.«

Aber sie wollte nicht schlafen. Sie sehnte sich, nein, sie brauchte seine Zärtlichkeit. Und während er sie liebte, konnte sie sich wenigstens vormachen, daß er ihr von Herzen zugetan war. Es war ihr gleichgültig, ob sie sich dabei selbst belog. Die Begegnung mit Thurston war so entsetzlich und schmerzlich gewesen, und Royce konnte sie all die Qualen vergessen lassen, auch wenn es nur für eine kurze Zeit war.

»Du hast gesagt, daß du mich willst«, flüsterte sie verlegen. »Bitte, Royce, überleg es dir nicht anders, ich will dich nämlich auch.«

Er stützte sich auf die Ellbogen und lächelte Nichola an. Beim Anblick dieses listigen Gesichtsausdrucks beschleunigte sich ihr Herzschlag. »Wieso bist du plötzlich so verschämt? Die letzte halbe Stunde hast du mich ohne Punkt und Komma beschimpft ...«

»Während unseres Gesprächs habe ich ganz vergessen, daß ...daß ich gar nichts anhabe, aber jetzt ist es mir bewußt geworden. Bitte, küß mich, dann verliere ich meine Scheu – du hast sie mir letzte Nacht auch genommen.«

Er schüttelte den Kopf. Die Erinnerung an die letzte Liebesnacht schürte sein Verlangen noch mehr. »Ich habe dir weh getan.«

»Ein Kuß würde mir sicher keine Schmerzen bereiten.«

»Ich werde nicht mehr aufhören können, Nichola, und die Beherrschung verlieren.«

Sie nahm sein Gesicht zwischen ihre Hände und zog es zu sich herunter, dann küßte sie ihn lange und ausgiebig. Royce kam ihr kein bißchen entgegen, bis sie ihn leicht in die

Unterlippe biß, um seine Aufmerksamkeit zu gewinnen. Das tat seine Wirkung – Royce stöhnte abgrundtief und drückte besitzergreifend seinen Mund auf ihre Lippen. Dieser Kuß spülte im Nu alle Sorgen und Kümmernisse weg, und ein prickelndes Gefühl, das sie in hellstes Entzücken versetzte, erfaßte Nichola. Royces Berührungen entfachten ein loderndes Feuer in ihrem Inneren. Sie klammerte sich an ihn und wehrte sich nicht dagegen, daß die Liebe und die Leidenschaft für diesen Mann von ihrem Geist und ihrer Seele gleichermaßen Besitz ergriffen.

Ihre Reaktion riß die letzte Bastion seiner Beherrschung ein. Er bemühte sich, sich zurückzuhalten, um Nichola Zeit zu geben, aber sein Verlangen war so groß, daß er kläglich versagte.

Er löste seinen Mund von ihren Lippen und küßte das Tal zwischen ihren Brüsten, dann wanderte er tiefer, über ihren flachen Bauch und noch weiter. Nichola hatte keine Zeit für einen Protest, denn schon im nächsten Augenblick liebkoste er ihr heißes Fleisch, und der entsetzte Laut, den sie von sich gab, verwandelte sich in der nächsten Sekunde in ein leidenschaftliches, genußvolles Stöhnen.

Diese allzu intime Berührung, die er von ihr forderte, war verwerflich – und herrlich. Nichola klagte leise und sehnte sich nach mehr.

Sie schmeckte wundervoll. Seine Zunge reizte ihre empfindliche Stelle und wurde immer kühner. Nichola durchströmten grelle Hitzewellen, und sie wölbte sich ihm entgegen, um diese süße Folter voll auszukosten. »Royce, bitte«, wimmerte sie und flehte um die ekstatische Erlösung, die nur er ihr schenken konnte.

Jetzt war es vollends um ihn geschehen. Er kniete sich zwischen ihre Schenkel, hob ihre Hüften an und drang tief in sie ein. Er hielt in der Bewegung inne, als er sie ganz ausfüllte und fragte mit vor Leidenschaft rauher Stimme: »Tue ich dir weh? Sag mir, wenn du Schmerzen hast.«

Sie war nicht fähig, ihm irgend etwas zu sagen, statt dessen kam sie ihm noch ein Stück entgegen und krallte ihre Nägel in seine Schultern. Das pochende Gefühl in ihrem Inneren war kaum mehr zu ertragen.

Seine Hand drängte sich zwischen ihre verschlungenen Körper, und er erregte sie mit den Fingerspitzen, bis sie das Feuer zu verzehren drohte. Ihre leisen Lustschreie verrieten ihm, daß sie diese Liebkosung willkommen hieß, und er bedeckte ihren Mund mit Küssen, als er sich in ihr bewegte. Jetzt war er keineswegs mehr vorsichtig und behutsam. Er zog sich zurück und versank erneut in ihren tiefsten Tiefen. Sie war so heiß, so feucht und so wunderbar eng. Seine Stöße wurden immer kraftvoller und drängender. Und endlich, als er spürte, wie sie sich zusammenzog und den Höhepunkt erreichte, ergoß er seinen Samen mit einem tiefen Laut der Lust in sie.

Nichola genoß im selben Moment die vollkommene Erfüllung. Das großartige Gefühl überwältigte sie derart, daß sie sich an ihren Mann klammerte, während sie die Wellen der Ekstase überspülten. Sie fürchtete sich kein bißchen, selbst als sie begriff, daß ihr alle Sinne schwanden, hieß sie diese herrliche Empfindung willkommen, da sie wußte, daß sie in Royces Armen sicher und geborgen war.

Nachdem das letzte Beben abgeklungen war, sank Nichola in die Kissen zurück und glaubte, sterben zu müssen.

Royce sank mit einem zufriedenen Keuchen über ihr zusammen. Seine süße Frau hatte ihm alle Energie und alle Willenskraft genommen, und es schien beinah so, als könnte er sich niemals mehr von ihr lösen.

Er brauchte ein paar Minuten, bis er sich erholt hatte, dann regte sich die Sorge in ihm. »Nichola, fühlst du dich gut?«

Sein besorgter Tonfall wärmte ihr Herz. »Ja.«

Er bemerkte, wie verlegen sie war, und bei Gott, das reizte ihn zum Lachen. Vor nur ein paar Minuten war diese Frau wild und leidenschaftlich gewesen, und jetzt schämte sie sich.

»Worüber amüsierst du dich so?« erkundigte sie sich schüchtern. »Du lachst mich doch nicht aus, oder?«

»Ich lache nur, weil du mir so viel Freude bereitet hast.«

»Royce?«

»Ja.«

»Es ist nicht alles so, wie es sein sollte, nicht wahr?«

Ihre Angst ernüchterte ihn. »Ich werde dich beschützen und auf dich achtgeben, Nichola.« Diese Antwort umfaßte vieles – beinah alles.

»Ulric muß fort von hier.«

»Ja.«

»Glaubst du, daß Thurston nie mehr hierherkommt, wenn sein Sohn nicht mehr im Haus ist?«

»Ich hoffe es«, gestand er.

»Er wird kommen, um Justin zu holen.«

Royce seufzte. Er hatte sich gewünscht, daß sie diesen Umstand nicht so rasch durchschauen würde. »Justin wird aber hierbleiben. Schlaf jetzt, Nichola. Es ist meine Pflicht, für diese Familie zu sorgen und auf alle aufzupassen.«

Ja, es war seine Pflicht, und er würde sie auch wahrnehmen, aber sie hatte ihn gezwungen, diese Aufgabe zu übernehmen, als sie ihn zu ihrem Mann auserkoren hatte.

Sie wünschte sich von ganzem Herzen, daß nicht nur das Pflichtbewußtsein ihn trieb, für sie zu sorgen. Nichola schloß die Augen und schluckte die Tränen hinunter. Sie stand unter Royces Schutz, ja.

Aber sie wünschte sich seine Liebe.

13

Royce hielt sich in der Nähe der Anrichte auf, als Nichola in die Halle kam – der kleine Ulric saß auf ihrer Hüfte. Ein älterer Soldat, den Nichola nicht kannte, stand neben ihrem Mann und sprach leise mit ihm. Beide Männer starrten auf die Stelle am Fußboden, wo der Tisch gestanden hatte, bevor Royce ihn wegrücken ließ.

Nichola entschloß sich, das Gespräch zu unterbrechen, und ging auf ihren Mann zu, um ihn zu begrüßen. Ulric brabbelte die neuen Worte vor sich hin, die er gelernt hatte, und als Royce sich umdrehte, streckte der kleine Kerl die Ärmchen nach ihm aus.

Er nahm das Baby auf den Arm und betrachtete seine Frau. Sie faltete die Hände und schenkte Royce ein Lächeln.

»Guten Morgen, Royce.« Sie streckte sich, um ihn zu küssen, besann sich aber im letzten Moment anders. Ein Fremder wäre Zeuge dieser zärtlichen Geste, und Nichola wollte Royce nicht in Verlegenheit bringen.

Ihr Mann schien sich nicht um den Zuschauer zu scheren. Er umfaßte Nicholas Kinn und strich mit dem Mund über ihre Lippen, dann zog er sie an seine Seite und wandte sich wieder dem Soldaten zu.

»Fahre mit deinen Erklärungen fort, Thomas«, ermunterte Royce den Mann.

»Es ist mir wirklich ein Rätsel, Mylord, daß der Boden nicht eingebrochen ist. Ihr seht ja, wie morsch die Dielen sind«, sagte der Soldat und deutete auf die Bretter.

Royce nickte. »Beende deine Inspektion«, befahl er. »Heute abend wirst du uns beim Essen Gesellschaft leisten und Bericht erstatten.«

Der dunkelhaarige Soldat verneigte sich vor seinem Baron, behielt dabei aber Nichola im Auge. Sie stupste ihren Mann an, bis er sich daran erinnerte, was sich gehörte, und ihr Thomas vorstellte. Nichola lächelte den Mann an, und

Royce begann insgeheim zu zählen. Es war eine eigenartige Reaktion, aber offenbar schienen all seine Männer – egal ob jung oder alt – unter denselben Beschwerden zu leiden, wenn Nichola ihnen ihre Aufmerksamkeit zuwandte. Jeder verwandelte sich beinah augenblicklich von einem vernünftigen Mann in einen idiotischen Schwächling.

Es war beschämend. Thomas zerrte und zupfte an seinem Kragen, und es schien, als ob es ihm plötzlich sehr heiß würde.

Royce funkelte Thomas böse an, bis sich der Mann in Bewegung setzte, dann schüttelte er den Kopf. Der Tölpel versuchte doch tatsächlich, die Halle zu verlassen, ohne den Blick von Nichola zu wenden. Er stolperte natürlich über seine eigenen Füße, ehe er sich zusammenriß und Hals über Kopf durch die Tür stürmte.

Nichola sah zu Royce auf. »Die Soldaten sind offenbar sehr nervös, wenn du mit ihnen sprichst«, sagte sie. »Ich glaube, du machst ihnen Angst.«

Royce lächelte, und Nichola glaubte, er hätte ihre Bemerkung als Kompliment aufgefaßt, und wollte ihm schon erklären, daß sie ihm damit ganz und gar nicht hatte schmeicheln wolle, als er sagte: »Aber dir mache ich keine Angst, oder?«

»Du schüchterst mich nicht mehr ein als Ulric«, erwiderte sie und betrachtete Ulric, der genüßlich an Royces Jackenknöpfen lutschte.

»Bist du bereit, mir zu erklären, was du dir für den heutigen Tag vorgenommen hast?« wollte Royce wissen.

»Was ich mir vorgenommen habe?« wiederholte sie offensichtlich verständnislos.

»Ich möchte hören, welche Aufgaben du heute erledigen willst«, erklärte er geduldig.

»Was für Aufgaben?«

»Nichola, hast du mir denn gestern abend nicht zugehört? Darf ich dich daran erinnern, daß ich dich gebeten habe, mir jeden Morgen zu sagen, was du tagsüber zu tun gedenkst.«

»Selbstverständlich habe ich dir zugehört«, versicherte sie schnell. »Du brauchst mich gar nicht so wütend anzusehen. Ich erinnere mich an alles, aber es gibt keine Aufgaben, die ich erledigen könnte. Du hast mir alles aus der Hand genommen.«

»Könntest du mir das etwas näher erläutern«, forderte er sie auf.

Sein schroffer Tonfall störte sie nicht. »Wenn Justin und Ulric mich nicht brauchen, gibt es für mich keinen Grund, im Haus zu bleiben. Du kommst sicherlich gut ohne mich aus«, versetzte sie.

Nichola hoffte, daß er ihr das Gegenteil versicherte, aber diesen Gefallen tat er ihr nicht. »Du hast mir immer noch nicht ausreichend erklärt, wieso du glaubst, keine Pflichten zu haben.«

Sie zuckte mit den Schultern. »Ich dachte eigentlich, ich sollte mich um den Haushalt kümmern, aber das hast du mir ja abgenommen. Du hast unseren Bediensteten schon gestern alle Anweisungen gegeben, und ich vermute doch, daß du es weiter so halten willst.«

»Ungewöhnliche Umstände haben mich dazu gezwungen«, erwiderte er. »Du hast gestern den ganzen Vormittag verschlafen – schon vergessen?«

Natürlich wußte sie das noch. Sie senkte den Blick zu Boden. Ihr Mann hatte sie fast die ganze Nacht wach gehalten und geliebt, auch daran erinnerte sie sich. »Ich war sehr erschöpft«, sagte sie.

Eine leichte Röte kroch über ihre Wangen. Royce hatte keine Ahnung, was ihr durch den Kopf ging, und er mußte sich darauf besinnen, daß er ein geduldiger Mann war. »Das ist nicht der Punkt«, erklärte er. »Da du nicht anwesend warst, habe ich gewisse Entscheidungen getroffen.«

»Ja, zum Beispiel hast du den Tisch in die Mitte des

Raumes rücken lassen.« Als Royce nickte, fuhr sie fort: »Aber ich habe diesen und andere deiner Befehle rückgängig gemacht. Das hat dich sehr aufgebracht.«

»Ja.«

Nichola schüttelte den Kopf. »Royce, ich kann mir wirklich nicht vorstellen, was du von mir erwartest. Ich versuche, mit dir auszukommen, aber du verwirrst mich immer wieder mit deinen widersprüchlichen Forderungen. Möchtest du, daß ich mich um den Haushalt kümmere, oder willst du lieber selbst die Entscheidungen treffen?«

»Natürlich möchte ich, daß du dich darum kümmerst.«

»Dann ...«

»Aber ich dulde selbstverständlich nicht, daß du meine Anweisungen ins Gegenteil verkehrst. Verstehst du mich jetzt?«

»Willst du damit sagen, daß du dich aufgeregt hast, weil ich deine Befehle mißachtet habe?« fragte sie. »Du hast die Bediensteten nur zusammenrufen lassen, weil ...« Sie sprach nicht weiter, als er nickte.

»Das war Absicht, nicht wahr Nichola?«

»Was war Absicht?« fragte sie nach, obwohl sie genau wußte, was er meinte.

»Daß du die Leute aufgefordert hast, meine Befehle zu mißachten«, erklärte er. »Also?« bohrte er weiter, als sie nicht sofort antwortete.

Sie ließ die Schultern hängen – Royces Vermutung traf ins Schwarze. »Es war Absicht«, gestand sie.

»Warum hast du das getan?«

»Es ist mein Haushalt, und es sind meine Bediensteten«, entgegnete sie. »Und es hat mir nicht gefallen, daß du dich einmischst.«

Nichola durchquerte den Raum, dann drehte sie sich noch einmal zu Royce um. »Ich mische mich nicht in deine Angelegenheiten, und ich denke, du solltest dich auch aus den Dingen heraushalten, die nur mich etwas angehen.«

Er trat einen Schritt auf sie zu. »Du siehst das alles falsch, meine Liebe. Dies ist weder dein Haushalt, noch sind es deine Bediensteten. Das alles gehört jetzt mir. Ganz abgesehen davon«, fügte er hinzu, bevor sie Einwände erheben konnte, »wirst du nie wieder in diesem Tonfall mit mir sprechen.«

Er hatte nicht einmal die Stimme erhoben, aber Nichola fühlte sich so, als hätte er jedes Wort laut gebrüllt. Sogar Ulric spürte die veränderte Stimmungslage – er hörte auf, an den Knöpfen zu lutschen und starrte Royce mit weitaufgerissenen Augen an.

In diesem Augenblick betrat Alice die Halle, und Nichola glaubte, daß sie diese Unterbrechung gnädigerweise vor dem plötzlichen Zorn ihres Mannes bewahrte. Sie irrte sich. Royce winkte die Dienerin zu sich, reichte ihr Ulric und befahl ihr, das Kind hinaufzubringen.

Er wartete, bis Alice weg war, dann widmete er sich erneut seiner Frau. Sein Gesichtsausdruck war regelrecht furchteinflößend. »Setz dich.«

Sie verschränkte die Arme vor der Brust – diesmal würde sie nicht nachgeben. Dieser Mann mußte endlich lernen, daß er sie nicht wie eine der Dienerinnen behandeln konnte. Sie war seine Frau, und es wurde Zeit, daß er sich ihr gegenüber wie ein Ehemann verhielt. Sie konnte den Blick nicht von seinen Augen wenden, aber es gelang ihr wenigstens, mit einigermaßen fester Stimme zu sagen: »Wenn du möchtest, daß ich mich hinsetze, dann solltest du mich freundlich darum bitten. Ich bin nicht einer deiner Soldaten, der deine Befehle entgegennimmt. Ich bin deine Frau – du kennst doch den Unterschied, oder?«

Royce überlegte, ob seine Männer, die im Hof exerzierten, diese flammende Rede, die Nichola schreiend beendete, gehört haben könnten. Es ist wirklich nötig, dieser Frau beizubringen, sich zu mäßigen, dachte er. Trotzdem war er sehr von ihr angetan. Sie hatte Angst, ja, aber sie beharrt auf ihrem Standpunkt und kuschte nicht vor ihm.

Nur – er hatte auch nicht die Absicht, ihr nachzugeben.
»Setz dich«, befahl er wieder.

Diesmal jedoch klang seine Stimme nicht mehr so scharf. Nichola seufzte tief, als sie Platz nahm. Die Miene ihres Mannes sagte ihr, daß sie den Rest des Tages in einem Streitgespräch verbringen würden. Er war so halsstarrig, daß er ihr niemals entgegenkommen würde. Wohl oder übel mußte sie ihm dieses letzte Mal seinen Willen lassen.

Nichola stützte die Ellbogen auf den Tisch, plazierte den Kopf auf ihre Hände und sah ihn an. »Ich bin bereit« verkündete sie resigniert.

»Bereit wofür?« wollte er wissen. Er war verblüfft über ihre plötzliche Nachgiebigkeit und hätte ein wenig mehr Widerstand erwartet, bevor sie sich seinen Wünschen fügte.

»Für deine Belehrungen.«

»Ich belehre dich nicht.«

Sie machte sich daran, aufzustehen.

Royce verschränkte die Hände auf seinem Rücken. »Wie auch immer ...« begann er.

Sie setzte sich wieder.

»Es gibt ein paar Dinge, die ich noch einmal ganz klarstellen möchte. Ich glaube, du hast noch immer nicht begriffen, was in einer Ehe vor sich geht.«

»Aber du weißt das?«

Er funkelte sie wütend an. »Ja, ich weiß das«, behauptete er. »Ich habe viel über dieses Thema nachgedacht.«

»Hast du mich auch in diese Überlegungen mit einbezogen?«

»Natürlich«, erwiderte er. »Du bist meine Frau.«

Sie vermutete, daß sie froh darüber sein mußte, daß er sich an diese Tatsache erinnerte. »Und?« hakte sie nach.

»Es ist meine Pflicht, dich zu beschützen. In diesem Punkt stimmst du mir doch zu, oder nicht?«

Sie nickte.

»Und jetzt wollen wir über deine allererste Pflicht sprechen«, fuhr er fort.

»Ja?« Sie war begierig zu hören, was er zu sagen hatte, und argwöhnte, daß er eine Unverschämtheit parat hatte.

»Es ist ganz einfach, Nichola«, sagte Royce. »Es ist deine Pflicht, mir ein friedliches Heim zu schaffen. Also, wenn du das beachtest ...«

»Stifte ich denn Unfrieden in deinem Heim?«

Er schüttelte den Kopf. »Es gibt ein paar Regeln, die einzuhalten sind, meine Liebe, und ich würde dir gern verständlich machen, wie wir in Frieden miteinander leben könnten.«

Nichola trommelte mit den Fingerspitzen auf die Tischplatte. Royce hatte kein Wort von Liebe oder Zuneigung verlauten lassen – noch nicht. Nichola bemühte sich, ihren Mut nicht sinken zu lassen. »Wie lauten die Regeln?« erkundigte sie sich.

Er war sehr zufrieden, daß sie solches Interesse zeigte – es wird auch Zeit, dachte er. Seine Geduld wurde zu guter Letzt doch noch belohnt, denn seine Frau war bereit, ihm zuzuhören. »Erstens«, begann er, »wirst du nie mehr die Stimme gegen mich erheben. Zweitens wirst du meine Anweisungen ohne Widerspruch befolgen. Drittens wirst du nie mehr weinen. Viertens wirst du nie mehr spontane Entscheidungen treffen. Fünftens ...«

»Warte«, rief sie aus, »ich möchte Regel Nummer drei noch einmal hören. Hast du tatsächlich gesagt, daß ich nie mehr weinen darf?«

»Ja.«

»Aber warum?«

Es brachte ihn aus dem Konzept, daß sie ihn so ungläubig ansah.

»Ich mag es eben nicht.«

»Ich schon.«

Jetzt war es an ihm, sie ungläubig anzusehen. »Das meinst du doch nicht im Ernst, oder?«

»O doch, das meine ich ernst. Ich weine gern. Nicht die ganze Zeit natürlich, aber manchmal. Ich fühle mich danach besser.«

Royce starrte Nichola lange an, bis er zu dem Schluß kam, daß sie wirklich keinen Scherz gemacht hatte. Dieses verrückte Frauenzimmer meinte, was es sagte. Er schüttelte den Kopf – er hatte nicht die geringste Ahnung, was er auf so eine Bemerkung antworten sollte.

Nichola versuchte, ihm die Sache zu erklären: »Manchmal, wenn eine Enttäuschung der anderen folgt oder mir alles zuviel wird, dann erleichtert es mich, wenn ich weine. Verstehst du mich jetzt?«

»Nein.«

Sie blieb ganz ruhig. Bei Gott, er würde es noch begreifen, gelobte sie sich. Sie wußte selbst nicht, warum ihr dieses närrische Gespräch so viel bedeutete, aber so war es nun mal, und deshalb unternahm sie einen neuen Anlauf. »Bist du niemals so wütend, daß du am liebsten jemanden schlagen würdest?«

»Ich weine nie.«

»Nein, natürlich nicht«, erwiderte sie und verbiß sich ein Lächeln. Schon allein der Gedanke an eine solche Möglichkeit schien ihren Mann zu erbosen. »Trotzdem, wenn sich deine Wut immer mehr steigert, wenn du so sehr in Rage bist, daß du jemanden schlagen möchtest ...«

»Dann schlage ich ihn«, fiel er ihr ins Wort. Dann machte er eine Pause und blitzte sie zornig an. »Ganz sicher weine ich nicht deswegen, meine Liebe.«

Sie gab es auf. Dieser Mann war einfach zu begriffsstutzig.

»Nichola, versprich mir, daß du nie wieder weinst.«
»Warum?«
»Weil es mir nicht gefällt, dich unglücklich zu sehen.«

Plötzlich verflog ihr Ärger. »Dann möchtest du also, daß ich glücklich bin?«

»Natürlich«, antwortete er. »Wir kommen viel besser miteinander aus, wenn du glücklich bist.«

»Und was ist mit Liebe?« fragte sie. »Möchtest du, daß ich dich liebe?« Sie hielt den Atem an, während sie auf seine Antwort wartete.

Er zuckte mit den Schultern.

Nichola hätte ihn am liebsten erwürgt. »Ja oder nein?« wollte sie wissen.

Er starrte sie lange an. »Diese Frage ist für unsere Diskussion nicht von Bedeutung.«

»Liebe ist in einer Ehe nicht von Bedeutung?« wiederholte sie erstaunt.

Royce war ratlos – er wußte nicht, was er darauf erwidern sollte, und wurde auf einmal ratlos.

Nichola verschränkte die Arme auf dem Tisch. In diesem Moment entschied sie sich, ihm die Wahrheit zu sagen und ihm zu offenbaren, was in ihrem Herzen vor sich ging. Es war ein wenig erschreckend für sie, Royce ihr Innerstes preiszugeben, und sie wußte nicht, wie alles weitergehen würde, wenn er sie zurückwies. Es war ein Hazardspiel, und sie hoffte und betete, daß er ihr sein Herz auch öffnen würde.

»Ich habe Thurston gesagt, daß ich dich liebe.« Sie hielt den Blick auf ihre Hände gerichtet und wartete auf eine Reaktion von ihm. Gott, sie fühlte sich so verwundbar.

»Das hast du getan?« fragte er überrascht.

Sie nickte. »Ja«, bekräftigte sie.

Er seufzte.

Nichola schaute auf, um zu erfahren, ob er lächelte oder böse war, aber seine Miene verriet nicht viel. Er sah beinah so aus, als hätte sie ihm gerade den Speiseplan für den kommenden Abend vorgelegt. »Was hältst du davon, Royce?« wollte sie wissen.

»Ich verstehe, warum du deinem Bruder gesagt hast, du würdest mich lieben«, erklärte er. Er nickte, um seine Aussage zu unterstreichen. »Du wolltest seine Unterstützung für uns gewinnen?«

»Seine Unterstützung?«

Royce nickte wieder – er hatte sich alles ganz genau überlegt und klang so verdammt logisch. Nichola wünschte, sie könnte ihm einen kräftigen Tritt in sein Hinterteil versetzen.

»Du wolltest, daß Thurston mich akzeptiert. Deshalb hast du behauptet, daß du mich liebst.«

Er nahm doch tatsächlich an, sie hätte ihren Bruder belogen! Nichola riß die Augen auf. Sie wußte nicht, ob sie den Irrtum aufklären sollte oder nicht. Diese Unterhaltung verlief ganz und gar nicht so, wie sie es geplant hatte.

»Ich wollte Thurston klarmachen, daß ich mit dir glücklich bin«, sagte sie. »Er fragte mich, ob ich mit ihm gehen und dich verlassen wollte.«

»Und daraufhin hast du ihm erklärt, daß du mich liebst und bei mir bleiben willst, aber du dachtest dabei an Ulric und Justin, nicht wahr?«

»Das auch«, murmelte sie und trommelte wieder auf die Tischplatte. »Ich habe versucht, ihn davon zu überzeugen, daß ich dich zu meinem Ehemann erwählt habe.«

»Das hast du ja auch getan.«

Sie drehten sich im Kreis. Royce ging vor dem Tisch auf und ab. »Das war sehr vernünftig, meine Liebe. Du hattest vor, deinem Bruder die neuen Umstände begreiflich zu machen. Aber leider hast du ihn dadurch nur in Rage gebracht. Deshalb hat Thurston dich eine Verräterin genannt.«

»Eine sehr logische Schlußfolgerung«, meinte sie. »Du hast das ganz genau durchdacht, stimmt's? Aber du schuldest mir immer noch eine zufriedenstellende Antwort. Möchtest du, daß ich dich liebe?«

»Ich weiß in solchen Dingen nicht besonders gut Bescheid«, gestand er zögernd ein. »Willst du mich denn lieben?«

Sie hätte ihn wirklich gern erdrosselt. Es war offensichtlich, daß er nicht die leiseste Ahnung hatte, wie wichtig ihr diese Frage war, sonst hätte er sich nicht so blasiert benommen. Nichola war zum Weinen zumute, und gleichzeitig hatte sie große Lust, etwas zu zertrümmern.

»Ist das alles, was du dazu zu sagen hast?« fragte Nichola.

»Nein.«

Ihr Herz hämmerte mit einem Mal wie wild. Vielleicht würde er ihr jetzt sagen, daß er sich ihre Liebe wünschte. In den letzten Minuten war ihr klargeworden, daß ihre Hoffnung, er würde ihre seine eigenen Gefühle gestehen, nicht erfüllt wurde. Sie wußte jetzt, daß Royce sie noch nicht liebte, aber vielleicht würde seine Haltung ihr gegenüber etwas gemäßigter werden. Mit der Zeit, wenn sie ihm ihre Zuneigung zeigte und ihn sanft drängte, würde er sich vielleicht doch entschließen, sie zumindest ein wenig zu lieben.

Royce gelang es nicht, seine Verwirrung vollständig zu verbergen. Nichola starrte ins Leere und wirkte abwesend. Es war offensichtlich, daß sie mit offenen Augen träumte.

»Du solltest mir weiter zuhören«, forderte Royce sie auf.

Sie lächelte ihn an. »Ja, mein Lieber.«

»Wo war ich stehengeblieben?« fragte er zerstreut.

»Ich fragte dich, ob du möchtest, daß ich dich liebe, und du sagtest, daß du in solchen Dingen nicht besonders gut Bescheid weißt. Dann wollte ich wissen, ob das alles ist, was du dazu zu sagen hast, und ...«

»Ja, jetzt erinnere ich mich wieder«, unterbrach er sie und begann erneut, auf und ab zu gehen. Er war wild entschlossen, das Gespräch nicht mehr auf Liebe zu bringen. Gott allein wußte, wie unbehaglich ihm bei diesem Thema zumute war. »Nichola, ich weiß, daß es dir schwerfällt, aber wenn du darüber nachdenkst ...«

»Ja?« fragte sie atemlos. Jetzt würde er genau das sagen,

was sie sich so verzweifelt wünschte. Daß er zögerte, war für Nichola Beweis genug. Außerdem schien er ziemlich aufgewühlt zu sein, und das war ein weiteres gutes Zeichen.

Er räusperte sich und drehte sich zu seiner Frau um.

Sie setzte sich aufrecht hin und wartete.

»Die Ehe ist wie eine Landkarte«, sagte er.

Sie sprang auf die Füße. »*Was*?«

»Die Ehe ist wie eine Landkarte, Nichola.«

Sie schüttelte den Kopf. »Willst du wissen, was ich denke?« fragte sie.

Lieber Himmel, war sie wütend! Er war verblüfft über diese Reaktion. Was, in Gottes Namen, war nur los mit ihr?

»Was denkst du denn?« fragte er.

»Ich denke, du hättest besser einen deiner Soldaten heiraten sollen.«

Nichola umrundete blitzschnell den Tisch und rannte hinaus. Wenn sie sich beeilte, konnte sie ihr Zimmer erreichen, bevor sie in Tränen ausbrach.

Lawrence wollte gerade in die Halle gehen, als Nichola durch die Tür stürmte, und er wäre beinah mit ihr zusammengeprallt. Lawrence hielt sie an den Schultern fest, um ihren Sturz abzufangen, und bemerkte, daß ihre Augen in Tränen schwammen. »Stimmt etwas nicht, Mylady?« fragte er. »Hat Euch irgend etwas aufgeregt?«

»Nicht etwas«, versetzte sie. »Jemand.« Sie wirbelte herum, um Royce einen Blick zuzuwerfen, und erschrak bis ins Mark, weil er direkt hinter ihr stand. Er war ihr lautlos gefolgt.

Royce starrte Nichola unverwandt an, während er das Wort an seinen Vasallen richtete: »Was gibt's, Lawrence, wolltest du etwas von mir?«

»Ja.«

»Dann nimm deine Hände von meiner Frau und sag mir, was dich zu mir führt«, befahl Royce.

Lawrence bemerkte erst jetzt, daß er Nichola noch immer festhielt und ließ sie augenblicklich los. »Ihr wollt benachrichtigt werden, wenn eine Änderung eintritt«, erklärte er. Er sah Nichola aus den Augenwinkeln an, dann wandte er sich Royce wieder zu. »Es ist geschehen. Er rast vor Wut.« Lawrence lächelte.

Royce nickte. »Das scheint in der Familie zu liegen«, brummte er und bedachte Nichola mit einem bedeutungsvollen Blick. »Aber in diesem Fall bin ich hocherfreut. Es wurde auch allmählich Zeit.«

Lawrence neigte zustimmend den Kopf und hielt mit seinem Herrn Schritt, als er der Haustür zustrebte. »Tatsächlich, es ist höchste Zeit«, bekräftigte der Vasall.

Nichola vergaß ihre eigenen Empfindungen, als sie das hörte. Sie wußte instinktiv, daß Lawrence von ihrem Bruder sprach. »Es geht um Justin, nicht wahr? Er ist derjenige, der vor Wut rast.« Sie lief ihrem Mann nach.

Royce blieb abrupt stehen, aber Nichola stürmte weiter und stieß mit ihm zusammen. Er drehte sich um und hielt sie fest – so fest, daß er ihr weh tat. »Du wirst dich nicht einmischen.«

Jetzt wußte sie endgültig Bescheid, sie hatten tatsächlich von Justin gesprochen.

»Ich will mich nicht einmischen«, versprach sie. »Erkläre mir bitte nur, warum du dich so darüber freust, daß er wütend ist. Ich würde mich gern mit dir freuen.«

Sie forderte nichts von ihm, sie hatte lediglich um eine Erklärung gebeten. Royce antwortete sofort. »Wir haben darauf gewartet, daß dein Bruder Reaktion auf seine neuen Lebensumstände zeigt. Bis heute mußten wir ihn zwingen, zu essen, zu trinken und sich zu bewegen. Justin versuchte, sich vor dem Leben zu verstecken, Nichola, aber jetzt endlich sind ihm die Augen aufgegangen. Dieser Wutausbruch ist ein guter Anfang, und ich bin sehr froh darüber.«

Nichola hatte gar nicht bemerkt, daß sie sich an Royces

Jacke festgekrallt hatte, bis er ihre Hände wegzog. »Was hast du jetzt vor?« hauchte sie.

Sein Lächeln verscheuchte ihre Angst. »Ich werde ihm helfen, seine Wut in eine bestimmte Richtung zu lenken.«

»Wie?«

»Indem ich ihm ein Ziel biete.«

»Ein Ziel?« wiederholte sie verständnislos.

»Ich werde seinen Zorn auf mich ziehen«, erklärte Royce. »Wenn Gott will, hat dein Bruder am Ende des Tages all seine Wut und seinen Ärger auf mich konzentriert. Er wird am Leben bleiben wollen, weil er nur noch eines im Sinn hat – mich zu töten.«

Sobald er die Worte ausgesprochen hatte, bereute er sie auch schon. Nichola sah ihn entsetzt an.

»Könntest du ihm nicht ein *anderes* Ziel bieten?« fragte sie verzagt.

»Nein.«

Sie seufzte – er hatte natürlich recht. Als Anführer war er verantwortlich für das Wohlergehen jedes einzelnen seiner Soldaten, und Nichola ahnte, daß ihn schon allein der Vorschlag, er sollte diese Aufgabe einem anderen übertragen, beleidigte. Er hatte die Bürde auf sich genommen, Justin zu helfen, und sie durfte seine Entscheidung nicht in Frage stellen.

»Ich vertraue dir«, verkündete sie lächelnd. »Ich werde mich auch nicht um dich sorgen. Du könntest dich nicht so zuversichtlich geben, wenn du nicht vorbereitet wärst. Tue das, was für Justin das Beste ist.« Sie stellte sich auf die Zehenspitzen und küßte ihn. »Ich habe dich lange genug aufgehalten. Danke, daß du dir die Zeit genommen hast, mir alles zu erklären.« Sie schenkte Lawrence ein Lächeln, bevor sie sich umdrehte und ging.

»Es ist schön, wenn eine Frau so an ihren Mann glaubt und ihm vertraut«, bemerkte Lawrence, als er Royce ins Freie folgte.

Der Baron lächelte. »Lawrence, warte hier«, ordnete er an. »Fang sie ab, wenn sie hier vorbeikommt. Ich möchte nicht, daß sie mich stört. Halte sie im Haus fest.«

Der Vasall sah seinen Herrn erstaunt an. »Wollt Ihr damit sagen ...«

»Nichola ist wahrscheinlich schon auf dem Weg zu einer der Hintertüren. Sie vertraut mir zwar, aber sie möchte trotzdem mit eigenen Augen sehen, was vor sich geht. Ich fürchte nur, daß sie dann nicht an sich halten kann und sich doch in das Geschehen einmischt.«

Lawrence grinste. »Ihr kennt sie sehr gut, Baron.«

Royce schüttelte den Kopf und erwiderte düster: »In diesem Fall schon. Sie hat genau das im Sinn, was du oder ich tun würden, wenn Justin dein oder mein Bruder wäre. Aber ansonsten durchschaue ich meine Frau nicht so gut – sie ist viel komplizierter, als ich anfangs vermutet hatte. Bei den lächerlichsten Bemerkungen gerät sie in schreckliche Wut.«

Er klang so verwirrt, daß Lawrence ihn mitleidig ansah. Da er selbst nie verheiratet gewesen war, wußte er nicht genug über Frauen, um seinem Herrn einen Rat oder Hinweis zu geben.

Royce erwartete auch nichts dergleichen. Er nickte Lawrence zu und machte sich auf den Weg. Er hatte den ersten Hof noch nicht erreicht, als er schon Justins Gebrüll vernahm.

Nicholas Bruder war von Soldaten umringt, und einer der Männer hatte eine blutige Nase. Royce vermutete, daß Justin für diese Verletzung verantwortlich war – und auch das erfreute ihn. Er schickte seine Soldaten mit einem kurzen Befehl weg und bedeutete Ingelram, in der Nähe zu bleiben. Dann trat er Justin allein gegenüber.

Nicholas Bruder sah wild aus. Sein schmutziges Haar hing ihm zerzaust um die Schultern – es war ebenso schlammverschmiert wie seine blaue Jacke und die ausgebeulte braune Hose. Seine Augen sprühten Funken vor Haß.

Der Junge, der noch vor kurzem so gleichgültig und teilnahmslos gewesen war, hatte sich vollkommen verändert.

Royce verschränkte die Arme vor der Brust und fixierte Justin mit starrem Blick. Dann erklärte er ruhig die Regeln, die all seine Soldaten zu befolgen hatten. Er fuhr sogar unbeirrt in einem milden, geduldigen Tonfall fort, als Justin losbrüllte und sich auf ihn stürzte. Royce wich der Attacke mühelos aus und versetzte Justin einen Tritt.

Der Junge fiel vornüber zu Boden, gab sich aber trotzdem nicht geschlagen. Er rappelte sich auf und griff immer und immer wieder an. Royce gelang es jedesmal, den Schlägen zu entkommen, ohne in seinen Erklärungen innezuhalten. Justin benutzte seine Faust, seinen Kopf und seine Schultern, um Royce zu Fall zu bringen, und stieß dabei die wüstesten Beschimpfungen aus. Als er Royce einen Bastard und Entführer nannte, fand er sich plötzlich flach auf dem Rücken liegend wieder. Eine Staubwolke wirbelte auf, als er stürzte, und sobald sich die Luft wieder geklärt hatte, sah er, daß Royce sich drohend vor ihm aufgebaut hatte. Justin versuchte, auf die Füße zu kommen, aber Royce stellte einen Fuß auf seine Brust und hielt ihn so auf dem Boden.

»Ich bin weder dein Entführer noch ein Bastard«, sagte Royce. »Ich bin dein Baron, Justin, und du bist mein getreuer Gefolgsmann.«

Justin schloß die Augen und schnappte nach Luft. Royce trat einen Schritt zurück und erläuterte weiter das Exerzier-Programm, während Justin mühsam auf die Beine kam. Der Junge nahm seine letzten Kräfte zusammen, zielte auf Royces Gesicht und spuckte. Er verfehlte zwar sein Ziel, aber die Geste an sich war schon beleidigend genug. Royce reagierte blitzschnell. Er versetzte Justin einen gutplazierten Tritt ins Hinterteil, der ihn erneut zu Boden schickte. In dieser Bestrafung lag nicht der leiseste Hauch von Wut oder Ärger – Royce erteilte dem Jungen lediglich seine erste Lektion, wie er die nächste Zukunft überleben konnte.

Und er gewann auch Justins vollste Aufmerksamkeit. Trotz seiner Raserei entging dem Jungen nicht, daß sein Peiniger nicht im mindesten die Ruhe verloren hatte – Justin verstand zwar nicht, was vor sich ging, aber Royces Haltung erschreckte ihn zutiefst, und er konnte keinen klaren Gedanken mehr fassen. Es schien vollkommen gleichgültig zu sein, wie sehr er den Baron reizte, er konnte ihn nicht dazu bringen, zum Todesstoß anzusetzen. Diese Erkenntnis jagte Justin Angst ein, denn das hieß, daß er am Leben bleiben und weiter leiden mußte.

»All diese Dinge, die ich gerade ausgeführt habe, basieren auf einigen einfachen Regeln«, fuhr Royce unerschüttert fort. »Du wirst unserer Einheit nie Schande machen. Du wirst all deine Kräfte trainieren, so gut es dir möglich ist, die anderen Soldaten mit Respekt behandeln und dich niemals wie ein Feigling benehmen, denn das würde meine ganze Truppe in Verruf bringen. Du wirst auch lernen, daß du von den anderen abhängig bist, so wie sie auch von dir abhängig sind. Das alles ist ganz einfach, Justin.«

Royce wußte sehr genau, daß der Junge in diesem Moment gar nichts begriff – er sah aus wie ein einst gefangenes Tier, das gerade seinem Käfig entronnen war. Seine Miene war wutverzerrt und wirkte gehetzt.

»Was wollt Ihr von mir?« kreischte Justin plötzlich.

Royce stellte wieder seinen Stiefel auf Justins Brust. »Alles, was du mir geben kannst«, versetzte er. »Und später noch mehr, Justin. Bei Gott, du wirst mir all das geben, was ich von dir verlange.«

Royce trat zurück und winkte Ingelram zu sich. »Begleite Justin«, ordnete er an. »Zeig ihm, wo die Uniformen aufbewahrt werden.« Er warf rasch einen Blick auf den noch immer liegenden Justin. »Wasch dich erst gründlich. Morgen beginnt deine Ausbildung mit den anderen Soldaten.«

Royce wandte Justin mit voller Absicht den Rücken zu, als er den Schauplatz verließ. Ingelram bot Justin die Hand an, um ihm beim Aufstehen zu helfen. Justin stieß sie beiseite und kämpfte sich auf die Füße. Ingelram trat zur Seite – er stieß keine Warnung aus, weil er wußte, daß sein Baron mit einem hinterlistigen Angriff rechnete, und tatsächlich lief Justin hinter Royce her und versuchte, sich von hinten auf ihn zu stürzen. Justin jedoch griff ins Leere und landete eine Sekunde später auf den Knien.

Royce drehte sich um und benutzte einmal mehr seinen Fuß, um Justin ganz auf den Boden zu zwingen. »Wenn du das Privileg genießen willst, gegen mich zu kämpfen, mußt du es dir erst verdienen. Aber zuerst mußt du dir eine Menge Kraft und Geschick aneignen, Junge.«

»*Junge!*« brüllte Justin.

Royce nickte. »Noch bist du es nicht wert, eine Taube genannt zu werden«, meinte er. »Ingelram? Ich hatte dir den Befehl erteilt, ihm eine Uniform zu geben. Sieh zu, daß du das hinter dich bringst.«

Der Vasall nickte und bot Justin erneut die Hand. Diesmal griff Nicholas Bruder instinktiv danach, und er wurde auf die Füße gezerrt, ehe er richtig begriff, daß er Ingelrams Hilfe freiwillig angenommen hatte. Er war von den letzten Eindrücken zu überwältigt und zu erschöpft, um überhaupt denken zu können. Niedergeschlagen ließ er die Schultern hängen und beschloß insgeheim, seinen Gegnern morgen, wenn er ausgeruht und kräftiger war, all die Schmach heimzuzahlen.

Er hielt mit dem jungen Normannen Schritt.

»Man hat mich auch ein- oder zweimal ›Junge‹ genannt, als ich in die Truppe des Barons kam«, sagte Ingelram. »Später wurde ich offiziell zur Taube ernannt. Du mußt wissen, daß alle Rekruten von den älteren und erfahrenen Rittern ›Taube‹ genannt werden. Natürlich ist das eine Beleidigung, aber sie waren ja auch alle einmal Tauben, und deshalb tragen wir es mit Fassung. Wir wetteifern und messen uns mit den Älteren, wann immer sich eine Gelegenheit dazu bietet. Wenn deine Wut verraucht ist, wirst du auch noch merken, welches Glück du hast, daß du in der Elitetruppe von ganz England und der Normandie aufgenommen worden bist.«

Ingelram war ganz ernst, aber Justin grinste spöttisch. »Ich werde nicht lange dableiben«, erklärte er mürrisch. »Und ich brauche mir diesen Unsinn gar nicht anzuhören.«

Ingelram schüttelte den Kopf. »Du kommst ohne Erlaubnis nicht von hier weg«, sagte er. »Fahnenflucht wäre eine Schande für die ganze Einheit. Du mußt hierbleiben.« Er sah Justin nachdenklich an. »Hast du bemerkt, daß der Baron niemals die Hände benutzt hat, wenn er einen deiner Angriffe abwehrte?«

Das war Justin nicht aufgefallen, und seine Augen wurden groß vor Staunen, als er darüber nachdachte und Ingelram recht geben mußte. Trotzdem enthielt er sich einer Antwort und funkelte den Ritter nur böse an.

Ingelram ließ sich nicht davon einschüchtern. »Baron Royce hat seine Füße gebraucht – du nicht.« Er schlug Justin freundschaftlich auf die Schulter. »Das war deine erste Lektion in Selbstverteidigung.« Er lachte und fügte hinzu: »Guter Gott, Justin, du stinkst so penetrant wie eine Hure, die von einem ganzen Regiment Besuch hatte.«

Justin ignorierte diese Bemerkung und schwor sich im stillen, daß er keine weitere Lektion erdulden würde. Noch heute nacht, wenn die anderen Soldaten schliefen, wollte er die Festung verlassen.

Er war so ausgehungert, daß er an diesem Abend alles verschlang, was man ihm vorsetzte, während er gezwungen war, bei den anderen Männern zu sitzen und ihren Gesprächen zuzuhören. Keiner versuchte, ihn in die Unterhaltung mit einzubeziehen, aber die Männer schlossen ihn auch nicht wirklich aus.

Justins Schlafplatz befand sich zwischen dem von Ingelram und dem von Gerald, und bevor ihn die Müdigkeit übermannte, war sein letzter Gedanke, daß er sich nur ein paar Minuten ausruhen wolle, ehe er seine wenigen Habseligkeiten zusammenpacken und von hier verschwinden würde.

Als er erwachte, war es stockfinstere Nacht, aber er schaffte es dennoch nicht einmal bis zur Tür. Ein Soldat, den Justin noch nie zuvor gesehen hatte, verstellte ihm den Weg. Er erklärte ganz ruhig, daß er ebenfalls Rekrut war, Bryan hieß und daß er Justin lediglich daran erinnern wollte, daß er die Festung nicht ohne ausdrückliche Erlaubnis verlassen dürfte.

Bryan hatte dunkles, gelocktes Haar und braune Augen. Er war etwas kleiner als Justin, aber seine Muskelpakete machten ihn zu einem furchteinflößenden Hindernis. »Schön, du hast mich daran erinnert«, murrte Justin. »Jetzt geh mir aus dem Weg.«

Plötzlich gesellten sich drei weitere Soldaten zu Bryan. Sie sahen genauso verschlafen aus wie dieser und waren wie er entschlossen, Justin im Haus festzuhalten.

»Was, zum Teufel, geht es euch an, ob ich von hier verschwinde oder nicht?« tobte Justin.

»Es würde der ganze Truppe Schimpf und Schande bereiten, wenn einer von uns desertiert«, rief Ingelram von seinem Bett aus. »Leg dich wieder hin und schlaf, Justin.«

Er wußte, daß er gegen die anderen nicht ankommen würde – es waren zu viele, und er selbst war noch zu geschwächt. Widerstrebend machte er sich auf den Weg zu seinem Bett – kein Mensch machte eine höhnische Bemerkung, und das überraschte Justin ebenso sehr, wie es ihn wütend machte. Er brauchte einen Grund, um die anderen Männer zu hassen, aber sie gaben ihm keinen Anlaß.

Einige Minuten verstrichen, bis sich alle wieder für den Rest der Nacht niederließen. Ingelram war schon beinah eingedöst, als er fühlte, wie Justin ihn anschubste.

»Was geschieht, wenn jemand eurer Truppe Schande macht?« flüsterte Justin, obwohl er sich selbst für diese

Frage verabscheute. Ganz bestimmt wollte er Ingelram damit nicht andeuten, daß er sich ernsthaft darum scherte. Er war einfach nur neugierig, das war alles.

»Glaub mir, Justin«, wisperte Ingelram zurück. »Das möchtest du gar nicht so genau wissen.«

Er wollte es aber doch wissen und konnte sich nicht zurückhalten, weiter zu fragen. »Wird derjenige streng bestraft?«

»Ja.«

»Bedeutet es seinen Tod?«

Ingelram schnaubte. »Nein, der Tod wäre nicht so schlimm, Justin, aber die Strafe, die auf ihn wartet, ist gräßlich. Schlaf jetzt. Uns allen steht ein schwerer Tag bevor.«

Justin hielt sich nicht an diesen Rat – es gab zuviel, worüber er nachdenken mußte.

Nichola war zur selben Zeit auch hellwach. Der kleine Ulric machte ihr schwer zu schaffen, da er sich einfach nicht beruhigen ließ. Er hatte kein Fieber, und deshalb dachte sie, daß er wahrscheinlich weinte, weil er einen neuen Zahn bekam.

Er hörte nur auf zu schreien, wenn sie ihn auf den Arm nahm und mit ihm herumging. Nichola fühlte sich für den Kleinen verantwortlich, schließlich brauchten die Dienerinnen ihren Schlaf. Sie hatte sie zu Bett geschickt, und jetzt ging sie mit Ulric im Zimmer auf und ab.

Sie hätte ohnehin nicht schlafen können, weil so viele verwirrende Gedanken durch ihren Kopf wirbelten. Jetzt wünschte sie, sie wäre nicht Zeuge der Konfrontation zwischen Royce und ihrem Bruder Justin geworden. O Gott, wie sehr sie sich wünschte, sie hätte diese grausame Szene nicht mitangesehen!

Royce war so brutal gewesen – wenn sie das nicht mit eigenen Augen gesehen hätte, wäre es ihr niemals in den Sinn gekommen, so etwas auch nur für möglich zu halten. Einen wehrlosen, verwundeten Jungen mit Füßen zu treten ... Nein, sie hätte nie geglaubt, daß ihr Mann zu so einer verabscheuungswürdigen Tat fähig war.

Sie war in Tränen ausgebrochen, weil ihr Bruder auf diese schreckliche Weise erniedrigt wurde, wenn Lawrence sie nicht entdeckt hätte und zu ihr gekommen wäre. Er hatte versucht, sie zum Weggehen zu überreden, aber es war bereits zu spät gewesen.

Nichola war nicht imstande gewesen, Royce beim Abendessen gegenüberzusitzen, und deshalb im oberen Stockwerk bei ihrem kleinen Neffen geblieben. Royce hatte nicht einmal jemanden zu ihr geschickt, um sie holen zu lassen – wahrscheinlich war ihm gar nicht aufgefallen, daß sie nicht mit am Tisch saß, weil er schon wieder neue Pläne schmiedete, wie er ihren Bruder das nächste Mal schikanieren konnte.

Aber Royce vermißte Nichola bei Tisch. Das Abendessen wurde eine Stunde später als gewöhnlich aufgetragen, weil Royce einen neuen Zeitplan aufgestellt hatte, und Alice war sicher, daß ihre Herrin bereits zu Bett gegangen sei. »Sie sah sehr müde aus«, bemerkte die Dienerin.

Lawrence wartete, bis die Dienerin die Halle verlassen hatte, dann beugte er sich zu Royce, um Nicholas Fehlen auf seine Weise zu erklären. »Ich versuche schon eine geraume Zeit, Euch allein zu sprechen, um Euch zu berichten, was geschehen ist«, begann er. »Nichola geht Euch vermutlich absichtlich aus dem Weg, Baron. Ich möchte wetten, daß sie deshalb in ihrem Zimmer bleibt.«

»Weshalb sollte sie mir aus dem Weg gehen?«

»Sie hat Eure Begegnung mit Justin mitangesehen.«

»Verdammt. Wie, in Gottes Namen, konnte das passieren?«

»Ich trage die volle Verantwortung dafür«, bekannte Lawrence. »Ich habe, wie Ihr mir aufgetragen habt, auf Lady Nichola gewartet. Gute fünf Minuten verstrichen, bis ich rein zufällig etwas Blaues – ihr Gewand – sah. Eure Frau ist heimlich auf den Wehrgang geklettert, Baron, und als ich sie erreichte, war es schon zu spät. Sie hat alles beobachtet.«

Royce schüttelte den Kopf. »Verdammt«, fluchte er wieder.

Lawrence wiegte den Kopf hin und her. »Ihr Gesichtsausdruck war erschreckend«, sagte er. »Sie sah aus – ja, sie war am Boden zerstört, und sie sagte kein einziges Wort. Sie drehte sich einfach weg und ging ins Haus.«

»Ich kann nur vermuten, was jetzt in ihrem Kopf vorgeht. Sie wird es nie begreifen. Vielleicht ist es ganz gut, daß sie schon zu Bett gegangen ist – morgen werde ich versuchen, vernünftig mit ihr zu reden.«

Thomas gesellte sich zu den Männern an den Tisch, und Royce zwang sich, nicht mehr an seine Frau zu denken und sich statt dessen Thomas' Bericht über den baulichen Zustand von Nicholas Heim anzuhören. Der Soldat bestätigte genau das, was Royce schon vorausgeahnt hatte: Die Burg war zum Teil baufällig und nicht mehr sicher.

Das Gespräch dauerte bis Mitternacht, und als Royce endlich in sein Zimmer ging, erwartete er, Nichola schlafend vorzufinden.

Aber sie war gar nicht im Zimmer. Sein erster Gedanke war, daß sie ihn verlassen hatte – eine lächerliche, vollkommen unlogische Reaktion, aber, verdammt noch mal, sie war nicht da, obwohl sie in ihrem Bett hätte liegen sollen. Sein Herz hämmerte wie wild vor Angst. Wenn sie die Festung verlassen hatte, dann würde sie diese Nacht im Freien nicht lebend überstehen. Royce fühlte sich plötzlich, als ob er den Alptraum, den er in der Nacht durchlitten hatte, in der sie London erreicht hatten, tatsächlich erleben würde. In seinem Traum hatte er Nichola im Wald verloren und war nicht in der Lage gewesen, zu ihr zu gelangen.

Er schüttelte den Kopf. Er mußte sich beruhigen, ermahnte er sich selbst, und die Situation genau durchdenken. Diese Frau hatte absolut keinen Grund, vor ihm davonzulaufen –

er war immer freundlich und nachsichtig gewesen. Lieber Gott, wenn ihr irgendein Leid geschah, dann wußte er nicht, was er tun würde.

Er stürmte aus dem Zimmer und brüllte immer wieder ihren Namen, während er durch den Flur rannte. Als er an Ulrics Zimmer vorbeikam, flog die Tür auf. Nichola stand vor ihm und sah ihn stirnrunzelnd und mit finsterem Blick an. Der schreiende Ulric saß auf ihrem Arm.

Royce war so erleichtert, sie zu sehen, daß er nur herausbrachte: »Was, zum Teufel, tust du hier?«

»Mäßige dich und sprich leiser, Royce«, forderte sie ihn auf. »Du regst das Baby nur noch mehr auf.«

»Warum bist du nicht dort, wo du hingehörst – in deinem Bett?«

Er konnte seine Gefühle nicht mehr unterdrücken. Er war so froh, sie zu sehen, daß er einfach schreien mußte und gleichzeitig am liebsten lauthals gelacht hatte. Sie war in Sicherheit, und sie hätte ihn nicht verlassen.

Er holte tief Luft und sagte mit sanfter Stimme: »Ulric braucht seinen Schlaf, Nichola. Wenn du ihn unbedingt im Arm halten willst, dann solltest du es morgen tun.«

»Er möchte jetzt auf dem Arm gehalten werden«, fauchte sie zurück.

Royce schüttelte den Kopf. »Gib ihn mir.«

»Würdest du bitte aufhören, mir Befehle zu erteilen? Ich bin ziemlich erschöpft.«

»Dann geh zu Bett.«

Sie würde diesen Mann niemals verstehen. »Also schön«, versetzte sie, drückte ihm Ulric in die Arme und marschierte los. »Du kümmerst dich um das Baby«, wies sie ihn noch an. »Vielleicht bringst du ihn mit deinem Geschrei zum Schlafen.«

»Ich schreie nie.« Er schloß die Tür.

Nichola zitterte vor Wut, als sie in ihrem Zimmer ankam. Gott stand doch auf ihrer Seite, oder nicht? Warum hatte er dann zugelassen, daß sie einen so gemeinen, unmöglichen Mann geheiratet hatte? Einen solchen Mann konnte sie doch nicht wirklich lieben. Er war überheblich, unbeugsam und mußte immer seinen Willen durchsetzen. Er hatte nicht die leiseste Ahnung, daß man auch etwas geben mußte, wenn man von anderen forderte. Er hatte sie doch tatsächlich angeschrien. Das hatte er bis jetzt noch nie gewagt. Sie verabscheute ein solches Benehmen.

Will ich eigentlich, daß er sich ändert? überlegte sie, als sie merkte, daß ihr Zorn immer größer wurde. Nein, gestand sie sich ein. Sie wollte, daß er genauso blieb, wie er war.

Sie fürchtete, dem Wahnsinn anheim zu fallen – an ihren wirren Gedanken war bestimmt nur die Müdigkeit schuld. Sie sank sofort in tiefen Schlaf, kaum daß sie die Augen schloß, und wachte erst eine Stunde später auf, als sie sich auf die Seite rollte, um sich an ihren Mann zu schmiegen. Sein Bett war leer, und das beunruhigte sie.

Das Baby mußte Royce höllische Schwierigkeiten machen. Sie streifte ihren Morgenmantel über und rannte barfuß über den dunklen Flur.

Sie huschte in Ulrics Zimmer und blieb wie angewurzelt stehen. Ein Lächeln erhellte ihr Gesicht. Beide – Royce und Ulric – schliefen tief und fest. Ihr Mann hatte sich, mit Stiefeln und all seinen Kleidern, auf dem Bett ausgestreckt, und Ulric lag auf seiner Brust. Sein kleiner Mund stand offen, und er hatte Royces Jacke vollgesabbert. Royce hielt den Kleinen mit beiden Händen fest.

Nichola schloß leise die Tür und betrachtete das seltsame Paar lange.

Sie war nicht verrückt, das erkannte sie in diesem Augenblick. Sie wußte jetzt ganz genau, warum sie Royce liebte. Er war genauso, wie sich eine Frau einen Mann nur wünschen konnte. Er war freundlich und zärtlich, und bald, das schwor sie sich, würde er ihre Liebe erwidern. Wenn sie das nächste Mal die Beherrschung verlor und wütend wurde, dann brauchte sie sich nur an den Anblick, der sich ihr jetzt bot, zu erinnern, dann würde sich ihr Gemüt rasch wieder besänftigen.

Nichola huschte zum Bett, um Ulric in seine Krippe zu legen. Sie ging sehr behutsam zu Werke, um ihren Mann nicht zu wecken, aber als sie seine Hand berührte, öffnete er die Augen und hielt sie fest. Ohne das Baby loszulassen, zog er Nichola neben sich.

Sie kuschelte sich an seine Seite und schloß die Augen.
»Nichola?« flüsterte er kaum hörbar.
»Ja?« erwiderte sie ebenso leise.
»Du gehörst zu mir.«

14

Lady Millicent und ihr Gemahl, Baron Duncan, kamen sechs Tage später an, um Ulric abzuholen. Nichola wurde nicht von der Ankunft der Gäste unterrichtet und begegnete ihnen rein zufällig, als sie mit den Armen voller Blumen aus dem Garten in die Halle kam. Sie ließ die Blumen fallen.

Ulric saß auf dem Arm seiner Tante, und sie herzte ihn, wie eine Mutter es mit ihrem eigenen Sohn tun würde. Duncan stand neben seiner Frau und hatte den Arm um ihre Schulter gelegt, während er sich vorbeugte und wie ein stolzer Vater lächelte.

Nichola schien ihre guten Manieren vollkommen vergessen zu haben – sie blickte starr auf diese Szene und bemühte sich, ihre Fassung zu wahren.

Glücklicherweise bemerkte niemand außer Royce, wie verstört sie war. Er ging gerade in dem Augenblick zu ihr, in dem sie auf die Knie sank, um die Blumen aufzuheben. »Laß sie liegen«, flüsterte er, als er sie sanft auf die Füße zog.

Alice drückte sich neben der Eingangstür herum und

wischte sich mit dem Ärmel ihres Gewandes über die Augen. Royce bedeutete ihr mit einer Geste, die Blumen aufzuheben, dann ergriff er Nicholas Hand und führte seine Frau durch die Halle.

»Bist du schon mit Baron Duncan und Lady Millicent bekannt gemacht worden?« fragte er sie.

Nichola nickte. »Wir haben uns bei Thurstons Hochzeit kennengelernt. Sie scheinen sehr nett zu sein.«

»Wußtest du, daß sie seit zwölf Jahren verheiratet sind?«

Das war ihr neu, aber es interessierte sie auch nicht besonders. Sie wollte nur Ulric aus den Armen seiner Tante reißen und ihn hinauf in sein Zimmer bringen.

Aber das war unmöglich. »Haben sie eigene Kinder?«

»Nein«, erwiderte Royce. »Lächle, Nichola«, befahl er.

Sie gehorchte und lächelte, als Baron Duncan sie eingehend musterte. Er war ein vierschrötiger, untersetzter Mann mit einem roten Vollbart. Nichola erinnerte sich daran, wie freundlich er gewesen war, als sie und ihre Familie sich während Thurstons Hochzeit in seiner Festung aufgehalten hatten.

Sie rückte ein wenig von Royce ab und machte einen Knicks. Dabei war ihre Miene sehr ernst – am liebsten hätte sie geweint wie Alice, aber sie war entschlossen, ihre Würde zu bewahren. Ulrics Wohlergehen war viel wichtiger als ihre eigenen Empfindungen, rief sie sich zur Ordnung.

Ihre Stimme bebte kaum, als sie sagte: »Ich freue mich, euch wiederzusehen.«

Ulric streckte die Ärmchen nach ihr aus, und Nichola machte Anstalten, ihnen Millicent abzunehmen, aber dann besann sie sich eines Besseren und wich einen Schritt zurück. »Er ist ein sehr liebes Kind«, bemerkte sie. »Und er hat keine Angst vor Fremden wie andere Kinder«, plapperte sie weiter und wünschte dabei, Royce würde sie unterbrechen. »Ulric ist ein ganz außergewöhnlicher kleiner Junge.«

Baron Duncan nickte. »Ja, er ist etwas ganz Besonderes«,

stimmte er zu. »Wir wissen, wie schwer euch die Trennung von ihm fällt, Nichola. Euer Gemahl hat uns erzählt, wie sehr Euch das Kind ans Herz gewachsen ist.«

Millicent reichte Ulric ihrem Mann und lief auf Nichola zu, um ihr die Hand zu geben. Ulrics Tante, die Schwester seiner Mutter, war eine wuchtige Frau mit breiten Schultern und noch breiteren Hüften. Ihr Äußeres wirkte nicht sehr anziehend, aber man mochte sie auf Anhieb, wenn man ihr in die warmen braunen Augen blickte. »Wir werden gut für ihn sorgen«, versprach sie.

»Werdet Ihr ihm auch Liebe schenken« fragte Nichola. »Kleine Kinder brauchen viel Liebe. Hat euch mein Bruder erklärt, warum er möchte, daß ihr Ulric zu euch nehmt?«

Millicent drehte sich zu ihrem Mann um. Duncan kam näher und stellte sich direkt vor Nichola. Ulric starrte den roten Bart voller Faszination an, zupfte daran und brabbelte unverständliche Worte.

»Ja«, antwortete Duncan. »Er hat alles erklärt, aber Thurston ist im Moment nicht fähig, klar zu denken.«

»Ihr braucht euch für die Handlungsweise meines Bruders nicht zu entschuldigen«, unterbrach ihn Nichola. Sie holte tief Luft und fügte hinzu: »Bitte, nehmt doch Platz. Ich lasse ein Zimmer für euch richten. Wir werden zusammen essen ...«

Sie hielt inne, als Duncan den Kopf schüttelte. Sein trauriger Gesichtsausdruck verhieß nichts Gutes. »Wir dürfen nicht bleiben«, erklärte er. »Wir mußten eurem Bruder außerdem noch ein anderes schändliches Versprechen geben.«

»Um die Wahrheit zu sagen«, warf Millicent ein. »Wir hätten ihm alles versprochen, um Ulric in Sicherheit zu bringen. Wenn wir uns mit seinen Bedingungen nicht einverstanden erklärt hätten, dann würde er, so sagte er zumindest, selbst für seinen Sohn sorgen und ihn mit in die Berge nehmen.«

Nichola drängte sich näher an Royces Seite – die bloße Berührung half ihr, Haltung zu wahren, und schon allein seine Anwesenheit gab ihr Trost. »Was für ein Versprechen habt Ihr ihm sonst noch gegeben?« fragte sie. »Ihr spracht von einem ›schändlichen Versprechen‹.«

»Thurston hat von uns verlangt, daß wir euch in Zukunft von Ulric fernhalten.« Duncan schüttelte den Kopf. »Er hatte ganz präzise Pläne, als er hierherkam. Er war ganz sicher, daß ihr und Ulric mit ihm gehen würdet.«

»Er glaubte, daß ihr mitten in der Nacht Hals über Kopf das Haus verlassen würdet«, bestätigte Millicent.

Nichola wollte nicht über Thurstons Erwartungen sprechen. »Das einzige, was jetzt zählt, ist das Wohlergehen des Kindes«, sagte sie.

Sie drehte sich nach Alice um. »Spar dir deine Tränen für später auf, Alice. Geh und pack Ulrics Sachen zusammen.« Sie milderte die Schärfe ihrer Aufforderung ein wenig ab, indem sie hinzufügte: »Bitte, Alice.«

Nichola wandte sich wieder ihren Gästen zu, verschränkte die Arme vor der Brust und sagte: »Bevor ich Ulric gehen lasse, möchte ich, daß ihr mir zwei Dinge versprecht.«

Royce zog eine Augenbraue hoch, als er die plötzliche Veränderung, die mit seiner Frau vorgegangen war, bemerkte. Sie klang jetzt wie eine Befehlshaberin.

Duncan sah sie argwöhnisch an. »Was verlangt ihr von uns?«

»Ich möchte, daß ihr schwört, Ulric so zu behandeln, als wäre er euer eigener Sohn.«

Noch ehe sie erklären konnte, weshalb ihr das so wichtig war, nickten Duncan und Millicent zustimmend.

»Zweitens will ich, daß ihr mir euer Wort gebt, daß Ulric bei euch bleibt. Wenn Thurston seinen Sohn aus irgendeinem Grund zu jemand anderem bringen möchte, müßt ihr ihn daran hindern. Wenn ihr mit Ulric umgeht wie mit einem eigenen Kind, wird er sich rasch bei euch geborgen fühlen.

Deshalb muß er auch bei euch bleiben – er soll sich nicht ständig an eine neue Umgebung und an neue Menschen gewöhnen müssen. Ich ...«

Sie war nicht fähig, weiterzureden. Royce legte den Arm um sie und zog sie an sich. »Das haben wir alles schon ausführlich besprochen, Nichola«, sagte er.

Millicent und Duncan nickten.

Nichola lehnte sich matt an ihren Mann.

»Niemand von uns wird zulassen, daß Thurston seinen Jungen von seinem neuen Zuhause wegbringt«, versicherte Royce.

»Danke.« Nichola war erstaunt, daß Royce sich bereits um alles gekümmert hatte, und sie freute sich, daß er so um Ulric besorgt war.

Eine Stunde später brachten Millicent und Duncan den kleinen Ulric weg, und Royce schickte eine Eskorte von Soldaten mit auf den Weg.

Nichola war sehr schweigsam für den Rest des langen Tages und beschäftigte sich eifrig mit Reinigungsarbeiten, um sich von ihrem Kummer abzulenken. Royce war ratlos und wußte nicht, wie er seine Frau trösten sollte, und als sie sich nicht in der Halle blicken ließ, ging er ins obere Stockwerk. Er fand Nichola in ihrem Zimmer. Sie saß in einem Sessel neben dem Kamin. Ohne ein Wort zu sagen, zog er sie auf die Füße, ließ sich selbst in den Sessel fallen und plazierte Nichola auf seinen Schoß. Er schlang die Arme um ihre Taille und hielt sie fest an sich gedrückt.

Lange Zeit saßen sie schweigend zusammen, bis Royce die Stille durchbrach. »Du hattest heute einen schweren Tag.«

Sie erwiderte nichts.

»Sie haben nicht bemerkt, wieviel dir die Trennung von dem Kleinen ausmacht«, fuhr er fort. »Ich bin stolz auf dich, Nichola.«

Sie schloß die Augen und ließ den Kopf an seine Schulter sinken.

»Erinnerst du dich an meine Anweisung?« fragte er.

»An welche?« erkundigte sie sich. »Es gibt so viele.«

Er beachtete ihren Sarkasmus nicht. »Ich meine die Aufforderung an dich, nicht zu weinen.«

Trotz ihrer Trauer verzog sie die Lippen zu einem Lächeln. »Ach ja. Regel Nummer drei«, flüsterte sie. »Du sagtest, daß ich nicht weinen darf.«

Er hauchte einen Kuß auf ihren Scheitel. »Ich habe meinen Beschluß geändert«, eröffnete er ihr mit rauher Stimme. »Du darfst weinen, wenn dir danach zumute ist.«

Es war wirklich lächerlich, daß er glaubte, nach dieser simplen Änderung eines Befehls könnte sie so ohne weiteres ihren Tränen freien Lauf lassen. Sie würde ganz gewiß nicht losheulen, nur weil er ihr erklärte, daß er es ihr ab jetzt erlaubte – ihr war im Moment auch nicht danach ...

Seine Jacke war schon vollkommen durchnäßt, als sie fertig war und noch ein paarmal schluchzte. Royce unternahm nichts, um ihren Tränenstrom aufzuhalten – er hielt sie nur ganz fest, bis sie ruhiger wurde.

»Es sind gute Menschen, Nichola.«

»Ja.«

»Sie werden Ulric gut behandeln«, beteuerte Royce.

Sie nickte. Guter Gott, er haßte es, sie so unglücklich zu sehen. »Nichola, du verstehst doch, warum Ulric uns verlassen mußte, oder?«

Sein besorgter Tonfall bewirkte mehr als seine Umarmung. Er nahm Rücksicht auf ihre Gefühle – wenn auch nur ein kleines bißchen –, sonst wäre er nicht so eifrig bemüht, ihr seine Beweggründe klarzumachen.

»Du möchtest Thurston nicht verletzten, weil er mein Bruder ist. Wenn Ulric hiergeblieben wäre, hätte Thurston noch einmal versucht, in diese Festung einzudringen, und dann wärst du gezwungen gewesen, mit ihm zu kämpfen.«

Royce war selbst überrascht, daß ihn ihre Vernunft so

erleichterte. »Es ist gar nicht so schwierig, mit mir auszukommen und mich zu verstehen.«

Er erwartete ihre Zustimmung, aber er bekam sie nicht. »O doch, es ist schwierig«, versetzte sie. »Wohin wirst du Justin schicken?«

»Ich schicke Justin nirgendwo hin.«

»In diesem Fall wird Thurston doch hier auftauchen und Justin holen.«

»Ja«, bestätigte er ohne weitere Erklärungen.

Nichola beugte sich zu ihm. »Ulric hätte hierbleiben können ...« Sie brach ab, als er den Kopf schüttelte. »Ich verstehe das alles nicht«, murmelte sie nach einer Weile.

»Justin ist ein Mann, Nichola – er trifft seine eigenen Entscheidungen. Aber Ulric ist noch ein kleines Kind. Ich konnte nicht zulassen, daß er zum Zankapfel wird.«

»Aber Justin ist auch hilflos wie ein Kind«, wandte Nichola ein.

»Das ist er nicht«, widersprach er. »Er ist zwar geschwächt, aber er erholt sich mit jedem Tag mehr – sowohl körperlich als auch geistig.«

»Und was ist, wenn Thurston herkommt, bevor seine Kräfte wieder ganz hergestellt sind?«

»Justin wird nicht mit ihm fortgehen.«

Royce verschwieg, daß Justins Wille dabei gar keine Rolle spielte, Er würde niemals zulassen, daß Nicholas Bruder die Festung verließ, ehe der Junge so stark und gesund war, daß er ohne Hilfe überleben konnte.

»Hat er Fortschritte gemacht seit dem ersten Tag?« fragte Nichola und gab sich Mühe, dabei nicht allzu neugierig zu erscheinen.

»Ja.«

»Also läuft alles so ab, wie du es geplant hast?«

»Ja.«

Sie seufzte. »Dann mußt du Justin nicht mehr mit Füßen treten?«

Royce lächelte. Endlich kam seine Frau auf den Punkt zu sprechen, der sie schon so lange beschäftigte.

»Antworte mir, bitte«, sagte sie. »Versetzt du Justin noch immer Fußtritte?«

Royce ignorierte ihren gereizten Ton und sagte: »Nur, wenn ich es für nötig halte.«

Nichola wollte aufspringen, aber er hielt sie auf seinem Schoß fest. »Du hättest diese Begegnung wirklich nicht beobachten sollen.«

»Lawrence hat es dir erzählt, stimmt's?« fragte sie entrüstet.

»Das war kein Verrat, Nichola. Lawrence ist verpflichtet, mir über solche Vorkommnisse Bericht zu erstatten. Außerdem hätte ein Blick in dein Gesicht genügt, und ich hätte gewußt, daß du alles mitangesehen hast.«

»Es war mein Recht, zuzuschauen«, behauptete sie. »Justin ist schließlich mein Bruder.«

»Diese Tatsache ist nicht so wichtig wie seine Beziehung zu mir.«

»Aber er ist doch nur dein Schwager«, rief Nichola aus.

»Er ist auch mein Gefolgsmann«, erklärte Royce geduldig. »Diese Bindung ist weit bedeutender, das verstehst du sicher.«

Sie verstand gar nichts mehr. Die ganze Welt war auf den Kopf gestellt, seit die Normannen die Herrschaft übernommen hatten. König William hatte ein strenges Herrschaftssystem eingeführt, in dem jeder einen bestimmten Platz einnahm und spezielle Pflichten zu erfüllen hatte – ja, vom niedrigsten Diener bis zum höchsten Adligen hatte jeder seinen Platz in diesem Reich. Jeder, bis auf Nichola – zumindest kam es ihr so vor. Sie paßte nicht in dieses neue System. Plötzlich übermannte sie die Angst so sehr, daß sie anfing zu zittern. Vor langer Zeit war sie für so vieles verantwortlich gewesen, aber jetzt nahm ihr Royce eine Aufgabe nach der anderen aus der Hand. Sie hatte geschworen, ihre Familie auf jede nur mögliche Art zu beschützen, und sie hatte ernsthaft daran geglaubt, daß Justin und Ulric sie brauchten, um in Sicherheit leben zu können. Jetzt war Ulric weg, und bald würde auch Justin sie verlassen. Wenn ihr Bruder seine Kampfausbildung absolviert hatte, würde er seiner eigenen Wege in dieser komplizierten Welt gehen. Justin brauchte sie schon jetzt nicht mehr – nein, er war auf Royce angewiesen, der ihm half, wieder stark und widerstandsfähig zu werden.

Niemand brauchte sie. Die Festung gehörte Royce, und die Bediensteten unterstanden seinem Befehl. Sie hatten schon hinreichend bewiesen, daß sie Royce treu ergeben waren. Das ist nur recht und billig, ermahnte sie sich selbst. Schließlich war er jetzt der Herr im Hause – aber was war aus ihr geworden?

Nichola war nicht in der Lage, das Selbstmitleid vollends abzuschütteln, das sie zu ersticken drohte. Sie seufzte und stand auf, um sich für die Nacht vorzubereiten. Sie bemerkte kaum, daß Royce sich ebenfalls auszog.

Verdammt, sie haßte es, sich selbst so zu bedauern, aber es war ihr unmöglich, diese Empfindung zu unterdrücken. Sie fühlte sich so leer – und schuldig. Sie selbst hatte Royce zu dieser Ehe gezwungen, und er machte aus den gegebenen Umständen das Beste.

Nichola stand in ihrem weißen, dünnen Hemd neben dem Bett und dachte über ihr chaotisches Leben nach, als Royce den Arm um ihre Taille legte und sie an sich drückte. Er beugte sich nieder, um ihren Hals zu liebkosen.

»Royce, du brauchst niemanden in deinem Leben, stimmt's?«

Er mißverstand diese Frage, weil er an das Gespräch dachte, das sie erst vor ein paar Minuten geführt hatten. »Ich bin derjenige, der andere Männer ausbildet«, erwiderte er. »Man erwartet von mir, daß ich allein zurechtkomme.«

Sie drehte sich zu ihm um und legte die Hände flach auf

seine nackte Brust. »Ich muß dir ein Geständnis machen«, sagte sie. »Wirst du mir zuhören?«

Ihre Fingerspitzen kreisten um seine Brustwarzen, und Royce legte schnell seine Hand auf die ihre. »Wenn ich dir zuhören soll, dann darfst du so etwas nicht tun.«

»Es ist ein sehr ernstes Geständnis«, warnte sie ihn.

Sein Lächeln erstarb. »Also schön. Ich höre dir zu.«

Sie richtete den Blick auf sein Kinn, um nicht in diese verwirrenden Augen sehen zu müssen. »Als ich dich zu meinem Ehemann auserwählte, dachte ich nur an mich. Ich war selbstsüchtig, das erkenne ich jetzt. Es war mit gleichgültig, ob ich dein Leben damit zerstöre.«

»Ich erlaube niemandem, mein Leben zu zerstören«, sagte er.

»Aber du hättest mich nie geheiratet«, rief sie, dann legte sie ihre Hand auf seinen Mund, damit er sie nicht mehr unterbrechen konnte. »Wahrscheinlich denkst du, daß ich nur mit dir abrechnen wollte, weil du mich nach London gebracht hast, und zum Teil stimmt das auch. Aber ich hatte noch andere Gründe. Du warst so freundlich zu Ulric. Als ich sah, wie du ihn in den Armen hieltst, wußte ich, daß du ein guter Vater sein und den Jungen vor Schaden bewahren würdest. Du warst auch sehr freundlich zu mir«, fügte sie rasch hinzu. »Ich kannte dich schon ziemlich gut, als wir in London ankamen. Du bist stolz und arrogant, aber auch stark und geduldig.«

Sie machte eine Pause, um Mut für den Rest ihrer Beichte zu sammeln. Royce zog ihre Hand von seinem Mund und drückte einen Kuß auf die Innenseite. »War das alles? Ich habe einiges dazu zu sagen, wenn du fertig bist.«

Sie schüttelte den Kopf. »Ich möchte dir alles gestehen, bevor mich mein Mut verläßt, Royce.«

Er lächelte zärtlich. »Du bist eine sehr tapfere Frau, Nichola, dich wird niemals der Mut verlassen.«

Er täuschte sich, aber das würde sie jetzt nicht zugeben.

»Du hattest mir dein Wort gegeben, dich um Justin zu kümmern«, sagte sie statt dessen. »Aber das genügte mir nicht. Nein, ich zwang dich, mich zu heiraten, und damit habe ich dir eine noch größere Last aufgebürdet – Ulric und mich.« Sie seufzte. »Ich kann das, was ich getan habe, nicht rückgängig machen, aber ich möchte, daß du weißt, wie leid es mir tut, daß ich deine Gefühle nicht berücksichtigt habe. Ich habe dir das Leben schwer gemacht und dich unaufhörlich bekämpft, aber damit ist jetzt Schluß. Ich werde so sein, wie du dir deine Frau wünschst, Royce, darauf gebe ich dir mein Wort. Wir werden friedlich und in Harmonie miteinander leben, genau wie du es willst.«

Royce schob ihr sanft eine Locke aus dem Gesicht. Seine zärtliche Miene trieb ihr die Tränen in die Augen. Sie sehnte sich schmerzlich danach, ihm auch noch ihre Liebe einzugestehen, aber das würde sie niemals tun. Wenn er ihre wahren Gefühle kannte, dann hätte er noch eine Last mehr zu tragen. Sie wußte ja, daß er diese Liebe nicht erwiderte, und da er ein so umsichtiger und rücksichtsvoller Mann war, hätte er bestimmt ein schlechtes Gewissen deswegen.

»Nichola, tut es dir leid, daß du mich geheiratet hast?«

»O nein, es tut mir kein bißchen leid«, entgegnete sie. »Du hast mir gar nicht gehört, oder? Du bist derjenige, dem es leid tut, daß wir verheiratet sind.«

»Ach ja?«

Sein Grinsen brachte sie vollkommen durcheinander. Sie nickte, konnte sich aber nicht erinnern, weshalb. Sie war vermutlich zu erschöpft ... Sie schlang die Arme um den Hals ihres Mannes und zog seinen Kopf zu sich, um ihn mit all der Liebe und Leidenschaft, die sie empfand, zu küssen.

Royce hatte sich vorgenommen, sich mit Nichola hinzusetzen und ihr klarzumachen, wie widersinnig ihre Schlußfolgerungen waren, aber als er ihre Lippen auf seinem Mund spürte, beschloß er, diese Diskussion auf später zu verschieben. Das einzige, woran er jetzt denken konnte, war dieser Kuß.

Er verlor beinah die Beherrschung, als sich ihre Zunge an der seinen rieb. Er stöhnte, um sie wissen zu lassen, wie sehr ihm ihre Kühnheit gefiel, und seine Hände zitterten, als er das Band löste, mit dem ihr Hemd am Hals geschlossen war, Er rückte nur so lange von ihr ab, um ihr den dünnen Stoff von den Schultern zu streifen und ihn zu Boden fallen zu lassen, dann riß er sie wieder in seine Arme. Er biß die Zähne zusammen, als er ihren weichen Busen an seiner nackten Brust fühlte.

Nichola löste ihre Lippen von seinem Mund und bahnte sich einen Weg über seinen Hals. Sie schob seine Hände von ihrer Taille, als sie sich tiefer niederbeugte. Ihre Zunge kreiste spielerisch erst um eine, dann um die andere Brustwarze, und ihre Lippen strichen zart über das dichte Haar, das seine Brust bedeckte. Nichola rutschte noch etwas tiefer zu seinem harten, flachen Bauch. Seine Haut war so heiß und wunderbar ... Ihre Zunge zuckte um seinen Nabel. Royce sog scharf die Luft ein und verriet ihr so ohne Worte, daß ihm diese Art von Liebkosung äußerst angenehm war.

Diese Reaktion stachelte sie noch mehr an – sie wollte ihm Freude bereiten.

Royces Beine wurden schwach, als Nichola vor ihm auf die Knie sank, und er ballte die Hände zu Fäusten. Er ahnte, was sie vorhatte, aber die Qual, auf ihre Berührung und ihren weichen, feuchten Mund warten zu müssen, war beinah unerträglich für ihn.

Sie beendete die Folter und streichelte ihn bis zur Raserei, ehe sich ihr Mund um seine Männlichkeit schloß. Royce stockte der Atem. Er keuchte und ächzte vor Sehnsucht und Begierde. Er drängte sich an Nichola, zog sich zurück und stieß wieder vor.

Er mußte diesem Spiel ein Ende bereiten. Ihre Zunge raubte ihm den Verstand, und er wußte, daß es jeden Augenblick zu spät sein konnte, wenn er Nichola nicht sofort zurückhielt.

»Genug«, befahl er mit vor Verlangen heiserer Stimme.

Nichola wollte nicht aufhören, aber Royce zog sie an sich, legte den Arm um sie und hob sie hoch. Er konnte keinen klaren Gedanken mehr fassen und sehnte sich verzweifelt nach Erfüllung seines Verlangens, aber er wollte, daß Nichola die gleiche Wonne empfand wie er selbst.

Sie landeten auf dem Bett, und Royce lag auf Nichola und bedeckte ihren Mund mit Küssen. Er schürte das Feuer in ihr mit seinen Händen und seiner Zunge. Seine Finger drangen in sie, und als er die feuchte Hitze spürte, war es um ihn geschehen.

Sie drängte sich ihm entgegen. »Royce, komm, jetzt gleich. Ich will nicht mehr warten.«

Er hätte über ihren ungeduldigen Befehl gelacht, wenn er noch die Kraft dazu gehabt hätte. Nichola war entflammt und ebenso außer sich wie er selbst. Sie krallte sich an seine Schultern fest und drängte sich immer mehr an ihn.

Royce rollte sich auf den Rücken, zog sie mit sich und zwang ihre Beine auseinander. Sie saß rittlings auf ihm, wußte aber nicht, was sie tun sollte, und versuchte, sich wieder mit ihm umzudrehen – ohne Erfolg.

»Royce!« rief sie.

Er faßte in ihr Haar und riß ihren Kopf zu sich, um ihren Protest mit einem langen Kuß zu ersticken. Dabei hob er seine Hüften an, und sein hartes Glied strich über ihr Dreieck. Jetzt begriff sie. Sie wich zurück und sah ihrem Mann in die Augen. Die Leidenschaft, die sie sah, entfachte die brennende Sehnsucht in ihrer Brust noch mehr.

»Geht das denn so auch?« stammelte sie.

Statt einer Antwort zeigte er es ihr und bahnte sich langsam seinen Weg. Guter Gott, sie war so eng und so heiß. Sie fühlte sich wunderbar an. Royce schloß die Augen und wünschte, daß dieses Gefühl nie enden würde.

Er ließ nicht zu, daß sie die Dinge beschleunigte, und hielt ihre Hüften fest, um selbst den Rhythmus zu bestimmen. Nichola warf den Kopf zurück und stöhnte vor Lust.

»Lehn dich noch ein wenig mehr zurück, Nichola.«

Sie gehorchte und schrie lauf auf. Er füllte sie ganz aus, als sie gegen seine angewinkelten Beine sank. Eine unbeschreibliche Hitze breitete sich in ihr aus, während er in sie stieß.

»Tue ich dir weh? Ich möchte nicht, daß du Schmerzen hast.«

Sie zerstreute seine Sorgen, indem sie sich vorsichtig bewegte.

Er stöhnte vor Begeisterung. Als er die Augen öffnete, bemerkte er, daß sie ihn mit starrem Blick ansah. Ob sie in seinen Augen die gleiche Leidenschaft erkannte wie er in den ihren? Es war ihm ein Rätsel, wieso eine so wunderschöne Frau ihn ebenso begehrte wie er sie.

Sie liebte ihn. Dieser Gedanke drang wie ein greller Blitz durch den Nebel seiner Lust. Ja, sie liebte ihn.

Nichola war kaum noch imstande, diese süße Folter zu ertragen, und sie fühlte sich, als ob sie in tausend Stück zerbersten müßte, wenn sie nicht bald Erlösung fand. Sie konnte sich nicht mehr zurückhalten und ließ ihre Hüften – erst langsam, dann immer schneller – kreisen, um endlich den Gipfel zu erreichen.

Royce trieb sie in die höchsten Höhen der Lust. Er wußte genau, welche Berührung und welche Zärtlichkeit ihr half.

Seine Finger verzauberten sie genauso wie der Rest seines Körpers, und Nichola schloß sich immer enger und enger um ihn. Plötzlich konnte er sich nicht mehr zurückhalten, und er ergoß sich in sie, während Nichola einem alles verzehrenden, bebenden Höhepunkt zustrebte. Sie schrie laut auf und brach in Tränen aus.

Einen Augenblick später sank sie über ihrem Mann

zusammen und klammerte sich an ihn. Am liebsten hätte sie ihn nie mehr losgelassen.

Royce brauchte sehr, sehr lange, bis er wieder zu sich kam. Er strich sanft über Nicholas Schultern, über ihren Rücken und ihre Arme. Er mußte sie einfach berühren – sie fühlte sich so gut an, wenn sie sich so an ihn preßte. Jedesmal wenn er sie liebte, war er verblüfft, wie wunderbar ihre Antwort auf seine fordernde Zärtlichkeit war. Sie hielt sich nicht zurück und verbarg nichts vor ihm. Nie zuvor hatte Royce eine solche Erfüllung und Zufriedenheit empfunden wie in ihren Armen.

Es war ein Wunder, ein Geschenk. Seine Frau machte ihn schwach und stark zugleich. Er wußte selbst, daß dieser Widerspruch keinerlei Sinn machte, und er hatte auch immer noch nicht richtig begriffen, daß dieses sanfte, schöne Geschöpf tatsächlich seine ihm angetraute Frau war.

Er konnte nicht glauben, daß sie ihn liebte. Er hätte niemals erwartet, daß ihm irgend jemand ein solches Gefühl entgegenbrachte. An dem Tag, an dem sein Gesicht verwundet wurde – guter Gott, war er damals wirklich erst fünfzehn Jahre alt gewesen? –, hatte er sich mit dem Los, niemals geliebt zu werden, abgefunden. Die entsetzten Mienen der Frauen, die seine Narbe zum erstenmal sahen, hatten ihn bestätigt ... Ja, er hatte gelernt, sein Schicksal zu akzeptieren.

Aber Nichola liebte ihn.

»Royce?«

»Ja?«

»War das ... richtig so?« fragte sie zögernd und beschämt.

Er wußte natürlich, was sie meinte. »O ja, es war richtig«, antwortete er. »Warum hast du ...«

»Ich wollte es«, fiel sie ihm ins Wort.

Erst geraume Zeit später sagte Royce: »Nichola, hast du das getan, weil du dir vorgenommen hast, so zu sein, wie ich es mir wünsche, oder hast du mich dort geküßt, weil du es selbst wolltest?«

Sie war froh, daß er ihr hochrotes, glühendes Gesicht nicht sehen konnte. »Ich sagte doch schon, daß ich es wollte«, flüsterte sie. »Und du hast gesagt, daß es richtig war. Ich bin so müde, ich glaube, ich sollte jetzt schlafen.«

Er nahm sie in die Arme, um sie warm zu halten. Selbstverständlich begriff er, daß Nichola mit ihrer letzten Bemerkung einem weiteren Gespräch ausweichen wollte.

Sie schlief sofort ein, aber Royce lag noch lange wach und dachte über ihr Geständnis nach. Sie glaubte wirklich, daß sie ihn zu dieser Heirat gezwungen hätte.

Aber es quälte sie noch etwas anderes, das hatte er deutlich gespürt, als er ihr verletzliches Gesicht gesehen und den verzweifelten Unterton in ihrer Stimme vernommen hatte.

Zum Teufel, er hoffte nur, daß es nicht noch mehr Brüder gab, von denen sie ihm bis jetzt noch nichts erzählt hatte.

Bei dem Gedanken lächelte er. Er fragte sich, wie lange es dauern würde, bis er seine Frau wirklich verstand. In diesem Moment beschoß er, sich Zeit zu nehmen und mit ihr über all ihre Sorgen und Nöte zu sprechen. Er wollte nicht, daß sie Kummer hatte – sie sollte fröhlich und zufrieden sein, und er würde nicht eher ruhen, bis er alles getan hatte, um sie glücklich zu machen.

Royce wachte mitten in der Nacht auf, als Nichola im Schlaf von ihm weg rückte. Er rutschte zu ihr und wäre sofort wieder eingeschlafen, wenn ihr Po seine Lenden nicht gestreift hätte. Die Verlockung war zu groß, und er mußte sie berühren. Eine Zärtlichkeit folgte der anderen, und noch ehe er richtig wach war, nahm er sie sanft und behutsam.

Ihre Lippen verschmolzen in einen langen, trägen Kuß, und ihre Liebe war erfüllt von Zärtlichkeit und Rücksicht. Später schliefen sie dicht aneinander geschmiegt ein.

15

Nicholas Verhalten veränderte sich schlagartig – schon an dem Morgen, nachdem sie Royce versprochen hatte, so zu sein, wie er es sich wünschte, begann alles.

Sie stand bei Sonnenaufgang auf, zog sich schnell an und ging hinunter in die Halle. Sie gab den Dienern Anweisungen für den Tag, noch bevor ihr Mann die Augen geöffnet hatte.

Nichola vermißte den kleinen Ulric so sehr, daß ihr das Herz weh tat, und deshalb war sie entschlossen, sich mit allen möglichen Tätigkeiten von ihrem Kummer abzulenken. Sie wollte arbeiten, bis sie vor Müdigkeit umfiel.

Sie war gewillt, ihrem Mann Frieden zu schenken, auch wenn sie erst darüber nachdenken mußte, wie sie das bewerkstelligen sollte. Sie mußte ihre Launen zügeln, ihre Meinungen für sich behalten und ihrem Mann in allem zustimmen.

Diese Veränderungen würden sie wahrscheinlich umbringen. Trotzdem – sie hatte Royce ihr Wort gegeben, und sie würde es halten. Die schuldete ihm auch Dank für alles, was er für ihre Familie getan hatte. Sie hatte ihn dazu gedrängt, die Verantwortung zu übernehmen, und dadurch sein Leben zerstört. Das mindeste, was sie tun konnte, um diese Schuld wiedergutzumachen, war, dem Mann das zu geben, was er sich wünschte.

In ihrem Hinterkopf lauerte die leise Hoffnung, daß Royce sie dann vielleicht auch lieben lernen konnte. Sie wollte nicht einfach nur ein Teil seines Lebens sein – sie sehnte sich danach, sein Herz für sich zu gewinnen.

Nichola arrangierte Blumen in der braunen Vase, die auf dem Tisch stand, als Clarise und Alice in die Halle kamen.

Die beiden Frauen spendeten sich gegenseitig Trost und halfen sich abwechselnd über den Verlust ihres kleinen Lieblings Ulric hinweg.

Je mehr sie von dem Baby sprachen, desto mutloser wurde Nichola. Sie schüttelte entschlossen den Kopf und erklärte den Dienerinnen, daß es Ulric in seinem neuen Heim nicht an Liebe fehlen würde.

»Wir haben heute eine Menge Hausarbeit zu erledigen«, eröffnete sie den Frauen. »Ab heute werde ich jeden Morgen die Aufgaben, die bis abends erledigt werden müssen, unter uns aufteilen. Meine Damen, wir werden alles organisieren.«

»Warum?« wollte Clarise wissen. »Wir haben bis jetzt auch immer alles ohne Organisation erledigt.«

»Mein Mann mag die Unordnung nicht« führte Nichola aus. »Und ich habe ihm mein Wort gegeben, daß ich die Frau sein werde, die er sich wünscht. Deshalb ...«

»Aber er mag Euch genau so, wie Ihr seid«, unterbrach Alice ihre Herrin.

Clarise stimmte ihr zu. »Ihr werdet doch nicht das Gegenteil annehmen. Lieber Himmel, der Baron ist so freundlich und duldsam ...«

»Er ist freundlich und duldsam zu jedermann«, fiel Nichola ihr ins Wort.

»Also, gut«, meinte Clarise. »Weshalb wollt Ihr dann alles anders machen?«

»Ich möchte mehr«, gestand Nichola flüsternd. »Ich hätte gern, daß Royce ...« Sie konnte die Worte nicht aussprechen.

Clarise hatte Mitleid mit ihr. »Ihr hättet gern, daß Royce für Euch dasselbe empfindet wie euer Vater für eure Mutter – wollt Ihr das damit sagen?«

Nichola nickte.

Clarise wandte sich schnaubend an Alice. »Sie glaubt, daß der Baron sie nicht liebt.«

»Oh, aber er muß sie lieben«, erwiderte Alice. »Natürlich tut er das.«

Nichola seufzte. »Ihr beide habt mich gern«, meinte sie.

»Genau wie ich euch, und darum könnt ihr euch nicht vorstellen, daß jemand nicht so für mich empfindet.«

Clarise schenkte ihr einen düsteren Blick, und Nichola hielt eine Hand hoch, um jeden Einwand aufzuhalten, dann erklärte sie bis in alle Einzelheiten, welche Veränderungen sie an sich selbst und im Haushalt plante. Die beiden Frauen hörten ihr ungläubig zu.

»Ihr meint, Ihr werdet nie mehr Eure Stimme erheben?« fragte Alice nach und griff damit den letzten Punkt von Nicholas Ausführungen noch einmal auf.

Clarise schüttelte den Kopf. »Das kann nicht Euer Ernst sein. Wenn dieser Mann Euch nicht so lieben kann, wie Ihr seid ...«

»Ich behaupte, daß er sie liebt«, brummte Alice. »Mylady, Ihr brauchtet ihn doch nur zu fragen.«

Nichola ließ die Schultern sinken – sie wollte nicht zugeben, daß ihr dazu der Mut fehlte. Wenn er nein sagte, was dann? »Es spielt gar keine Rolle, ob er mich liebt oder nicht«, sagte sie. »Ich bin ihm sehr zu Dank verpflichtet. Und ich werde alles tun, um ihm das Glück und den Frieden zu geben, den er verdient. Das ist das mindeste, was ich tun kann.«

»Ich habe Euch nie zuvor so verunsichert erlebt«, murmelte Clarise. »Das gefällt mir nicht. Es wäre mir wirlich lieber, wenn Ihr wie sonst den Stier bei den Hörnern packen würdet. Früher hattet Ihr immer einen Plan, wenn Ihr irgend etwas erreichen wolltet.«

Nichola lächelte. »Ich habe auch jetzt einen Plan«, erklärte sie. »Ich werde Royce genau das bieten, was er sich erhofft, und bald wird er merken, daß er mich liebt. Das ist ganz einfach, oder nicht?«

Royce betrat die Halle, und das Gespräch endete abrupt. Nichola lief ihm entgegen, um ihn gebührend zu begrüßen. Sie küßte ihn auch.

Clarise und Alice huschten zur Anrichte, um nachzusehen, ob alles für das Frühstück bereit stand, während Nichola mit Royce zum Tisch ging.

Sie lächelte, und darüber war Royce sehr erfreut – seine Frau war offensichtlich in guter Stimmung, und deshalb beschloß er, jetzt noch nicht über ihre Sorgen und Kümmernisse mit ihr zu sprechen. Vielleicht hatte er sich letzte Nacht zu viele Sorgen gemacht, und Nichola war nur erschöpft und voller Trauer über Ulrics Abreise gewesen. Er ahnte, wie sehr ihr das Kind fehlte, und ihre Gemütslage am gestrigen Abend war vielleicht nur Ausdruck der Leere gewesen, die sie in ihrem Inneren fühlte. Thomas und Lawrence kamen auch zum Frühstück und nahmen am Tisch Platz.

Sobald Royce sich auf seinen Stuhl niedergelassen hatte, verschränkte Nichola die Hände auf dem Rücken und zählte alles auf, was sie an diesem Tag zu erledigen gedachte.

Royce war hochzufrieden, und er wollte ihr ein Lob aussprechen, aber Thomas lenkte ihn ab.

»Habt Ihr schon mit Eurer Gattin über die Holzdielen gesprochen, Baron?« fragte er.

Royce schüttelte den Kopf und ergriff Nicholas Hand. Vielleicht konnte er ihre günstige Gemütsverfassung ausnutzen und jetzt mit ihr über den Zustand des Hauses sprechen.

»Nichola, du hast mich nie gefragt, weshalb ich den Tisch in die Mitte der Halle rücken ließ«, begann er.

»Es geziemt sich nicht für mich, deine Anweisungen in Frage zu stellen«, antwortete sie und wiederholte damit, was er selbst von ihr gefordert hatte.

Er lächelte.

Nichola war sicher, daß er glücklich darüber war, daß sie sich an seine Belehrungen erinnerte.

»Ich ließ den Tisch wegstellen, weil die Bodenbretter an der alten Stelle morsch und beinah ganz durchgefault sind. Im Grunde genommen hätte der Boden schon längst durchbrechen müssen.«

Nichola hatte gar nicht registriert, daß der Fußboden in

einem so schlechten Zustand war. Sie zwang ein Lächeln auf ihr Gesicht und wartete auf weitere Erklärungen.

»Es ist ein Wunder, daß nicht schon der ganze Boden eingefallen ist« warf Thomas ein.

Royce nickte. »Im oberen Stockwerk ist es dasselbe. Thomas meint, daß man die Schäden kaum reparieren kann.«

Nichola beobachtete, daß Royce Thomas anschubste, damit der Vasall von seinen Entdeckungen berichtete.

»Das ganze Gebäude sollte niedergerissen und ein neues errichtet werden«, platzte Thomas heraus.

»Die Kosten wären etwa viermal so hoch, wenn der Baron versuchen würde, dieses Haus zu renovieren«, fügte Lawrence hinzu.

Nichola blieb ganz unbewegt nach dieser Eröffnung, da sie wußte, daß die Behauptungen der Wahrheit entsprachen. Wie oft hatte ihr Mutter schon gesagt, daß ihnen bald das Dach über dem Kopf zusammenstürzen könnte? Nichola erinnerte sich noch gut an die hitzigen Debatten, die ihre Eltern über dieses Thema geführt hatten. Papa war bestrebt gewesen, die Dinge so zu lassen, wie sie waren – er hatte jegliche Veränderung verabscheut –, aber ihre Mutter war ein praktisch denkender Mensch gewesen.

Nichola schlug offenbar ihrem Vater nach – sie mochte es auch nicht, wenn die Dinge anders wurden. Plötzlich bemerkte sie, daß die drei Männer sie besorgt ansahen – sie machten gemeinsame Sache und versuchten, sie behutsam zu einer Zustimmung zu überreden.

Ihr Mann nahm augenscheinlich Rücksicht auf ihre Gefühle. »Ich habe mich noch nicht endgültig entschieden«, erklärte Royce ernst.

Das entsprach nicht ganz der Wahrheit – er hatte schon längst einen Entschluß gefaßt, aber er wollte Nichola Zeit geben, sich an den Gedanken zu gewöhnen.

Sie schenkte ihrem Mann ein Lächeln und machte sich wieder daran, die Blumen in der Vase zu richten. Die drei

Ritter wandten die Blicke nicht von ihr, und Nichola beobachtete aus den Augenwinkeln, wie Royce ratlos mit den Schultern zuckte.

»Ich weiß, wieviel dir dieses Haus bedeutet, meine Liebe. Wenn es möglich ist, werde ich ...«

Sie beendete den Satz für ihn: »Versuchen, die Burg zu erhalten?«

Er nickte. Sie schüttelte den Kopf. »Du brauchst dir um meine Empfindungen keine Gedanken zu machen. Die Festung gehört jetzt dir und nicht mir. Tue, was du für das Beste hältst. Was auch immer du beschließt, ich bin damit einverstanden.«

Thomas und Lawrence seufzten erleichtert auf, aber Royce runzelte die Stirn. Die Nachgiebigkeit seiner Frau machte ihn stutzig.

»Wir werden später darüber reden«, kündigte er an.

»Wenn du es wünschst«, erwiderte sie.

Sie war viel zu entgegenkommend, das erweckte Royces Argwohn. Er verdrängte den Gedanken an das seltsame Verhalten seiner Frau und konzentrierte sich statt dessen auf seine Aufgaben.

Nichola war noch immer mit den Blumen beschäftigt und hörte die Unterhaltung der Männer mit an. Sie hoffte, dabei etwas über ihren Bruder zu erfahren.

Ihr Neugierde wurde gestillt. Lawrence erzählte seinem Baron, daß Justin heute mit der Truppe zusammen exerzieren würde. Er hätte zwar noch immer keine Freundschaften geschlossen, aber seine Feindseligkeit ließ allmählich nach, und er äußerte immer öfter seine Meinung. Lawrence hielt das für ein gutes Zeichen.

Royce stimmte ihm zu. Er bemerkte, daß seine Frau nervös an den Blumen herumzupfte und erbarmte sich. »Nichola, möchtest du heute vielleicht ein paar Worte mit deinem Bruder wechseln?«

Sie hätte beinah vor Überraschung die Vase umgestoßen.

»O ja, das würde ich sehr gern«, sprudelte sie hervor. »Lawrence, meint Ihr wirklich, daß mein Bruder jetzt besser zurechtkommt? Geht es ihm gut?«

Der Vasall lächelte. »Ja, Mylady, obwohl ich ihn ehrlich gesagt nicht danach gefragt habe.«

Nichola ging zu ihrem Mann, sah aber Lawrence weiterhin an.

»Heißt das, daß ihr Euch um Justins Ausbildung kümmert?«

Royce gestattete seinem Gefolgsmann, Nichola Auskunft über seine Tätigkeit zu geben.

»Ich bin für die neuen Soldaten zuständig«, bestätigte Lawrence. »Wir üben nicht viel mit den Waffen und trainieren auch nicht die Angriffstechniken. Meine Aufgabe ist es, dafür zu sorgen, daß die Körper der Neuen kräftiger werden. Wenn sie stark und durchtrainiert sind, wechseln sie in Royces Truppe über.«

»Deshalb müssen sie also die schweren Steine schleppen – es ist gar keine Bestrafung, oder?«

»Nichola, die Soldaten sind nicht meine Feinde«, warf Royce ärgerlich ein. »Mit dieser Arbeit gewinnen wir zweierlei: Die Männer bauen eine neue Mauer, die viel breiter und höher als die alte wird – dadurch entsteht ein wesentlich größerer Exerzierplatz«, erklärte er. »Und außerdem stärkt es die Muskeln der Männer.«

Sie nickte zum Zeichen, daß sie das verstanden hatte. »Wann darf ich Justin sehen? Soll ich zu den Quartieren der Soldaten gehen? Ja, das werde ich tun«, beantwortete sie ihre Frage selbst. »Ich möchte mich vergewissern, ob Justin genügend Decken für die kalten Nächte hat.«

Royce unterdrückte ein Lachen, als er sich bildhaft vorstellte, wie peinlich berührt Justin sein würde, wenn sie ihn auf diese Weise verhätschelte. »Du darfst ihn später sehen. Ich schicke ihn in den Innenhof.«

Royce hielt ganz sicher sein Wort. Nichola ging rastlos

am Rand des Innenhofs auf und ab, und es schienen Stunden zu vergehen, bis sie ihren Bruder über den Abhang auf sich zukommen sah. Sie wollte ihm entgegenlaufen, und die Tränen schossen ihr in die Augen, doch es gelang ihr, sich zurückzuhalten.

Nichola warf sich in Justins Arme und drückt ihn fest an sich. Er sah gut aus. Sein Gesicht hatte wieder Farbe bekommen, und als sie einen Schritt zurücktrat, um ihm in die Augen zu schauen, wußte sie mit absoluter Sicherheit, daß es ihm viel besser ging.

Sie drückte ihm einen Kuß auf die Wange, dann ließ sie ihn los.

»Du siehst glücklich aus, Schwesterchen«, stellte Justin mit bebender Stimme fest.

»Das bin ich auch«, entgegnete sie. »Ich bin glücklich, dich zu sehen.«

»Behandelt dich der Baron gut?« erkundigte sich Justin stirnrunzelnd.

»O ja, sehr gut«, versicherte sie. »Er ist freundlich zu mir und verliert nie die Geduld.«

Sein Gesicht erhellte sich, und er lachte sogar, als sie hinzufügte, daß sie selbst auch sehr freundlich zu ihm war und nie die Geduld verlor.

»Bekommst du auch genug zu essen, Justin? Hast du genügend Decken für die Nacht? Brauchst du irgend etwas?«

»Ich habe alles«, erwiderte Justin. Er drehte sich um und sah, daß Ingelram und Bryan ihn beobachteten. Justins Stimme klang ein wenig barsch, als er fortfuhr: »Ich bin kein kleiner Junge, Nichola, also bitte behandle mich nicht wie einen.«

Nichola ahnte nicht einmal, daß sie Zuschauer hatten, und sie sah auch nicht, daß Royce auf sie zukam. Sie hatte nur Augen für das Gesicht ihres Bruders. Die Sonne hatte seine Haut gebräunt und sein blondes Haar noch heller werden lassen. Es war ihr bis jetzt noch gar nicht aufgefallen, wie gutaussehend Justin war.

»Hast du schon erfahren, daß Ulric nicht mehr bei uns ist?« fragte sie.

Justin nichte. »Der Baron hat es mir erzählt.«

Nichola merkte, daß Justins Tonfall noch ein wenig schroffer geworden war. »Du brauchst dir keine Sorgen um Ulric zu machen. Duncan und Millicent werden gut zu ihm sein«, sagte sie.

»Nein, ich mache mir keine Sorgen, Ulric ist sicher glücklich bei ihnen.«

»Weshalb siehst du mich dann so düster an?« wollte sie wissen.

»Der Baron hat mir auch erzählt, daß Thurston hier war. Das hätte er nicht tun sollen.«

Justins Stimme klang gleichgültig, und Nichola wußte nicht, was sie davon halten sollte.

Royce unterbrach sie. »Justin, du hast einen Nachmittag in der Woche frei, aber heute bist du nicht beurlaubt. Verabschiede dich von deiner Schwester. Ingelram und Bryan erwarten dich schon.«

Justin trat zurück und verbeugte sich vor seinem Baron, aber Nichola wollte ihn noch nicht gehen lassen. Sie streckte die Hand aus, um ihn zurückzuhalten. Dabei bermerkte sie, daß sein linker Arm mit Leder bedeckt war.

In diesem Moment sahr auch Royce die merkwürdige Vorrichtung.

»Was ist das?« wollte er wissen.

Justin wandte sich seinem Baron zu, während Bryan und Ingelram vortraten. »Bryan hat diese Prothese für mich angefertigt«, erklärte Justin achselzuckend, ohne den Blick zu heben.

Royce nahm eine der beiden Lederschlaufen, mit denen die Vorrichtung befestigt war, in die Hand. Ich verbiete dir, das zu tragen, wenn das Training mit den Falken beginnt«, sagte er.

»Glaubt Ihr, die Falken würden ihn deswegen verspotten, Baron?« erkundigte sich Ingelram niedergeschlagen.

Royce lachte. Guter Gott, wie ahnungslos und unwissend sie waren ... Er wickelte einen der Lederriemen um seine Hand und sah Justin fest in die Augen. Das Gesicht des Jungen wurde rot. »Sie würden ihn nicht verspotten«, erklärte Royce Ingelram. »Aber sie würden dieses Ding todsicher zu ihrem Vorteil nutzen.«

Royce verstärkte seinen Griff, bis sich Justin kaum mehr rühren konnte. »Und dann würden sie sich sehr viel Zeit nehmen, um Justin so viel Verstand einzubläuen, daß er nie mehr eine solche Lederprothese trägt.«

Nichola erschrak bis ins Mark, als ihr Mann Justin auslachte.

Trotzdem griff sie nicht ein. Sogar sie verstand, daß die Ledervorrichtung eine Waffe war, die jeder Gegner zu seinem Vorteil nutzen könnte.

Justin begriff das auch. Sobald Royce seinen Arm losließ, nahm er die Prothese ab.

»Ihr dürft euch entfernen«, sagte Royce zu den drei Männern. Sie verbeugten sich gleichzeitig und machten sich auf den Weg. Justin wurde von Bryan und Ingelram flankiert. Nichola ergriff unbewußt Royces Hand, als sie ihnen nachsah.

Royce verspürte ihr leichtes Zittern und drückte ihre Hand.

»Fühlst du dich besser, nachdem du mit Justin sprechen konntest?«

Sie sah noch immer ihrem Bruder nach. »Ja.«

In diesem Moment drang Ingelrams Stimme an ihr Ohr. Offenbar war der junge Soldat der Meinung, daß sie weit genug entfernt wären, um nicht mehr gehört zu werden. »Bekommst du auch genug zu essen?« fragte er geziert und mit hoher Stimme.

Bryan fiel sofort ein: »Brauchst du meine Decke für die Nacht, Justin?«

Nicholaas Bruder rächte sich, indem er Ingelram mit seiner rechten Schulter rammte und gleichzeitig versuchte, Bryan mit dem Fuß einen Tritt zu versetzen.

Ingelram und Bryan lachten, und – es war wie ein Wunder – Justin lachte mit.

Royce hielt sich zurück und fiel nicht mit ein. Er wollte Nichola nicht verletzen. Er drehte sich zu ihr und sah, daß sie lächelte.

»Ich habe mich benommen wie eine Glucke«, gab sie zu. »Er hat gelacht, Royce. Ich habe ihn schon eine Ewigkeit nicht mehr lachen hören. Ich danke dir, Royce.«

Er wußte nicht genau, wofür sie sich bedankte, aber sie warf sich plötzlich in seine Arme und küßte ihn.

Nicholas Lächeln verblaßte nicht einmal, als Royce ihr erklärte, daß sie Justin nicht mehr sprechen könnte, bis die erste Phase seiner Ausbildung, die sechzig Tage dauerte, abgeschlossen wäre. Sie erhob keine Einwände, und Royce freute sich darüber.

Royce sah seine Frau erst beim Abendessen wieder. Sie saß bei Tisch neben ihm, und sobald sie das Mahl beendet hatten und Lawrence über die Pläne für den nächsten Tag sprach, entschuldigte sich Nichola und bat, sich in ihr Zimmer zurückziehen zu dürfen.

Der Alltag wurde zur Routine, und zwei volle Monate lebten sie in Frieden – es gab nicht einen einzigen Wutanfall, keinen Streit und keine Überraschungen, die Royce hätten überrumpeln können. Im Grunde hätte er mit dieser bemerkenswerten Veränderung sehr zufrieden sein müssen, aber er war es nicht. Nichola hatte nicht ein einziges Mal in beinah sechzig Tagen die Beherrschung verloren, und wenn sie noch ernster und in sich gekehrter wurde, dann mußte er sich wohl vergewissern, ob sie überhaupt noch atmete.

Ihr Benehmen trieb ihn zum Wahnsinn. Sie las ihm jeden Wunsch von den Augen ab, und noch bevor er sich bewußt war, was er wollte, war sie schon zur Stelle.

Ihr leidenschaftliches Naturell kam nur zum Vorschein,

wenn sie im Bett lagen und er sie berührte. Dann konnte sie sich nicht mehr zurückhalten. Royce war dankbar für diese Wohltat, aber er wollte mehr. Gott war sein Zeuge – er wollte, daß Nichola wieder ein so unmögliches, verrücktes Frauenzimmer wurde wie früher.

Er vermißte ihre zornigen Blicke, wenn sie ihren Willen nicht bekam, und ihre Streitgespräche – besonders diejenigen, bei denen er immer der Verlierer war, weil er ihren hoffnungslos unlogischen Argumenten nichts entgegenzusetzen wußte. Aber am meisten vermißte er, daß er sie wie früher belehren konnte.

Nichola lächelte, wenn sie morgens erwachte, und hörte nicht auf zu lächeln, bis sie abends die Augen schloß. Das machte ihn verrückt. Sie konnte gar nicht so glücklich sein. Nein, sie war nicht glücklich – ihre Augen funkelten nicht mehr, und sie lachte auch nie mehr so herzerfrischend.

Lachen war eine spontane Reaktion, oder nicht? Und Nichola tat überhaupt nichts mehr spontan.

Gott helfe ihm – er selbst hatte sie dazu getrieben. Er allein trug die Schuld an dieser Veränderung. Er hatte genau das bekommen, was er von ihr verlangt hatte, und jetzt wußte er nicht, wie er den Schaden wiedergutmachen konnte. Er schmiedete einen Plan nach dem anderen, aber keiner erschien ihm akzeptabel. Und dann löste Justin mit einem Mal das Problem für ihn.

Es war Mitte Juni. Royce exerzierte mit den erfahreneren Soldaten im unteren Burghof. Lawrence, der die Tauben befehligte, nahm Royces Hilfe nur selten in Anspruch, aber heute schien er eine Ausnahme zu machen.

Lawrence rief nach seinem Baron, und als Royce neben ihn trat, bedeutete er Ingelram und Bryan, den Scheinkampf zu beginnen.

Justin stand an der Seite und wartete, bis er an der Reihe war.

»Die drei sind gute Freunde geworden«, bemerkte Lawrence. »Und ich bin froh, daß Justin so rasche Fortschritte gemacht hat. Ihr seht ja selbst, daß er sehr kräftig geworden ist. Die Übungen mit dem Schwert und das Steine-Tragen haben seine Muskeln gestärkt. Ja, er macht sich sehr gut.«

Ingelram schlug Bryan nieder, stieß einen Siegesschrei aus und wandte sich Justin zu. Bryan rollte aus dem Weg, als Justin auf den Platz stolzierte. Ingelram und Justin veranstalteten so etwas wie eine kleine Theatervorführung für ihren Baron, und im Nu hatten sich andere Soldaten um sie versammelt, um ihnen nachzusehen.

Je länger Royce das Geschehen beobachtete, desto finsterer wurde sein Blick. »Sag mir nur eines, Lawrence«, forderte er barsch. »Kämpft Ingelram mit Justin, oder tanzt er mit ihm?«

»Genau das wollte ich Euch ja zeigen, Baron«, murmelte Lawrence. »Ganz egal, welchen Mann ich mit Justin kämpfen lasse – das Resultat ist immer dasselbe. Ich glaube nicht, daß sie es mit Absicht tun, aber die Männer greifen nie richtig an, wenn sie dem Jungen gegenüberstehen.«

Royce nickte und pfiff schrill durch die Zähne, um seine Männer auf sich aufmerksam zu machen. Justin war immer noch sehr vorsichtig, wenn sich sein Baron in der Nähe befand, und seine Miene wurde ernst, als er sich zu ihm umdrehte.

»Ich bin in der Stimmung, ein paar von Euch zu Boden zu schicken«, verkündete Royce. »Wer möchte das Privileg genießen?«

Diese Ehre erwies der Baron den jüngeren Soldaten nur sehr selten, und alle waren begierig darauf, seine Herausforderung anzunehmen. Royce entging nicht, daß die Männer Justin zurück in die hinterste Reihe drängten, als sie nach vorn eilten. Sie bemühten sich sogar jetzt, ihn zu beschützen. Diese Freundschaft konnte unter Umständen den Tod für Nicholas Bruder bedeuten, wenn es wirklich ernst wurde.

Justin hatte jedoch nicht vor, sich zu drücken – er bahnte sich einen Weg durch die Gruppe und drängte sich nach vorn.

»Wie vielen Männern gebt Ihr die Gelegenheit, Baron?« rief er.

Ingelram und Bryan stellten sich an Justins Seite, während sich die anderen hinter ihm postierten. Justin benahm sich, als wäre er ihr Sprecher, und Royce war so angenehm überrascht über diese Wendung, daß er beinah laut gelacht hätte. Lawrence hatte ihm stets Bericht über Justins Fortschritte erstattet, aber selbst mitanzusehen, wie sich der Junge stolz behauptete, war eine echte Freude, die ihm das Herz wärmte.

»Ich habe nicht viel Zeit zu verschwenden«, versetzte Royce. »Deshalb werde ich nur gegen vier von euch kämpfen. Da du dich schon dazu aufschwingst, für die ganze Truppe zu sprechen, wirst du einer der vier sein. Bestimme du die anderen drei, Justin, und dann halte dich zurück, wie es sich für einen echten Anführer gehört.«

Justin nickte und drehte sich zu seinen Freunden um, hielt aber mitten in der Bewegung inne. »Was geschieht, wenn einer von uns Euch zu Boden schickt, Baron?«

Royce verkniff sich ein Lächeln. »Er wird gebührend belohnt.«

Justin lächelte und beriet sich mit den anderen Männern. Royce und Lawrence standen daneben, als die Soldaten die drei Männer bestimmten.

»Du hast deine Sache gut gemacht«, lobte Royce Lawrence flüsternd. »Justin ist stark und gesund.«

»Er ist bereit für die eigentliche Ausbildung«, erwiderte Lawrence. »Ebenso wie die anderen.«

Die Tauben waren sich einig geworden. Ein rothaariger Bursche namens Merrill strebte nach vorn und verbeugte sich erst vor Royce, dann vor Lawrence.

Royce ging einen Schritt auf ihn zu. »Wir benutzen keine Waffen«, bestimmte er.

Merrill löste seinen Schwertgurt und reichte Justin die Waffe, dann wandte er sich wieder seinem Baron zu. »Ich bin kampfbereit, Mylord.«

Royce lachte. »Nein, das bist du nicht. Vielleicht bist du nach drei Monaten Ausbildung bei mir kampfbereit, aber heute kannst du das noch nicht behaupten, Merrill.«

Er forderte den jungen Soldaten mit einer Geste zum Angriff auf.

Merrill umkreiste ihn langsam, aber Royce rührte sich nicht vom Fleck.

Als Merrill hinter seinem Baron stand, startete er eine Attacke – er wollte seinen Herrn im Nacken packen und zu Boden ringen.

Royce wartete, bis er die erste Berührung spürte, dann wirbelte er herum, riß den jungen Soldaten mit einer Hand von den Füßen und schleuderte ihn über seine Schulter zu Boden. Merrill landete ächzend auf seinem Hinterteil.

»Du hast mir zuviel Zeit gegeben, Merrill. Ich konnte lange darüber nachdenken, was du vorhast, und mich darauf vorbereiten«, erklärte Royce. »Wenn du einen Gegner mit einem Angriff von hinten überraschen willst, mußt du sehr schnell sein, wenn du dich anschleichst. Verstanden?«

Merrill nickte, und Royce reichte ihm die Hand. Merrill ergriff sie und wurde auf die Füße gezogen.

»Der nächste«, befahl Royce.

Bryan kam nach vorn. Er hatte sein Schwert bereits abgenommen und schwang seine Fäuste. Er holte zu einem Schlag aus, der jeden anderen Mann niedergestreckt hätte, aber Royce war nicht wie die anderen Männer. Leider bedachte Bryan diese Tatsache bei seinem Angriff nicht. Royce fing die geballte Faust mit einer Hand auf und hielt sie fest.

»Und jetzt, Bryan?« fragte er.

Bryans Hand schmerzte höllisch, und er fühlte sich, als hätte er auf eine Steinmauer eingedroschen. Er zog eine Grimasse und versuchte Royce mit der anderen Faust zu treffen. Royce wehrte den Hieb ab und brachte Bryan zu Fall.

»Auch Bryan hat mir die Gelegenheit gegeben, mich vorzubereiten«, erklärte er der Gruppe. »Ihr solltet mit allem angreifen, was euch zur Verfügung steht, und alle Methoden, die euch einfallen, anwenden. Du hast Füße, Bryan, benutze sie.«

»Ja, Baron.«

Ein dritter Soldat kam in den Kreis. Sein Name war Howard, und er erwies sich als etwas schlauer. Royce mußte zweimal zuschlagen, ehe er zu Boden ging.

Dann war Justin an der Reihe. Royce sah ihn lange an.

»Was hast du von den ersten drei Herausforderern gelernt?«

»Ich habe gelernt, meine Füße und meine Faust einzusetzen«, antwortete Justin. »Und daß ich jede Methode – ob fair oder hinterlistig – anwenden kann, um Euch zu Boden zu schicken, Baron.«

Royce nickte. »Dann habe ich meine Zeit nicht verschwendet.«

Sein Blick wanderte über die ganze Gruppe. »Lawrence hat euch Aufgaben zugeteilt, durch die eure Körper gestählt wurden, aber jetzt wird es Zeit, daß ihr lernt, euren Verstand zu benutzen. In einer Schlacht hilft euch Stärke ohne List nicht weiter. Morgen beginnt eure Ausbildung bei den erfahrenen Rittern.«

Freudengeschrei brandete auf. Die jungen Männer hatten also den ersten Teil ihrer Ausbildung hinter sich gebracht. Das mußte gefeiert werden.

Royce lächelte – morgen abend würde den Burschen nicht mehr zum Lachen zumute sein. Nein, jeder Muskel und jeder Knochen würde ihnen weh tun. Der erste Tag bei den geschickten Kriegern war für jeden Jungen der schlimmste seines Lebens.

Nichola lief auf den Hof, als sie das Gebrüll hörte. Sie war neugierig, was du unten vor sich ging, und lief zum Wehrgang. Sie sah, daß einige junge Männer Justin und ihren Mann umringten.

Sie erschrak, unterdrückte aber ihre Angst. Plötzlich stürzte sich Justin auf Royce, und sie hätte beinah laut aufgeschrien. Ihr Bruder hatte den Angriff nur vorgetäuscht und wich in letzter Sekunde zur Seite aus, um Royce von hinten in die Beine zu treten.

Royce wehrte den Tritt ab und hielt Justin mit einer Hand an der Schulter fest. Nicholas Bruder stolperte vorwärts, erholte sich aber rasch wieder, und startete den nächsten Angriff.

Eher durch Zufall war Justin erfolgreich. Seine Faust traf in dem Bruchteil einer Sekunde ihr Ziel – das Kinn seines Gegners –, als Royce Nichola auf dem Wehrgang entdeckte.

Royce schlug instinktiv zurück, und Justin fiel. Dann setzte Royce nach und stellte seinen Fuß auf Justins Brust, um gleich darauf einen äußerst seltsamen Befehl zu geben.

»Lächle, Justin.«

»Was?« Justin schnappte nach Luft.

»Ich sagte: lächle«, wiederholte Royce gefährlich leise. »Sofort, verdammt nochmal.«

Justin lächelte.

Nichola wollte wirklich nicht eingreifen, aber als sie ihren Bruder auf dem Boden liegen und all die anderen Soldaten grinsen sah, vergaß sie ihre guten Vorsätze.

Justins Gesicht war von ihr abgewandt, so daß sie sein Lächeln nicht sehen konnte.

»Royce, mein Bruder hat nur eine Hand.«

Lieber Himmer, sie hatte ihn gar nicht anschreien wollen.

»Aber ich habe zwei«, rief Royce zurück.

Nichola war schon auf dem Weg zu den beiden, aber Royces grausame Bemerkung hielt sie auf.

Sie starrte ihren Mann an. Er zwinkerte ihr zu, dann drehte er sich wieder zu dem lächelnden Justin um und lachte.

Nichola wich einen Schritt zurück, schüttelte den Kopf und trat den Rückzug an.

Royce seufzte – er wußte genau, daß sie nichts verstand. Er bot Justin die Hand und half ihm beim Aufstehen. »Du warst gut«, lobte er Justin. »Zur Belohnung dafür, daß dein Hieb mich getroffen hat, wirst du zusammen mit den anderen drei Soldaten heute Abend bei mir essen.«

Justin grinste. Seine Wangen waren gerötet, als er sich zu den anderen Männern in die Reihe stellte.

Royce verschränkte die Hände auf dem Rücken und musterte die Truppe eingehend. »Ich habe euch noch etwas zu sagen. Ihr alle seid Freunde geworden, und so sollte es auch sein, aber wenn ihr gegeneinander kämpft, dann zählt die Freundschaft nichts mehr. Ihr dürft niemanden verschonen, auch wenn ihr meint, Gründe dafür zu haben. Was ihr aus Freundlichkeit, oder weil ihr jemanden schützen wollt, tut, könnte in einer echten Schlacht zum Verhängnis für euren Freund werden – er könnte getötet werden.«

Sie wußten alle, worauf er anspielte, dessen war Royce sicher. Seine nächste Bemerkung war an Justin gerichtet. »In einer Schlacht gibt es keine Vergünstigungen, weil du nur eine Hand hast. Aus diesem Grund reicht es nicht, wenn du so gut wie die anderen bist – du mußt besser sein.«

Justin nickte. »Baron, wann werde ich kampfbereit sein?«

Royce lächelte. »Du wirst es selbst merken, das braucht dir niemand zu sagen.«

Lawrence trat vor. »Zur Feier eures letzten Tages als Tauben erlaubt euch der Baron vielleicht, beim Fußball zuzusehen.«

Royce nickte. König William verabscheute dieses Spiel, weil er meinte, daß es die Ritter von ihren eigentlichen Aufgaben ablenken würde. Aber Royce machte gelegentlich eine Ausnahme, weil er selbst dieses rüde Spiel, bei dem ein Lederball von einem Ende des Feldes gebracht werden mußte, sehr mochte. Es gab nur eine einzige Regel: Die Ritter durften den Ball nicht mit den Händen berühren. Das Spiel endete meist blutig.

»Du führst die eine Mannschaft an, Lawrence, ich die andere«, kündigte Royce an. »Wir beginnen, sobald ich mit Nichola gesprochen habe.«

Er und Lawrence wandten sich zum Gehen. Ingelram stieß Justin in die Seite, dann liefen beide vor und stellten sich dem Baron in den Weg.

»Baron, weshalb müssen wir zusehen?« sprudelte Ingelram hervor.

Royce zog eine Augenbraue hoch, dann zuckte er mit den Schultern. »Ihr müßt nicht zusehen, wenn ihr nicht wollt«, erwiderte er. »Heute nachmittag kann jeder tun, was er möchte.

»Baron«, schaltete sich Justin ein, »Ingelram möchte damit sagen, daß wir nicht nur zuschauen, sondern mitspielen möchten. Wir können selbst eine Mannschaft aufstellen und würden uns freuen, wenn wir gegen die Falken antreten und sie schlagen könnten.«

»Es könnte eine Beleidigung für sie bedeuten, wenn wir sie auffordern, gegen die Tauben zu spielen«, gab Lawrence zu bedenken.

Justin grinste. »Nicht, wenn Ihr und der Baron in unserer Mannschaft seid.«

Royce lachte. »Ich überlasse eurem Befehlshaber die Entscheidung«, sagte er und deutete mit dem Kinn auf Lawrence.

Lawrence war in guter Stimmung und erteilte seinen Männern die Erlaubnis, an dem Spiel teilzunehmen. Die Soldaten stürmten sofort zu dem Platz, der als Spielfeld dienen sollte, und planten ihre Strategie.

»Habt Ihr das bemerkt?« fragte Lawrence seinen Baron, als sie allein waren.

»Was?«

»Justin ist nicht nur ihr Sprecher«, erklärte Lawrence. »Er

fühlt sich als einer der ihren. Erinnert ihr Euch daran, wie er am Anfang war? Er sagte immer nur *sie* und *ihr* und hat sich niemals mit einbezogen und von *uns* oder *wir* gesprochen. Er ist selbstbewußt und offener geworden. Das ist viel wert, meint ihr nicht?«

Diese simple Feststellung traf Royce wie ein Keulenschlag. Zur Hölle, dachte er, ich bin genau wie Justin. Von Anfang an hatte er von *seiner* Festung gesprochen und nicht von Nicholas; die Dienerschaft gehörte zu *ihm*, nicht zu Nichola – und nach einer Weile hatte sie sich wortlos gefügt.

Er schlug Lawrence auf die Schulter. »Du hast mich auf einen Fehler aufmerksam gemacht«, sagte er. »Ich danke dir.«

Royce gab keine weiteren Erklärungen ab. Er wollte so schnell wie möglich in die Burg, um sich zu vergewissern, daß Nichola nicht allzu aufgebracht war über das, was sie mitangesehen hatte. Aber nach dem Abendessen würde er ein ausführliches Gespräch mit ihr führen. Er würde sie nicht belehren – nein, das tat er nie. Und er würde nicht aufhören zu reden, bis er sicher war, daß sie ihn voll und ganz verstanden hatte.

Seine Frau hatte den Schock, Justin und Royce im Kampf zu sehen, überwunden. Das wunderbare Lächeln ihres Bruders ging ihr nicht mehr aus dem Kopf. Sie war in die Burg und die Treppe hinaufgerannt, weil sie ihr Schlafzimmer erreichen wollte, ehe sie gegen die Regel Nummer drei verstieß.

Ja, sie weinte. Sie vergoß Freudentränen, aber das würde Royce nicht begreifen, wenn er sie zufällig sah.

»Wohin geht Ihr, Mylady?« rief Clarise ihr nach. »Ich wollte Euch etwas wegen des Abendessens fragen.«

»Nicht jetzt, bitte«, erwiderte Nichola. »Ich bin in ein paar Minuten wieder da, dann können wir alles besprechen.«

Clarise hatte aber nicht vor zu warten. Die Köchin war schon jetzt sehr mürrisch, und wenn sich ihre Laune noch mehr verschlechterte, würde sie ganz sicher alle Speisen für das Essen ruinieren.

Die Dienerin lief zur Treppe und blieb stehen, als Nichola den ersten Absatz erreicht hatte. »Ich nehme nicht viel Eurer Zeit in Anspruch«, rief sie. »Die Köchin möchte wissen, ob sie zum Nachtisch Obsttörtchen oder Zuckeräpfel zubereiten soll. Ihr werdet keins von beidem bekommen, wenn Ihr Euch nicht jetzt gleich entscheidet«, warnte sie.

Nichola lehnte sich an das Geländer, während sie überlegte.

»Ich glaube, heute gibt es etwas zu feiern. Die Köchin soll beides machen.«

Nichola drehte sich um, und genau in diesem Moment gaben sowohl die Bodenbretter auf der Treppe als auch das Geländer nach.

Clarise schrie, aber Nichola konnte nicht mehr tun, als entsetzt nach Luft zu schnappen. Sie fiel, und es gelang ihr gerade noch, sich am Rand des Lochs festzuhalten, um nicht zu Tode zu stürzen. Das Geländer polterte in die Tiefe, und die Holzsplitter flogen in alle Richtungen. Clarise machte einen Satz rückwärts, um nicht getroffen zu werden, und als sie endlich aufhörte zu schreien, besann sie sich darauf, daß sie ihrer Herrin helfen mußte. »Lieber Gott im Himmel, haltet Euch fest. Ich komme und helfe Euch. Seht nicht nach unten, sonst geratet Ihr in Panik.«

Nein, komm nicht hier herauf«, rief Nichola. »Du wirst nur durch den Boden brechen. Hol meinen Mann. Beeil dich, ich kann mich nicht mehr sehr lange halten.«

Die Dienerin wirbelte herum, kam aber nicht weit. Die große zweiflüglige Tür flog auf, noch ehe sie sie erreicht hatte, und Royce stand vor ihr.

Clarise brauchte nichts zu erklären. Royce erfaßte auf den ersten Blick, was geschehen war – er sah die zerborstenen Holzteile auf dem Boden und die baumelnden Füße, die vom oberen Treppenabsatz herabhingen. Sein Herz setzte einen

Schlag aus, und er stürmte vorwärts, um sich direkt unter Nichola zu postieren.

»Was, in Gottes Namen, tust du da?«

Sein Gebrüll beruhigte sie tatsächlich, aber dann drang der Sinn seiner absurden Frage bis zu ihrem Verstand. »Nach was sieht das wohl aus?« schrie sie zurück. »Ich hänge über einem Abgrund, Dummkopf.«

Royce hörte den belustigten Unterton in ihrer Stimme und traute seinen Ohren nicht. Seine Frau müßte eigentlich völlig verängstigt sein.

»Laß los, Nichola, und zieh die Knie an. Ich fange dich auf«, sagte er ruhig und sachlich.

»Ja, Royce.«

»Laß los, mein Herz.«

Nichola war so verblüfft über diesen Kosenamen, daß sie ihre Angst vergaß. Sie ließ los und wartete darauf, von ihrem Mann aufgefangen zu werden.

Er schwankte kaum unter ihrem Gewicht, als sie in seinen Armen landete, und hielt sie ganz fest. Dann wich er einige Schritte zurück, aus Angst, daß noch mehr Trümmer herunterfallen und sie treffen könnten.

Er zitterte, während er seine Frau in die Halle trug, und ihm wurde schwindlig, als er daran dachte, wie knapp sie einer Katastrophe entronnen war. Sie hätte sich den Hals brechen können.

»Du wirst das obere Stockwerk nie mehr betreten, hörst du, Nichola?«

Er hielt sie so fest, daß ihre Arme schmerzten, und sie hätte ihm sofort ihre Zustimmung gegeben, wenn er sie nicht abgelenkt hätte, indem er mit dem Fuß einen Stuhl aus dem Weg räumte. Er ließ sich auf dem hochlehnigen Sessel vor dem Kamin nieder und atmete ein paarmal tief durch. Nichola merkte erst jetzt, wie aufgeregt ihr Mann war, und sein Benehmen enthüllte ihr wenigstens zum Teil, was in seinem Inneren vorging. »Du hattest Angst um mich, stimmt's?« fragte sie.

Er bedachte sie mit einem finsteren Blick, der ihr zeigte, wie idiotisch ihm diese Frage vorkam. »Ich werde veranlassen, daß noch heute alles, was sich oben befindet, ins Erdgeschoß gebracht wird. Widersprich mir nicht, Nichola – mein Entschluß steht fest. Du wirst nie wieder da hinaufgehen.«

Sie nickte. »Du *hattest* Angst um mich.«

»Ja.«

Dieses eine harsche, knappe Wort versetzte Nichola in hellste Begeisterung. Er mochte sie. Sein wild hämmerndes Herz, das sie in seiner Brust spürte, war ein weiterer Beweis für diese Tatsache.

Er muß sich beruhigen, dachte sie. Die Gefahr war ja vorüber. Nichola beschloß, ihn ein wenig abzulenken.

»Royce, du solltest deine Burg wirklich abreißen und eine andere bauen lassen. Ich frage mich, warum du noch zögerst.«

Er verspürte plötzlich den Drang, sie zu erwürgen. »Es ist nicht meine Burg, und es ist auch nicht deine«, erklärte er und betonte dabei jedes Wort.

»Wem gehört sie dann?« fragte sie verwirrt.

Er schob sie von seinem Schoß und stand auf. »Uns«, versetzte er. »Alles gehört uns, meine Liebe – nicht mir und nicht dir, sondern uns. Verstanden?«

Sie nickte. Verdammt, nie wieder in seinem Leben wollte er solche Todesängste ausstehen. Er umklammerte grob ihre Schultern und küßte sie, dann drehte er sich um und verließ die Halle. Er mußte seine Fäuste gebrauchen und auf irgend etwas eindreschen. Ein Ballspiel war jetzt genau das Richtige für ihn. Wenn er ein paar seiner Soldaten niedergeschlagen hätte, würde er sich vielleicht besser fühlen. Aber als er über die Holztrümmer stieg, ahnte er schon, daß es ihm nicht genügen würde, ein paar Männer niederzuschlagen. Wahrscheinlich müßte er es mit der ganzen Einheit aufnehmen, um wieder zu sich zu kommen.

Nichola begriff gar nicht, was gerade geschehen war. Vermutlich hatte es viel zu bedeuten, daß ihr Mann die Besitzverhältnisse auf diese Weise geklärt hatte, aber er war so wütend, daß sie noch verwirrter war als zuvor.

Zehn Minuten später kam eine Gruppe von Soldaten ins Haus, und innerhalb einer Stunde hatten sie das obere Stockwerk leer geräumt. Nachdem Thomas gründlich geprüft hatte, ob der Boden dieser Belastung standhalten würde, wurde Royces Bett in einer Ecke der Halle aufgestellt. Nicholas Truhe stand jetzt neben dem Bett, und den Rest der Möbel schleppten die Männer aus dem Haus. Thomas stand an Nicholas Seite, und während er die Arbeiten beaufsichtigte, erklärte er, daß die Sachen in einer der Hütten gelagert würden, bis der Baron eine Entscheidung traf.

Nichola war unbehaglich zumute, weil sie in der Halle schlafen sollte, und bat Thomas, wenigstens einen Wandschirm um das Bett aufzustellen. Er machte sich sofort auf den Weg, um das Gewünschte zu suchen, und kam noch vor dem Abend mit einem großen Paravent zurück.

Nichola begegnete Royce erst kurz vor dem Abendessen wieder. Sie war angenehm überrascht, als sie Justin und die anderen Männer hinter ihrem Mann in die Halle kommen sah. Sie freute sich so sehr, ihren Bruder wiederzusehen, daß sie den anderen beinah ein rührseliges Schauspiel geboten hätte. Sie lief auf Justin zu, um ihn in die Arme zu schließen, aber Royce hielt sie gerade noch rechtzeitig zurück und legte den Arm fest um ihre Schulter.

Erst jetzt betrachtete sie ihren Bruder genauer und war entsetzt über sein Äußeres. Justins Gesicht war mit Wunden und blauen Flecken übersät, aber als sie sich umsah, entdeckte sie, daß die anderen Männer in einem ähnlichen Zustand waren.

Sogar Royce und Lawrence waren verletzt. Nichola brauchte volle zehn Minuten, bis sie eine befriedigende Erklärung für die Wunden erhielt, es fiel ihr jedoch schwer zu glauben, daß diese Barbarei nur ein Spiel gewesen sein sollte.

Sie gab sich große Mühe, Justin während des Essens nicht zu sehr zu verwöhnen, da sie wußte, daß sie ihn damit nur in Verlegenheit bringen würde. Sie gab vor, sich über die Erzählungen von dem Spiel zu amüsieren.

Die vier jungen Soldaten aßen wie die Scheunendrescher, und als sie fertig waren, prahlten sie mit ihren Heldentaten und stachelten sich gegenseitig auf.

Sie waren fröhlich – auch Justin lachte von Herzen. Nichola betrachtete die vier jungen Burschen. Sie waren sich sehr ähnlich, und Justin war jetzt einer von ihnen. Er hatte sich nicht nur angepaßt, sondern war ein Teil der Truppe.

O Gott, sie war schon wieder drauf und dran, diese verdammte Regel Nummer drei zu verletzen, wenn sie sich nicht beherrschte. Die Soldaten würden sie ebensowenig verstehen wie Royce, wenn sie plötzlich in Tränen ausbrach.

Sie mußte die Halle verlassen, bevor sie sich lächerlich machte. Zum Glück waren die Männer so damit beschäftigt, über das ruhmreiche Spiel zu sprechen, daß sie gar nicht bemerkten, wie Nichola sich zurückzog. Sie ging durch den Innenhof und wanderte noch weiter.

Es gab so viel, wofür sie dankbar sein mußte. Gott hatte seine schützende Hand über sie gehalten, als er ihr Royce geschickt hatte.

Justin konnte zuversichtlich in die Zukunft blicken – das hatte Royce fertiggebracht. Sie lächelte, ja, sie mußte ihm für vieles dankbar sein. Wenn irgend jemand es vor einem Jahr gewagt hätte, ihr zu prophezeien, daß sie sich eines Tages hoffnungslos in einen Normannen verlieben würde, dann wäre sie zutiefst gekränkt gewesen. Jetzt hingegen empfand sie es als Segen.

Royce mochte sie, und das genügte ihr. Sie würde sich weiterhin bemühen, so zu sein, wie er es sich wünschte, um wenigstens ein bißchen von dem wiedergutzumachen, was er für sie getan hatte.

Nichola hörte auf zu weinen und ging zurück. Sie entdeckte ihren Mann schon von weitem – er stand auf der Außentreppe und erwartete sie.

Im Mondlicht wirkte er wie eine riesige Statue. Sie blieb im Innenhof stehen. »Eigentlich sollte ich hier mit unseren Kindern stehen und auf deine Heimkehr warten«, sagte sie.

»Solltest du das?«

»Meine Mutter hat es immer getan.« Sie trat einen Schritt näher.

»Gehörte das zu ihren Pflichten?«

»Es war nur eine Gewohnheit«, erwiderte sie. »Mein Vater mochte das.«

»Was für Gewohnheiten hatten sie sonst noch?«

Nichola kam noch einen Schritt näher. »Sie spielten jeden Abend nach dem Essen Schach.«

»Dann werden wir dasselbe tun«, verkündete Royce.

»Aber du besprichst doch immer nach dem Abendessen mit den Soldaten deine Pläne für den nächsten Tag«, erinnerte sie ihn.

»In Zukunft werde ich das vor dem Essen erledigen«, entgegnete er. »Dann können wir später Schach spielen.«

»Warum möchtest du diese Gewohnheit annehmen?«

»Die Traditionen sollten gewahrt werden – so etwas Ähnliches hat mir meine Frau geraten, als sie mich in der Hochzeitsnacht dazu bringen wollte, sie zu küssen.«

Nichola lächelte. »Deine Frau gesteht jetzt ein, daß das nur ein Vorwand war.«

Er nickte und wurde ernst. »Ich hätte gern, daß du mir noch etwas anderes eingestehst«, sagte er mit rauher Stimme. »Sag mir, daß du mich liebst, Nichola. Ich möchte hören, wie du diese Worte sagst.«

Erneut stiegen ihr die Tränen in die Augen. Sie senkte den Kopf, damit er nicht sah, wie aufgewühlt sie war. »Ich möchte dir keine Last sein.«

Royce ging auf sie zu, schloß sie in die Arme und drückte sie an sich. »Willst du damit sagen, daß es eine Last für mich wäre, wenn du mich liebst?« fragte er in dem Bewußtsein, daß er sie nicht richtig verstanden hatte.

»Ja.«

Er lachte volltönend und laut. »Du wirst mir immer wieder neue Rätsel aufgeben, nicht wahr?«

»Ich liebe dich.«

Endlich sprach sie die Worte aus, nach denen er sich so sehr gesehnt hatte. Es war wie ein Wunder – ein kostbares Geschenk, und er empfand demütige Dankbarkeit, obwohl er immer noch nicht verstand, wie sie solche Gefühle für ihn entwickeln konnte. Sie war ihm ein Rätsel. Sein Gesicht war von Narben entstellt, aber sie hatte nur die silbernen Lichter in seinen, wie sie sagte, hübschen Augen entdeckt. Er hatte sich selbst immer als zu groß und linkisch betrachtet, aber sie behauptete, er wäre stattlich und stark. Nichola schien blind zu sein, und er würde für den Rest seines Lebens Gott auf Knien für diese Schwäche danken.

Er sagte kein einziges Wort. Sei wartete, hoffte und betete, aber er sprach nicht aus, wonach sie sich so verzweifelt verzehrte.

»Mein Herz, sag mir, warum du glaubst, daß das eine Last für mich sein könnte.«

Sie brach in Tränen aus. »Weil ich dir nicht die geringste Wahl gelassen habe. Du hättest mich nie freiwillig geheiratet, wenn du selbst hättest entscheiden können.«

Er lächelte und legte sein Kinn auf ihren Kopf, damit sie seine glückliche Miene nicht sehen konnte. Sie sollte nicht glauben, daß er sich über sie lustig machte, und außerdem wollte er nicht, daß sie seine verträumten Augen sah. Aber, verdammt, die Freude, die er empfand, war überwältigend.

»Oh, du meinst, es war deine Entscheidung?« flüsterte er. »Das belastet dich schon sehr lange, nicht wahr?«

Sie stieß an sein Kinn, als sie nickte.

»Nichola, ist dir nie in den Sinn gekommen, daß ich die

Halle hätte verlassen können, ehe du dich für mich entschieden hast?«

»Du hättest nicht gehen können, nur die verheirateten Ritter durften hinaus.«

Er versuchte es auf andere Weise. »Ich hätte dich auch abweisen können.«

»Nein«, widersprach sie. »Dazu bist du zu ehrenhaft. Du fühltest dich für mich verantwortlich.«

»Du hast dir das alles ganz genau überlegt, stimmt's? Nichts, was ich sage, würde dich vom Gegenteil überzeugen.«

»Was meinst du damit?«

»Nichola, ich hatte vor, mich um deine Hand zu bewerben. Ich hätte niemals zugelassen, daß ein anderer dich auch nur anrührt.«

»Du bist sehr freundlich zu mir, Royce. Du zeigst immer sehr viel Verständnis und Geduld für jedermann.«

Er drückte einen Kuß auf ihr Haar. Er hatte keine Ahnung, wie er ihr klarmachen sollte, daß er sie in jedem Fall zu seiner Frau gemacht hätte. Er war längst entschlossen gewesen, um ihre Hand zu kämpfen, weil ihn der bloße Gedanke daran, daß sie zu einem anderen gehen könnte, beinah um den Verstand gebracht hätte.

Sie gehörte zu ihm, und er hatte sich schon an sie gewöhnt, als sie in London eingetroffen waren. Er war von Natur aus besitzergreifend, und das war einer der Gründe, weshalb er sie nie hätte gehen lassen.

Was die Liebe betraf – in diesen Dingen kannte er sich nicht aus, und Royce wußte nicht einmal, ob er sie so lieben konnte, wie es sich für einen Ehemann geziemte. Er war unsicher und sogar ratlos.

Es mußte genügen, wenn er ihr klarmachte, daß er sehr zufrieden war, sie an seiner Seite zu wissen. Aber nein, nicht einmal das und auch sonst nichts würde sie überzeugen, daß er ihr auf seine Weise sehr zugetan war.

Er beschloß, lieber gar nichts zu sagen und ihr statt dessen zu zeigen, was er fühlte.

16

Das war leichter gesagt als getan. So sehr sich Royce auch bemühte, ihm fiel nichts ein, womit er Nichola beweisen konnte, daß er sie auch ohne ihre Wahl zu seiner Frau gemacht hätte. Trotzdem gab er nicht auf.

Es machte ihn verrückt, daß er nicht in der Lage war, sie dazu zu bringen, ihm Glauben zu schenken, aber noch wahnsinniger machte ihn ihr permanentes Lächeln. Wenn er nicht so glücklich gewesen wäre, daß sie die heißersehnten Worte ausgesprochen hatte, wäre er in die tiefste Verzweiflung gefallen.

Er lobte sie, aber alles, was er damit erreichte, war ein Gegenlob von ihr. Er küßte sie, wann immer er die Möglichkeit dazu hatte, und sie erwiderte seine Küsse. Das waren die einzigen Gelegenheiten, bei denen Nichola dieses starre Lächeln nicht beibehielt.

Er hatte sogar Schach mit ihr gespielt und beschlossen, sie gewinnen zu lassen, bis er merkte, daß sie auch ohne seine Hilfe siegen würde – ab diesem Zeitpunkt strengte er sich mehr an. Das Spiel dauerte bis in die frühen Morgenstunden, und Royce kämpfte bis zuletzt.

Aber sie gewann.

Als Nichola merkte, wie schwer ihm diese erste Niederlage seit Jahren zu schaffen machte, versprach sie, ihn das nächste Mal gewinnen zu lassen.

Die Dinge liefen schlechter statt besser.

An einem heißen Montagvormittag, als Royce mit Lawrence die Halle betrat, entdeckte er, daß ein Feuer im Kamin prasselte. Royce fühlte sich, als würde er in einen glühenden Backofen kommen. Der Schweiß tropfte ihm von der Stirn, als er zur Anrichte ging, in der seine Frau geschäftig arbeitete.

»Nichola, hier drin ist es heiß wie in der Hölle«, rief sie aus. »Gibt es einen speziellen Grund dafür, daß du Feuer gemacht hast?«

Sie lächelte ihren Mann an und wedelte sich mit einem leinernen Tuch Luft zu, dann wischte sie ihm damit den Schweiß von der Stirn. »Du hast sechs Soldaten zum Essen eingeladen, und die Köchin brauchte eine weitere Feuerstelle, um das Fleisch zu braten. Ich bin froh, daß ich dir diese Freude machen kann, mein Lieber.«

Als sie Royces Stirn abgewischt hatte, drehte sie das Tuch um und fuhr damit über Lawrences Stirn. Der Ritter wich erstaunt zurück, aber Nichola folgte ihm und beendete ihr Vorhaben. Dann schlug sie den beiden Männern vor, wieder ins Freie zu gehen.

Royce und Lawrence befolgten ihren Rat augenblicklich und erreichten genau in dem Moment den Tisch, als Baron Guys unzertrennliche Vasallen, Morgan und Henry, hereinkamen.

Nichola wollte alle Türen öffnen, um frische Luft hereinzulassen, und sie trat aus der Anrichte, als Morgan voller Stolz verkündete: »Unser Baron hat eine Einheit Soldaten hierhergeführt, um die letzten Widerstandskämpfer zu verjagen. Er hat gelobt, innerhalb von vierzehn Tagen den Haufen niederzumetzeln.«

Nicholas Gesicht wurde kreidebleich, aber sie behielt die Fassung. Royce wußte, daß sie an Thurston dachte. Morgan folgte Royces Blick, entdeckte Nichola und verbeugte sich.

Sie beachtete die Begrüßung gar nicht. Sie starrte den Ritter wortlos an und wartete auf das, was er sonst noch zu sagen hatte.

»Soweit wir gehört haben, Lady Nichola, ist Euer Bruder

der Anführer der Widerstandskämpfer«, erklärte Henry. »Entspricht das der Wahrheit?«

»Möglicherweise«, erwiderte sie.

Morgan grinste. »Dann können wir Euch schon jetzt unser Beileid aussprechen«, sagte er. »Unser Baron ist ein sehr mitfühlender Mann, und ich bin sicher, daß er den Leichnam Eures Bruders herbringen wird, damit Ihr ihn ordentlich bestatten könnt.«

Royce schlug mit der Faust auf den Tisch. »Genug«, befahl er. »Verkündet die Botschaft, die ihr überbringen sollt, und verschwindet von hier.«

Henry hatte noch nie erlebt, daß Baron Royce die Beherrschung verlor, und der Ausbruch erschreckte ihn. Morgan hingegen gab sich unbeeindruckt, er funkelte Nichola noch immer böse an.

Sie lächelte. »Ich vergebe Euch Eure schlechten Manieren«, eröffnete sie den Männern gelassen. »Der Neid treibt Euch dazu, so zu handeln.«

Morgan öffnete den Mund, um zu protestieren.

Nichola hob die Hand und gebot ihm so Einhalt – mit zornigem Gesichtsausdruck trat sie auf den Ritter zu. Morgan wich zurück und wäre beinah im Kamin gelandet.

»Ihr habt den Befehl meines Gemahls gehört. Sagt, was Ihr zu sagen habt, und verlaßt dieses Haus.«

Morgan war zu wütend, um seine Pflichten selbst wahrzunehmen. Er nickte Henry zu und drehte sich zum Kamin um. Die Schachfiguren auf dem Sims weckten sein Interesse, und er nahm eine in die Hand, um sie sich genauer anzusehen.

»König William sendet Euch seine besten Wünsche und bittet Euch, zehn Eurer besten Männer zu einem Turnier zu schicken, das in sechs Wochen stattfindet«, verkündete Henry. »Ihr solltet außerdem zehn Eurer Rekruten auswählen, da unser Herrscher der Meinung ist, daß auch sie an dem Fest teilnehmen sollten. Außerdem richtet der König eine weitere Bitte an Euch«, fügte Henry leise hinzu.

Royce verschränkte die Arme vor der Brust und blitzte Henry herausfordernd an.

»Baron Royce wartet auf den Rest der Botschaft«, zischte Lawrence.

Henry nickte. »Unser König und seine hochverehrte Gemahlin bestehen darauf, Lady Nichola als Gast bei den Feierlichkeiten zu begrüßen. Sie haben Zuneigung zu Eurer Frau gefaßt und wünschen, sie wiederzusehen.« Der Ritter sprach die Worte so aus, als würde er dabei mit Essig gurgeln.

Nichola wäre in Gelächter ausgebrochen, wenn sie nicht große Angst um die Schachfigur gehabt hätte, die Morgan in der Hand hielt. Sie wagte nicht, ihn aufzufordern, die kleine Figur zurückzustellen, weil sie fürchtete, daß er dann merken könnte, wieviel sie ihr bedeutete, und sie absichtlich zerstören würde.

Henry verneigte sich vor Royce und ging zu Nichola. »Vielleicht werden wir dann erfahren, Mylady, wer der Beste und wer der Zweitbeste ist.«

»Aber das wissen wir doch bereits, oder nicht?« fragte sie.

Nichola konnte nicht mehr still stehenbleiben. Es machte sie nervös, Morgan mit der Schachfigur herumspielen zu sehen. Sie ging zur Tür. »Lawrence, würdet Ihr bitte die beiden Ritter hinausbringen? Mein Mann wünscht, daß sie sofort gehen.«

Morgan wandte sich an Royce. »Wir haben vor, Eure Soldaten vernichtend zu schlagen«, prahlte er. »Diesmal werden wir nicht unterliegen.«

Um seiner Ankündigung Nachdruck zu verleihen, brach er der schwarzen Dame den Kopf ab und warf sie ins Feuer.

Royce registrierte erst jetzt, daß Morgan die Figur die ganze Zeit in der Hand gehalten hatte, da er vollkommen auf Nichola fixiert gewesen war. Er sah ihr ängstliches Gesicht und einen Augenblick später die kaputte Schachfigur.

Er brüllte vor Zorn. Morgan wirbelte rasch herum, als Royce wie der Blitz auf ihn zuschoß. Alles geschah so schnell, daß Nichola kaum etwas mitbekam. Im einen Moment stand Morgan selbstgefällig und in arroganter Pose vor dem Kamin, und im nächsten segelte er wie ein Diskus durch die Luft.

Royce schleuderte den schweren Mann ein gutes Stück weit am Tisch und am Wandschirm vorbei. Er hätte gegen die Wand prallen müssen, aber das tat er nicht. Er flog durch die Wand. Nichola vermutete, daß sie auch aus morschem, verfaulten Holz bestand.

Ein klaffendes Loch, so groß wie zwei Männer, war in die Mitte der Wand gerissen und bot ihnen einen ziemlich guten Ausblick auf den Innenhof.

Nichola schlug vor Schreck die Hände vor den Mund, während sie durch dieses Loch verfolgte, wie Morgan schwankend auf die Füße kam. Royce hatte ihn nicht umgebracht. Henry lief zu Nichola – offensichtlich hatte er nicht vor, seinem Freund seine Hilfe anzubieten. Morgan schien nicht fähig zu sein, sich aufrecht zu halten – er sank auf die Knie. Wahrscheinlich ist er ein bißchen benommen, überlegte Nichola.

Sie wollte sich zurückhalten, aber sie konnte sich ein Lächeln nicht verkneifen. Henry entging ihre Fröhlichkeit nicht, und er zitterte vor Wut. »Ihr habt den falschen Baron zum Ehemann gewählt«, schnaubte er.

Henry hätte sich vielleicht unter Kontrolle gehalten, wenn Nichola nicht in lautes Gelächter ausgebrochen wäre. Henry hätte sie am liebsten verprügelt, aber selbst in seinem größten Zorn war ihm klar, daß Royce ihn auf der Stelle getötet hätte, wenn er Hand an Nichola gelegt hätte. Trotzdem überwog der Drang, ihr das Grinsen aus dem Gesicht zu wischen, seine Vorsicht, und er versuchte, ihr Angst einzujagen. »Ihr werdet Witwe sein, wenn das Turnier vorüber ist«, zischte er. »Ihr hättet wirklich auf das alte Weib hören und Royce töten sollen, als Ihr die Gelegenheit dazu hattet. Dann hättet Ihr uns den Ärger erspart.«

Nichola machte ihm nicht die Freude, die Beherrschung zu verlieren. Henry klang wie ein kleiner Junge, dem man etwas abgeschlagen hatte.

Sie schüttelte den Kopf. »Verschwindet, Henry. Allmählich macht Ihr mich ärgerlich.«

Sie dachte nicht daran, sich noch eine Minute länger mit diesem törichten Kerl abzugeben. Ihre ganze Sorge galt jetzt Royce. Gütiger Himmel, er war noch nie zuvor so außer sich gewesen, das beunruhigte sie, und er schien noch nicht mit Morgan fertig zu sein – er drehte sich um, und als Nichola sein wutverzerrtes Gesicht sah, beschloß sie, einzugreifen. Sie wollte nicht, daß Morgan ums Leben kam – sein Tod wäre nicht einmal den Umstand wert, daß Royce dem König eine Erklärung dafür abgeben müßte. Außerdem wollte sie nicht Morgans Leiche auf ihrem Land bestatten.

Royce war schon auf dem Weg zu Morgan. »Es ist gut, daß wir jetzt die Halle ordentlich lüften können. Danke, Royce«, sagte Nichola schnell.

Er nickte, ging an ihr vorbei und blieb abrupt stehen. »Was hast du gerade gesagt?«

»Ich danke dir für das neue Fenster.«

Lawrence prustete laut los. Nichola lächelte. Royce schloß die Augen und seufzte. »Ich habe nicht vor, den Bastard umzubringen«, erklärte er.

»Nein, natürlich nicht«, meinte sie. »Die Schachfigur ist weg, und daran würde auch Morgans Tod nichts ändern.«

»Ich möchte ihm nur ein Bein brechen, Nichola – oder vielleicht alle beide.«

Diese Ankündigung sprach er ganz gelassen aus, aber er grinste dabei.

»Nichts wäre damit gewonnen, wenn du ihm die Beine brichst.«

»Es würde mir Genugtuung bereiten«, erwiderte er.

Nichola schüttelte den Kopf.

Royce blickte sie finster an, aber dann gab er nach. Nichola war entschlossen, die Angelegenheit auf ihre Weise zu regeln, und er wollte sie nicht enttäuschen. Er warf einen Blick auf den Kamin, dann sah er Nichola wieder an. »Mein Herz, welche Figur hat er kaputtgemacht?«

»Die schwarze Dame.«

Er ließ die Schultern sinken. Das war die Figur, in die ihr Vater während eines Lachanfalls über seine eigene Anekdote eine kleine Kerbe geschnitzt hatte.

Royce machte sich selbst Vorwürfe für das Geschehene. Er hätte Morgan genauer im Auge behalten müssen – er hätte diese Zerstörung verhindern können, wenn er nur mehr aufgepaßt hätte.

Er zog Nichola in seine Arme. »Es tut mir leid«, flüsterte er. »Es war meine Schuld. Ich hätte ...«

Sie ließ ihn den Satz nicht beenden. »Es ist alles so schnell passiert, daß du es nicht hättest verhindern können.« Sie strich über seine Brust und küßte ihn. »Mach dir keine Sorgen deswegen, es ist nun einmal geschehen.«

Er konnte gar nicht glauben, daß sie versuchte, ihn zu besänftigen. »Du nimmst den Verlust erstaunlich gleichmütig hin«, meinte er.

Nichola behielt ihr Lächeln bei.

Fünf Minuten später stand sie auf der Türschwelle und sah Royce und Lawrence, die durch den Innenhof gingen, nach.

»Steht Nichola noch immer in der Tür?« fragte Royce seinen Gefolgsmann nach ein paar Schritten.

Lawrence drehte sich um. »Nein, Baron. Sie ist weg.«

Royce schlug sofort eine andere Richtung ein. »Ich bin von Natur aus ein argwöhnischer Mensch«, erklärte er. »Meine Frau hat Morgans Niedertracht ziemlich gelassen ertragen, meinst du nicht?«

»Da stimme ich Euch zu.«

Royce lächelte. »Ein bißchen zu gelassen, würde ich sagen.« Er bog um eine Ecke und ging zu der Leiter, die zum Wehrgang führte. Dann lehnte er sich an die Sprossen und wartete.

Seine Geduld wurde nicht lange strapaziert. Nichola stürmte mit wehenden Röcken um die Ecke, blieb aber abrupt stehen, als sie ihren Mann entdeckte.

Sie verbarg ihre Hände auf dem Rücken und lächelte Royce honigsüß an. Er erwiderte ihr Lächeln und wandte den Blick nicht von seiner Frau, als er Lawrence den Befehl gab, zu seinen Pflichten zurückzukehren. Sobald Lawrence ihnen den Rücken zugekehrt hatte, winkte Royce Nichola mit einem gekrümmten Finger zu sich.

Royce wartete, bis sie direkt vor ihm stand, dann streckte er die Hand aus.

Ihr Lächeln erstarrte, und sie wich zurück.

»Recht muß Recht bleiben, Nichola«, erklärte er. »Wenn ich ihm keinen Denkzettel verpassen darf, dann darfst du es auch nicht. Gib her.«

Sie sah ihn entgeistert an. »Wie konntest du das ahnen?«

Er tippte auf die kleine Narbe an seiner Stirn. »Ich habe nur meinen Verstand angestrengt.«

Nichola legte die Lederschlinge in seine Hand und ließ zwei Steine auf den Boden fallen.

»Hast du geglaubt, daß du mit dem ersten Stein dein Ziel verfehlst?« wollte er wissen.

Sie schüttelte den Kopf. »Ich schieße nie daneben. Der andere Stein war für Henry bestimmt.«

Royce lachte, und das brachte Nichola vollkommen durcheinander. Sie trat noch einen Schritt zurück.

»Ich habe dich schon viel zu lange von deinen Aufgaben ferngehalten«, sagte sie. Die Enttäuschung darüber, daß sie Morgan und Henry nicht den Abschied bereiten konnte, den sie verdienten, machte ihr schwer zu schaffen. Sie hätte ihren Mann am liebsten angeschrien, weil er sie nicht gewähren ließ. Statt dessen starrte sie jedoch die Schlinge, die er in der Hand hatte, an, holte ein paarmal tief Luft und sagte: »Ich sollte mein Temperament ein wenig mehr zügeln.«

»Soll das heißen, daß du noch mehr lächeln willst?«

»Ja.«

»Gott steh mir bei.«

Sie sah ihm direkt in die Augen. »Mir hat er beigestanden«, flüsterte sie. »Er hat dich zu mir geschickt.«

Sie brachte es immer fertig, ihn in Erstaunen zu versetzen, indem sie so wunderbare Dinge sagte. Royce stieß sich von der Leiter ab und ergriff Nicholas Hand. Dann führte er sie zur Burg zurück.

Sie gingen schweigend nebeneinander her, Nichola mutmaßte, daß er sie in die Halle begleitete, um ihr dort einen seiner Vorträge zu halten.

Aber als sie zum Tisch kamen, ließ er ihre Hand nicht los und zog sie weiter.

Royce spähte durch das Loch in der Wand und zwinkerte Nichola zu. »Eine hübsche Aussicht, nicht wahr?«

»Royce, wohin bringst du mich?«

»Zum Bett.«

»Jetzt?«

»Jetzt.«

»Royce, das paßt gar nicht zu dir«, sprudelte sie hervor. »Du drückst dich nie vor den Aufgaben, die du dir vorgenommen hast. Das ist – nicht recht.«

Sie wirkte richtiggehend entsetzt. Er nahm sie in die Arme. »Spontane Handlungen sind ebenso wichtig wie im voraus geplante, meine Liebe. Du solltest Überraschungen in deinem Leben zulassen.«

»Ich muß lernen ...«

Er umfaßte ihre Taille und hob sie hoch. Sein Mund senkte sich auf den ihren, als sie die Arme um seinen Hals legte.

Ingelram, Justin und ihr Ausbilder, Lawrence, gingen

zufällig an dem Loch in der Wand vorbei und waren hoch erstaunt über das Bild, das sich ihnen bot – ihr Baron küßte seine Frau.

Lawrence lächelte. Ingelram versetzte Justin einen Stoß in die Rippen und kicherte. Justin brauchte ein bißchen Zeit, bis er sich von dem Anblick erholte, er drehte sich zu Lawrence um und sah seine belustigte Miene. »Meine Schwester scheint ihren Mann zu lieben.«

Lawrence nickte. »Und ihr Mann liebt sie ebenso sehr.«

Justin grinste. Um seine Schwester brauchte er sich also keine Sorgen mehr zu machen – sie hatte ihren Platz in der Welt der Normannen gefunden, und er selbst auch.

Ingelram stieß ihn erneut an, und Justin beantwortete diese Geste mit einem spielerischen Tritt.

Lawrence packte seine beiden Soldaten am Schlafittchen und schob sie weiter. Sein Baron brauchte offensichtlich keine Zuschauer, und Lawrence wollte dafür sorgen, daß seine Privatsphäre nicht gestört wurde.

Royce rief seine Soldaten zusammen und erzählte ihnen von König Williams Aufforderung. Obwohl alle Männer natürlich zu den zwanzig Auserwählten gehören wollten, die am Turnier teilnehmen konnten, wagte niemand, um diese Ehre zu bitten. Jeder einzelne von ihnen wußte, daß sie sich gedulden mußten, bis ihr Baron seine Wahl getroffen hatte.

Am nächsten Abend entdeckte Nichola während des Abendessens, daß ihr Mann einige Wunden an der Hand hatte. Sie fragte ihn, wobei er sich geschnitten hatte, aber er zuckte nur mit den Schultern und wechselte das Thema. Sie vermutete, daß er sich gar nicht mehr daran erinnerte, wie diese Verletzungen zustande gekommen waren.

Royce wirkte erschöpft, und er war sogar zu müde zum Schachspielen, nachdem der Tisch abgeräumt war. Aber er war nicht zu müde, um Nichola ausgiebig zu lieben.

Nichola schreckte mitten in der Nacht aus dem Schlaf und

rutschte auf Royces Seite, bis sie beinah aus dem Bett gefallen wäre – erst dann merkte sie, daß er nicht bei ihr war.

Sie streifte ihren Morgenmantel über und machte sich auf die Suche nach ihm. Sie brauchte nicht weit zu gehen. Royce saß am Tisch und war so konzentriert bei seiner Arbeit, daß er Nichola gar nicht hörte.

Im flackernden Kerzenlicht sah Nichola, daß die weiße Schach-Dame auf dem Tisch lag. Royce hielt ein Holzstück in der linken Hand und ein kleines Messer in der anderen und schnitzte. Ab und zu sah er die weiße Dame an, dann schabte er wieder mit dem Messer über das Holz.

Er schnitzte eine neue schwarze Dame für Nichola.

Jetzt wußte sie auch, wobei er sich geschnitten hatte und warum ihr Mann so müde war. Aber vor allem anderen wurde ihr eine Tatsache klar: Royce liebte sie.

Nichola rührte sich lange nicht von der Stelle. Tränen strömten ihr über die Wangen, als sie ihren Mann betrachtete, und ein Lächeln huschte jedesmal über ihr Gesicht, wenn Royce einen Fluch murmelte, nachdem er sich erneut geschnitten hatte.

Sie hörte, daß sich die Tür öffnete und huschte hinter den Wandschirm. Als sie verstohlen um die Ecke spähte, sah sie, daß Justin auf Royce zuging. Ihr Bruder hatte ein kleines Schnitzmesser in der Hand.

Royce sah nicht einmal auf, und Nichola kam zu dem Schluß, daß er Justin erwartet hatte. Ihr Bruder sah genauso abgespannt aus wie Royce. War er auch jede Nacht aufgeblieben, um ihrem Mann zu helfen?

»Dieses Messer gehörte meinem Vater«, flüsterte Justin. »Vielleicht geht es damit besser, Baron.«

Justin ließ sich neben Royce nieder, legte das Messer auf den Tisch und nahm den kleinen Holzblock in die Hand, die in einem Lederhandschuh steckte. Wenn man Royces zerschnittenen Finger sah, dann war es nur vernünftig, daß Justin sich mit einem Lederschutz behalf.

Nichola wischte sich die Tränen aus den Augen und ging leise auf die beiden Männer zu, die sie von Herzen liebte.

»Das wird eine schöne Überraschung für Nichola«, flüsterte Justin.

»Ich hoffe, daß sie sich darüber freut«, flüsterte Royce zurück.

»Beides trifft zu – ich bin überrascht und freue mich«, sagte Nichola leise.

Ihr Bruder schreckte auf, und Royce zuckte zusammen und schnitzte eine Kerbe in den Kopf der unfertigen Figur.

»Sieh dir nur an, was du getan hast, Nichola«, schimpfte er.

Sie beugte sich über seine Schulter, um den Schaden zu begutachten. Plötzlich lachte sie laut auf. Das war die komischste und unförmigste Schachfigur, die sie je gesehen hatte. Der Kopf war größer als der Körper und der Hals dreimal so dick wie der der weißen Dame.

Sie liebte die Figur, und besonders mochte sie die Kerbe. Sie küßte ihren Mann und nahm ihm gegenüber Platz.

»Royce, eines Tages wirst du deinen Kindern erzählen, wie diese kleine Kerbe zustande kam.«

Sie hatte den Verdacht, daß es Royce peinlich war, weil man ihn dabei erwischt hatte, wie er seiner Frau ein so süßes Geschenk anfertigte.

Nichola hätte am liebsten wieder geweint. Gütiger Himmel, wie sehr sie diesen Mann liebte!

Ihr Blick wanderte zu Justin, und er zwinkerte ihr zu. Wahrscheinlich hatte er auch bemerkt, daß Royce rot geworden war.

»Justin?«

»Ja?«

»Ich liebe Royce.«

Ihr Bruder grinste. »Das habe ich schon bemerkt, Nichola.«

»Woran?«

»An der Art, wie du ihn ansiehst.«

Sie schaute Royce an, um herauszufinden, wie er auf dieses Gespräch reagierte. Ihr Mann war über den Tisch gebeugt und arbeitete eifrig an der Figur. Aber er lächelte.

»Es gibt noch etwas, was du wissen solltest, Justin«, fuhr Nichola fort. »Royce liebt mich auch.«

»Auch das wußte ich bereits«, erklärte Justin lachend.

Royce ließ das Messer fallen und wandte sich Nichola zu. Er starrte sie lange an, dann fragte er: »Bist du sicher, daß ich dich liebe?«

»Ja.«

Er nickte und seufzte. »Würdest du dann bitte aufhören, die ganze Zeit so furchtbar zu lächeln? Nichola, das treibt mich noch in den Wahnsinn.«

Justin sah die beiden erstaunt an, und Nichola kicherte. »Ich wollte doch nur so sein, wie du dir deine Frau wünschst.«

»Ich wünsche mir nichts anderes als dich.«

»Nichola, darfst du jetzt nicht mehr lächeln?« erkundigte sich Justin verständnislos.

Royce ließ seine wunderschöne Frau nicht aus den Augen, als er sagte: »Justin, geh zu Bett.«

»Ja, Baron«, erwiderte Justin mit einem breiten Grinsen.

Nichola stand gleichzeitig mit ihrem Bruder auf, nahm eine der Kerzen und schlenderte langsam zum Bett zurück. Dann stellte sie die Kerze auf die Truhe und wartete auf Royce.

Er ging zur anderen Seite des Bettes, und Nichola beobachtete im flackernden Kerzenschein, wie er sich auszog.

Er war ein schöner Mann – so stark und kraftvoll und doch so zärtlich und sanft. Nichola ließ ihren Morgenmantel zu Boden fallen.

»Ich liebe dich so sehr, Royce.«

»Ich liebe dich auch.«

Sie knieten sich beide aufs Bett und sahen sich an. Seine Hände umfaßten ihre Hüften, und sie schlang die Arme um seinen Hals.

Sie hauchte Küsse auf seine Brust, sein Kinn und auf die Narbe, aber Royce war nicht in der Stimmung, sich von ihr reizen zu lassen. Er griff in ihr Haar, zog ihren Kopf zurück und stöhnte vor Verlangen, ehe sein Mund den ihren in Besitz nahm. Ihre Zungen berührten sich und rieben sich aneinander. Royce ächzte, und Nichola stöhnte vor Lust.

Er drückte sie nieder und küßte jeden Zentimeter ihres Körpers. Er war so ein sanfter, rücksichtsvoller Liebhaber – bis sie die Leidenschaft übermannte und ihn dazu trieb, seinem Begehren freien Lauf zu lassen.

Er drängte sich zwischen ihre Schenkel und drang langsam in ihre feuchte Enge. Das Verlangen brannte heiß, aber als er vollkommen eins mit ihr war, hielt er dennoch für einen Moment inne, um ihr seine Liebe zu gestehen und die Worte auszusprechen, die er so lange in seinem Inneren verschlossen hatte.

Nichola hörte nur Bruchstücke seines Geständnisses, weil sie ihm all die süßen Liebesschwüre zuflüsterte, die sie bis jetzt nur in ihrem Herzen getragen hatte.

Es dauerte nicht lange, bis sie ihre Gefühle so überwältigten, daß sie kein Wort mehr herausbrachten. Royce bewegte sich langsam und mit Bedacht, bis Nichola die Sinne schwanden und er sich nicht mehr zurückhalten konnte. Er rief ihren Namen, während er sich in ihr verströmte.

Er blieb ganz nah bei ihr, als Nichola haltlos zu weinen begann. Royce wußte, daß sie Freudentränen vergoß, und es machte ihm nichts aus.

Bevor Nichola in tiefen Schlaf versank, lauschte sie den geflüsterten Liebesbeteuerungen ihres Mannes.

Royce löschte die Kerze, zog seine Frau in die Arme und genoß ihre Nähe und ihre Wärme.

Er schloß lächelnd die Augen. Zum erstenmal hatte er grenzenlose Zufriedenheit gefunden – in den Armen seiner Frau. Ihre Liebe verlieh ihm ungeahnte Kräfte.

Er gehörte nicht zu den Menschen, die oft beteten, aber in dieser Nacht dankte er Gott, ehe er einschlief.

Nichola irrte sich. Gott war nicht auf ihrer Seite, sondern er stand ihnen beiden bei.

17

Seine unmögliche, halsstarrige Frau war schon am nächsten Tag wieder ganz die alte. Es war noch nicht einmal Mittag, da hatten sie schon den ersten Streit. Thomas hatte Pläne für ihr neues Heim gezeichnet und dabei alle Angaben, die Royce ihm gemacht hatte, genau berücksichtigt, aber als Royce Nichola großzügig gestattete, sich die Entwürfe anzusehen, erklärte sie rundweg, daß sie nichts taugten.

Sie deutete auf den Trakt, in dem die Küche untergebracht werden sollte, und behauptete, daß die Räume mindestens doppelt so groß werden müßten. Mit düsterem Blick betrachtete sie den riesigen Bereich, der etwas tiefer lag als die Burg und für die Soldatenquartiere vorgesehen war. Dafür war genügend Platz, aber eine Kammer, in der die Speisen angerichtet werden konnten, hatte er vergessen. Wahrscheinlich glaubte er, daß sie so etwas nicht brauchten, aber Nichola war da ganz anderer Meinung.

Royce nahm sich schließlich Zeit und diskutierte mit ihr über den neuen Bau. Nichola ließ ihn reden, ohne ihn ein einziges Mal zu unterbrechen, und Royce wurde ziemlich schnell klar, daß sie ihm gar nicht zuhörte, sondern träumte. Großer Gott, diese Frau brachte einen um den Verstand, und dabei war sie verdammt aufreizend. Zu guter Letzt gab sie ihm in allen Punkten recht, und Royce ging zufrieden an seine Arbeit zurück. Sobald er außer Sicht war, rief sie Thomas ins Haus und gab ihm neue Instruktionen, wie er das Gebäude planen sollte. Sie forderte eine große Anrichte und bestimmte, daß die Küche mit einem riesigen Herd ausgestattet und ebenso vergrößert werden sollte wie das Schlafzimmer des Hausherrn.

Royce war in dieser Woche sehr beschäftigt. Er erzählte Nichola von seinem Entschluß, nicht selbst zu bestimmen, wer an dem Turnier teilnehmen sollte – er wollte einen Wettbewerb veranstalten, und die jeweils zehn besten Männer der beiden Truppen würden die Ehre haben, zu den Spielen des Königs zu reisen.

Nichola hielt dieses Entscheidungsverfahren für ausgesprochen gerecht, und sie freute sich, daß ihr Mann nicht mehr nur mit Lawrence über seine Pläne sprach, sondern auch sie mit einbezog. In der zweiten Woche zog sich Royce noch mehr von ihr zurück, und wann immer das Gespräch auf den Wettbewerb kam, schwieg er sich aus oder wechselte rasch das Thema.

Irgend etwas bereitete ihm Sorgen, aber er wollte offenbar nicht darüber reden. Nichola lernte, sich in Geduld zu üben – wenn es an der Zeit war, würde er sich ihr anvertrauen, dessen war sie sicher.

Ihnen blieben noch vier Wochen Zeit bis zur Abreise nach London, und an einem lauen Sonntagabend faßte sich Royce ein Herz. Er bat Nichola, sich zu setzen, aber diesmal wirkte seine Miene nicht – wie sonst, wenn er ihr einen seiner Vorträge halten wollte – eifrig und überlegen. Nein, er sah sie ernst an, und wenn sie es nicht besser gewußt hätte, wäre sie sicher gewesen, daß er einen ängstlichen Eindruck machte.

Er ging nicht einmal auf und ab wie üblich, sondern blieb mit auf dem Rücken verschränkten Händen vor dem Kamin stehen.

Er wagte nicht, Nichola anzusehen, als er ihr die Neuigkeit beibrachte, weil er fürchtete, daß ihm die Furcht, die er auf ihrem Gesicht erkennen würde, das Herz zerriß.

»Nichola«, begann er ernst. »Wie du weißt, habe ich meinen Männern gestattet, ihre Kräfte bei einem Wettbewerb zu messen. Die besten und geschicktesten sollen mir – das heißt uns – bei dem Turnier des Königs alle Ehre machen.«

Jetzt bekam Nichola wirklich Angst. Sie hatte ihren Mann noch nie so zaghaft und zögerlich wie jetzt erlebt. Sie faltete die Hände in ihrem Schoß, straffte die Schultern und machte sich auf das Kommende gefaßt.

Lange Minuten verstrichen, ehe Royce fortfuhr: »Der Wettbewerb ist zu Ende, und die Männer wissen, wer die Ehre hat, an den Spielen teilzunehmen. Ich kann die Entscheidung nicht mehr rückgängig machen.«

»Nein, natürlich nicht«, bekräftigte sie.

Er nickte. »Beide Truppen schicken neun Soldaten und einen Befehlshaber ins Feld. Lawrence hat sich mit Leichtigkeit als Anführer der erfahrenen Soldaten qualifiziert.«

Plötzlich beschrieb er bis in alle Einzelheiten Lawrences Geschicklichkeit und Stärke, ehe er auf die Tauben zu sprechen kam. »Neun Rekruten waren besser als alle anderen, aber die Leistungen eines einzigen überragten die der neun bei weitem, und er wird der Anführer der neun sein.«

Nichola vermutete, daß Ingelram sich als besonders kampferfahren und kräftig erwiesen hatte und daß Bryan wohl unter den neun Männern sein würde. Plötzlich wurde ihr bewußt, was Royce solche Sorgen bereitete. Er mußte Justin zurücklassen und hatte Angst, seine Gefühle zu verletzen. Doch Justin würde die Entscheidung akzeptieren – natürlich wäre er in seinem Stolz getroffen, wenn er mitansehen müßte, wie seine Freunde ohne ihn aufbrachen, aber Nichola würde ihm schon klarmachen, daß er Royce für vieles dankbar sein mußte – ebenso wie sie selbst.

Royce kam ein paar Schritte näher, zog Nichola auf die Füße und hielt ihre Hände fest. »Justin hat sich das Recht verdient, die Rekruten anzuführen.« Er machte sich auf eine Tränenflut gefaßt.

Nichola sah ihn entgeistert an und schüttelte den Kopf.

Offenbar glaube sie ihm nicht. »Das kann nicht dein Ernst sein.«

»Es ist mein Ernst«, erwiderte er. »Er war der Beste.«

Sie zog ihre Hände zurück und sank wieder auf den Stuhl. Sie ängstigte sich so sehr um ihren Bruder, daß sich ihr Magen verkrampfte – außerdem war sie wütend auf Royce. Wie konnte er so etwas zulassen?

»Ich verstehe das nicht«, hauchte sie. »Justin ist für so etwas noch nicht bereit.«

»O doch, das ist er«, erwiderte Royce. »Er war außergewöhnlich gut bei dem Wettbewerb«, betonte er mit kaum verhohlener Zufriedenheit. »Du solltest stolz auf ihn sein, Nichola. Ich jedenfalls bin es.«

»Ich will nicht, daß er am Turnier teilnimmt«, rief sie aus. »Es ist zu früh, er braucht noch eine gründliche Ausbildung.«

»Nichola, sieh mich an«, forderte er.

Er entdeckte die Tränen in ihren Augen und seufzte. »Hast du Vertrauen zu mir?« fragte er.

Diese Frage verblüffte sie, aber nach kurzem Nachdenken wurde Nichola bewußt, warum er sie gestellt hatte. Alles lief darauf hinaus, oder nicht? Vertrauen war das Allerwichtigste, und entweder sie glaubte an ihren Mann, oder alles war sinnlos.

Royce wartete geduldig, bis Nichola ihre Überlegungen beendete, obwohl es ihn irritierte, daß sie seine Frage nicht sofort beantwortete. Er war sicher, wie ihre Antwort lauten würde, auch wenn ihre Angst sie zögern ließ.

Endlich nickte sie. »Ja, ich habe Vertrauen zu dir.« Sie sah ihren Mann stirnrunzelnd an. »Und jetzt wirst du mir gleich erklären, daß ich an deinen Entscheidungen nicht zweifeln darf, oder nicht?«

Er schenkte ihr ein Lächeln.

Mit einem Mal konnte Nichola nicht mehr stillsitzen. Sie stand genau in dem Augenblick auf, als Royce sich setzte.

»Glaubst du, daß ich, nur weil ich dir vertraue, auch Justin vertrauen muß?«

»Nein.« Er verschränkte die Arme vor der Brust und sah sie an. »Du solltest nur mein Urteilsvermögen nicht anzweifeln.«

Gott, wie sie es haßte, wenn er so sachlich und nüchtern war. Sie redeten über ihren Bruder, nicht über einen Fremden, und deshalb bestimmten ihre Gefühle ihre Gedanken.

»Wieso kannst du die Entscheidung nicht rückgängig machen?« platzte sie heraus.

»Diese Frage ist keiner Antwort würdig, meine Liebe.«

Sie ließ die Schultern hängen. »Wahrscheinlich freut sich Justin über diese Ehre, habe ich recht?«

Royce nickte. Ein Grinsen huschte über sein Gesicht, aber seine Miene wurde schnell wieder ernst, als er Nicholas bösen Blick sah. »Justin stolziert wie ein Pfau umher, und Ingelram und Bryan, die auch am Turnier teilnehmen werden, plustern sich genauso auf.«

Nichola fand das keineswegs belustigend. »Sie sind noch Jungen«, rief sie. »Royce, sie könnten getötet werden.«

Er schüttelte den Kopf. Er hätte sie auf seinen Schoß gezogen und getröstet, wenn sie nicht vor ihm zurückgewichen wäre. Royce ahnte, daß sie erst ihrem Ärger Luft machen mußte, bevor er sie besänftigen konnte.

»Sie sind Männer, Nichola. Sie sind jung, das stimmt, aber sie sind erwachsen.«

Nichola ertappte sich dabei, wie sie die Hände rang, und verbarg sie hinter ihrem Rücken.

»Vielleicht verlierst du deine Angst, wenn ich dir erzähle, wie außerordentlich geschickt dein Bruder bei dem Wettbewerb war«, schlug Royce vor.

Sie zuckte mit den Achseln, und Royce verkniff sich ein Lächeln, weil er wußte, wie gern sie ihn angeschrien und lauthals beschimpft hätte. Aber sie tat es nicht und versuchte, seinen Beschluß zu akzeptieren. Dafür war er ihr sehr dankbar. Sie hatte Justin nie beim Training mit den anderen jungen Männern beobachtet und konnte deshalb nicht wissen, daß er sich zu einem erfolgreichen Kämpfer entwickelt hatte.

Aber Royce wußte es. Er war tagaus, tagein mit Justin zusammengewesen und hatte ihm Perfektion beigebracht. Justin hatte ihn nicht enttäuscht und sich die Ehre redlich verdient – und, bei Gott, auch wenn Nichola sich noch so sehr dagegen sträubte, Royce würde ihn nicht um das Privileg bringen, das er sich verdient hatte.

Royce erklärte ausführlich, welche Prüfungen die Soldaten durchlaufen hatten, und betonte, daß Justin jedwede Herausforderung angenommen und sich mit Bravour behauptet hatte. Um die Wahrheit zu sagen, er platzte beinah vor Stolz, als er mit seinen Ausführungen zum Ende kam und wiederholte, daß er seine Entscheidung keinesfalls widerrufen würde.

»Es überrascht mich, daß sich Justin so rasch erholt hat«, erwiderte sie leise. »Ich habe Vertrauen zu dir, und aus diesem Grund bin ich überzeugt, daß du dir alles ganz genau überlegt hast. Glaubst du, daß die Gegner meines Bruders fair kämpfen werden?«

»Nein«, erwiderte er. »Sie werden alles tun, um zu siegen.«

»Heißt das, sie würden Justin auch die Hand brechen, um ihn vollkommen kampfunfähig zu machen? Würden sie auch ihre Schwerter benutzen, um sie ihm abzuschlagen?«

Sie zitterte vor Angst, als sie ihre schlimmsten Befürchtungen laut aussprach. Royce lehnte sich zurück und sah sie unverwandt an. »Auch das«, bestätigte er.

Eigenartigerweise linderte diese Antwort ihre Furcht ein wenig. Offenbar hatte er selbst schon an diese Möglichkeit gedacht.

Nichola ging rastlos auf und ab. »Ich vermute, daß du Justin auseinandergesetzt hast, was ihn erwartet, und sicher hast du ihn vor Baron Guys Soldaten gewarnt.« Nichola wartete nicht auf eine Antwort und fuhr fort: »Auch wenn du es nicht zugibst, machst du dir doch Sorgen um ihn. Ich habe Angst, aber wahrscheinlich zählen meine Gefühle in diesem Fall nicht. Wir dürfen Justin nicht zeigen, daß wir um ihn besorgt sind. Royce, wenn du Zweifel an seinen Fähigkeiten hast, dann hilf ihm bitte und vervollständige seine Ausbildung.«

Er hatte die größte Mühe, ihr zu folgen. Innerhalb von fünf Minuten hatte sie ihre Meinung total geändert, und jetzt versuchte sie ihn davon zu überzeugen, daß er sich keine Sorgen machen mußte.

Sie nahm ihre Wanderung durch den Raum wieder auf. »Du hast Justin wieder zu seinem Selbstbewußtsein verholfen«, erklärte sie. »Du kannst ihn nicht erneut erniedrigen und ihn hier zurücklassen.«

Royce hörte sich ihre Begründung, weshalb sie seine Entscheidung guthieß, schweigend an, und plötzlich dämmerte ihm, daß sie nicht nur wiederholte, was er selbst kurz zuvor gesagt hatte. Sie belehrte ihn wirklich und wahrhaftig!

Er wartete, bis sie auf ihrem rastlosen Weg an ihm vorbeikam, und hielt sie fest. Dann zog er sie auf seinen Schoß und küßte sie.

»So gefällst du mir, meine Liebe«, murmelte er heiser.

»Gefällt es dir auch, wenn ich dir sage, daß ich trotzdem Todesängste ausstehe?«

»Ja«, erwiderte er. »Weil ich weiß, daß du nichts unternehmen wirst und deinem Bruder deine Angst nicht zeigst.«

Sie legte die Hände an sein Gesicht. »Vergewissere dich, daß er kampffähig ist«, flüsterte sie. »Zeig ihm all die niederträchtigen Tricks, die sie anwenden werden. Wenn irgend jemand weiß, wie es bei einem unfairen Kampf zugeht, dann bist du es, mein Lieber.«

Er zog eine Augenbraue hoch. »Danke ... vermutlich war das ein Kompliment, oder nicht?«

»O ja«, bestätigte sie. »Du warst absolut hinterhältig, als du mich aus dem Kloster gelockt hast. Wenn ich damals gewußt hätte, was für ein gutes Herz du hast, wäre mir gleich klar gewesen, daß Ulric bei dir sicherer ist als bei irgend jemandem sonst in England. Ja, du hast eine List angewandt, und es war sicher nicht fair, mich auf diese Weise zu hintergehen.«

Er küßte sie so lange und ausgiebig, bis beide am ganzen Körper bebten, und erst nach Lawrences diskretem Hüsteln löste sich Royce von Nichola.

Nicholas Gesicht war erhitzt, als sie vom Schoß ihres Mannes sprang und ihre Kleider und ihr Haar in Ordnung brachte. Sie bedachte Lawrence mit einem Lächeln. »Ich habe gehört, daß Ihr die erfahrenen Soldaten bei König Williams Turnier anführen werdet. Meinen Glückwunsch, Lawrence.«

»Danke, Mylady.«

»Wir müssen heute Abend ein Festessen veranstalten«, sagte sie und wandte sich an Royce. »Darf Justin uns Gesellschaft leisten?«

»Dann sollten wir die anderen aber auch einladen.«

Nichola verzog das Gesicht. »Die Köchin wird der Schlag treffen, wenn ich ihr sage, daß wir zwanzig Gäste erwarten.«

Ihr Mann schüttelte den Kopf. »Vierundzwanzig«, verbesserte er sie. »Je zwei Männer sind den Truppen als Reservisten zugeteilt.«

»Reservisten?«

»Das ist nur eine Vorsichtsmaßnahme, Nichola«, erklärte er. »Falls ein oder zwei Männer verwundet werden.«

»Oder zu krank sind, um an dem Turnier teilnehmen zu können?«

Er wußte sofort, was sie dachte – und hoffte. »Justin wird weder verletzt, noch ist er krank. Verschwende deine Zeit nicht damit, daß du darum betest, meine Liebe.«

Sie funkelte ihn an. »Ich würde niemals um so etwas

beten«, fauchte sie. Dann drehte sie sich zu Lawrence um und zwang ein Lächeln auf ihr Gesicht. »Lawrence, mein Mann sollte endlich lernen, mir zu vertrauen. Aber er hat andere wunderbare Eigenschaften, und deshalb vergebe ich ihm diese Schwäche.«

Der Vasall hatte keine Ahnung, was er darauf erwidern sollte, und sah, daß sein Baron über diese Bemerkung höchst erstaunt war.

Nichola lenkte die beiden ab, indem sie Royce bat, ein paar Soldaten ins Haus rufen zu lassen, damit sie einen weiteren Tisch in die Halle bringen konnten. Sobald er ihrer Bitte nachgekommen war, machte sie sich eilig auf den Weg in die Küche. Je eher sie der Köchin die schlechte Nachricht überbrachte, desto früher hatte die arme Frau ihren Wutanfall hinter sich und konnte sich daran machen, ein köstliches Mahl zuzubereiten.

Es wurde ein Fest. Royce hatte recht – Justin und die anderen jungen Männer stolzierten tatsächlich wie eingebildete Pfauen durch die Gegend, während die älteren Soldaten ihre Würde bewahrten. Aber alle waren fröhlich und gutgelaunt.

Justin wurde gebeten, nach dem Essen noch ein wenig zu bleiben, und er war der Meinung, daß der Baron auch heute abend seine Hilfe beim Schnitzen der Schachfigur in Anspruch nehmen wollte.

Aber Royce war nicht in der Stimmung, an seinem Kunstwerk herumzubasteln. »Ab morgen werde ich dich täglich zwei Stunden in speziellen Techniken unterweisen«, eröffnete Royce dem Jungen.

»Zusammen mit den anderen aus meiner Gruppe?« wollte Justin wissen.

Lawrence antwortete ihm: »Natürlich, Justin. Der Baron hält sich strikt an die Hierarchie – du bist der Anführer der Gruppe, und morgen wirst du den Befehl des Barons an deine Männer weitergeben.«

Justin grinste. »Ich verstehe.« Dann sah er seine Schwester an. »Nichola, was ist mir dir?« Er hatte bemerkt, daß sie stirnrunzelnd seinen Arm musterte.

»Ich denke an deine Narben«, antwortete sie. »Sie tun doch nicht mehr weh, oder?«

Sie stellte diese Frage so beiläufig, daß Justin keinen Verdacht schöpfte. »Nein, alles ist gut verheilt.«

Nichola nickte. »Lawrence hat mir erzählt, daß du manchmal eine Lederprothese trägst, die mit Schlaufen an deiner Schulter befestigt wird – Royce hat dir geraten, sie abzunehmen, weil ein Gegner dich an den Schlaufen festhalten und kampfunfähig machen könnte.«

»Ja, das stimmt«, pflichtete Justin bei.

»Wer hat diese Prothese angefertigt?«

»Bryan.«

»Ist er sehr geschickt?«

»Du denkst doch nicht daran, Bryan zu bitten, die schwarze Dame zu Ende zu schnitzen, oder?« schaltete sich Royce ein.

»Nein, selbstverständlich nicht«, versicherte sie schnell. »Du selbst willst sie doch schnitzen.«

»Dann ...«

»Ich habe nur über eine List nachgedacht«, bekannte sie. »Mir fallen auch manchmal niederträchtige Methoden ein ...«

Royce lachte. »Mir brauchst du das nicht zu erzählen, Schwester Danielle.«

Lawrence fiel in das Lachen ein – er hatte von Nicholas Verkleidung als Nonne gehört und erzählte Justin jetzt die ganze Geschichte.

Nichola trommelte währenddessen mit den Fingerspitzen auf die Tischplatte, und als das Gelächter verstummte, wandte sie sich an Royce. »Du fürchtest, daß Justins Gegner die Lederriemen festhalten könnten, stimmt's?«

Er nickte.

»Ich denke, das solltest du sie ruhig versuchen lassen.«

Lawrence und Justin hatten keine Ahnung, worauf sie hinaus wollte, aber Royce begriff sofort und lachte. »Ja, wir sollten es sie versuchen lassen.« Er betrachtete Justin. »Deine Schwester denkt offenbar an eine wirksame Überraschung. Wenn wir etwas Scharfes in die Riemen nähen, dann würden wir die unterschiedlichen Bedingungen ein wenig ausgleichen können.«

Nichola wurde rot. »Normalerweise verabscheue ich eine solche Hinterlist, aber wenn dich jemand an den Schlaufen festhält und dich so in die Knie zwingen will, dann wären ein paar versteckte Klingen nur eine gerechte Rache für die unfaire Kampfmethode, oder nicht?«

»Geh und besprich mit Bryan, ob wir diesen Plan verwirklichen können«, trug Royce Nicholas Bruder auf.

Justin sprang sofort auf, zwinkerte seiner Schwester zu und eilte aus der Halle.

»Royce, du selbst wirst doch nicht an dem Turnier teilnehmen, oder?« fragte Nichola.

»Nein, meine Männer kämpfen für mich«, erklärte er. »Sie werden gewinnen, und dann bin auch ich der Sieger.«

Nichola war zufrieden mit dieser selbstsicheren Antwort – er hatte nicht gesagt: *falls* meine Männer gewinnen ... Es war offensichtlich, daß er keinen Zweifel daran hegte, daß seine Soldaten jede Herausforderung erfolgreich niederschlagen würden.

Nichola wandte Lawrence ihre Aufmerksamkeit zu. Ihre besorgte Miene überraschte den Ritter, und noch mehr erstaunte ihn, daß sie seine Hand ergriff.

»Lawrence«, sagte sie, »Morgan und Henry wollen Royce bei dem Turnier etwas antun. Ihr müßt auf der Hut sein, denn wenn sie ihn nicht erwischen, werden sie es Euch spüren lassen.«

Dieser Warnung hätte es nicht bedurft, da Lawrence Morgans und Henrys Rachsucht sehr genau kannte. »Macht Euch keine Gedanken deswegen, Mylady.«

»Oh, aber ich mache mir Gedanken.« Sie drückte seine Hand und ließ sie erst los, als sie gewahr wurde, daß ihr Mann die liebevolle Geste mit einem ärgerlichen Blick verfolgte.

»Woher willst du wissen, was sie vorhaben?« erkundigte sich Royce.

»Henry hat davon gesprochen«, entgegnete sie. »Er möchte sich an dir rächen, weil er immer noch nicht verwinden kann, daß ich nicht seinen Baron zu meinem Ehemann auserkoren habe. Wie er nur auf die Idee kommt, ich könnte dir Guy vorziehen.«

Lawrence grinste, als er ihren verwunderten Ton hörte. Ihre Liebe zu Royce war offenkundig.

»Henry ist eifersüchtig«, fuhr sie fort. »Er hatte sogar die Stirn, die alte Frau zu erwähnen, die mich aufgefordert hat, dich zu töten. Es war sehr ungezogen von ihm, diesen schrecklichen Zwischenfall zur Sprache zu bringen.«

Sie seufzte und verdrängte Henry aus ihren Gedanken. Kurze Zeit später stand sie auf, um Clarise beim Aufräumen zu helfen und sich bei der Köchin für das köstliche Mahl zu bedanken, das sie für so viele Männer zubereitet hatte.

Royce hielt sie zurück und schob sie wieder auf den Stuhl. »Wann hat Henry mit dir über diesen Zwischenfall gesprochen?« wollte er wissen.

»Gleich nachdem du Morgan durch die Wand geschleudert hast.«

»Und er hat wirklich die alte Frau erwähnt?«

»Ja«, antwortete sie. »Er wollte mir vermutlich Angst einjagen, aber er hatte keinen Erfolg. Hast du sonst noch Fragen, mein Lieber? Ich würde mich gern bei der Köchin bedanken.« Sobald er ihr die Erlaubnis dazu gab, lief Nichola aus der Halle.

Als Royce mit Lawrence allein war, sagte er: »Höchst interessant, nicht wahr?«

»Henry und Morgan haben offenbar von dem Besuch der

alten Frau in Lady Nicholas Zimmer gehört«, meinte Lawrence.

»Der König wollte Stillschweigen über die Sache bewahren, damit die Feierlichkeiten nicht gestört wurden. Nur eine Handvoll Männer erfuhren, was geschehen war, und Baron Guy war nicht unter ihnen.«

»Aber nach den Feierlichkeiten und unserer Abreise aus London könnte jemand den Zwischenfall erwähnt haben«, meinte Lawrence.

Royce schüttelte den Kopf. »Der König war wütend, als er erfuhr, daß jemand den Frieden in seinem Palast gestört hat. Er hat dieses Vorkommnis als persönliche Beleidigung aufgefaßt, und er wollte auf keinen Fall, daß es publik wurde. Nein, niemand hat ein Wort darüber verlauten lassen, Lawrence. Aber da gibt es noch etwas anderes«, fügte Royce düster hinzu. »Als Nicholas älterer Bruder hier war, habe ich ihn über die Aktivitäten der Widerstandskämpfer in London ausgefragt. Thurston hatte keine Ahnung, wovon ich sprach – ich glaube, er hat mich nicht belogen, dazu war er viel zu überrascht. Verdammt, ich denke, daß Henry und Morgan diese Frau in Nicholas Zimmer geschickt haben.«

Lawrence nickte. »Vermutlich habt Ihr recht. Aber haben sie auf eigene Faust gehandelt, oder hatte Guy seine Finger mit im Spiel?«

»Das spielt gar keine Rolle«, erwiderte Royce mit eisiger Stimme. »Er ist für die Taten seiner Vasallen verantwortlich.«

»Natürlich«, stimmte Lawrence zu. »Aber ich würde gern erfahren, ob er an dieser Verschwörung teilhatte. Mich interessiert, wie weit er in seiner Bosheit geht.«

»Wir werden in einigen Wochen die Antworten auf unsere Fragen bekommen.«

»Und dann werden wir Vergeltung üben.« Lawrence stellte keine Frage, er traf lediglich eine Feststellung. Er stand schon lange genug in Royces Diensten, um zu wissen, wie er dachte.

»Du wirst dich um Henry und Morgan kümmern«, sagte Royce.

»Mit Vergnügen, Baron.«

»Verdammt, ich wünschte, ich könnte selbst mit den beiden abrechnen.«

Lawrence verstand die Enttäuschung seines Barons, aber der König gestattete nicht, daß ein Baron bei einem Turnier gegen die Vasallen eines anderen Barons kämpfte – das wäre würdelos –, und deshalb mußte Lawrence für die Niedertracht der beiden Rache nehmen. Bei Gott, er freute sich auf die Gelegenheit, es diesen Halunken heimzuzahlen.

»Es gibt immer noch Baron Guy«, erinnerte Lawrence seinen Herrn und machte damit deutlich, daß Royce nicht gänzlich ausgeschlossen war.

»Ja. Dieser Bastard bekommt es mit mir zu tun.«

Die folgenden Wochen der Vorbereitung waren für Nichola eine Tortur, und sie bescherten ihr trotzdem die höchste Freude.

Aber zuerst quälte sie sich mit ihren Sorgen um Justin, während sie bemüht war, sich nichts anmerken zu lassen. Der Preis, den sie für ihre vorgetäuschte Fröhlichkeit bezahlte, war ziemlich hoch. Es machte sie krank, daß sie ihre Furcht vor allen – besonders vor ihrem Mann – verbergen mußte. Sobald sie am Morgen die Augen öffnete, überfiel sie eine so schreckliche Übelkeit, daß sie kaum aufstehen konnte.

Nach ein oder zwei Stunden fühlte sie sich jedesmal besser, und sie vermutete, daß es ihr half, wenn sie tagsüber ihre Angst bewußt verdrängen konnte, denn sogar im Schlaf waren ihre Nerven so angespannt, daß sie sich kaum erholte.

Aber dann erlebte sie ein großes Glück. Sie brauchte eine gute Woche, bis ihr ein Licht aufging. Plötzlich merkte sie, wie empfindlich ihre Brüste wurden, und sie entdeckte auch andere Veränderungen an sich. Sie konnte von einem Tag auf den anderen den Geruch nach gebratenen Wachteln nicht mehr ertragen, und wenn sie zusehen mußte, wie jemand fettes Fleisch aß, wurde ihr auf der Stelle schlecht. Sie brauchte ungewöhnlich viel Schlaf und schlich sich sogar nach dem Mittagessen davon, wenn alle zu beschäftigt waren, um auf sie zu achten, um sich hinzulegen.

Sie erwartete ein Baby von Royce. Nichola war so voller Freude über dieses Wunder, daß ihre Augen jedesmal feucht wurden, sobald sie daran dachte.

Wenn ihre Gedanken nicht mit Justin beschäftigt waren, dann überlegte sie, wie sie ihrem Mann am besten beibringen konnte, daß er Vater wurde. Sie wollte ihn mit der Nachricht überraschen. Er war im Augenblick so beschäftigt, daß er die Veränderungen, die in ihr vorgingen, sicher nicht bemerkte.

Royce arbeitete vom Morgengrauen bis zum Abend mit den jungen Soldaten, und aus den zwei Stunden täglich, die er den Tauben ursprünglich zugestanden hatte, waren neun geworden.

Royce war abends erschöpft, aber das hielt ihn nicht davon ab, Nichola von Zeit zu Zeit seine Vorträge zu halten – offenbar war das das einzige Vergnügen, das er sich in diesen Tagen gönnte. Seine Belehrungen drehten sich immer um denselben Punkt: um Nicholas Sicherheit während des Turniers. Abend für Abend versprach er ihr, daß er auf sie aufpassen und sie nie ohne Eskorte lassen würde, und beschwor sie, kein Risiko einzugehen.

Nichola erinnerte sich nicht daran, was er sonst noch sagte, da sie wie gewöhnlich träumte, wenn er seine Monologe hielt.

Ihr war klar, daß es Royce lieber gewesen wäre, wenn sie zu Hause bleiben würde, aber der König und seine Gemahlin hatten sie ausdrücklich eingeladen, und diese Aufforderung konnte er nicht ignorieren.

Nichola beschloß, ihm noch nichts von dem Baby zu erzählen, weil sie ihm damit nur einen Vorwand geliefert hätte, sie beim König zu entschuldigen. Er hätte nur behaupten müssen, daß ihr delikater Zustand eine Reise für sie unmöglich machte.

Selbstverständlich wollte Nichola alles tun, um ihr Ungeborenes nicht zu gefährden. Sie würde nicht zulassen, daß ihr Mann in halsbrecherischer Geschwindigkeit nach London ritt, und sie würde darauf achten, daß sie sich nicht überanstrengte.

An einem sonnigen Montagmorgen brachen sie auf. Nichola stand eine Stunde vor Royce auf, um Zeit genug zu haben, ihre morgendliche Übelkeit zu überwinden, ohne daß er etwas merkte.

Justin ritt mit den anderen jungen Männern am Ende des Zuges, und jedesmal, wenn Nichola sein Lachen hörte, beschlich sie der schreckliche Gedanke, daß er möglicherweise in sein Verderben ritt. Sie zwang sich, an etwas Schönes zu denken, aber dann ertönte wieder Justins Lachen, und sie wurde erneut in tiefste Verzweiflung gestürzt.

Nach der Mittagsrast war Nichola so müde und erschöpft von dem Ritt und ihren düsteren Phantasien, daß sie kaum noch die Augen offenhalten konnte. Sie bat Royce, sie zu sich auf sein Pferd zu nehmen, und sobald sie vor ihm saß, sank sie in tiefen Schlaf. Sie verschlief den ganzen Nachmittag, und Royce mußte sie aufwecken, als sie am Abend ihr Lager auf einer kleinen Lichtung aufschlugen. Hinter den Bäumen plätscherte ein klarer Bach.

Nichola überwältige eine Welle der Übelkeit, sobald sie von Royces Hengst abgestiegen war, aber es gelang ihr, den Kloß, der sich in ihrer Kehle gebildet hatte, herunterzuschlucken. Dann bat sie Royce, ihr ein paar Minuten allein zu gönnen. Royce sah, wie blaß sie war, bevor sie hinter das Gebüsch eilte, und runzelte besorgt die Stirn.

Er sattelte sein Pferd ab und gab seinem Knappen den

Befehl, den Hengst erst trocken zu reiben, ehe er ihm Wasser und Hafer gab.

Zehn Minuten vergingen, und da Nichola immer noch nicht zurück war, ging Royce ihr nach. Als er die Bäume erreichte, hörte er, daß sie würgte. Justin, der auf ihn zukam, um mit ihm zu reden, vernahm ebenfalls das Geräusch.

»Deiner Schwester geht es nicht gut«, sagte Royce.

»Sollten wir nicht besser zu ihr gehen?« meinte Justin erschrocken.

Royce schüttelte den Kopf. »Laß sie noch ein paar Minuten allein. Wenn sie dann nicht zurückkommt, werde ich nach ihr sehen.«

Die beiden Männer warteten schweigend.

»Hat sie etwas Unrechtes gegessen?« fragte Justin schließlich.

Es war hinter den Büschen still geworden, aber Nichola ließ sich immer noch nicht blicken.

»Nein«, erwiderte Royce. »Sie ist krank vor Sorge, Justin.«

»Worum macht sie sich solche Sorgen?«

»Um dich.«

Darauf wußte Justin nichts zu sagen.

Endlich tauchte Nichola auf. Sie runzelte die Stirn, als sie die beiden Männer sah, kniete sich aber am Bachufer nieder, spülte sich den Mund mit dem kalten Wasser aus und benetzte ihr Gesicht.

»Nichola?« rief Justin. »Bist du wirklich krank vor Sorge um mich?«

Sie drehte sich zu ihrem Bruder um. »Nein, mir ist aus einem anderen Grund übel.«

Justin atmete erleichtert auf und half ihr beim Aufstehen.

»Ich mache mir natürlich Sorgen um dich«, fügte sie hinzu. »Das mußt du verstehen, Justin. Ich bin deine ältere Schwester und werde immer versuchen, dich vor Schaden zu bewahren.« Sie wandte sich an Royce. »Wenn du an diesem Turnier teilnehmen würdest, hätte ich auch Angst um dich. Wenn das bedeutet, daß ich kein Zutrauen zu euren Fähigkeiten habe, dann kann ich nur eines zu meiner Entschuldigung anführen: Ich liebe euch beide.«

»Hast du etwas gegessen, das dir nicht bekommen ist?« erkundigte sich Royce.

»Es geht mir schon wieder viel besser«, wich Nichola ihm aus.

Royce schien davon nicht überzeugt zu sein. Während des Essens grübelte er und sah nachdenklich vor sich hin, dann stand er wortlos auf und ging zu dem Bach. Nichola folgte ihm.

Offensichtlich ängstigte er sich um seine Frau, und Nichola beschloß, ihm mit etwas, was er spontane Handlung genannt hatte, auf andere Gedanken zu bringen.

Er kniete am Ufer, zog seine Jacke aus und wusch sich den Hals und den Oberkörper. Nichola schlich sich von hinten an und versetzte ihm einen Tritt ins Hinterteil, um ihn ins Wasser zu schubsen.

Er schwankte nicht einmal, drehte sich aber um und sah sie erstaunt an. Sie lachte und versuchte noch einmal, ihn ins Wasser zu stoßen.

Royce war sicher, daß sie den Verstand verloren hatte. »Ich handle nur spontan«, erklärte sie kichernd, während sie ihre Bemühungen fortsetzte. »Aber du bist ein Spaßverderber.«

Er fiel nicht ins Wasser, stand auf, warf einen Blick auf das Wasser, dann auf Nichola und grinste breit.

Natürlich wußte sie, was er vorhatte, und sie raffte ihre Röcke, um wegzulaufen. Royce bekam sie zu fassen. Sie schrie laut auf, als er sie hochhob und sie übers Wasser hielt.

Aus allen Richtungen kamen die Soldaten mit ihren Schwertern angelaufen, um ihre Herrin zu verteidigen. Nichola war peinlich berührt und erschrocken zugleich.

Royce lachte über ihr puterrotes Gesicht. Er schickte

seine Männer weg, und als sie wieder allein waren, drückte er einen Kuß auf Nicholas Stirn. »Ich liebe dich, Nichola.«
»Ich liebe dich auch.«

Ein langer Kuß folgte, und Nichola vergaß vollkommen, wo sie sich befand. Wenn er sie in den Armen hielt, war sie so bezaubert, daß sie an nichts anderes mehr denken konnte als an ihn.

Sie standen eng umschlungen da, als sie ihre Lippen voneinander lösten, und Nichola sah ihrem Mann lange in die Augen, bis sich ihr Verstand wieder klärte. Sie entdeckte das silberne Glitzern in seinen wundervollen Augen und merkte plötzlich, daß sie im Wasser stand und nicht er.

Sie hatte sich vorgenommen, ihn von den Sorgen um sie abzulenken, und als er in lautes Gelächter ausbrach, wußte sie, daß ihr das gelungen war.

Er setzte sich auf das grasbewachsene Ufer und zog sie auf seinen Schoß, um ihr die durchnäßten Schuhe auszuziehen.

»Royce, wenn du etwas zu Hause vergessen hättest, würden wir dann noch Zeit genug haben, umzukehren, um es zu holen?«

»Nein. Warum fragst du?«

»Wenn du etwas zurückbringen wolltest, könntest du das auch nicht mehr tun, oder?«

»Nein.«

Sie strahlte ihn an. »Ich habe dir etwas Wichtiges zu sagen«, flüsterte sie.

Plötzlich verstummte sie, faltete die Hände in ihrem Schoß und richtete den Blick auf seine Brust. Ihre plötzliche Schüchternheit zauberte ein Lächeln auf sein Gesicht. »Was hast du mir zu sagen, Nichola?«

»Wir bekommen ein Baby.«

Er war sprachlos.

Nichola spähte unter den Lidern hervor und lachte, als sie sein verblüfftes Gesicht sah, und gleichzeitig strömten Freudentränen über ihre Wangen.

Royces Hand zitterte, als er zärtlich ihr Gesicht berührte.
»Bist du sicher?« fragte er heiser.
Diese Frage war nur vernünftig, aber als Nichola sie bejahte und er noch zweimal dasselbe fragte, zweifelte sie an seinem Verstand.
»Freust du dich nicht, Royce?«
»O doch.« Mehr sagte er nicht, und das brauchte er auch nicht. In dieser Antwort schwang all seine Liebe mit, und er legte die Arme um die Frau, die er anbetete, und hielt sie ganz fest. Sie blieben lange so sitzen, küßten sich und flüsterten leise miteinander. Immer wieder fühlte Nichola, daß er am ganzen Körper bebte.
O ja, er freute sich.

18

Die Umgebung des Turnierfelds hatte sich in ein Farbenmeer verwandelt. Die Hügel, von denen aus man einen guten Ausblick auf das Turnierfeld hatte, waren mit den bunten Zelten der Barone übersät. Auf der anderen Seite stand das riesige, komfortable Zelt des Königs.

Nichola erschien es beinah so, als ob sich alle Bewohner von ganz England versammelt hätten. Frauen in ihren schönsten Gewändern schlenderten am Rand des Feldes entlang und achteten darauf, daß sie von den Männern gesehen wurden. Kinder rannten von einem Karren zum anderen und bettelten um Süßigkeiten. Minnesänger sangen romantische Balladen, und die Herolde beobachteten alles ganz genau, um später der Nachwelt über das historische Ereignis Bericht erstatten zu können.

Nur sechs Barone hatten die Ehre, ihre Männer in das Turnier zu schicken, und die erfahrenen Soldaten sollten ihre Kräfte zuerst messen.

Nichola und Justin standen auf dem Hügel. Die anderen jungen Männer hatten sich in einer Reihe hinter ihnen postiert und feuerten Lawrence und seine Männer mit lauten Schreien an.

Baron Hansons Soldaten waren beinah sofort geschlagen, und die Männer von Baron George mußten das Feld als nächste verlassen. Am frühen Nachmittag standen sich nur noch zwei Mannschaften gegenüber. Genau wie jedermann vorausgesehen hatte, waren nur noch Baron Guys und Baron Royces Männer übriggeblieben.

Nichola war viel zu aufgeregt, um Lawrence anfeuern zu können. Sie sah hin auch nicht an, sondern hielt den Blick starr auf ihren Mann gerichtet, der am Rand des Feldes stand. Jedesmal, wenn Royce lächelte, atmete sie befreit auf, wenn er die Stirn runzelte, setzte ihr Herz einen Schlag aus. Plötzlich ertönte ein ohrenbetäubendes Gebrüll, und Nichola schaute auf das Feld. Lawrence stand über den am Boden liegenden Henry gebeugt und drückte ihm die Schwertspitze an den Hals. Lawrence schenkte seinem Opfer keinen Blick, sondern sah Royce an und wartete auf sein Zeichen.

Nichola hielt den Atem an. Royce nahm sich viel Zeit, um zu einem Entschluß zu kommen. Die Menschenmenge war mucksmäuschenstill vor Spannung, als Royce sich seinem König zuwandte, sein Lächeln entdeckte und dann Lawrence wieder ansah.

Royce schüttelte den Kopf, und Lawrence ließ sofort von Henry ab und wehrte Morgans Angriffe ab. Er brauchte nicht lange, bis er auch Guys zweiten Gefolgsmann bewußtlos zu Boden geschickt hatte. Jetzt befanden sich nur noch Royces Männer auf dem Feld – sie stellten sich in Reih und Glied auf und marschierten triumphierend zu ihrem Baron.

Royce zeigte keine Regung – er nickte seinen Männern knapp zu, setzte sich an ihre Spitze und ging auf den König zu.

William stand auf und hob die Hände, um die Menge zum

Schweigen zu bringen, dann verkündete er laut, daß die Soldaten von Baron Royces wieder einmal bewiesen hätten, daß sie eine Elitetruppe waren. Sie alle würden gebührend belohnt für diesen ruhmreichen Sieg. Die Menge brüllte vor Begeisterung.

Nichola faltete die Hände und sprach ein Dankgebet. Dann ergriff sie die Hand ihres Bruders, der mit seinen Männern als nächstes auf das Feld marschieren mußte. »Was auch immer geschieht, ich möchte, daß du weißt, wie stolz ich auf dich bin«, flüsterte sie. Sie wagte nicht, ihn zu umarmen, da die anderen sie beobachteten. Gott war ihr Zeuge, daß sie nichts lieber getan hätte, als ihn zurückzuhalten, aber sie zwang sich, seine Hand loszulassen. Bryan half ihm, die Lederprothese anzulegen, und Nichola nickte zufrieden.

Fanfarenklänge ertönten und riefen die jungen Soldaten zum Kampf. Die Männer verbeugten sich vor Nichola, strafften die Schultern und nahmen hinter ihrem Anführer Aufstellung. Justin führte die Truppe den Hügel hinunter. Royce erwartete sie am Rand des Feldes.

Nichola sah deutlich, daß Royce lächelte, und plötzlich verflüchtigte sich ihre Angst. Die Zuversicht und Siegesgewißheit ihres Mannes übertrug sich auf wundersame Weise auf sie.

Royce hob den Blick, und als er Nichola sah, stockte ihm der Atem. Sie erschien ihm in ihrem schimmernden blauen Gewand wie ein Traumgebilde. Sie war eine wunderschöne Frau, und ihr Lächeln bezauberte ihn.

Justin räusperte sich, um seinen Baron auf sich aufmerksam zu machen. Royce schien sich für den Rest des Nachmittags damit begnügen zu wollen, seine Frau zu betrachten. Die anderen Barone waren schon von ihren Soldaten umringt und erteilten ihnen letzte Instruktionen.

Royce riß sich von Nicholas Anblick los und gab seinen Männern nur einen schlichten Befehl: »Ihr werdet heut für mich siegen.« Dann drehte er sich um und ging an Justins Seite bis zur Mitte des Feldes. Die anderen jungen Kämpfer folgten ihnen in einigem Abstand.

»Kämpfen wir mit Schwertern?« fragte Justin.

»Das entscheidet der König. Er wird euch mitteilen, welche Bedingungen er wünscht.«

Justin nickte und räusperte sich noch einmal. »Baron?«

»Ja?«

»Ich habe bemerkt, daß Ihr Euch bei der Ausbildung in den letzten Wochen mehr mit mir als mit den anderen beschäftigt habt. Heißt daß, daß Ihr mich für weniger fähig und geschickt haltet als meine Freunde?«

Royce lächelte, Justin hatte das übliche Lampenfieber, das jeden, besonders aber die jungen Männer, überfiel.

»Als dein Baron vertraue ich dir voll und ganz, Justin, sonst hätte ich dich nicht mit zu diesem Turnier genommen. Du hast dir die Teilnahme erkämpft und redlich verdient. Aber als dein Bruder muß ich dir gestehen, daß ich besonders hart mit dir arbeiten wollte. Du mußt besser sein als die anderen, erinnerst du dich?«

»Ja, ich erinnere mich.«

»Du hast meine Erwartungen erfüllt«, sagte Royce und sprach damit das Lob aus, das Justin jetzt brauchte.

»Danke.«

Royce verzog das Gesicht. »Du beleidigst mich, wenn du mir deine Dankbarkeit erweist. Ich habe nur meine Pflicht als Baron getan.«

Justin sah Royce nicht an, als er leise erwiderte: »Ich danke nicht meinem Baron, sondern meinem Bruder.«

Royce gab Justin einen freundschaftlichen Schlag auf die Schulter, als sie die Mitte des Feldes erreichten. Ihre Gegner hielten noch immer Kriegsrat mit ihren Baronen.

»Gibt es spezielle Anweisungen, wie wir vorgehen sollen?« wollte Justin noch wissen.

Royce sah ihn an. »Die anderen brauchen offenbar noch

Anweisungen – ihr nicht. Ich habe euch bereits gesagt, was ich von euch erwarte. Einen Sieg, Justin, nichts weniger.«

Nichola ließ ihren Mann nicht aus den Augen, als er auf seinen Platz zurückging. Sein Gang wirkte stolz und selbstbewußt. Justin und seine Männer hatten mit gespreizten Beinen Aufstellung genommen, auch sie strahlten Zuversicht aus.

Clayton, der Herold, kletterte auf den Hügel und gesellte sich zu Nichola.

»An diesem wunderschönen Tag findet ein geschichtliches Ereignis statt«, meinte er. »Ein einhändiger Krieger führt Royces Soldaten ins Turnier. So entstehen Legenden, Lady Nichola.«

Sie lächelte über seinen Enthusiasmus. »Der Name des einhändigen Ritters ist Justin«, sagte sie. »Er ist mein jüngerer Bruder.«

Clayton war begeistert. »Zwei lebende Legenden in einer Familie«, rief er aus. »Äußerst bemerkenswert!« Er verneigte sich vor Nichola und erklärte, daß er die Kämpfe von einem Aussichtspunkt auf dem Gipfel des Hügels aus beobachten wollte.

Clayton war einer der drei offiziellen Beobachter, die alle Einzelheiten des Turniers für die Nachwelt aufschreiben sollten. Er nahm sich vor, auch Nichola im Auge zu behalten, weil er hoffte, mehr über sie zu erfahren und seine Erzählungen über sie ausschmücken zu können.

Endlich begann der Wettbewerb. Nichola richtete ihren Blick auf Justin und schnappte erschrocken nach Luft, als sein erster Gegner ihn am Arm festhielt, um ihn zu Boden zu drücken. Justin trat einen Schritt zur Seite. Sein Angreifer machte einen Satz nach hinten und starrte entsetzt auf seine blutende Hand. Die in das Leder eingenähten Klingen hatten ihren Zweck erfüllt, und noch dazu war der Angreifer abgelenkt. Justin setzte ihm nach, schlug ihn mit einem Hieb nieder und trat ihm mit dem Fuß in die Leiste.

Der König hatte den Gebrauch jeglicher Waffen untersagt, und einige der gegnerischen Soldaten hatten ihre Hände mit eisernen Ketten umwickelt, um die Schläge härter zu machen. Diese Maßnahme erwies sich während des Kampfes eher als hinderlich, und Justin und seine Freunde gewannen rasch Vorteile. Nach kurzer Kampfzeit hatten sie alle bis auf Baron Guys Männer vom Feld verwiesen.

Ein riesiger Kerl stolzierte auf Justin zu. Sogar aus der Entfernung erkannte Nichola, daß er wesentlich älter als alle anderen war. Guy hatte einen erfahrenen Soldaten unter seine Tauben geschmuggelt!

Justin jedoch schien das keineswegs einzuschüchtern. Er winkte den Soldaten mit einer arroganten Gest näher zu sich. Die Menge liebte ein solches Schauspiel und grölte. Sogar Royce, der bis jetzt keine Reaktion gezeigt hatte, grinste.

Genau wie Justin. Guys Vasall wurde fuchsteufelswild, und nichts hätte Justin zufriedener machen können. Sein Gegner beging einen fatalen Fehler, indem er sich von seinen Emotionen leiten ließ. Der Mann stieß einen Schlachtruf aus, als er sich auf Justin stürzte. Justin hielt sich an Royces Anweisungen und wartete bis zur letzten Sekunde, dann wich er aus. Der Krieger landete auf dem Boden und war praktisch wehrlos. Justin kannte keine Gnade und sorgte dafür, daß der Soldat bewußtlos liegen blieb.

Nur zwei Männer aus Royces Truppe waren geschlagen, und als Anführer hatte Justin die Pflicht, auch ihre Gegner zu übernehmen. Er schien sich jedoch königlich zu amüsieren, er lachte sogar, als einer der Gegner ihn traf und er es ihm mit gleicher Münze heimzahlte.

Die Menge johlte und rief immer wieder Justins Namen. Nichola war überwältigt. Die Kraft und die Geschicklichkeit ihres Bruders waren wirklich erstaunlich, und seine Listen beeindruckten sie sogar noch mehr. Die beiden Leibwächter, die Nichola zur Seite standen, brüllten aufgeregt, als Justin den letzten Angreifer unschädlich machte. Nichola dröhnten die Ohren von all den Begeisterungsstürmen.

Justin hörte die Schreie, aber er registrierte nicht, daß die Zuschauer seinen Namen skandierten. Er verbeugte sich tief vor dem König, dann vor seinem Baron.

Royce nickte knapp, und Justin erwiderte diese Geste, ehe Ingelram und die anderen sich zu ihm gesellten und vor ihrem Baron Aufstellung nahmen.

Die Menschenmenge strömte auf das Turnierfeld, und Nichola beobachtete, wie die Ladies um ihren Bruder herumschwirrten. Er machte einen verwirrten Eindruck, weil ihm so viel Aufmerksamkeit zuteil wurde.

Nichola erwartete, daß Royce jetzt zu ihr auf den Hügel kommen würde, aber er ging in die andere Richtung. König William hatte sich erhoben und sein Podest verlassen. Baron Guy stand auf der einen Seite neben ihm, Royce auf der anderen, und die drei Männer debattierten aufgeregt miteinander. Royce hatte Nichola den Rücken zugekehrt, so daß sie sein Gesicht nicht sehen konnte. Guy schüttelte den Kopf, und trat einen Schritt auf Royce zu.

König William schob ihn zurück.

»Die Barone haben offenbar eine Meinungsverschiedenheit«, sagte Vincent, einer der Leibwächter.

»Eine ziemlich hitzige, wie es scheint«, meinte Edward, der andere Soldat. »Seht nur, all die Menschen machen einen Bogen um die Männer.«

»Bitte geht auf das Feld und findet heraus, was das zu bedeuten hat«, forderte Nichola.

Edward und Vincent schüttelten entschieden die Köpfe. »Wir dürfen nicht von Eurer Seite weichen, Mylady«, erklärte Vincent.

»Dann klettert wenigstens auf den Gipfel des Hügels und fragt Clayton, was vor sich geht.«

Die beiden Leibwächter erklärten sich mit dieser Forderung einverstanden. Clayton befand sich nicht weit von hier, und wenn jemand auf den Hügel stürmen würde, um Lady Nichola etwas anzutun, dann würden sie ihn schon von weitem sehen und könnten ihr rechtzeitig zu Hilfe kommen.

Nichola widmete ihre Aufmerksamkeit wieder ihrem Mann. Henry und Morgan wurden vor den König geführt und beugten das Knie. Jetzt ergriff der König das Wort, und Nichola wünschte verzweifelt, sie könnte hören, was er den vier Männern zu sagen hatte. Er gestikulierte aufgebracht mit der Hand, und sein Gesicht war hochrot. Nichola vermutete, daß er die beiden Vasallen anschrie.

Morgan und Henry schüttelten die Köpfe. Der König erhob die Hand, sagte etwas zu Guy. Der Baron nickte.

Royce hatte sich die ganze Zeit nicht von der Stelle gerührt und ließ sich keine Regung anmerken.

William bestieg das Podest, und Guy baute sich vor seinen beiden Vasallen auf. Er sagte ein paar Worte, dann schlug er erst Morgan, dann Henry ins Gesicht.

Die anderen Soldaten, die Guys Farbe trugen, traten auf ein Zeichen ihres Barons vor und nahmen Henrys und Morgans Schwerter entgegen. Jetzt verstand Nichola, offenbar waren die beiden Männer in Unehren aus der Armee entlassen worden.

Aber sie schienen nicht im mindesten beschämt zu sein, daß ihnen diese Schmach in aller Öffentlichkeit angetan wurde. Sie drehten sich um und stolzierten, eskortiert von zwei königlichen Soldaten, vom Turnierfeld zu dem Wäldchen, in dem die Pferde standen.

Nichola seufzte erleichtert auf. Augenscheinlich durften die beiden Vasallen nicht mehr an den Feierlichkeiten teilnehmen, und sie mußte sich nicht mehr ihre beleidigenden Bemerkungen anhören.

Royce drehte sich um. Jetzt wird er endlich zu mir kommen, dachte Nichola erfreut. Sie lief in ihr Zelt. Ihr Mann würde sich sicher erfrischen und umziehen wollen, und sie hatte vor, alles für ihn vorzubereiten.

Nichola holte sein Kleiderbündel hervor und nahm eine Jacke. Sie lachte, als sie sie ausschüttelte und ihre Steinschleuder sowie drei glatte Steine herausfielen. Sie hatte keine Ahnung, warum Royce sich entschieden hatte, ihre kleine Waffe mit sich auf die Reise zu nehmen.

Wieder ertönten Fanfarenklänge. Nichola rannte ins Freie, um nachzusehen, was sich jetzt, nachdem das Turnier beendet war, auf dem Feld tat. Sie blieb wie angewurzelt stehen, als sie sah, was vor sich ging. Royce stand in der Mitte des Feldes Guy gegenüber.

Beide Barone legten ihre Schwerter ab, und ihre Soldaten standen mit ernsten Gesichtern in einer Reihe hinter ihnen. Die Menge war still geworden, als Lawrence und einer von Guys Vasallen zu ihren Baronen gingen. Lawrence nickte Justin zu, und Ingelram gab dem Freund einen Schubs. Nicholas Bruder setzte sich in Bewegung und lief Lawrence nach.

Was hatte das alles zu bedeuten? Nichola war entschlossen herauszufinden, was vor sich ging, egal, wie vielen Leibwächtern Royce befohlen hatte, sie auf dem Hügel festzuhalten. Sie raffte die Röcke und lief den Weg hinunter, aber plötzlich wurde sie von hinten festgehalten. Vincent bat wortreich um Vergebung für die rüde Behandlung, als er sie zu dem Zelt zurückführte.

»Der Baron wünscht, daß ihr dem Geschehen von hier aus zuseht«, erklärte der rothaarige Ritter wohl zum zehntenmal.

Sie wirbelte herum, um dem Mann eine knappe Antwort zu geben, aber sie besann sich anders, als sie seine mitleidige Miene gewahrte. Vincent tat nur seine Pflicht, und das konnte Nichola ihm nicht übelnehmen.

»Was soll ich eigentlich beobachten?« erkundigte sie sich.

»Den Kampf«, erwiderte Vincent.

»Vincent, ich dachte, das Turnier sei zu Ende, und Royce hat mir gesagt, daß er nicht kämpfen würde. Warum steht er dann da unten?«

Edward antwortete für seinen Freund: »Der König hat

diesen Kampf angeordnet, um einen Streit zu schlichten.«
Dann erzählte er alles, was er in Erfahrung gebracht hatte.

»Euerem Bruder wird eine große Ehre zuteil, Mylady«, schaltete sich Vincent wieder ein. Nichola sah, daß Lawrence Royces Schwert entgegennahm und die juwelenbesetzte Waffe an Justin weitergab.

»Was tun sie jetzt?« flüsterte sie. Justin verließ das Feld, und Royce beriet sich mit Lawrence.

»Sie vollziehen die übliche Prozedur«, erklärte Vincent. »Unser Baron erklärt mit diesen Handlungen, daß Lawrence seine Stelle einnehmen soll, falls ...«

Der Soldat hielt erschrocken inne, als Nichola leise aufschrie. »Ich kann es nicht fassen«, hauchte sie, aber schnell gewann der Zorn Oberhand über ihre Angst. »Royce hat mir ausdrücklich gesagt, daß er nicht an dem Wettbewerb teilnehmen wird.«

Die beiden Soldaten tauschten einen bedeutsamen Blick. »Das ist kein Wettbewerb», sagte Vincent. »Sie tragen eine Meinungsverschiedenheit aus, Mylady.«

»Würdet ihr beide wenigstens zu den anderen Soldaten gehen und euch erkundigen, worum dieser Streit geht? Liebe Güte, wenn dies ein Kampf auf Leben und Tod ist, dann wird keiner der beiden lange überleben, weil ich höchstpersönlich ihnen den Garaus mache«, drohte sie.

Vincent lächelte, aber Edward blieb ernst. Die Sorge seiner Herrin um ihren Gemahl wärmte ihm das Herz, aber sie war unbegründet. Baron Royce ging aus jedem Kampf als Sieger hervor, daran bestand kein Zweifel.

Die beiden Leibwächter beschlossen, Nicholas Aufforderung nachzukommen und gingen den Hügel hinunter.

Im nächsten Augenblick begann der Kampf. Guy griff als erster an. Nichola war froh, daß sie nur ihre Fäuste und keine Waffen benutzen durften, aber nur nach ein paar Minuten wurde ihr klar, daß beide stark genug waren, um den anderen mit bloßen Händen zu töten.

Zuerst schien es so, als wären sich die Gegner ebenbürtig und würden gleichermaßen die kraftvollen Schläge austeilen und einstecken, aber Royce wirkte ein wenig kontrollierter und überlegter.

Nichola drehte sich der Magen um, als Guy ihrem Mann einen kräftigen Tritt versetzte. Royce taumelte zurück und fiel. Guy nutzte diesen Vorteil aus und wollte Royce auf dem Boden festhalten. In dem Augenblick, in dem sich Guy auf ihn stürzte, sprang Royce auf, packte Guy und schleuderte ihn durch die Luft.

Die Menschenmenge grölte und johlte. Guy blieb benommen liegen, aber Royce nutzte die günstige Gelegenheit, den Kampf zu beenden, nicht aus. Er stemmte die Hände in die Hüften und wartete, bis Guy sich erhob.

Nichola beruhigte sich ein wenig. Es war deutlich zu erkennen, daß ihr Mann mit Guy spielte und wesentlich stärker und geschickter war. Ein kleines Lächeln stahl sich auf ihre Lippen.

Ihr Herz klopfte wild, als sie das Geschrei der Zuschauer hörte. Nur Royces Soldaten beobachteten ruhig und würdevoll das Geschehen.

Plötzlich landete Guy einen gut plazierten Hieb, Nichola wimmerte – guter Gott, sie wünschte, daß Royce all dem schnell ein Ende machen und sie in seine Arme schließen würde.

Sie überblickte die Menge, und mit einem Mal nahm sie eine Bewegung an der Stelle, an der die Pferde festgebunden waren, wahr. Sie sah genauer hin und entdeckte, daß die beiden Männer, die Henry und Morgan vom Feld geführt hatten, niedergestreckt auf dem Boden lagen. Dann machte sie die zwei in Ungnade gefallenen Vasallen aus. Morgan und Henry – beide mit Pfeilen und Bogen bewaffnet – faßten nach den Zügeln von zwei Pferden.

Die beiden machten sich aus dem Staub, um die Schande hinter sich zu lassen, dachte Nichola. Aber plötzlich fiel ihr ein, wie Henry Royce angesehen hatte, als er vom Feld geführt wurde. Die zwei königlichen Soldaten lagen verletzt auf dem Boden ...

Nichola lief ins Zelt, ergriff ihre Steinschleuder und die Steine und rannte wieder ins Freie.

Sie hatte aus reiner Vorsicht die Waffe an sich genommen und legte einen Stein in die Schlinge. Die beiden Vasallen waren sicher nicht so töricht, jetzt gleich Rache zu nehmen, das würden sie nicht wagen. Trotzdem trat Nichola an den Rand der Böschung, um sie im Auge zu behalten. Wer wußte schon, was in ihren rachsüchtigen und haßerfüllten Köpfen vor sich ging?

Die Pferde der zwei Vasallen brachen in vollem Galopp durch das Gebüsch und sprengten auf das Turnierfeld zu. Henry jagte vor Morgan über die Wiese.

Nichola schwang die Steinschleuder hoch über ihrem Kopf. »Komm näher, Henry, nur noch ein kleines Stück«, flüsterte sie.

Die Pferdehufe trommelten auf den Boden, und plötzlich schien alles gleichzeitig zu geschehen. Guy entdeckte seine Vasallen. Henry war noch immer zu weit entfernt für Nicholas Schleuder, als er die Zügel losließ, einen Pfeil in den Bogen legte und zielte.

In diesem Moment verhielt sich Guy bemerkenswert heroisch und tapfer. Er warf sich in letzter Sekunde vor Royce, und der Pfeil, der seinem Gegner zugedacht war, traf ihn.

Henry versuchte, nach den Zügeln zu fassen und sein Pferd herumzureißen, bevor Royce sich auf ihn stürzen konnte. Aber er war nicht schnell genug. Royce bewegte sich geschmeidig wie ein Panther, sprang hoch und riß Henry aus dem Sattel. Royce hätte keinen Augenblick gezögert, den unehrenhaften Ritter zu töten, wenn er nicht auch noch auf Morgan hätte achten müssen. So versetzte er Henry einen wuchtigen Schlag, der ihn bewußtlos zu Boden schickte.

Endlich war Morgan so nah gekommen, daß Nichola ihn mit dem Stein treffen konnte. Der Vasall legte den Bogen an und zielte auf Royce, der keine Chance mehr hatte, den hinterlistigen Kerl unschädlich zu machen. Auch seine Männer standen zu weit entfernt, um wirksam eingreifen zu können.

Nichola zielte auf Morgans Arm. Sie wollte, daß er den Bogen fallen ließ, ehe er den Pfeil auf Royce abfeuern konnte.

In dem Augenblick, in dem sich der Stein in die Lüfte erhob, drehte sich Morgan in seinem Sattel und visierte ein anderes Ziel an.

Die Menschenmenge schrie entsetzt auf. Dann traf der Stein Morgans Schläfe. Der Aufprall hob ihn aus dem Sattel und schleuderte ihn zurück. Er war tot, bevor er auf dem Boden aufschlug.

Kein Mensch wagte, sich von der Stelle zu rühren – keiner außer Royce. Während die Zuschauer Morgan unverwandt anstarrten, drehte er sich um und sah Nichola, die auf dem Hügel stand, an.

Ohne nachzudenken, versteckte sie die Steinschleuder hinter ihrem Rücken. Sie konnte sein Gesicht nicht sehen, aber sie ahnte, daß Royce wußte, wer für Morgans Tod verantwortlich war.

Guy kämpfte sich mühsam auf die Füße und schwankte auf Royce zu. Der Pfeil hatte seine Schulter durchbohrt. Royce kam ihm zu Hilfe und führte ihn vom Feld.

Nichola hielt es keine Minute länger an ihrem Platz. Sie lief ins Zelt, legte die Steinschleuder und die verbliebenen Steine zurück, dann setzte sie sich hin, um auf ihren Mann und seine Vorwürfe zu warten. Wieder einmal hatte sie sich in seine Angelegenheiten gemischt, und ganz sicher würde er ihr deswegen Vorhaltungen machen und ihr einen Vortrag halten, wie unehrenhaft es war, den Vasall eines anderen Barons zu töten.

Natürlich würde sie versuchen, Royce klarzumachen, daß sie nur aus Sorge um sein Leben so gehandelt hatte. Ja, sie nahm sich vor, sich zu verteidigen, und vielleicht gelang es ihr, ihren Mann davon zu überzeugen, daß sie ihn nur beschützen wollte. Nichola dachte fieberhaft nach und war einem Nervenzusammenbruch nahe, bis ihr endlich die Erkenntnis kam, was genau sie so durcheinandergebracht hatte: Sie hatte einen Mann getötet. Nie zuvor hatte sie jemandem den Tod gebracht, und sie wollte eine solche Erfahrung auch nie wieder machen. Trotzdem wußte sie, daß sie nicht zögern würde, wenn das Leben ihres Mannes von ihrer Entschlossenheit abhing.

Lieber Himmel, sie war so müde und fühlte sich vollkommen zerschlagen. Sie streckte sich auf der Liege aus und schloß die Augen. Eine werdende Mutter sollte sich nicht solchen Aufregungen aussetzen, dachte sie und nahm sich vor, Royce genau das zu sagen, wenn er es wagte, sie zurechtzuweisen.

Ein kleiner Trost blieb ihr jedoch – Royce war der einzige, der von ihrer Steinschleuder wußte, und er würde sicher niemandem verraten, daß sie Morgan getötet hatte.

Als Royce eine Stunde später das Zelt betrat, schlief Nichola tief und fest. Er setzte sich zu ihr und betrachtete lange ihr engelgleiches Gesicht. Er wußte, daß sie den Schlaf brauchte, aber trotzdem mußte er sie wecken. Er strich sanft über ihre Wange.

»Nichola, wach auf, mein Liebes.«

Sie eröffnete die Augen und sah ihn an.

»Ich liebe dich, Nichola.«

Allmählich klärten sich ihre Gedanken. »Aber ich habe mich in deine Angelegenheiten gemischt. Bist du denn nicht wütend?«

»Nein.«

Sie hörte ihm gar nicht zu. »Es tut mir nicht leid. Auch wenn du mich noch so sehr tadelst, ich bereue kein bißchen, was ich getan habe. Ich habe Vertrauen zu dir, Royce, aber Morgans Pfeil hätte dein Herz durchbohren können.«

»Mein Liebling ...«

»Warum hast du meine Steinschleuder mitgenommen?« fiel sie ihm ins Wort.

»Ich dachte, daß du mir beibringen könntest, wie man damit umgeht«, bekannte er.

»Ich habe ihn getötet, Royce. Ihre Augen füllten sich mit Tränen.

Royce nahm sie in die Arme, um sie zu beruhigen.

»Wird sich Baron Guy von seiner Verletzung erholen?«

»Ja«, antwortete Royce. »Und unser Streit ist beendet. Er hat mich vor Henrys Pfeil beschützt, damit hat er seine Reue für all die niederträchtigen Dinge bewiesen, die er in der Vergangenheit getan hat. Guy wird keine Soldaten mehr ausbilden. Er selbst hat eingestanden, daß er nicht der richtige Mann für eine solche Aufgabe ist.«

Nichola nickte. »Wieso haben seine Männer angegriffen? Sie mußten doch gewußt haben, daß sie das nicht lebend überstehen würden.«

»Der König hatte schon vorher ihr Todesurteil ausgesprochen. Sie hatten nichts mehr zu verlieren.« Royce erklärte nicht, warum der König dieses Urteil gefällt hatte. Nichola hatte bereits genügend Aufregungen ausgestanden, und am Abend würde noch einiges auf sie zukommen.

»Royce, du wirst doch niemandem erzählen, daß ich Morgan getötet habe. Versprich es mir.«

»Ich verspreche es.« Er verbiß sich ein Lachen. Nichola hatte offensichtlich den Herold Clayton vollkommen vergessen, der sie aus nächster Nähe hatte beobachten können.

»Der König wäre außer sich«, flüsterte sie. »Ich wollte den Mann gar nicht töten, aber das wird William nie verstehen. Morgan hat sich in der letzten Sekunde umgedreht, offenbar hatte er seinen Entschluß geändert, aber da war es bereits zu spät. Ich hatte den Stein schon in die Luft geschleudert.«

»Er hat seinen Entschluß nicht geändert, sondern ein anderes Ziel ins Auge gefaßt.«

Nichola seufzte. »Ich möchte nach Hause«, wimmerte sie.

Royce wollte ihr diese Bitte erfüllen. Gleich morgen früh würden sie die Heimreise antreten, aber den heutigen Abend konnte er ihr nicht ersparen.

Nichola stand an Royces Seite vor der versammelten Menschenschar, während Clayton, der Herold, dessen einzige Pflicht es war, seine Nase in fremder Leute Angelegenheiten zu stecken, wieder einmal das Lied von Lady Nicholas Heldentaten sang. Nichola blieb ganz ruhig, bis sie merkte, daß Clayton neue Verse gedichtet hatte. Sie hörte das Wort »Steinschleuder« und stöhnte verzweifelt. Royce lachte. Jetzt erst wurde seiner Frau bewußt, daß Clayton sie die ganze Zeit beobachtet hatte.

Nach Claytons Vortrag schritt der König zu Nichola und schloß sie in die Arme, auch Mathilda umarmte sie. Man erklärte Nichola, daß Morgan den König im Visier gehabt hatte und seinen Pfeil auf den Herrscher abfeuern wollte. Nichola begriff erst jetzt in vollem Umfang, was sie getan hatte, sie wurde rot und rückte näher an Royces Seite.

Die Feierlichkeiten dauerten eine Ewigkeit, und Nichola konnte es kaum erwarten, wieder in ihr Zelt – oder noch besser, nach Hause – zu kommen. Auch Royce freute sich auf zu Hause. Er wollte endlich die schwarze Dame zu Ende schnitzen. Sie mußte fertig – und vollkommen – sein, bevor ihr Kind auf die Welt kam.

Mit einem Mal wurde Royce bewußt, wie sehr Nichola sein Leben verändert hatte. Er hatte die Liebe kennengelernt, und seine Liebe wurde erwidert.

Gute wie schwere Zeiten lagen vor ihnen, aber Royce wußte, daß seine Frau ihm immer zur Seite stehen würde, was auch geschah.

Als sie gemeinsam zu ihrem Zelt gingen, betrachtete er

seine schöne, zauberhafte Frau dankbar und zufrieden. Da er ein vernünftiger Mann war, versuchte er, herauszufinden und zu begründen, was mit ihm geschehen war. Nichola hatte sein genau vorgezeichnetes Leben in ein komplettes Chaos verwandelt, und es war schwer zu begreifen, warum ihm das so sehr gefiel.

Er fragte sie, wie so etwas hatte geschehen können. Nichola lachte. »Das ist ganz einfach, mein Liebster. Du hattest nie eine Chance gegen mich.« Sie berührte sanft die kleine Narbe an seiner Stirn und lachte wieder.

Royce hob sie in seine Arme und drückte sie fest an sich. Er würde sie in dem Glauben lassen, daß sie ihn in die Falle gelockt und eingefangen hatte. Aber er wußte es besser. Er hatte den königlichen Auftrag gehabt, eine lebende Legende gefangenzunehmen.

Und genau das hatte er getan.